उपन्यास

# पहला आदमी

राजकमल से प्रकाशित
लेखक की किताबें

*उपन्यास*

**अजनबी**
**प्लेग**
**पतन**
**सुखी मृत्यु**
**पहला आदमी**

*कहानी*

**निर्वासन और आधिपत्य**

*नाटक*

**अर्थदोष**
**कालिगुला**
**न्यायप्रिय**

# पहला आदमी

**अल्बैर कामू**

अनुवाद

**शरद चन्द्रा**

राजकमल प्रकाशन

यह उपन्यास सर्वप्रथम फ्रेंच में Le Premier Homme नाम से 1994 में प्रकाशित हुआ

ISBN : 978-81-7178-606-0

मूल्य : ₹895



**पहला संस्करण :** 1998
**दूसरा संस्करण :** 2023

**प्रकाशक :** राजकमल प्रकाशन प्रा. लि.
1-बी, नेताजी सुभाष मार्ग, दरियागंज
नई दिल्ली-110 002

**शाखाएँ :** अशोक राजपथ, साइंस कॉलेज के सामने, पटना-800 006
पहली मंजिल, दरबारी बिल्डिंग, महात्मा गांधी मार्ग, प्रयागराज-211 001
1, अनमोल सोराबजी संतुक लेन, धोबी तलाव, मरीन लाइंस, मुम्बई-400 002
वेबसाइट : www.rajkamalprakashan.com
ई-मेल : info@rajkamalprakashan.com

**मुद्रक :** विकास कम्प्यूटर एंड प्रिंटर्स
ट्रॉनिका सिटी-201 102

PEHLA AADMI
*Noverl* by Albert Camus
*Translated* by Sharad Chandra

कामू के भावी शोधार्थियों के लिए

# निवेदन

चार जनवरी, उन्नीस सौ साठ की दोपहर को जब एक कार दुर्घटना में कामू की आकस्मिक मृत्यु हुई, उनके निश्चेष्ट हाथों में एक ब्रीफकेस जकड़ा हुआ पाया गया। इस हतभाग्य बैग में कागज़ों का वही पुलिन्दा बन्द था जो 1994 में उनकी पुत्री ने *पहला आदमी* शीर्षक से प्रकाशित किया और जिसने छपते ही समूचे विश्व के साहित्य जगत में एक अभूतपूर्व हलचल मचा दी। यूँ तो उनके जीवन काल में 1941 में प्रकाशित *ल एथोंजेर्* (अजनबी) ने भी कोई कम तवज्जो हासिल नहीं की थी लेकिन *पहला आदमी* द्वारा उत्तेजित 'साहित्यिक हड़कम्प' बीसवीं शती का ही नहीं, संसार भर के साहित्य में समय-समय पर उभरते कौतूहलों में से छँटी हुई अत्यन्त असाधारण घटनाओं में से एक रहा। आज तीन साल बाद भी इस रचना के प्रति साहित्य-प्रेमियों का आकर्षण कम नहीं हुआ है।

जैसा कि सामान्यत: कहा जाता रहा है, *पहला आदमी* कामू का आखिरी असमापित उपन्यास नहीं है बल्कि, कदाचित् कुछ प्रारम्भिक परिच्छेदों का पहला प्रारूप मात्र है—उस कृति की पहली रूपरेखा जिसे सदैव वे अपने सृजनात्मक सामर्थ्य की आनेवाली पराकाष्ठा घोषित करते रहे। कामू अपनी रचनाओं को प्रकाशक को सौंपने से पहले बार-बार पढ़ने, काट-छाँट करने, संशोधन, परिष्करण करने के आदी थे। इसी कारण उनकी पत्नी ने अपने जीवन काल में इस सर्वथा अपरिष्कृत प्रति को प्रकाशित करने की अनुमति नहीं दी थी। 1979 में उनके निधन के बाद पुत्री कैथरीन ने बहुत सोच-विचार, और कामू के मित्रों से सलाह-मशविरा करने के बाद, इसे नष्ट

करने या सदैव के लिए अँधेरी कोठरी में बन्द करके रख देने के विपरीत, एक महान लेखक के कार्य पर उसके पाठकों के आनेवाली पीढ़ियों के अधिकार का सम्मान करते हुए, ज्यों का त्यों पाठकों के सामने रखना ही उचित समझा।

इसके अतिरिक्त इस पुस्तक का प्रकाशित होना इसलिए भी आवश्यक था कि यह उन लोगों के दावे का ज़ोरदार खंडन करती है जो कामू के जीवनकाल में ही 1950 के बाद से यह प्रचार करने लगे थे कि कामू की सृजनशक्ति *प्लेग* के साथ ही चुक गई थी। यह पुस्तक, एक बार फिर, इस बात को पुष्ट करती है कि कामू की कलात्मक क्षमता आखिरी दम तक समृद्ध रही। दूसरे, इसमें दिए हुए विवरण पाठकों को उन परिस्थितियों के ज़्यादा निकट लाते हैं जिनमें पलकर कामू बड़े हुए। यह बात नहीं है कि उन्होंने अपने अत्यन्त निर्धन परिवार के बारे में कुछ छिपाने की कोशिश की थी। नहीं, सिर्फ इतना था कि वे अपनी रचनाओं में से उन अंशों को निकाल दिया करते थे जो बहुत व्यक्तिगत होते थे और जो उस कृति में कोई सृजनात्मक भूमिका नहीं निभा रहे होते थे। अभाग्यवश इस पुस्तक पर यह काम नहीं हो सका। कामू की नामौजूदगी में उनकी पुत्री का इस कृति को बिना किसी संशोधन या परिवर्तन के प्रकाशित करने का निर्णय, उनकी स्मृति, उनके साहित्यिक मूल्यांकन, और सर्वोपरि उनके प्रशंसक पाठकों के प्रति कितना न्यायसंगत था, यह इस पुस्तक को इतनी गर्मजोशी से मिले स्वागत से स्पष्ट हो गया है।

इसमें कोई सन्देह नहीं है कि जिस भी रूप में यह हमारे सामने है, पहला आदमी कामू का आत्म-गाथात्मक उपन्यास है। इसका प्रमुख पात्र जाक कारमॅरी कामू के जीवन पर आधारित है। यह उपन्यास दो भागों में विभक्त है : 'पिता की खोज,' और 'पुत्र'। दोनों में से एक भी पूरा नहीं है। वह पिता जिसकी खोज नायक कर रहा है पहले विश्वयुद्ध में मारा जा चुका है, ठीक उसी तरह जैसे कामू के अपने पिता मारे गए थे। कारमॅरी की माँ का अनपढ़, बहरा, मितभाषी होना और चुपचाप यातनाएँ झेलते रहना उसकी पिता की खोज में उसी

तरह बाधा डालता है जैसे कामू की माँ का वैसा ही स्वभाव उसके वास्तविक जीवन में उसकी अपनी खोज में डालता रहा।

उपन्यास नायक के जन्म के वास्तविक विवरण के साथ खुलता है जिसमें उसके पिता को मंडोवी में अंगूर के एक बगीचे के नवनियुक्त सुपरवाइजर के रूप में परिचित कराया गया है। इसे छोड़कर उपन्यास के दोनों भाग 'यह' शैली में लिखे गए हैं लेकिन नायक की दृष्टि से। वह चालीस वर्ष की उम्र में अपने पिता की समाधि पर उनके बारे में कुछ जानने की इच्छा से पहुँचता है लेकिन सिवाय इसके कि उन्होंने 29 वर्ष की उम्र में उस देश के लिए लड़ते-लड़ते प्राण त्याग दिए थे जिसे वे जानते तक न थे, और कुछ नहीं जान पाता। अत्यन्त निराश वह उन्हें कभी अपने स्कूल मास्टर लुई जरमाँ में ढूँढ़ता है, कभी विश्वविद्यालय में दर्शन के प्राध्यापक, रोजेर् ग्रोनियर् में।

इस उपन्यास का शीर्षक, *पहला आदमी* चर्चा का विषय रहा है। कौन पहला आदमी है, पिता, पुत्र या वह अल्जीरिया निवासी—फ्रांसीसी या अरब कोई भी—वह निर्धन आदमी जिसकी मृत्यु के साथ उसका नाम, निशान और बाकी सब कुछ मिट जाता है, कुछ शेष नहीं रहता? इस अनवरत होती खोज ने पहले आदमी को शोधकर्ताओं के लिए कामू की अमूल्य और अत्यन्त महत्त्वपूर्ण कृति बना दिया है। इसीलिए यह अनुवाद उन्हें समर्पित है।

यह कृति अब तक विश्व की लगभग सभी भाषाओं में अनूदित और प्रकाशित हो चुकी है। किन्हीं अपरिहार्य कारणों से इसे हिन्दी में इतने विलम्ब से रख पा रही हूँ उसके लिए क्षमा याचना, और इसके रचयिता अल्बैर कामू की पवित्र आत्मा को एक बार फिर श्रद्धा से नमन।

**—शरद चन्द्रा**

नई दिल्ली
23 सितम्बर, 1997

# सम्पादक की ओर से

हम आज *पहला आदमी* प्रकाशित कर रहे हैं। यह वह कृति है जिस पर कामू उस समय काम कर रहे थे जब उनकी मृत्यु हुई। इसकी पांडुलिपि 4 जनवरी, 1960 को उनके ब्रीफकेस से प्राप्त हुई थी। ये कामू के 144 हस्तलिखित पृष्ठ उन्होंने, बहुत जल्दी में घिसटते हाथ से बिना विराम, अर्द्ध-विराम लगाए लिखे हैं, जो बहुत मुश्किल से पढ़े जा सके हैं। लगता है, एक बार लिखे जाने के बाद न ये कभी दुबारा पढ़े गए हैं, न सुधारे गए हैं।

यह पुस्तक हमने उसी हस्तलिखित पांडुलिपि और उसकी फ्रोंसीन कामू द्वारा टंकित की गई पहली कॉपी से तैयार की है। पाठकों की सुविधा के लिए जहाँ-तहाँ विरामादि लगा दिए गए हैं। दुविधात्मक शब्द कोष्ठकों में दिए गए हैं और उन शब्दों या वाक्यांशों का स्थान जो साफ-साफ पढ़े नहीं जा सके, कोष्ठक में रिक्त छोड़ दिए गए हैं। पाठ की विभिन्नता या काटपीट, उसी पृष्ठ पर तारक चिह्न द्वारा, हाशिए में लिखे शब्द अक्षरांकन द्वारा और सम्पादन की टीका सांख्याकन द्वारा पाद-टिप्पणी के रूप में दे दिए गए हैं।

वे पृष्ठ (जिन्हें हमने एक से पाँच तक की संख्या से अंकित किया है) जो या तो पांडुलिपि के बीच-बीच में (पृष्ठ 1, चौथे अध्याय से पहले, पृष्ठ 2 छठे अध्याय से पहले) या पांडुलिपि के अन्त में पृष्ठ 3,4,5 लगे हुए थे, परिशिष्ट में उपलब्ध हैं।

उस पतली-सी चौखानेवाली स्पाइरल डायरी की सामग्री भी जिसमें *पहला आदमी* शीर्षक के नीचे कुछ संक्षिप्त विवरण

और ढाँचे दिए गए थे, पुस्तक के अन्त में जोड़ दी गई है जिससे पाठकों को उस रूप की एक झलक मिल सके जो लेखक इस कृति को देना चाहता था।

पहला आदमी पढ़ने के बाद ही आप यह समझ पाएँगे कि हमने वह पत्र जो कामू ने अपने स्कूल मास्टर लुई जरमाँ को नोबेल पुरस्कार मिलने के बाद और लुई जरमाँ का कामू को लिखा आखिरी पत्र, परिशिष्ट में क्यों दिया है।

हम ओदेत दियायंई केआश, रोज़ेर् ग्रोनियर् और रोज़ेर् गालिमार् के प्रति उनके उदार और अनवरत सहयोग के लिए हृदय से आभारी हैं।

**—कैथरीन कामू**

# क्रम



1

## पिता की खोज



दूसरा भाग

## पुत्र या पहला आदमी

## परिशिष्ट

### कुछ अतिरिक्त पृष्ठ और दो पत्र

# पहला आदमी

1

# पिता की खोज

मध्यस्थ : विधवा कामू

तेरे लिए जो इस पुस्तक को
कभी पढ़ न पाएगी।[अ]

शाम के झुटपुटे में पथरीले रास्ते से गुज़रती गाड़ी के ऊपर मँडराते बड़े-बड़े घने बादल पूरब की तरफ चले जा रहे थे। अटलांटिक महासागर के ऊपर खूब फूलने के बाद, पश्चिमी हवाओं के लिए तीन दिन तक रुके रहकर अब वे शरद ऋतु के स्फुरदीप्त पानी के ऊपर से चल पड़े थे, शुरू में धीमे-धीमे फिर तेज़ गति से, मोरक्को के पर्वत-शिखरों पर बिखरकर[ब], अल्जीरिया के पठारों तक पहुँचते-पहुँचते फिर से सिमट जाते हुए, ट्यूनीसिया की सरहद पर आकर अब टायरीनयन समुद्र की तरफ बढ़ने की कोशिश में ताकि अपने आपको उसमें समा सकें। इस अपरिमित दिखते द्वीप पर उत्तर में बहते पानी और दक्षिण में जमी रेत के टीलों से सुरक्षित इस अनामी ज़मीन के ऊपर युगों से गुज़रते राज्यों और जन-समूहों की चाल से मुश्किल से ही ज़रा ज़्यादा तेज़ चलकर हज़ारों किलोमीटर की यात्रा तय करने के बाद उनकी गति अब शिथिल हो गई थी और उनमें से कुछ उन चार यात्रियों के सिर पर तने मोमजामे की छत पर रुक-रुककर टप-टप करती बारिश की बड़ी-बड़ी मोटी बूँदों में घुल रहे थे।

वह रास्ता जिस पर गाड़ी चरमराती हुई चली जा रही थी, दिखता तो था लेकिन पक्का बना हुआ नहीं था। उस पर रगड़ खाकर पहियों की रिम या घोड़ों की टाप से कभी कोई चिनगारी निकलकर उड़ जाती थी, कभी कोई पत्थर छिटककर गाड़ी की लकड़ी से जा टकराता था या फिर नाले की कीचड़ में फद से जा गिरता था। गाड़ी को खींचते दोनों घोड़े जिनके सीने उस सामान भरी गाड़ी को खींचने से फूल रहे थे बीच-बीच में ठिठकते हुए अपनी-अपनी

---

अ. भूवैज्ञानिक अनामता जोड़ना। जल और थल।

ब. सॉलिफेरिनो।

चाल से लगातार आगे बढ़े जा रहे थे। उनमें से एक कभी-कभी ज़ोर से नाक से साँस बाहर निकालता और लड़खड़ा जाता था। तभी गाड़ी हाँकता हुआ अरब उसकी पीठ पर लीर-लीर* हुआ चाबुक खींच के मारता और वह जानवर फिर से पूरा दम लगाकर लय में चलने लगता।

आगे की सीट पर कोचवान के बराबर बैठा आदमी, लगभग तीस वर्ष का एक फ्रांसीसी, ताल से ऊपर उठती उन दो पीठों को, अपनी भावशून्य आँखों से एकटक देख रहा था। मझोले कद का, गठीला, लम्बायमान चेहरा, ऊँचा, चौड़ा, मस्तक, मज़बूत जबड़ा और नीली आँखें। हालाँकि मौसम अच्छा होता जा रहा था पर उसने तीन बटन वाला ड्रिल कोट पहना हुआ था जो उस समय के फैशन के मुताबिक गले पर बन्द था और उसके छोटे-छोटे कटे[अ] बालों पर एक टोपी[ब] लगी थी। जब पानी उनके ऊपर लगे मोमजामे से चूकर सिर पर टपकने लगा तो उसने अन्दर झाँककर पूछा, "ठीक हो तुम?" पीछे की सीट पर आगे की सीट और पीछे चिने ट्रंकों के बीच फटे-पुराने कपड़े पहने परन्तु एक मोटे गर्म शॉल में लिपटी जीर्ण-शीर्ण महिला ने दुर्बलता से मुस्कराकर संकोच भरी आवाज़ में जवाब दिया, "हाँ, हाँ, बिलकुल ठीक।" उसके पास ही उसका सहारा लिये एक चार साल का लड़का सो रहा था। तीखे नाक-नक्श, छोटी, सुहानी, सीधी नाक, स्पेनिश लोगों जैसे काले, घुँघराले बालों वाले उसके कोमल-सरल चेहरे की "भूरी आँखों में सहृदयता" भरी हुई थी। लेकिन इस चेहरे में कुछ बहुत असाधारण था। अपनी थकान, परेशानी, बेचैनी आदि पर आवरण चढ़ा लेना नहीं बल्कि एक तरह का अभाव, शून्यता, खोयापन जो नासमझी के चेहरे से हमेशा छलकता रहता है, इस खूबसूरत आकृति को बीच-बीच में उद्वेलित कर रहा था। उन आँखों की आकर्षक सहजता में अचानक अज्ञात का भय तीव्रता से आ मिलता और फिर उसी तेज़ी से चला जाता। वह औरत काम करते रहने के कारण सूखे, गठिआए सख्त हाथों के चपटे हिस्से से अपने पति की पीठ धीरे-धीरे थपथपाती, "सब ठीक है! सब ठीक है!" और तभी उसके चेहरे से मुस्कान गायब हो जाती और वह गाड़ी की छत के ऊपर से दूर सामने देखने लगती जहाँ सड़क पर बीच-बीच में गड्ढों में भरा पानी अब चमकने लगा था।

---

* लम्बे समय के इस्तेमाल से फटा हुआ।

अ. और बड़े, भारी जूते।

ब. या फैल्ट हैट?

वह अरब आदमी की तरफ मुड़ा जो दो पीली पट्टियों वाली पगड़ी पहने अनुद्विग्न बैठा था। वह अपनी ऊपर से काफी ढीली पैंट में, जो घुटनों पर ऊँचे सिकोड़ने से फूल गई थी, काफी मोटा दिख रहा था "अभी और दूर है?" अरब अपनी घनी सफेद मूँछों के नीचे मुस्कराया, "आठ किलोमीटर और तुम पहुँच गए।" वह आदमी मुड़ा और अपनी पत्नी की तरफ बिना मुस्कराए ध्यान से देखता रहा। उसकी आँखें अभी सड़क पर जमी हुई थीं। "लगाम मेरे हाथों में दो," वह आदमी बोला। "जैसा तुम चाहो", अरब ने जवाब दिया। वह आदमी कूदकर दूसरी तरफ हो गया और अरब उस जगह सरक गया जो उसके उठने से खाली हुई थी। लगाम समेटकर बस दो चाबुक और वे घोड़े उसके हाथ में आ गए, एकदम सीधे तेज़ दौड़ने लगे। "तुम्हें घोड़े चलाना आता है?" अरब बोला। उसका जवाब बिना मुस्कराए रूखा और छोटा था, "हाँ।"

रोशनी पहले ही कम हो चुकी थी, अब एकदम रात हो गई। अरब ने बाएँ हाथ पर लगे चौखटे में से चौकोर लालटेन निकाली, हाथ की बनी कई रफ तीलियाँ जला-जलाकर उसके अन्दर की मोमबत्ती जलाई। और फिर लालटेन को वापस उसकी जगह लगा दिया। धीमी-धीमी बारिश पड़ने लगी थी। गिरती हुई बूँदें लालटेन की मन्द रोशनी में चमक रही थीं और उस घुप्प घटाटोप अँधेरे में अपनी हल्की थपथपाहट से कुछ जान भर रही थीं। कई बार गाड़ी को सीधी खड़ी झाड़ियों को घूमकर पार करना पड़ता था। छोटे-छोटे पेड़ शुरू में कुछ देर दिखते ही नहीं थे। लेकिन बाकी समय वह खुले रास्ते में, जो रात के अँधेरे में और चौड़ा हो गया था, आराम से दौड़े जा रही थी। सिर्फ जली हुई घास की खुशबू या अचानक खाद की तेज़ बदबू इस बात का सबूत देती थी कि वे लोग बसी हुई जगह से गुज़र रहे हैं। औरत कुछ कहने के लिए अपना मुँह हाँकनेवाले आदमी के पीछे पास लाई। वह घोड़ों को जरा-सा थामकर पीछे को झुका—

यहाँ कोई भी नहीं दिख रहा।"

"तुम्हें डर लग रहा है?"

"क्या?"

पति ने अपना प्रश्न दोहराया लेकिन चिल्ला कर।

"नहीं, नहीं, तुम्हारे साथ नहीं।" लेकिन वह विचलित दिख रही थी।

"तुम्हें तकलीफ हो रही है?" आदमी बोला।

"थोड़ी-सी।"

उसने घोड़े आगे बढ़ाए और रात एक बार फिर पहियों से झाड़ियों के कुचले जाने और सड़क पर घोड़ों की आठ टापों के पड़ने की आवाज़ से भर गई।

यह 1913 में शरद की एक रात थी। यात्री दो घंटे पहले बोन से चले थे जहाँ वे अल्जीरिया से तीसरे दर्ज़े के डिब्बे की सख्त बेंचों पर बैठकर एक रात और एक दिन के सफर के बाद पहुँचे थे। स्टेशन पर उन्हें अरब और गाड़ी इन्तज़ार करते मिले थे जिन्हें लगभग बीस किलोमीटर अन्दर घुसकर एक छोटे गाँव के फार्म पर उन्हें ले जाना था, जहाँ पति को मैनेजर का पद सँभालना था। उन्हें गाड़ी में अपना ट्रंक और कुछ छिटपुट सामान रखने में समय लग गया था और फिर सड़क खराब होने के कारण और देर हो गई थी। अरब ने, जैसे कि उसे अपने साथी की घबराहट का अन्दाज़ लग गया हो कहा, "डरिए मत। यहाँ चोर-लुटेरे नहीं हैं।" "वे हर कहीं होते हैं," वह आदमी बोला, "लेकिन मेरे पास वह सब है जो होना चाहिए।" और उसने अपनी भरी हुई जेबों को थपथपाया। "तुम ठीक कह रहे हो," अरब बोला, "पागल आदमी सब जगह होते हैं।" उसी समय औरत ने अपने पति को आवाज़ दी। "औरी", वह बोली, "अब दर्द ज़्यादा हो रहा है।" उस आदमी ने गाली दी और घोड़ों को और आगे खींचा[अ]। "बस हम पहुँचने ही वाले हैं," वह बोला। पल भर बाद उसने फिर अपनी पत्नी की तरफ देखा, "अभी दर्द हो रहा है?" वह उसकी तरफ एक अजीब अन्यमनस्कता से मुस्कराई और ऐसे बोली जैसे बिलकुल दर्द न हो रहा हो, "हाँ, बहुत।" वह उसकी तरफ उसी गम्भीरता से देखता रहा। वह माफी-सी माँगती हुई फिर बोली, "कुछ नहीं है। शायद ट्रेन के सफर से कुछ हो गया हो।" "वो, देखो," अरब बोला, "गाँव आ गया।" वास्तव में सड़क की बाईं ओर कुछ सॉलफेरिनो की बत्तियाँ बारिश में धुँधलाई हुई दिख रही थीं। "लेकिन तुम दाहिनी तरफ मुड़ो," अरब बोला। वह आदमी हिचकिचाया, अपनी पत्नी को देखकर बोला, "कहाँ चलें, घर या गाँव में?" "ओह! घर, वह ज़्यादा अच्छा रहेगा।" कुछ आगे जाकर गाड़ी दाईं ओर मुड़ गई। उस अनजाने घर की तरफ जहाँ उन्हें जाना था। "बस एक किलोमीटर और," अरब बोला। "लो हम पहुँच गए," अपनी पत्नी की तरफ मुँह करते हुए उस आदमी ने कहा। वह मुँह अपने हाथों में लिये दोहरी पड़ी थी। "लुसी," उस आदमी ने पुकारा। वह ज़रा भी नहीं हिली। आदमी ने उसे हाथ से छुआ। वह चुपचाप रो रही थी। वह एक-एक शब्द पर ज़ोर देकर हाथ से इशारा करते हुए ज़ोर से चिल्लाया, "तू वहाँ जाकर लेट जा, मैं अभी डॉक्टर को लेकर आता हूँ।"

---

अ. छोटा बच्चा।

"हाँ, जाओ, डॉक्टर को ले आओ। मेरे खयाल से अब होनेवाला है।" अरब, चकित उनकी तरफ देख रहा था। "इन्हें बच्चा होनेवाला है," पति ने कहा, "गाँव में कोई डॉक्टर है?"

"हाँ, तुम कहो तो मैं अभी जाकर ले आता हूँ।"

"नहीं, तुम घर पर ठहरो। ध्यान रखना। मैं ज़्यादा तेज़ जाऊँगा। उसके पास कोई गाड़ी या घोड़ा है?"

"उसके पास गाड़ी है।" फिर उस अरब ने औरत से कहा, "तुम्हारे लड़का होगा। खुदा करे बहुत सुन्दर हो।" वह उसकी तरफ मुस्कराई बिना चेहरे पर बात को समझने के किसी भाव के।

"कम सुनती हैं," वह आदमी बोला, "घर में ज़ोर-ज़ोर से बोलना पड़ता है और हाथ से इशारे करते रहना पड़ता है।"

गाड़ी अकस्मात तेज़ चल पड़ी, बिना आवाज़ किए। आगे का रास्ता और सँकरा और खड़िया से ढका हुआ मिला। कुछ आगे चलकर, उसके सहारे-सहारे खपरैल वाली झुग्गियाँ मिलीं जिनके पीछे अंगूर के बगीचे की किनारे की बेलें दिख रही थीं। वहाँ पहुँचते ही किण्वित अंगूरों की तेज़ खुशबू नाक में घुसी। कुछ बड़ी ऊँची छत वाली इमारतें पार करके गाड़ी के पहिए कचरे के ढेर को दबाते-से हुए एक पेड़ रहित चौक में जा पहुँचे। अरब ने बिना कुछ बोले गाड़ी रोकने के लिए लगाम अपने हाथ में ले ली। घोड़े रुक गए और उनमें से एक फुफकारने लगा[अ]। अरब ने एक ताजे पुते हुए घर की तरफ हाथ से इशारा किया। एक नीचे दरवाज़े के फ्रेम पर, जो कॉपर सल्फेट से नीला पड़ गया था, एक बेल चढ़ रही थी। वह आदमी गाड़ी से कूदा और बारिश में भीगता हुआ घर की तरफ भागा। उसने दरवाज़ा खोला। उसमें से रास्ता एक अँधेरे कमरे की तरफ जाता था—जहाँ खाली अँगीठी की बू आ रही थी। उसके पीछे-पीछे आ रहा अरब अँधेरे में होकर आगे बढ़ा, टटोलकर चिमनी पर से एक माचिस उठाई और कमरे के बीच एक गोल टेबिल के ऊपर लटकते हुए पेट्रोल के एक लैम्प को जलाया। उसे यह देखते ज़रा भी समय नहीं लगा कि किचिन में ताज़ा पुताई हुई है, उसमें एक लाल चीनी मिट्टी का सिंक, एक पुराना साइड बोर्ड है और दीवार पर एक भीगा हुआ कलेंडर लटक रहा है। वही लाल रंग की टाइलें लगा जीना ऊपर जा रहा था। "अँगीठी जलाओ," उसने कहा और वह गाड़ी के पास लौट आया। (वह बच्चे को अपने साथ लाता है) वह औरत बिना कुछ कहे चुपचाप खड़ी

अ. क्या रात थी।

थी। उसने उसे नीचे बैठाने के लिए बाँहों में भर लिया। क्षण-भर सीने से लगाए रखा फिर हाथ से सिर ऊँचा करके बोला, "तू चल सकती है?" "हाँ," उसने कहा, और उसने उसकी बाँह को अपने गर्म हाथ से पकड़ लिया। वह उसे घर की तरफ ले जाने लगा। "रुक," वह बोला। अरब अँगीठी जला चुका था और बड़ी होशियारी और कुशलता से उस पर बेल की सूखी डंडियाँ चिन रहा था। वह टेबिल के सहारे खड़ी हो गई, हाथ पेट पर रखे। लैम्प की रोशनी में चमकते उसके सुन्दर चेहरे पर दर्द की लहरें चढ़ती-उतरती दिख रही थीं। उसका ध्यान न दीवारों की सीलन पर गया था, न उस गरीब और बिना सँभाले घर की बदबू पर। वह आदमी ऊपर के कमरों में कुछ कर रहा था। फिर वह सीढ़ियों पर आया, "बैड-रूम में अँगीठी नहीं है?" "नहीं," अरब बोला, "दूसरे में भी नहीं है।" "यहाँ आओ," आदमी ने कहा। अरब उसके पास चला गया। फिर एक गद्दा पकड़कर आता दिखा, जिसका दूसरा छोर पति ने पकड़ रखा था। उन्होंने उसे अँगीठी के पास बिछा दिया। आदमी ने टेबिल को एक कोने में सरका दिया, अरब ऊपर गया और कुछ तकिए, कुशन और कम्बल लेकर वापस आ गया। "तुम यहाँ लेट जाओ," उस आदमी ने अपनी पत्नी से कहा और उसे पकड़कर गद्दे की तरफ ले जाने लगा। वह ठिठक गई। तभी वहाँ गीली रुई की बुसी-बुसी बदबू का अहसास हुआ जो गड्ढे में से उठ रही थी। "मैं यहाँ कपड़े नहीं उतार सकती," वह चारों तरफ देखती हुई डरती-सी बोली जैसे कि उसका ध्यान उस जगह पर पहली बार अब गया हो। "अपने नीचे के कपड़े उतार दे", वह आदमी बोला। उसने फिर दोहराया, "अपना अंडरवियर उतार दे।" फिर अरब से कहा, "मेहरबानी! एक घोड़ा खोलो, मैं उस पर गाँव तक जाऊँगा।" अरब बाहर चला गया। पत्नी कपड़े उतारने लगी, पति की तरफ पीठ करके, जिसने भी उसकी तरफ पीठ कर रखी थी। फिर वह लेट गई। और लेटते ही अपने ऊपर कम्बल खींचते हुए वह सिर्फ एक बार गला फाड़कर देर तक ज़ोर से चिल्लाई जैसे कि वह उन सब चिल्लाहटों से एक ही बारी में पीछा छुड़ा लेना चाहती हो जो दर्द ने उसके अन्दर भर दी थीं। आदमी ने, जो गड्ढे के पास खड़ा था, उसे चिल्लाने दिया, फिर जब वह चुप हो गई, उसने अपना हैट उतारा, एक घुटना ज़मीन पर टेककर झुका और बन्द आँखों के ऊपर उसका खूबसूरत माथा चूम लिया। उसने अपना हैट वापस पहना और बारिश में बाहर चला गया। अभी-अभी खोला गया घोड़ा पीछे मुड़कर देख रहा था और उसने आगे के खुर सामने कीचड़ में जमा रखे थे। "जैं अभी काठी लाता हूँ," अरब बोला।

"नहीं, नहीं, लगाम छोड़ दो। मैं ऐसे ही जाऊँगा। ये ट्रंक और बाकी सामान किचिन में ले जाओ। तुम्हारी बीवी है?"

"वह मर चुकी। वह बूढ़ी थी।"

"तुम्हारी कोई लड़की है?"

"नहीं! शुक्र है खुदा का। लेकिन मेरे बेटे की बहू है।"

"उसे यहाँ बुलाओ।"

"मैं उसे अभी बुला लाऊँगा। तुम बेफिक्री से जाओ।"

वह आदमी उस बूढ़े अरब को धीमी पड़ती बारिश में चुपचाप खड़े और अपनी गीली मूँछों में से उसकी तरफ मुस्कराते हुए देखता रहा। वह खुद मुस्करा नहीं रहा था लेकिन अरब की तरफ सहज एकाग्र आँखों से देख रहा था। फिर उसने अपना हाथ बढ़ाया जो कि दूसरे ने अरब तरीके से पोरों से लेकर अपने ओठों से चूम लिया। फिर वह मुड़ा। उसके पैरों के नीचे कचरा चरमराता रहा। घोड़े तक गया। कूद कर उसकी नंगी पीठ पर बैठ गया और घोड़ा भारी कदमों से तेज़ दौड़ पड़ा।

वहाँ से निकलते हुए उस आदमी ने उसी चौराहे की सड़क पकड़ी जहाँ से पहली बार उन्हें गाँव की बत्तियाँ दिखी थीं। अब वे और तेज़ चमक रही थीं। बारिश थम चुकी थी और जो गाँव की तरफ जा रही थी। वह सड़क दाहिनी तरफ अंगूर के बगीचों के ठीक बीच में से जाती थी जहाँ कहीं-कहीं जाफरी के तार चमक रहे थे। आधे रास्ते चल कर घोड़े ने अपने आप चाल धीमी कर दी और धीरे-धीरे चलने लगा। वह एक लम्बे-से नीचे बैरकनुमा हॉल के पास आ गया था। उसका एक हिस्सा चिनी हुई ईंट और गारे का बना था और दूसरा पहले से ज़्यादा लम्बा, लकड़ी के तख्तों का। इस दूसरे भाग में एक काउंटर बना हुआ था। सीमेंट से बने हिस्से में से एक दरवाज़ा निकाला हुआ था जिसके ऊपर लिखा था, 'मदाम जाक की कृषि कैंटीन।' दरवाज़े के नीचे से अन्दर जलती लाइट दिख रही थी। उस आदमी ने अपना घोड़ा उस दरवाज़े के पास रोका और उसे बिना नीचे उतरे हुए खटखटाया। तत्काल अन्दर से एक सुदृढ़, गूँजती हुई आवाज़ आई, "क्या चाहिए?"

"मैं साँए-अपोथ प्रॉपर्टी का नया मैनेजर हूँ। मेरी पत्नी के बच्चा होनेवाला है। मुझे मदद चाहिए।"

अन्दर से कोई जवाब नहीं आया। क्षण-भर बाद चटकनियाँ खुलीं, सलाखें उठाकर सरकाने की आवाज़ आई, और फिर दरवाज़ा आधा खुला। अन्दर

एक काले घुंघराले बालों वाली यूरोपियन महिला का सिर दिखा। उसके गाल खूब भरे हुए थे, नाक चपटी और ओठ मोटे।

"मेरा नाम औंरी कारमॅरी है। क्या आप मेरी पत्नी के पास जा सकती हैं? मैं डॉक्टर को लेने जा रहा हूँ।"

वह उसकी तरफ एकटक, उस निगाह से देखती रही जिसे आदमी और उसकी बदकिस्मती कूतने की आदत हो। वह भी उसकी तरफ सीधा देखता रहा लेकिन बिना स्पष्टीकरण के एक और एक भी शब्द के।

"मैं अभी जाती हूँ," उसने कहा, "तुम जल्दी करो।"

उसने उसे धन्यवाद दिया और घोड़े को एड़ लगाई। कुछ देर बाद सूखी मिट्टी की बनी चहारदीवारी-सी दीवार में से गुज़र कर वह गाँव के पास पहुँचा। ठीक उसके सामने एक सड़क, जो लगता था वहाँ की अकेली सड़क थी, दूर तक दिख रही थी, किनारे-किनारे एक से एक इकमंज़िले छोटे-छोटे मकान बने हुए थे, वह उस पर चलता गया। आगे एक पथरीला चौक आया, जिसके बीच में, उसे देखकर ताज्जुब हुआ, एक चबूतरा बना हुआ था और उस पर एक मैटल फ्रेम का बैंड स्टैंड था। चौक, रास्ते की ही तरह निर्जन था। कारमॅरी उनमें से एक मकान की तरफ ही जा रहा था, तभी उसका घोड़ा अचानक रुक गया। कहीं छिपी हुई जगह से एकाएक एक काला फटा हुआ बरनूस पहने अरब बाहर आया और उसकी तरफ बढ़ने लगा। "डॉक्टर का मकान?" कारमॅरी ने अविलम्ब पूछा। उसने घुड़सवार को बारीकी से परखा। "आओ," उसे अच्छी तरह देखने के बाद वह बोला। वे उसी रास्ते में पीछे वापस गए। एक मकान के ऊपर जिसका तला ऊँचा किया गया था और जहाँ पहुँचने के लिए सफेद पुताई की हुई सीढ़ियाँ बनी हुई थीं, पढ़ा जा सकता था, 'लिबर्टी, इक्वेलिटी, फ्रेटर्निटी।' इसके बराबर चारों तरफ परकोटे में बन्द एक छोटा-सा बगीचा था जिसके एक कोने में, दूर वह मकान दिख रहा था जिसकी तरफ अरब ने इशारा किया, "वह रहा।" कारमॅरी झपटकर घोड़े से कूदा, और उस चाल से चलकर, जिसमें थकान का कोई नामोनिशान नहीं था, बगीचा पार कर गया जिसमें ठीक सामने सूखी पत्तियों और सड़े तने वाले बौने पाम के अलावा उसे और कुछ नहीं दीखा। उसने दरवाज़ा खटखटाया। किसी ने जवाब नहीं दिया।[अ] वह पीछे मुड़ा। अरब चुपचाप खड़ा था। उस आदमी ने फिर खटखटाया। दूसरी तरफ किसी के चलने की आवाज़ आई और दरवाज़े पर आकर रुक गई। लेकिन

---

अ. मैंने मोरक्कोवासियों (जिनकी आँखों में अस्पष्ट भाव होता है) के विरुद्ध लड़ाई की थी। मोरक्को के निवासी अच्छे नहीं होते।

उसने दरवाज़ा नहीं खोला। कारमॅरी ने फिर खटखटाया और कहा, "मुझे डॉक्टर साहब से मिलना है।" एकदम साँकल खुली और दरवाज़ा खुल गया। एक आदमी सामने आया। उसका चेहरा युवा और गोलमटोल था, लेकिन बाल लगभग सफेद थे। वह लम्बा और बदन से गठीला था और उसकी टाँगें चुस्त लैगिंग्स में ठँसी हुई थीं और उसने ऊपर से एक शिकारी कोट डाला हुआ था। "अरे, तुम कहाँ से आ टपके?" उसने मुस्कराते हुए कहा, "मैंने तुम्हें पहले कभी नहीं देखा।" उस आदमी ने उसे अपने बारे में बताया।

हाँ, हाँ, मेयर ने मुझे बताया था। लेकिन यह, यहाँ आकर बच्चा पैदा करने के लिए, बड़ी अजीब जगह है।" उसने कहा कि वह सोच रहा था अभी समय है लेकिन ज़रूर ही उससे हिसाब लगाने में गलती हुई होगी।

"कोई बात नहीं, यह दुनिया में सबके साथ होता है। आप चलिए, मैं मेटेडोर पर सैड्ल रखके आपके पीछे-पीछे आया।"

आधा रास्ता तय करने के बाद, बारिश में, जोकि अब फिर से गिरने लगी थी, डॉक्टर एक भूरे चितकबरे घोड़े पर सवार कारमॅरी के बराबर पहुँच गया जो बारिश में बिल्कुल लथपथ हो रहा था लेकिन फार्म के तगड़े घोड़े पर सीधा तना बैठा था। "तुम्हारा आना बड़ा अजीब हुआ है," डॉक्टर ने चिल्लाकर कहा, "लेकिन तुम देखोगे जगह अच्छी है, मच्छरों और झाड़ियों में छिपे लुटेरों को छोड़कर।" वह अपने सह-सवार के साथ-साथ चलता रहा। "जहाँ तक मच्छरों का सवाल है बसन्त आने तक तुम चैन से बैठ सकते हो। लेकिन चोर-लुटेरे...," वह हँसने लगा। लेकिन दूसरा, बिना कुछ बोले सीधा चलता रहा। डॉक्टर ने उसकी तरफ कौतूहल से देखा, "डरो मत," वह बोला, "सब ठीक हो जाएगा।" कारमॅरी डॉक्टर की तरफ मुड़ा, आँखों में सद्भाव लिए, शान्ति से उसकी तरफ देखता रहा और सौहार्द भरी आवाज़ में बोला, "मैं डर नहीं रहा। मुझे तो सख्त चोटें सहने की आदत है।"

"यह तुम्हारा पहला बच्चा है?" "नहीं, मैं चार साल का एक लड़का अल्जियर्स में अपनी सास के पास छोड़कर आया हूँ।"[1] वे चौराहे पर पहुँचे और फार्म की तरफ के रास्ते पर मुड़ गए। अब घोड़ों के खुरों के नीचे से चिनगारियाँ उड़ने लगीं जैसे ही घोड़े रुके और वहाँ शान्ति हुई, घर में से एक ज़ोर से चिल्लाने की आवाज़ आई। दोनों आदमी नीचे उतरे।

एक पानी टपकती छाया बेल के नीचे उनका इन्तज़ार कर रही थी। नजदीक आने पर एक बोरी को सिर पर हुड की तरह ओढ़े बूढ़े अरब को

---

1. पृ. 18 पर कहे, "एक छोटा लड़का उसके पास सो रहा था" के विरुद्ध कथन।

उन्होंने पहचाना। "कैसे हो काद्दूर," डॉक्टर ने कहा, "सब ठीक है?" "पता नहीं, मैं औरतों में नहीं जाता," बूढ़ा बोला। "अच्छा उसूल है," डॉक्टर ने कहा, "खासतौर से जब औरतें चीख रही हों।" लेकिन अब अन्दर से चीखने की कोई आवाज़ नहीं आ रही थी। डॉक्टर ने दरवाज़ा खोला और अन्दर चला गया, पीछे-पीछे कारमॅरी।

उनके ठीक सामने फायरप्लेस में बेल की डंडियों से जलाई आग खूब तेज़ जल रही थी और इससे कमरे में छत के बीचोबीच लटके कॉपर लैम्प से कहीं ज़्यादा रोशनी हो रही थी। उनके सीधे हाथ पर सिंक था जो तौलियों और एल्यूमिनियम के जग से भरा था। कमरे के बीच की टेबिल बाईं तरफ पुराने, हिलते बिना फिनिश किए लकड़ी के बने साइड बोर्ड के सामने सरका दी गई थी। अब उसके ऊपर एक पुराना सफरी हैंडबैग, एक हैट रखने का डिब्बा और कुछ बंडल रखे थे। कमरे में चारों तरफ किनारे-किनारे पुराना सामान, जिसमें एक पुराना केन का ट्रंक भी था, भरा हुआ था, सिर्फ बीच में, आग से ज़्यादा दूर नहीं थोड़ी-सी खाली जगह बची थी। इस जगह में आग के ठीक सामने सीधे बिछाए गद्दे पर उसकी पत्नी लेटी हुई थी, बिना गिलाफ चढ़े तकिए पर सिर पीछे को लटकाए बाल खुले हुए। कम्बल सिर्फ आधा गद्दा ढक रहे थे। आधा बचा गद्दा कैंटीन की मालकिन के नीचे दबा हुआ था जो उसके बाईं तरफ अपने घुटनों पर बैठी थी। वह एक तसले में एक गीला तौलिया निचोड़ रही थी जिसमें से लाल-लाल पानी निकल रहा था। दाहिनी तरफ आलथी-पालथी मारे, बिना परदे के बैठी एक अरब औरत ने एक दूसरा तसला, जिसका इनेमिल उचड़ रहा था और जिसमें भाप उड़ाता गर्म पानी भरा हुआ था, अपने दोनों हाथों से पकड़कर ऐसे आगे बढ़ा रखा था जैसे चढ़ावा चढ़ा रही हो। ये दोनों औरतें बीमार औरत के नीचे दोहरी बिछी चादर के दोनों छोरों के ऊपर बैठी थीं। फायरप्लेस में जलती आग की छाया और रोशनी चूना पुती सफेद दीवारों पर, कमरे में चारों तरफ बिखरे सामान पर ऊपर-नीचे चढ़-उतर रही थी, और पास में बैठी उन दोनों नर्सों के चेहरों और कम्बलों में गठरी की तरह लपेटी हुई बीमार औरत के बदन पर लाल-लाल चमक रही थी।

जब वे दो आदमी अन्दर आए अरब औरत ने उड़ती निगाह से उन्हें देखा, और ज़रा-सा हँसते हुए वापस आग की तरफ मुँह फेर लिया अपने पतले साँवले हाथों में तसला बराबर पकड़े हुए। कैंटीन की मालकिन उन्हें देखकर खुशी से चिल्लाई, "अब तुम्हारी कोई ज़रूरत नहीं है डॉक्टर सा'ब।

सब अपने आप ही हो गया।" वह उठ गई और दोनों आदमियों ने बीमार के पास खून में लथपथ, एक बेडौल-सी चीज़ पड़ी देखी जिसमें एक तरह की निश्चल हरकत हो रही थी और जिसमें से मुश्किल से सुनाई देने लायक दबी हुई चिचियाती-सी आवाज़ लगातार आए जा रही थी।[अ] "ऐसा ही कहते हैं," डॉक्टर ने कहा, "आशा है आप लोगों ने नाडू को तो नहीं छेड़ा।" "नाऽऽ," वह हँसती हुई बोली, "तुम्हारे लिए कुछ तो छोड़ना था।" वह उठी अपनी जगह डॉक्टर को देते हुए जिसके बीच में आ जाने से नवजात शिशु फिर कारमॅरी की आँखों से छिप गया, जो अभी तक दरवाज़े पर खुले सिर खड़ा था। डॉक्टर ने उकड़ूँ बैठकर अपना केस खोला और उस अरब औरत के हाथ से चिलमची ले ली, जिसने एकदम फिर रोशनी में से हटकर फायरप्लेस की अँधेरी साइड में शरण ले ली। डॉक्टर ने अपने हाथ धोए, दरवाज़े की तरफ अभी तक पीठ किए हुए, फिर उन हाथों पर कोई एल्कोहल डाला जिसमें से अंगूर की शराब जैसी महक आई जो तत्काल सारे कमरे में भर गई। उसी समय पत्नी ने अपना सिर ज़रा-सा ऊँचा उठाया और अपने पति की तरफ देखा। एक अद्‌भुत मुस्कराहट उस सुन्दर, क्लान्त चेहरे को गौरवान्वित कर रही थी। कारमॅरी गद्‌दे के पास आया। "यह आ गया," उसने साँस लेते हुए कहा और बच्चे की तरफ हाथ बढ़ाया। "हाँ," डॉक्टर बोला, "लेकिन चुपचाप लेटी रहो।" पत्नी ने उसकी तरफ प्रश्नाकुल आँखों से देखा। कारमॅरी ने, जो गद्‌दे के पास खड़ा था, उसकी तरफ चुप रहने का इशारा किया, "तुम लेटी रहो।" वह फिर से नीचे लेट गई। अब बारिश उस पुरानी खपरैल की छत पर दोगुने ज़ोर से पड़ने लगी। डॉक्टर कम्बल के नीचे व्यस्त हो गया। फिर बाहर निकलकर सीधा खड़ा हो गया और हाथ में पकड़कर अपने सामने कोई चीज़ हिलाने लगा। सबको बच्चे का रोना सुनाई दिया। "लड़का हुआ है," डॉक्टर ने कहा। और फूल-सा सुन्दर, स्वस्थ। "शुरुआत अच्छी की है इसने," कैंटीन की मालकिन बोली, "नए घर में आने के साथ।" कोने में खड़ी अरब औरत ने हँसकर दो बार ताली बजाई। कारमॅरी ने उसकी तरफ देखा। वह शरमा कर पीछे देखने लगी। "चलो, सब ठीक हो गया," डॉक्टर ने कहा, "अब हमें कुछ देर काम कर लेने दो।" कारमॅरी ने अपनी पत्नी की तरफ देखा। लेकिन उसका चेहरा अभी तक पीछे की तरफ मुड़ा हुआ था। सिर्फ कम्बल पर पड़े उसके हाथ उसे उस मुस्कराहट की याद दिला रहे थे जिसने अभी एक क्षण पहले उस दयनीय कमरे को खुशी के प्रकाश से भर दिया था।

---

अ. जैसी कि माइक्रोस्कोप के नीचे कुछ कोषाणुओं में से आती है।

उसने अपनी टोपी पहनी और दरवाज़े की तरफ बढ़ गया। "इसका क्या नाम रखोगे?" कैंटीन की मालकिन ने चिल्लाकर पूछा। "पता नहीं। इस बारे में हमने अभी कुछ सोचा ही नहीं," वह बच्चे को देखता रहा। "हम इसे जाक बुलाएँगे क्योंकि तुम यहाँ थे," वह ज़ोर से हँस पड़ी और कारमॅरी बाहर चला गया। बेल के नीचे सिर पर बोरी ढके वह अरब अभी तक वहाँ चुपचाप खड़ा था। उसने कारमॅरी की तरफ देखा। कारमॅरी ने उससे कुछ नहीं कहा। "यह लो," अरब बोरी का एक छोर कारमॅरी की तरफ बढ़ाते हुए बोला। कारमॅरी बोरी के नीचे उसके पास आकर खड़ा हो गया। अरब का कन्धा उसके कन्धे से भिड़ा हुआ था और उसके कपड़ों से सिगरेट की खुशबू आ रही थी और बारिश की बूँदें दोनों के सिर पर गिर रही थीं। "लड़का हुआ है," उसने बिना अपने साथी की तरफ देखे हुए कहा। "अल्हमदो लिललाहे," अरब ने जवाब दिया। "सलामालैकुम।" हज़ारों मीलों दूर से आया पानी उनके सामने बरसे जा रहा था। वहाँ पड़े काँच और स्टील के चूरे पर, उन ढेर सारे गड्ढों में जिनमें वह भरा था, दूर अंगूर के बगीचे में इधर-उधर लगे काँटे वाले तार भीगकर चमक रहे थे। वह पानी जो पूरब में समुद्र तक कभी नहीं पहुँच पाएगा, इस समय पूरे गाँव में भरा जा रहा था, नदी और उसके आसपास पहाड़ों के तले दलदली ज़मीन में, उस फैले हुए वीरान इलाके में जहाँ से उठती तेज़ महक एक बोरी के नीचे खड़े इन दोनों आदमियों तक लगातार पहुँच रही थी, उनके पीछे कमरे से एक धीमी-सी रोने की आवाज़ बीच-बीच में सुनाई दे रही थी।

देर रात को कारमॅरी लम्बा अंडरवियर और बनियान पहने अपनी पत्नी के बराबर दूसरे गद्दे पर लेटा हुआ कमरे की छत पर आग की लपटों की खेलती छायाओं को देख रहा था। कमरा अब काफी कुछ सँवर चुका था। उसकी पत्नी के परली तरफ लीन्ही बास्केट में पड़ा बच्चा बीच-बीच में यदा-कदा ज़रा-सा कुनमुनाने को छोड़कर चुपचाप सो रहा था। उसकी पत्नी भी सो रही थी। उसका मुँह उसकी तरफ था, ओठ कुछ खुले हुए। बारिश अब रुक गई थी। कल से वह अपना काम शुरू करेगा। उसके पास उसकी पत्नी का सूखा, बेजान जैसे लकड़ी का हो, पड़ा हाथ भी उसे काम का ध्यान दिला रहा था। उसने अपना हाथ बढ़ाया, धीरे से उसके ऊपर रख दिया, और सिर पीछे को सीधा खींचकर आँखें बन्द कर लीं।

# साँए-ब्रीय्यु

[अ]चालीस साल बाद साँए-ब्रीय्यु की ट्रेन के गलियारे में खड़ा एक आदमी बसन्त ऋतु की एक दोपहर की पीली धूप के नीचे पेरिस से इंग्लिश चैनल तक उस सपाट सँकरे ग्रामीण क्षेत्र में बसे गाँव और भद्दे मकानों की कतारें बड़ी अरुचि से देख रहा था। सैकड़ों शताब्दियों से सँवारी, सँभाली ज़मीन के खेत और मैदान जिसका आखिरी टुकड़ा अभी उसके सामने से निकला था। खुला सिर, छोटे-छोटे कटे बाल, लम्बा चेहरा, नाजुक नाक-नक्श, सीधी सामने देखती हुई सद्भाव-भरी नीली आँखें, मझले कद वाला यह आदमी चालीस साल की उम्र के बावजूद बरसाती में काफी पतला दिख रहा था। वह रेलिंग पर हाथ जमाकर खड़ा था, अपने शरीर का भार एक पैर पर लिये, सरलता से खड़ा वह व्यक्ति स्फूर्ति और सक्षमता का आभास दे रहा था। फिर ट्रेन धीमी हुई और एक छोटे और मामूली से स्टेशन पर रुक गई। एक क्षण बाद एक शिष्ट सुरुचि-सम्पन्न महिला उस खिड़की के सामने से गुज़री जिसमें वह आदमी खड़ा था। वह रुककर अपना सूटकेस एक हाथ से दूसरे में ले रही थी कि उसकी निगाह इस यात्री पर पड़ी। वह उसकी तरफ मुस्करा कर देख रहा था। वह भी अपनी मुस्कराहट न रोक सकी। आदमी ने शीशा नीचे किया लेकिन तभी ट्रेन चल पड़ी। "दुर्भाग्य," वह बोला। वह महिला उसकी तरफ मुस्कराती रही।

वह यात्री अपने थर्ड-क्लास के डिब्बे में जाकर बैठ गया जहाँ उसकी सीट खिड़की के बराबर थी। उसके सामने एक बहुत छीदे, चिपके हुए बालों वाला आदमी अपने में सिकुड़ा, आँखें बन्द किए बैठा था जो उतनी उम्र का नहीं था जितनी उसकी फूली और दगीली शक्ल बता रही थी। वह ज़ोर-ज़ोर से साँस ले रहा था। ज़ाहिर था कि उसके पेट में तकलीफ थी और वह उस यात्री की तरफ बीच-बीच में आँख खोलकर उड़ती-सी* नज़र डाल लेता

---

अ. जाक में शैतानियत शुरू से ही बढ़-चढ़के दिखाना।

* तेज़।

था। उसी बेंच पर दूसरे कोने में गलियारे की तरफ सजी-धजी किसान औरत एक अजीब, मोम के अंगूरों का गुच्छा लगा हैट पहने हुए एक लाल चपटे मुँहवाले भोंदू-से दिखते बच्चे की नाक रूमाल से पोंछ रही थी। यात्री की मुस्कराहट गायब हो गई। उसने अपनी जेब से एक मैगज़ीन निकाली और उसमें अन्यमनस्कता से एक लेख पढ़ने लगा जिससे उसे जँभाई आने लगी।

कुछ देर बाद, ट्रेन रुकी और धीरे-धीरे एक छोटा-सा प्लेकार्ड जिस पर 'साँए-ब्रीय्यु' लिखा हुआ था खिड़की के फ्रेम में चढ़ा दिया गया। वह यात्री फौरन खड़ा हो गया, ऊपर का रैक खोलकर आसानी से अपना एक्सपैंडिंग सूटकेस उठाया, सहयात्रियों से विदा ली, जिसका जवाब प्रत्येक ने बड़े आश्चर्य से दिया, वह लम्बे-लम्बे कदमों से डिब्बा पार करके उसकी तीनों सीढ़ियाँ तेज़ी से उतर गया। प्लेटफार्म पर उसने अपना बायाँ हाथ देखा जो रेलिंग पर जमी कालिख से, जिसे थोड़ी देर पहले पकड़कर वह खड़ा हुआ था, गन्दा हो गया था। एक रूमाल निकालकर उसने अपना हाथ ध्यान से साफ किया। फिर वह निकास की तरफ बढ़ने लगा जहाँ शीघ्र ही काले कपड़े पहने फूले, दगीले चेहरेवाले यात्री के साथ और बहुत से यात्रियों का समूह उसके साथ हो लिया। छोटे-से निकास द्वार के शेड के नीचे वह शान्ति से इन्तज़ार करता रहा, अपनी बारी आने पर टिकट दिखाया, फिर जितनी देर उस स्वल्पभाषी अफसर ने उसका टिकट जाँच कर उसे लौटाया, उसने फिर इन्तज़ार किया, और एक खाली और गन्दी दीवारों वाले वेटिंग रूम, जहाँ सजावट के नाम पर एक-दो पुराने समुद्र तट पर छुट्टी बिताने के पोस्टर जिन पर भी कालिख जमी थी, को तेज़ कदमों से पार करता हुआ दोपहर की उतरती धूप में उस रास्ते पर मुड़ गया जो स्टेशन से शहर की तरफ जाता था।

होटल पहुँचकर उसने अपने लिए रिज़र्व किया हुआ कमरा माँगा। एक चेम्बरमेड जिसकी शक्ल आलू जैसी थी उसका सामान ऊपर ले जाने के लिए तैयार थी, लेकिन उसने साफ इनकार कर दिया, अलबत्ता उसका कमरा उसे दिखाने के बाद कुछ टिप जरूर दे दी। इससे उसे आश्चर्य हुआ लेकिन चेहरा उसके प्रति सहानुभूति से खिल गया। फिर उसने अपने हाथ धोए और बिना अपना कमरा लॉक किए उसी तेज़ी से नीचे उतर गया। लॉबी में पहुँचकर उसी चेम्बरमेड से उसने कब्रिस्तान का रास्ता पूछा। उसका बताया बहुत लम्बा मार्ग-निर्देशन ध्यान से सुना और फिर बताई हुई दिशा में चल पड़ा। अब वह उन गलियों में से जा रहा था जो सँकरी और निरुत्साहित करनेवाली थीं और जिनके किनारे-किनारे वही बदसूरत लाल-

लाल टाइलों वाले छोटे-छोटे क्वार्टर बने हुए थे। बीच में कहीं-कहीं पुराने टेढ़ी स्लेट वाले मकान भी दिख जाते थे। रास्ते में जो भी थोड़े बहुत लोग चल रहे थे वे डिसप्ले विंडो के सामने भी नहीं रुके जिनमें काँच की चीज़ें, प्लास्टिक और नाइलॉन के मास्टरपीस, और वह चीनी मिट्टी का सामान, जो पश्चिमी दुनिया के हर शहर में मिलता है, सजाया हुआ था। सिर्फ खाने-पीने का सामान बेचनेवाली दुकानें सम्पन्नता का प्रमाण दे रही थीं। कब्रगाह के चारों तरफ ऊँची भयावह दीवारों का परकोटा था। उसके गेट पर फूलों और संगमरमर की शिलाओं पर नाम खोदनेवालों की छोटी-छोटी दुकानें थीं। वह यात्री उनमें से एक के सामने, उस बच्चे को देखने के लिए जो उसके अन्दर एक कोने में एक बिलकुल नई, अछूती शिला पर बैठा अपना होमवर्क कर रहा था, कुछ रुका। फिर वह अन्दर गया और चौकीदार के क्वार्टर की तरफ बढ़ गया। चौकीदार वहाँ नहीं था। वह उस अति-साधारण, न्यूनतम फर्नीचर से सजे कमरे में उसका इन्तज़ार करने लगा, जहाँ उसका ध्यान एक नक्शे पर गया। वह उसी का अध्ययन कर रहा था कि चौकीदार वहाँ पहुँचा। वह एक लम्बा ग्रंथिल, लम्बी बड़ी-सी नाक वाला आदमी था जिसकी मोटी ऊँचे गले की जैकेट में से पसीने की बदबू आ रही थी। यात्री ने उससे 1914 की लड़ाई में गुज़रे लोगों की कब्रों के बारे में पूछा। "हाँ," उसने कहा, "उसे फ्रांसीसी स्मृति-स्थल कहते हैं। तुम कौन-सा नाम ढूँढ़ रहे हो?" "औंरी कारमॅरी," यात्री ने जवाब दिया।

चौकीदार ने गत्ता चढ़ा एक मोटा-सा रजिस्टर निकाला और अपनी गन्दी उँगली से नामों की लिस्ट पढ़ने लगा। उसकी उँगली रुकी। "कारमॅरी, औंरी," वह बोला, "मार्च की लड़ाई में घातक रूप से आहत, मृत्यु साँए-ब्रीय्यु में। 1 अक्टूबर, 1914।" "यही है," यात्री ने कहा। चौकीदार ने रजिस्टर बन्द कर दिया। "आओ," उसने कहा। और वह उसके आगे-आगे चलकर स्मारक चिह्नों की पहली पंक्ति पर पहुँचा, कुछ बिलकुल सादा, दूसरे भड़कीले और भद्दे, लेकिन सभी उस गुणगान और स्तुति से मंडित जो दुनिया के किसी भी भाग के लिए लज्जा का विषय ही हो सकते हैं। "यह तुम्हारा कुछ लगता था?" चौकीदार ने यों ही पूछा। "वे मेरे पिता थे।" "गहरा सदमा पहुँचा होगा आपको," उसने कहा। 'नहीं-नहीं, जब उनकी मृत्यु हुई तो मैं एक साल का भी नहीं था। तो, तुम समझ सकते हो।" "हाँ," चौकीदार ने जवाब दिया, "फिर भी। इस लड़ाई में बहुत जानें गईं।" जाक कारमॅरी ने कोई जवाब नहीं दिया। निस्सन्देह बहुत जानें गई थीं लेकिन जहाँ तक उसके पिता का सवाल

था, पुत्र के रूप में जो कचोट उसके मन में नहीं थी, वह उसे पैदा नहीं कर सकता था। इतने सालों से जब से वह फ्रांस में रह रहा था, उसने अपने आपसे वह करने का वादा कर रखा था जो उसकी माँ, जो अल्जीरिया में थी, और जो[1] उससे बहुत सालों से कह रही थी, जाकर अपने पिता की कब्र देख आना जो उसने खुद कभी नहीं देखी थी। उसे लगा कि इस यात्रा का कोई अर्थ नहीं था। सबसे पहले, उसके लिए, जिसने कभी अपने पिता को देखा नहीं था, इस बारे में कि वे क्या थे, कैसे थे, करीब-करीब बिलकुल कुछ न जानता था और जिसे रीति-रिवाज के लिए कुछ भी करने से सख्त नफरत थी, और फिर उसकी माँ के लिए, जो स्वर्गीय पिता के बारे में कभी कोई ज़िक्र नहीं करती थी, न ही जिसने उसे इस बारे में कोई जानकारी दी थी कि वह वहाँ क्या देखेगा। लेकिन चूँकि उसके बुज़ुर्ग साँए-ब्रीय्यु में हमेशा के लिए आवासित कर दिए गए थे और चूँकि उसे उन्हें देखने का मौका मिल रहा था, 'चूँकि' उसने इन अपरिचित स्वर्गवासी से मिलना तय कर लिया और वह भी अपने पुराने मित्र के पास जाने से पहले, ताकि बाद में वह बेफिक्री से बैठ सके। "यह रही," चौकीदार बोला। अब वे लोग एक चौकोर अहाते में आ पहुँचे थे जिसके चारों तरफ थोड़ी-थोड़ी दूर रखे स्लेटी पत्थरों में भारी काला पेंट की हुई लोहे की चेन लगा दी गई थी। असंख्य समाधि स्तम्भ, सब एक-से, एक-सी दूरी पर पंक्तिवार लगे हुए थे। हर समाधि पर ताज़ा फूलों का एक गुलदस्ता रखा हुआ था। चालीस साल से फ्रांसीसी स्मृति संस्थान इनकी देखभाल कर रहा है। "यह लो, यह कब्र है।" उसने पहली पंक्ति में एक पत्थर की तरफ इशारा किया। जाक कारमॅरी उस पत्थर से कुछ दूर रुक गया। "अब मैं चलता हूँ," चौकीदार बोला। कारमॅरी पत्थर के पास आया और उसे दूर से देखा। हाँ, यही नाम था उनका। उसने अपनी आँखें ऊपर उठाईं। निष्प्रभ आसमान में सफेद और काले बादलों के टुकड़े धीरे-धीरे चल रहे थे और आसमान से बारी-बारी काली और तेज़ रोशनी चमक रही थी। उसके चारों तरफ दिवंगत आत्माओं के विस्तृत क्षेत्र में पूर्ण शान्ति व्याप्त थी। दीवारों के ऊपर से पास की बस्ती की हल्की-सी गुनगुनाहट आ रही थी। दूर की कब्रों के ऊपर से कदाचित् कोई काली छाया गुज़र जाती थी। जाक कारमॅरी, आसमान में धीरे-धीरे उड़ते हुए बादलों को देखता हुआ ताजे फूलों की सुहावनी महक से दूर शान्त समुद्र से आती खारी खुशबू को अलग करने की कोशिश कर रहा था जब अचानक एक बाल्टी के किसी

1. यथामूल।

समाधि स्तम्भ से टकरा जाने की टनटनाहट ने उसे उसके दिवास्वप्न से जगाया। उसी समय उसने समाधि-स्तम्भ पर अपने पिता की जन्म-तिथि पढ़ी और महसूस किया कि यह उसे तब तक मालूम ही न थी। फिर उसने दोनों तारीखें पढ़ीं, '1885-1914' और मन में अपने आप हिसाब किया : उनतीस साल। अचानक उसके मस्तिष्क में एक विचार आया जिसने उसे अन्दर तक झिंझोड़ दिया। वह चालीस साल का था। उस शिला के नीचे दफनाया हुआ आदमी, जो उसका पिता था, उससे छोटा था।[अ]

और करुणा और स्निग्धता का उफान, जो अचानक इस समय उसके हृदय में उमड़ा वह आलोड़न नहीं था जो एक बेटे को अपने दिवंगत पिता की स्मृति की ओर धकेलता है बल्कि वह अदम्य अनुक्रोश था जो एक आदमी अपने बेटे की अन्यायपूर्ण हत्या पर महसूस करता है—यहाँ कोई चीज़ सामान्य क्रम में नहीं थी और सच कहा जाए तो कोई क्रम था ही नहीं सिर्फ पागलपन और विश्रृंखलता जहाँ बेटा पिता से ज़्यादा बड़ा था। उसके आसपास खुद समय का क्रम ध्वस्त हो रहा था जब कि वह, उन कब्रों के बीच जो अब उसे दिख नहीं रही थीं, निश्चल खड़ा हुआ था और उस महान प्रवाह में जो सदा अपने अन्त की तरफ बहता रहता है, वर्ष क्रम से बढ़ना छोड़ चुके थे। जिस पड़ाव पर जाक कारमॅरी अपने दुख और करुणा[ब] में जकड़ा संघर्ष कर रहा था वे समुद्री तूफान, भँवर और उग्र लहरों से ज़्यादा कुछ नहीं रह गए थे। उस स्मृति-स्थल पर उसने और समाधि स्तम्भ देखे और उन पर खुदी तारीखें देख-देखकर सोचने लगा कि वह भूमि उन बच्चों से भरी हुई थी जो उन सफेद बाल वाले आदमियों के पिता थे जो समझते थे कि वे उस समय जी रहे हैं। वैसे वह भी समझता था कि वह जी रहा है, उसने खुद अपने आपको बनाया था, वह अपनी सामर्थ्य और ऊर्जा पहचानता था आत्मनीन और आत्मावलम्बी था। लेकिन जिस विचित्र विभ्रान्ति में वह इस समय था, वह मूर्ति जो प्रत्येक आदमी निदान खड़ी करता है, समय की भट्टी में पकाता है और फिर उसके अन्दर घुस जाता है, वहाँ जाकर अपने आखिरी चूर-चूर होकर गिरने के इन्तज़ार में, तेज़ी से तड़क रही थी, ढहना शुरू हो गई थी, अब जो बाकी बचा था, वह था जीने की असाधारण लालसा लिये उसका दुखी मन। उस सांसारिक संविधान का विरोध करते हुए जो चालीस साल से उसके साथ था, और उस दीवार से मज़बूती से जूझते हुए जो उसे अब

अ. विषयान्तर।
ब. 1914 की लड़ाई के बारे में विस्तार से लिखना।

तक जीवन के मूल रहस्य से अलग किए हुए थी, आगे जाने के लिए, उस पार जाने के लिए, बेहद इच्छुक, ज्ञान के लिए, मृत्यु से पहले उसके ज्ञान के लिए, अन्ततः जीवित रहने के लिए उसके ज्ञान के लिए सिर्फ एक बार, एक क्षण के लिए लेकिन हमेशा के लिए।

उसने अपने जीवन का अवलोकन किया। वह जीवन जो मूर्खतापूर्ण, हिम्मत भरा, डरपोक, स्वेच्छाचारी, हमेशा उस लक्ष्य की ओर अग्रसर होता हुआ जिसके बारे में वह कुछ जानता नहीं था और वास्तव में वह जीवन व्यतीत हो चुका था, यह कल्पना करने की कभी कोशिश तक किए बिना कि वह आदमी आखिर कौन था, जिसने उसे यह जीवन दिया और फिर तत्काल समुद्र पार अनजानी जगह में जाकर मर गया। उनतीस साल की उम्र में क्या वह खुद सुकुमार, अस्वस्थ, क्षुब्ध दृढ़-संकल्पी, विषयासक्त, स्वप्नदर्शी, सनकी और साहसी नहीं था? हाँ, वह यह सब था, और इससे ज़्यादा, वही जीवित था, संक्षिप्त में, एक आदमी था, और फिर भी उसने इस आदमी के बारे में जो यहाँ सुला दिया गया था कभी एक जीवित प्राणी की तरह नहीं सोचा, अपितु एक अनजान की तरह, जो भी एक बार उसी ज़मीन पर जिया था, जिस पर वह पैदा हुआ, जिसके बारे में उसकी माँ उससे कहा करती थी कि वह उससे मिलता है और कि वह लड़ाई के मैदान में सम्मानपूर्वक मरा था। हालाँकि वह रहस्य, जो उसने बड़ी उत्कटता से किताबों और लोगों से जानने की कोशिश की थी, अब उसे लगा कि इस मृत्यु, इस छोटे पिता, वह जो वह था, और वह जो वह बन गया था, से जुड़ा हुआ था और कि वह उसकी खोज में बहुत दूर निकल गया था जो समय और खून में उसके इतने निकट था। सच बात तो यह थी कि उसे कोई मदद नहीं मिली थी। एक परिवार जिसमें बातचीत बहुत कम होती थी, जहाँ न कोई कुछ पढ़ता था, न लिखता था, जहाँ माँ दुखी और शून्यमनस्क रहती थी, कौन उसे इस युवा और दयनीय पिता के बारे में अवगत कराता? उसे कोई नहीं जानता था सिवाय उसकी माँ के और वह उसे भूल चुकी थी। यह उसे अच्छी तरह मालूम था। और वह उस धरती पर अनजाना मर गया था, जहाँ वह अनजाने की तरह थोड़े से समय के लिए आया था। निस्सन्देह उसके बारे में पूछताछ करना, जानकारी हासिल करना उसका काम था। लेकिन उसके लिए, जिसके पास उसकी तरह कुछ न हो और जो सारा संसार लेना चाहता हो, उसकी समूची शक्ति खुद को पर्याप्त सामर्थ्य देने, दुनिया को जीतने या समझने के लिए काफी नहीं होती। बहरहाल, इतना विलम्ब नहीं हो चुका था, वह अभी और

खोज कर सकता था, जान सकता था कि वह व्यक्ति जो उसे अब दुनिया में अपने सबसे ज़्यादा निकट लाने लगा था, कौन था। वह...

दोपहर अब खत्म होने जा रही थी। एक स्कर्ट की सरसराहट, एक काली परछाईं उसे कब्रों और उसे घेरे हुए आसमान की दृश्य भूमि में वापस ले आई। उसे जाना था, उसके लिए वहाँ अब कुछ और करने को नहीं था। लेकिन वह अपने आपको उस नाम और उन तारीखों से अलग नहीं कर सका। उस शिला के नीचे अब सिर्फ राख और मिट्टी बचे थे। लेकिन उसके लिए उसके पिता फिर से जीवित हो गए थे एक अजीब, बेआवाज़ जीवन। और उसे लगा कि वह उन्हें फिर से छोड़ने को है, उस अनन्त अकेलेपन की एक और रात में जिसमें उसे फेंक दिया गया था और फिर छोड़ दिया गया था, लगातार, बार-बार उसकी स्मृति में आते रहने के लिए। अचानक खाली आसमान में एक ज़ोर का धमाका हुआ। एक अदृश्य विमान ध्वनि-अवरोधकों को पार करके आगे बढ़ गया था। कब्र की तरफ से मुँह मोड़कर जाक कारमॅरी अपने पिता को छोड़कर चला गया।

# 3

# साँए-ब्रीय्यु और मलों (जे.ज़ी.)[अ]

उस दिन शाम को खाना खाते समय जे.जी. अपने पुराने मित्र को मटन के दूसरे स्लाइस पर हैरान कर देनेवाली लोलुपता से वार करते देख रहा था। वह हवा जो अभी आई थी तटवर्तीय प्रदेश के एक नीची छत वाले मकान में धीरे-धीरे भरती जा रही थी। वहाँ पहुँचने पर जे.ज़ी. ने फुटपाथ के किनारे सूखे गटर में कुछ सूखे शैवाल के टुकड़े पड़े देखे थे जिनमें से उठती खारी गन्ध ही सिर्फ उनके समुद्र के पास होने का संकेत देती थी। विक्तर मलों, जिसने अपना पूरा व्यावसायिक जीवन कस्टम विभाग की नौकरी में काटा था, रिटायर होने के बाद इस छोटे-से शहर में रहने लगा था जो उसने पसन्द नहीं किया था लेकिन वहाँ रहना शुरू करने के बाद अपनी पसन्द का औचित्य वह यह कहकर दिया करता था कि वहाँ की कोई भी चीज़ उसके एकान्तवासी मनन से उसका मन उचाटती नहीं थी, न सुन्दरता की ज़्यादती, न कुरूपता की ज़्यादती, न ही एकान्त की। प्रशासन के अनुभव और मानव निदेशन ने उसे बहुत कुछ सिखाया था। सबसे पहले, स्पष्टत: यह कि हम बहुत कम जानते हैं। लेकिन वह इतना अधिक शालीन और शिष्ट था कि जे.ज़ी. निस्संकोच उसकी प्रशंसा किया करता था क्योंकि ऐसे किसी भी मौके पर जब और विशिष्ट, उत्कृष्ट लोग पुराना घिसा-पिटा, सामान्य रुख अपना लेते थे वह एक अकेला आदमी अपना अलग दृष्टिकोण सामने रखने में हिचकिचाता नहीं था। और उस हद तक जहाँ तक सम्भव होता, और अपने समस्त ऊपरी, कृत्रिम समन्वयात्मक व्यवहार के बावजूद अपना निर्णय पूर्ण स्वतंत्रता से लेता और उस पर उतनी ही स्वतंत्रता से अड़ा रहता।

---

अ. अध्याय लिखना और बाद में काट देना।

"ऐसा है, बेटे," मलों कह रहे थे, "चूँकि तुम अपनी माँ से मिलने जा रहे हो, अपने पिता के बारे में कुछ जानने की कोशिश करना। और फिर सिर पर पाँव रखकर लौट आना मुझे बताने के लिए। हँसने के मौके बहुत कम होते हैं।"

"हाँ, बात तो हँसने की है। लेकिन अब चूँकि मेरा कौतूहल जग गया है, मैं इस बारे में कुछ अतिरिक्त विवरण जानने की कोशिश करूँगा। यह व्याधिकीय है कि अब तक मैंने इस बारे में कोई दिलचस्पी नहीं ली।"

"बिलकुल नहीं। इस केस में यह अक्लमन्दी की बात है। मैं मार्थ से, जिसे तुम जानते हो, तीस साल तक विवाहित रहा। एक आदर्श औरत, जिसकी मुझे आज भी याद आती है। मैं हमेशा सोचता था कि उसे अपना घर पसन्द है।"[1]

"तुम निस्सन्देह ठीक कह रहे हो," मलों कह रहे थे। दूसरी तरफ देखते हुए। कारमॅरी उस असहमति का इन्तज़ार करने लगा जो, वह जानता था, उसकी सहमति के बाद हमेशा आती है।

"फिर भी," मलों ने पुनः आरम्भ किया, "मैं, और मैं गलत हो सकता हूँ। मैं अपने आपको उससे ज़्यादा जानने से हमेशा रोकूँगा जितना कि जीवन ने मुझे बताया। लेकिन इस मामले में शायद मैं एक खोटा उदाहरण हूँ, क्यों? संक्षिप्त में, निश्चित रूप से अपने अन्दर किसी कमी के कारण ही तो मैं कोई कोशिश नहीं करूँगा। जबकि तुम (और उसकी आँखों में शरारत चमकने लगी), तुम तो काम करके दिखानेवाले आदमी हो।"

मलों देखने में चीनी लगते थे। गोल चाँद का जैसा मुँह, कुछ चपटी-सी नाक, भौंहों के बाल नदारद या नामालूम-से, सिर के बाल उलटा कटोराकट, और घनी मूँछें जो उनके मोटे और विषयासक्त ओठों को पूरी तरह ढक नहीं पाती थीं। उनका बदन, मुलायम और गोलमटोल, गुदगुदा, छोटी-छोटी उँगलियोंवाला हाथ मैंडरिन का ध्यान दिलाता था जो पैदल यात्रा का दुश्मन होता है। जब वे तबीयत से कुछ खाते हुए आधी आँखें बन्द कर लेते थे तो वे अनायास ही कल्पना में सिल्क के कपड़े पहने हाथों में चॉपस्टिक लिये नज़र आने लगते थे। लेकिन उनके चेहरे का भाव सब कुछ बदल देता था। उत्तेजित गहरी भूरी आँखें, बेचैन या अचानक घूरती हुई जैसे कि मस्तिष्क किसी अति सूक्ष्म विषय पर जमा हो, एक अत्यन्त संवेदनशील, सुसंस्कृत पश्चिमी विद्वान का अनुमान देते थे।

---

1. ये तीन पैराग्राफ काटे हुए हैं।

वयोवृद्ध आया चीज़ की ट्रे लेकर आई जिसे मलों कनखियों से देखते रहे। "मैं एक आदमी को जानता था," वे बोले, "जो तीस साल अपनी पत्नी के साथ रहने के बाद...।" कारमॅरी ध्यान से सुनने लगा। जब भी मलों कोई बात ऐसे शुरू करते : "मैं एक आदमी को जानता था जो...या एक दोस्त... या एक अंग्रेज़ जो मेरे साथ सफर कर रहा था..." तो यह पक्की बात होती थी कि वे खुद अपने बारे में बता रहे होते थे। "...जिसे पेस्ट्री पसन्द नहीं थी और उनकी पत्नी भी उन्हें नहीं खाती थी। और एक दिन, बीस साल साथ रहने के बाद उसने अचानक अपनी पत्नी को पेस्ट्री की दुकान पर देखा। और उस पर निगाह रखने के बाद उसे पता लगा कि वह सप्ताह में कई बार वहाँ जी भरके कॉफी इक्लेयर्स खाने जाती है। हाँ, वह सोचता था कि उसकी पत्नी को मीठा पसन्द नहीं है जबकि वास्तव में उसे कॉफी इक्लेयर्स बहुत पसन्द थी।"

"इसका मतलब," कारमॅरी बोला, "हम किसी को नहीं जानते।"

"तुम चाहो तो। लेकिन सम्भवत: शायद यह कहना ज़्यादा ठीक हो कि मुझे ऐसा लगता है, जो भी हो मेरे खयाल से मैं कहना चाहूँगा, लेकिन इसे तुम मेरा कोई भी चीज़ स्वीकारात्मक रूप से न कह पाने का अवगुण कह सकते हो। हाँ, तो अगर बीस साल किसी के साथ रहने का समय उसे जानने के लिए काफी नहीं है तो किसी आदमी के मरने के चालीस साल बाद की इंक्वाइरी, जो लाज़मी तौर से बाहरी होगी, उसके बारे में तुम्हें सिर्फ सीमित जानकारी ही दे सकती है, यानी कि यह कह सकते हैं कि वह जानकारी जिसका मतलब इस आदमी के बारे में सीमित हो। हालाँकि दूसरे अर्थ में..."

उसने हाथ में छुरी उठाकर ऊँचे से बेकरी की चीज़ पर एक घातक प्रहार किया।

"माफ करना। तुम चीज़ नहीं लोगे? नहीं? हमेशा से मिताहारी! तुम्हें खुश करना बहुत मुश्किल है!"

उसकी आधी बन्द पलकों में से शरारत फिर झाँक रही थी। कारमॅरी अपने इस पुराने मित्र को पिछले बीस साल से जानता था (क्यों और कैसे, जोड़ना) और उसके व्यंग्यों को ज़िन्दादिली से लिया करता था।

"इसमें खुश करने जैसा कुछ नहीं है। ज़्यादा खाकर मैं भारीपन महसूस करता हूँ। मैं उठ नहीं पाता।"

"हाँ, फिर तुम औरों के ऊपर नहीं उड़ पाते।"

कारमॅरी ने अपनी निगाह उस नीची छत वाले डाइनिंग रूम में, जहाँ बीम पर सफेद पॉलिश की हुई थी, भरे हुए खूबसूरत देहाती फर्नीचर पर जमा ली।

"मेरे दोस्त," वह बोला, "तुम यह हमेशा कहते रहे हो कि मैं स्नोबिश हूँ। मैं हूँ। लेकिन हमेशा नहीं, और सबके साथ भी नहीं। उदाहरण बतौर तुम्हारे साथ, स्नोबिश होने की क्षमता ही मुझमें नहीं है।"

मलों ने आँखें घुमा लीं जो उनके भावुक होने को प्रकट करता था।

"मैं यह जानता हूँ," वे बोले, "लेकिन क्यों?"

"क्योंकि मैं आपको चाहता हूँ," कारमॅरी ने शान्त मुद्रा में जवाब दिया। मलों ने ताजे फलों की बास्केट अपनी तरफ खींची। कोई जवाब नहीं दिया। "क्योंकि," कारमॅरी अपना जवाब पूरा करने लगा, "जब मैं बहुत छोटा था, बहुत बुद्धू और बहुत अकेला (याद है आपको अल्जियर्स में?), आपने मुझे संरक्षण दिया और आपने मेरे लिए उन सब चीज़ों का दरवाज़ा खोल दिया जो मुझे इस दुनिया में पसन्द हैं।"

"ओह! तुम प्रतिभावान थे।"

"अवश्य। लेकिन बड़ी से बड़ी प्रतिभा वाले को किसी रास्ता दिखानेवाले की ज़रूरत होती है। वह, जिसे जीवन एक दिन तुम्हारे पथ पर ला देता है, वह व्यक्ति जीवन-भर तुम्हारी श्रद्धा और सम्मान का अधिकारी होता है, चाहे वह ज़िम्मेदार रहे या नहीं। यह मेरा विश्वास है।"

"ठीक है, ठीक है," मलों ने स्निग्धता से कहा।

"आप विश्वास नहीं करते, मैं जानता हूँ। पर ध्यान रखिए आपके प्रति मेरा प्रेम अन्धा नहीं है। आपमें बहुत बुराइयाँ हैं, बहुत बड़ी-बड़ी बुराइयाँ हैं। कम-से-कम मेरी आँखों में।"

मलों ने अपने मोटे ओठों पर जीभ फेरी और अचानक उत्सुकता दिखाई।

"कौन-सी बुराइयाँ?"

"जैसे, अगर हम कहें, आप किफायती हैं। लालच के कारण नहीं लेकिन डर के कारण, पैसा नहीं होगा तो क्या करूँगा, वगैरह-वगैरह। जो भी हो यह एक गम्भीर अवगुण है, और कभी पसन्द नहीं आता। फिर, उससे भी ज़्यादा खराब, आप औरों पर हमेशा गुप्त मतलब होने का शक करने से अपने आपको कभी नहीं रोक पाते। आप आदत से यह मानने में असमर्थ हैं कि लोग निःस्वार्थ भाव से भी अपनी राय दे सकते हैं।"

"क्यों," मलों ने अपनी वाइन खत्म करते हुए कहा, "मुझे अब कॉफी तो नहीं पीनी चाहिए। और फिर..." लेकिन कारमॅरी ने अपना आत्मनियंत्रण नहीं खोया।[अ]

"मिसाल के तौर पर, मैं अच्छी तरह जानता हूँ कि आप मुझ पर बिलकुल विश्वास नहीं कर सकेंगे अगर मैं आपसे कहूँ कि सिर्फ आपके एक बार कहने से मैं अपना सब कुछ अविलम्ब आपको दे दूँगा।"

मलों हिचकिचाए और इस बार अपने मित्र की तरफ देखने लगे।

"ओह, मैं जानता हूँ। तुम उदार हो।"

"नहीं, मैं उदार नहीं हूँ। मैं अपने समय, अपनी शक्ति और अपनी थकान का बहुत कंजूस हूँ और यह मुझे आत्मकुत्सा से भर देता है। लेकिन जो मैंने कहा है, वह सच है। आप, आप मेरा विश्वास नहीं कर रहे, यह आपकी अपनी परेशानी है, आपकी सच्ची कमज़ोरी है, चाहे आप एक उत्कृष्ट व्यक्ति हैं। क्योंकि आप एक उत्कृष्ट व्यक्ति हैं। क्योंकि आप गलती कर रहे हैं। आपके कहने की देर है और उसी क्षण मेरा सब कुछ आपका है। आपको इसकी आवश्यकता नहीं है, और यह एक मिसाल मात्र है। लेकिन यह मिसाल मेरी स्वेच्छा से छाँटी हुई नहीं है। वास्तव में, मेरा सब कुछ आपका है।"

"धन्यवाद, सच में," मलों ने आधी आँखें बन्द करते हुए कहा, "मैं हृदय से आभारी हूँ।"

"ठीक है, मैं आपको उबा रहा हूँ। आप यह तक पसन्द नहीं करते कि साफ-साफ बात की जा सके। मैं आपसे सिर्फ यह कहना चाहता था कि मैं आपकी बुराइयों सहित आपको चाहता हूँ। मैं बहुत कम लोगों को चाहता या पूजता हूँ। बाकी सबके प्रति अपनी बेरुखी के लिए मैं शर्मिन्दा हूँ। लेकिन जिन्हें मैं चाहता हूँ उन्हें चाहने से, कोई भी व्यक्ति या कोई भी चीज़ न मैं न निश्चित रूप से वे खुद मुझे रोक सकते हैं। ये वे चीज़ें हैं जिन्हें पहचानने में मुझे बहुत समय लगा; अब मैं यह जान गया हूँ। यह कहने के बाद, हम वापस उस बात पर आते हैं जो हम कर रहे थे : तो आप यह पसन्द नहीं करते कि मैं अपने पिता को ढूँढ़ने की कोशिश करूँ।"

"मेरा मतलब है, अगर मैं सच बताऊँ कि मुझे यह भय है कि तुम्हें निराशा मिलेगी। एक मेरे मित्र ने, जो एक लड़की से बहुत प्रेम करता था

---

अ. मैं अनेक बार उन लोगों को पैसे उधार देता हूँ जिनकी मैं कोई खास परवाह नहीं करता, यह अच्छी तरह जानते हुए कि वे कभी वापस नहीं आएँगे। सिर्फ मुझे मना करना नहीं आता और यह मुझे बहुत क्षुब्ध करता है।

और उससे शादी करना चाहता था, और लोगों से उसके बारे में पूछताछ करने की गलती की।"

"एक बुर्जुआ," कारमॅरी बोला।

"हाँ," मलों ने कहा, "वह मैं था।" वे खिलखिलाकर हँस पड़े।

"मैं अपरिपक्व था। मैंने उसके बारे में इतनी परस्पर विरोधी बातें सुनीं कि मेरे अपने विचार बहुत कन्फ्यूज़ हो गए। मैं यह तय नहीं कर पाया कि मैं उससे प्रेम करता हूँ या नहीं। संक्षिप्त में, मैंने दूसरी से शादी कर ली।"

"मैं अपने लिए दूसरा पिता नहीं ढूँढ़ पाऊँगा।"

"नहीं। अच्छा है। एक ही बहुत है, मैं अगर अपने अनुभव से कहूँ तो।"

"ठीक है," कारमॅरी बोला, "जो भी है कुछ सप्ताह बाद मुझे अपनी माँ से मिलने जाना है। यह मेरे लिए एक मौका है। और मैंने आपसे इसका ज़िक्र खास तौर से इसलिए किया था क्योंकि मैं अभी कुछ ही देर पहले तक उम्र में अन्तर से परेशान था, अपने पक्ष में। हाँ, मेरे पक्ष में।"

"हाँ, मैं समझता हूँ!"

वह मलों की तरफ देखने लगा।

"अपने आपसे यह कहो कि वे बूढ़े नहीं हुए। वे बच गए इस कष्ट से। यह बहुत लम्बा होता है।"

"आनन्द के कुछ क्षणों समेत।"

"हाँ। तुम्हें जीवन से प्यार है। करना ही चाहिए क्योंकि तुम एक सिर्फ इसी में जो विश्वास करते हो।"

मलों एक छींटदार कपड़ा चढ़ी आरामकुर्सी पर भारीपन से बैठ गए, अचानक उनका चेहरा एक अकथनीय विषाद से भर गया।

"आप ठीक कह रहे हैं। मैंने उसे चाहा है, मैं उसे उत्कटता से चाहता हूँ। और साथ ही साथ वह मुझे विकट और दुष्प्राप्य भी लगता है। इसीलिए मैं विश्वास करने लगा हूँ, संशय के माध्यम से। हाँ, मैं विश्वास करना चाहता हूँ, मैं जीना चाहता हूँ, हमेशा।"

कारमॅरी चुप हो गया।

"पैंसठ वर्ष की उम्र पर प्रत्येक वर्ष एक स्टे ऑर्डर होता है। मैं शान्ति से मरना चाहता हूँ और मरने के खयाल से मुझे डर लगता है। मैंने कुछ भी नहीं किया।"

"वे लोग भी हैं जो दुनिया की पुष्टि करते हैं, जो अपनी उपस्थिति मात्र से औरों को जीने में सहायता देते हैं।"

"हाँ और वे मरते भी हैं।"

वे जब चुप खड़े थे, हवा घर के चारों तरफ और ज़ोर से चलने लगी।

"तुम ठीक कह रहे हो जाक," मलों बोले, "जाओ और पता करो। अब तुम्हें पिता की ज़रूरत नहीं है। तुम अपने आप बड़े हो गए हो। अब तुम उन्हें वैसे प्यार कर सकते हो जैसे तुम्हें प्यार करना आ गया है। लेकिन..." वे बोले, और वह सकुचाने लगा..."मुझसे मिलने जरूर आना। मेरे पास अब ज़्यादा समय नहीं बचा है। और मुझे माफ कर देना...।"

"तुम्हें माफ कर देना?" कारमॅरी बोला, "मेरे पास जो भी है उसके लिए मैं आपका आभारी हूँ।"

"नहीं, मैंने तुम्हें ऐसा कुछ नहीं दिया। तुम मुझे सिर्फ इस बात के लिए माफ कर देना कि कई बार मुझे तुम्हारे प्यार का जवाब देना नहीं आया...।"

मलों टेबिल के ऊपर लटके भारी एंटीक लैम्प को एकटक देखते रहे, उनकी आवाज़ खोखली सुनाई दी जब कुछ क्षण बाद उन्होंने कहा, जो सिर्फ कारमॅरी उस निर्जन बस्ती में उड़ते हवा के झोंकों में अनवरत सुनता रहा, "मेरे अन्दर एक भयंकर खालीपन है, एक निःस्पृहता जो दुखी करती रहती है...।[अ]

---

अ. जाक, शुरू से ही जब से मैं बच्चा था मैं हमेशा अपने आप यह जानने की कोशिश करता रहा कि क्या सही है क्या गलत—क्योंकि मुझे बतानेवाला कोई नहीं था। और अब जब सब मुझे त्याग रहे हैं मैं महसूस कर रहा हूँ कि मुझे किसी की ज़रूरत है जो मुझे रास्ता दिखा सके, जो मेरी गलतियाँ बता सके और ठीक बात पर मुझे शाबाशी दे सके, बल के ज़ोर पर नहीं बल्कि अधिकार के हक से, मुझे अपने पिता चाहिए। मेरा खयाल था कि मैं यह जानता था, खुद अपना सहारा था, अब नहीं जानता।

4

# बचपन के खेल

जुलाई की गर्मी में पानी का हल्का और छोटा-सा उभार जहाज़ को धकेल रहा था। जाक कारमॅरी अपने केबिन में कपड़े उतार कर लेटा हुआ ताँबे के बने मोखे के किनारे पर समुद्र के पानी में नाचती धूप की छाया के टुकड़े देख रहा था। वह उछल कर पंखा बन्द करने के लिए खड़ा हुआ जो पसीने की बूँदों को उसके बदन पर बहने से पहले उनके छेदों में ही सुखाए जा रहा था, पसीने का बह जाना बेहतर होता है, वह वापस जाकर अपने सख्त और सँकरे जैसा उसे पसन्द था बिस्तरे पर फिर से लेट गया। थोड़ी देर में जहाज़ के नीचे गहराई से मशीनों की आवाज़ एक दबी हुई थरथराहट में, जैसे कोई बहुत बड़ी सेना लगातार मार्च किए जा रही हो ऊपर आने लगी। उसे वह आवाज़, जो बड़े-बड़े स्टीमर रात-दिन करते रहते थे बहुत अच्छी लगती थी, और इससे ज्वालामुखी के ऊपर चलने का सम्भ्रम होता था और चारों तरफ जितनी दूर आँखें जा सकती थीं, अपरिमित सागर अपना खुला विस्तार उदारता से उसके सामने रख देता था। लेकिन डेक पर बहुत गर्मी थी, कुछ यात्री खूब छक कर खाने के बाद सियस्ता टाइम में झोंके देते जहाज़ पर खुले या छत लगी डेक पर पड़ी कुर्सियों पर नींद में लुढ़के पड़े थे या डेक के नीचे गलियारे में सोने चले गए थे। जाक को दोपहर को सोना पसन्द नहीं था। 'आ बेनिदोर',* उसे वह पीड़ाजनक याद आई। यह वह अजीब शब्द था, जो उसकी नानी तब कहा करती थीं जब अल्जियर्स में दोपहर को वे ज़बर्दस्ती उसे अपने साथ सोने के लिए बुलाती थीं। अल्जियर्स की एक साधारण बस्ती का वह छोटा तीन कमरों का अपार्टमेंट ज़ेबरा धारियों वाले शटर

* हिन्दी में इसके स्थान पर 'सो जाओ' कहा जा सकता है। —अनु.

में ध्यान से बन्द रहता था।[अ] बाहर गर्मी सूखी और मिट्टी उड़ती गलियों को सेंक रही थी, और अन्दर कमरों के अँधेरे में एक-दो अतिक्रियाशील मक्खियाँ बाहर जाने का रास्ता ढूँढ़ने के लिए हवाई जहाज़ की तरह बेकार में लगातार बजबजाए जा रही थीं। **पारदेइय्यों** या **लैंत्रेपिद**[ब] पढ़ पाने के लिए वहाँ बहुत गर्मी थी। उन दुर्लभ मौकों पर जब उसकी नानी घर पर नहीं होती थीं या पड़ोसी के साथ गप्पें मार रही होती थीं तो उन दुर्लभ मौकों पर वह बच्चा गली के सामने पड़नेवाले खाने के कमरे के शटर में से जरा-सी नाक निकालकर बाहर झाँक लेता था। रास्ता वीरान होता था। सामने की जूते और सुई-धागे की दुकान पर लाल और पीला कैनवस का शेड पड़ा होता था, तम्बाकू की दुकान के दरवाज़े पर रंग-बिरंगे मनकों का परदा पड़ा होता था और जौं का कॉफी हाउस, सिवाय उस बिल्ली के खाली होता था जो गर्दीली गली और लकड़ी के बुरादे पड़ी ज़मीन के बीच देहरी पर ऐसे सोई रहती थी, जैसे मर गई हो।

वह बच्चा वापस कहीं-कहीं पुते हुए खाली से कमरे की तरफ मुँह कर लेता था। कमरे के बीच में एक चौकोर टेबिल पड़ी रहती थी और दीवार के सहारे एक साइड बोर्ड, एक छोटी-सी कटी-पिटी स्याही के धब्बों वाली पढ़ने की डेस्क, और ज़मीन पर कम्बल से ढकी एक मैट्रेस, जिस पर शाम होते ही उसके आधे गूँगे मामा सो जाया करते थे और, पाँच कुर्सियाँ।[स] एक कोने में उस मेंटलपीस के ऊपर जिसका सिर्फ टॉप संगमरमर का था एक पतली गर्दन वाला फूलों से सजा फूलदान, जैसा मेलों में मिलता है, रखा था। बच्चा एक काले और एक उजले, दो सुनसान बिन्दुओं के बीच फँसा, टेबिल के चारों तरफ तेज़ी से भागने लगता था, 'मैं बोर हो रहा हूँ' 'मैं बोर हो रहा हूँ!' कीर्तन की तरह दोहराते हुए। वह ऊब तो रहा था लेकिन वह ऊबना उसके लिए खेल भी था, एक सुख, एक तरह का आनन्द क्योंकि नानी के लौटने पर उनका फिर 'आ बेनिदोर' उसे बुरी तरह गुस्से से भर दिया करता था। लेकिन जिद करने से उसे कोई फायदा नहीं होता था। नानी नौ बच्चे पाल चुकी थीं और बच्चों की परवरिश पर उनके विचार अपरिवर्तनीय

---

अ. उसके दसवें साल में।

ब. अख़बार के कागज़ पर छपी आँखों में चुभनेवाले गहरे रंगों के कवरवाली मोटी-मोटी किताबें जिन पर उनकी कीमत, लेखक के नाम या आर्टिकल के शीर्षक से बहुत ज़्यादा बड़े अक्षरों में छपी होती थी।

स. सफाई पराकोटि की।

थे। एक टल्ले से वे उसे बेडरूम में सरका देती थीं। यह आँगन की तरफ मुँह वाले दो कमरों में से एक था। दूसरे में दो पलंग थे। एक उसकी माँ का और दूसरा जिस पर वह अपने भाई के साथ सोता था। नानी का अपना एक अलग कमरा था। लेकिन वे अपने लकड़ी के बने ऊँचे और बड़े पलंग पर बच्चे को कई बार रात में और दिन में हमेशा साथ सुला लिया करती थीं। वह सैंडिल उतार कर अपने को बिस्तर में ऊपर खींच लिया करता था। जिस दिन से नानी को सोते देखकर वह सरककर पलंग से उतरकर धीरे-धीरे अपना 'कीर्तन' गुनगुनाता हुआ टेबिल के चारों तरफ घूम-घूम कर चक्कर लगाता पकड़ा गया था, उसे पलंग पर पीछे की तरफ दीवार के पास सोना पड़ता था। पलंग पर पीछे अपनी जगह पहुँचकर वह नानी को अपने कपड़े बदलते देखता रहता था। वे अपनी ऊपर वाली ड्रेस, जो पीछे एक रिबन से बँधी रहती थी, खोलकर नीचे डाल देतीं और बिस्तर में चढ़ जातीं। उसे उनके बूढ़े बदन की खुशबू आती; और वह उनके हाथ और पैर की उभरी नीली नाड़ियों को ध्यान से देखने लगता। "चलो, चलो," नानी कहतीं, "आ बेनिदोर", जल्द ही उन्हें नींद आ जाती और वह बच्चा आँखें खोले पड़ा मक्खियों का अथाधक आना-जाना देखता रहता।

हाँ, बरसों, बरसों वह इससे नफरत करता रहा, और बाद में बड़ा होने के बाद भी, जब तक वह गम्भीर रूप से बीमार नहीं पड़ गया वह दोपहर के खाने के बाद, गर्मियों भर कभी लेट कर आराम नहीं कर पाया। अगर कभी अकस्मात् उसकी आँख लग भी जाती तो वह हड़बड़ा कर उठ बैठता और शारीरिक रूप से उसे मतली आने लगती। अभी कुछ ही दिन पहले से, जब से उसे नींद न आने की शिकायत रहने लगी थी वह दिन में आधा घंटे सो लेता था और उठने पर ताज़ा और स्फूर्तिशील महसूस करता था। आ बेनिदोर...

हवा कुछ कम हो गई होगी, शायद धूप से कुछ पिचक कर। जहाज़ का धीरे-धीरे डगमगाते जाना अब रुक गया था। अब वह सीधा चल रहा था, इंजन पूरी स्पीड में था, प्रोपैलर पानी की गहराई काटते हुए लगातार घूम रहे थे, पिस्टनों की आवाज़ इतनी एकरूप और निर्विघ्न आ रही थी कि उसे समुद्र के पानी पर धूप के मिलने से होती निरन्तर मद्धिम सरसराहट से अलग नहीं किया जा सकता था। जाक आधा-आधा सो रहा था; अल्जियर्स और उस छोटी बस्ती के छोटे, साधारण मकान को फिर से देखने की खुशी में उसे एक तरह की सुखद बेचैनी महसूस हो रही थी। हर बार जब भी वह पेरिस से अफ्रीका के लिए रवाना होता उसका हृदय एक रहस्यमय आह्लाद

से भर जाता, उस व्यक्ति की तरह जो कहीं से छूटकर भागने में सफल हो गया हो और अब पहरेदारों के चेहरे के भाव की कल्पना कर-करके हँस रहा हो। उसी तरह, जब भी वह पेरिस लौटता चाहे कार से या ट्रेन से, पता नहीं क्यों, उसका दिल बैठने लगता। वहीं पहुँचते ही शुरू-शुरू में, सीमा पर ही, वे बिना कोई पेड़ या पानी वाले घर, जैसे कोई बीमार केकड़ा अपनी पीड़ा और कुरूपता का घाव धीरे-धीरे बढ़ाता हुआ उस बाहरी अस्तित्व को भी अपने में समाकर शहर के केन्द्र में ले जाए जहाँ की शानदार साज-सज्जा कभी-कभी उसे वह कंक्रीट और स्टील का जंगल भुलवा दे जो उसे रात-दिन कैद किए रहता था और उस हद तक कि वह सो भी नहीं पाता था। लेकिन अब वह उस सबसे बचकर भाग आया था, वह समुद्र की विशाल कमर पर बैठकर साँस ले रहा था, लहरों के साथ साँस ले रहा था, वह धूप के नीचे झोंके ले-लेकर सो सकता था, वापस आ सकता था, अपने बचपन में जिसमें से वह पूरी तरह कभी निकल ही नहीं पाया था, प्रकाश के रहस्य में, उस आत्मीय गरीबी में जिसने जीने में और सब कुछ जीतने में उसकी मदद की थी। वह मोखे के पीतल की रिम पर बिखरी हुई छाया, इस समय लगभग स्थिर, उसी धूप में से आई थी, जिसने उस अँधेरे कमरे में जहाँ नानी सोया करती थीं, अपना सारा दम शटर पर लगाते हुए, उसके कुन्दे में रह गए एक छेद में से उस अँधेरे में एक पतली तेज़ धार वाली, नाजुक तलवार घोंपी थी। सिर्फ मक्खियाँ नहीं थीं। उसके दिवास्वप्नों का भरण-पोषण वैसे भी उनसे नहीं होता था। समुद्र पर मक्खियाँ नहीं होतीं और फिर वे मर चुकी थीं, वे मक्खियाँ बच्चे को अच्छी लगती थीं, क्योंकि वे शोर करती थीं, गर्मी से बेहोश दुनिया में सिर्फ एक वे ही ज़िन्दा रहती थीं, और सारे आदमी और जानवर अपनी साइड पर निष्क्रिय पड़े थे, सिवाय उसके। यह सच है। वह बिस्तर में उस सँकरी जगह में जो दीवार और उसकी नानी के बीच उसके लिए बचती थी करवटें लेता रहता था, वह भी जीना चाहता था, और वह महसूस करता था कि सोने का वक्त उसके जीने और खेलने के वक्त में से घटाया जा रहा है। उसके दोस्त, प्रेवोस्त-पारादोल रास्ते में, जिस पर बहुत-से छोटे-छोटे बाग थे जिनमें से पानी देने की सौंधी खुशबू आती रहती थी, और हनी सकल की बेलें थीं जो सब जगह उगती रहती थीं भले ही उनमें पानी दिया जाए, न दिया जाए, निश्चित रूप से उसका इन्तज़ार कर रहे होते थे। जैसे ही नानी उठतीं, वह बेतहाशा भागता, सीधा र्‍यू-द-लीयों में, जो उस समय बिलकुल सुनसान होती थी और जिसके किनारे-किनारे अंजीर के पेड़

थे, फिर वह प्रेवोस्त-पारादोल रास्ते के कोने में फव्वारे तक भागता जाता, तेज़ी से फव्वारे के ऊपर लगा कास्ट आयरन के नल का पेच खोलता और फव्वारे के नीचे अपना सिर लगा देता ताकि जैसे ही उसमें से उछलकर पानी निकले, उसके सिर पर पड़े। वह सिर वहीं लगाए रहता जब तक कि वह खूब भीग न जाता, पानी उसकी नाक और कान में न भर जाता, फिर गर्दन से होता हुआ, पेट पर गिरकर टाँगों पर उतर जाता और उसके शार्ट्स और सैंडिल लथपथ हो जाते। फिर वह अपने तलवों और सैंडिलों के बीच भरे पानी को महसूस करके बहुत खुश होता, उसे दबाकर किनारों से हवा के साथ झाग निकालता हुआ, हर्षोन्मत्त, हाँफता हुआ वह फिर पियर्[अ] और बाकियों के पास भागकर आता जो उस रास्ते के एक अकेले, दुमंज़िले मकान के बाहर बैठे सिगार की शक्ल के लकड़ी के एक टुकड़े को छीलकर पैना कर रहे होते थे। उसके साथ थोड़ी देर बाद एक लकड़ी के नीले रैकेट से वे लोग *कैनत विंगा*[1] खेलते थे।

जैसे ही वे सब इकट्ठे होते वे घरों के सामने जंग लगी फेंस में रैकेट रगड़ते हुए चल पड़ते थे, जिससे इतना शोर होता था कि सब लोग उठ पड़ते थे और सोती बिल्लियाँ चौंक कर मिट्टी से भरे विस्टेरिया के पेड़ के नीचे भाग कर छिप जाती थीं। वे सड़क पार करते हुए, एक-दूसरे को पकड़ने की कोशिश करते हुए भागते चले जाते थे, पसीने में लथपथ लेकिन लगातार सीधे 'हरे मैदान' की तरफ जो उनके स्कूल से ज़्यादा दूर नहीं था, सिर्फ चार-पाँच ब्लॉक दूर। लेकिन बीच में एक कम्पलसरी स्टॉप आता था जिसे कहते थे, जल स्तम्भ—एक बड़े चौक के बीच में विशालकाय दोहरा फव्वारा जिसमें पानी कभी नहीं आता था, लेकिन जिसका कुंड नालियाँ बन्द हो जाने के कारण वहाँ की मूसलाधार बारिश से कभी-कभी ऊपर तक भर जाता था। फिर वह पानी पुरानी काई, खरबूजों के छिलके, सन्तरों के छिलके, और बाकी तमाम तरह के कूड़े-कचरे से भरा तब तक सड़ता रहता था जब तक सूरज उसे सुखा न देता या म्युनिसिपल अधिकारी चेत कर उसे पम्प से निकाल देने का निर्णय न ले लेते, जिससे पेंदे में बहुत दिन तक गन्दा, सूखा, पपड़ी जमा, चिकना कीचड़ पड़ा रहता जिसे सूरज अपने अनथक निरन्तर प्रयासों से धूल में बदल देता, जो या तो हवा से या

---

अ. पियर् भी उसी की तरह एक युद्ध में मारे गए सैनिक की विधवा का बेटा था, जो पोस्ट ऑफिस में काम करती थी।

1. देखें, नीचे दी हुई लेखक की व्याख्या।

जमादारों की झाड़ुओं की नोक से उड़कर चौक में लगे अंजीर के पेड़ों के चमकदार पत्तों पर बैठ जाती। गर्मियों में वह कुंड वैसे ही सूखा रहता था और उसका काला, चमकीले पत्थर का चौड़ा किनारा उसके ऊपर हज़ारों हाथों के लगने और पैंटों के खिसकने से चिकना होकर जाक, पियर् और उनके दोस्तों के उस पर बैठकर फिरकी की तरह घूमने या चूलछल्ला खेलने के काम आता था जब तक कि वह वैसा न हो जाता जैसा होना होता था और तब वे लोग उस कुंड के छिछली कीचड़ में गिर जाते जिसमें से धूप और पेशाब की बदबू आती रहती थी।

इसके बाद उसी तरह धूप और मिट्टी में भागते हुए जिससे उनके सैंडिलों पर मिट्टी की एक सलेटी परत जम जाती थी, वे लोग हरे मैदान की तरफ हवाई जहाज़ की तरह उड़ जाते थे। यह हरा मैदान पीपे बनाने के कारखाने के पीछे पड़ी हुई एक खाली जगह थी जहाँ पुराने, जंग लगे लोहे के छल्लों, सड़ते हुए पीपे के पेंदों के आस-पास, सफेद चट्टानों के बीच-बीच में मरी हुई घास के गुच्छे उग रहे थे। वहाँ खूब ज़ोर-ज़ोर से चीखते-चिल्लाते हुए वे चट्टान पर एक गोला खींचते थे। उनमें से एक, रैकेट हाथ में लेकर उसके बीच में खड़ा हो जाता था और बाकी बारी-बारी से वह लकड़ी की सिगार गोले की तरफ फेंकते थे। अगर वह सिगार गोले में पहुँच जाती तो फेंकनेवाला रैकेट ले लेता था और फिर अपनी बारी में गोले को बचाने की कोशिश करता था। उनमें से ज़्यादा होशियार[अ] बच्चे उड़ती हुई सिगार को रैकेट से ऐसे मारते थे कि वह खूब दूर जा गिरे। उस स्थिति में उन्हें उस जगह जाने का हक होता था जहाँ वह गिरी थी, रैकेट के किनारे से उसके कोने पर मारकर वह उसे और दूर ले जा सकता था। वह इसी तरह तब तक करता जाता जब तक या तो उसका वार न चूक जाता या कोई दूसरा उसे गिरने से पहले लपक न लेता और वह गोले को दूसरे द्वारा तेज़ी से फेंकी गई सिगार से बचाने के लिए वापस उस तरफ तेज़ी से भागता। यह गरीबों का टेनिस कुछ और जटिल कायदों के साथ पूरी दोपहर ले लेता था। पियर् सबसे अच्छा खिलाड़ी था, जाक से ज़्यादा पतला, ज़्यादा छोटा भी, करीब-करीब दुर्बल, उसके बाल उतने ही सुनहरे जितने भूरे, उसकी पलकों तक लटकते रहते थे जिनके बीच में दिखती उसकी नीली आँखों में हमेशा ठेस लगने, आश्चर्य और असुरक्षित होने का भाव रहता था। दिखने में अपटु पर खेलने में वह पक्का और जमा हुआ खिलाड़ी था। जहाँ तक जाक का

अ. होशियार खिलाड़ी एकवचन में कहना।

सवाल था, वह असम्भव वार कभी नहीं छोड़ता था लेकिन उलटे हाथ के सामान्य वार भी नहीं ले पाता था। अपनी पहली कुशलता की वजह से और उसके कारण दोस्तों से मिली तारीफ के कारण वह अपने आपको सबसे अच्छा खिलाड़ी समझने लगा था और ज़्यादातर इसकी शेखी बघारता रहता था। वास्तव में पियर् उसे हमेशा हरा देता था लेकिन कहता वह कभी एक शब्द भी नहीं था। बस मैच के बाद वह पूरा तन कर खड़ा हो जाता, अपने कद को बिना एक सेंटीमीटर भी छोटा किए, और औरों की बातें सुनता हुआ चुपचाप खड़ा-खड़ा मुस्कराता रहता।[अ]

जब मौसम खराब होता या रास्तों में भागने और खाली चौक में जाने का उनका मूड नहीं होता तो पहले वे जाक के मकान के आँगन में इकट्ठे होते। वहाँ से पीछे के दरवाज़े से होकर वे नीचे चौक में जाते जो तीन तरफ से मकानों की दीवारों से बन्द था। चौथी तरफ एक बड़े-से सन्तरे के पेड़ की डालियाँ बगीचे की दीवार तक फैली रहती थीं। उसमें जब फूल आते तो उनकी खुशबू उन रोते-पीटते घरों के सहारे ऊपर चढ़ जाती फिर या तो वहाँ से हॉल में फैल जाती या पत्थर की सीढ़ियों से होकर नीचे चौक में आ जाती। दूसरे के एक और आधी तरफ एक एल के आकार वाली बिल्डिंग में एक स्पेनिश नाई रहता था जिसकी दुकान मुख्य रास्ते में थी, एक अरब परिवार[ब] जिसकी पत्नी कई बार शाम को चौक में कॉफ़ी भूनती थी, रहते थे। तीसरी तरफ किराएदार लकड़ी और जालीदार तार के टूटे-टाटे ऊँचे दरबों में मुर्गी रखते थे। आखिर में, चौथी तरफ, सीढ़ियों के दोनों साइड में छोड़ी हुई खुली जगह से अन्दर दिखते घोर अँधेरे में उस बिल्डिंग के तहखाने और गुफाएँ थीं बिना बाहर जाने के रास्ते या रोशनी के, सीधी ज़मीन में खोदी हुई, बिना पार्टीशन के; दीवारों पर सीलन की बूँदें, और अन्दर जाने के लिए चार हरी काई चढ़ी सीढ़ियाँ थीं जहाँ किराएदार अपना फालतू सामान बेतरतीब भर देते थे : पुरानी गलती बोरियाँ, टूटी अल्मारियाँ, जंग लगी छेद हुई हाथ धोने की चिलमचियाँ यानी वे चीज़ें जो कहीं भी कचरे में पड़ी दिखती हैं और जिन्हें गरीब से गरीब भी इस्तेमाल नहीं करते। वहाँ, उन गुफाओं में से एक में वे बच्चे इकट्ठे होते थे। स्पेनिश नाई के दोनों बेटों—जौं और जोसॅव को वहाँ खेलने की आदत थी क्योंकि उसका दरवाज़ा उनके खोंचे के पास था। वह उनका व्यक्तिगत बगीचा बन गया था। मोटा और शैतान जोसॅव हमेशा हँसता

अ. इस हरे मैदान में ही 'दोनाद' हुआ करते थे।

ब. ओमार इस घर का बेटा है–पिता म्युनिसिपैलिटी में जमादार है।

रहता था और अपना कोई भी सामान किसी को भी दे देता था। जौं, ठिंगना और पतला, हमेशा छोटी से छोटी चीज़ें उठाकर जमा करता रहता था—कोई कील या छोटा-सा पेच। वह अपने कंचों और खुमानी की गुठलियों, जो उसे उसके एक खास पसन्द के खेल[अ] के लिए चाहिए होती थीं, के मामले में बेहद कंजूस था। इन दो अवियोज्य भाइयों से ज़्यादा प्रतिकूल व्यक्तियों की कल्पना करना मुश्किल था। पियर्, जाक और अपने आखिरी साथी मैक्स को साथ लेकर वे उस सीलन भरे सड़ते तहखाने में घुस जाते। वहाँ वे ज़मीन पर पड़ी फटी, सड़ती बोरियों को उठाते, उनके पीछे चिपके सलेटी कॉक्रोचों को, जिन्हें वे गिनीपिग कहते थे, झाड़ते, और फिर उन्हें जंग लगे तार पर टाँक देते। और उस मामूली टेंट—कम-से-कम आखिर में, कोई उनकी अपनी जगह (जबकि उनमें से किसी के भी पास कोई कमरा या एक पलंग तक नहीं था)—वे आग जलाते जो वहाँ हवा गीली होने के कारण बहुत जल्दी बुझ जाती और सारे में धुआँ भर जाता जिसकी वजह से उन्हें अपने ही अड्डे से बाहर निकल जाना पड़ता, जब तक वे उसे वहीं से खोद कर मिट्टी से ढक नहीं देते। फिर वे आपस में मिलकर, जौं की शिकायत, लड़ाई-झगड़े के बाद, पुदीने के स्वाद वाले कैरेमल, नमकीन चने, मूँगफली, ल्यूपिन के बीज (जो थ्रांमूस कहलाते थे), और अरबों से खरीदी हुई बेहद गहरे रंगों में मिलनेवाली बार्ले शुगर खाते। ये अरब अपना सामान एक पास के सिनेमा हॉल के सामने मक्खियाँ भिनभिनाते ऐसे स्टैंड पर बेचते थे जो सादा पहियों पर पेटी रखकर बना लिया जाता था। उन दिनों जब बारिश बहुत तेज़ होती थी, चौक का सब फालतू पानी बहकर तहखाने में भर जाता था, और तब ये बच्चे बक्सों पर खड़े होकर रॉबिन्सन क्रूसो खेला करते थे, खुले आसमान और समुद्री हवाओं से बहुत दूर लेकिन अपनी गरीबी के राज्य में गर्व और आनन्द से भरे हुए।[ब]

लेकिन सबसे ज़्यादा अच्छे* दिन वे होते थे जब, उस बढ़िया मौसम में वे लड़के किसी भी तरह, कोई चतुर झूठ बोलकर दोपहर के सोने से

अ. इस खेल में तीन गुठलियों की एक तिपाई-सी बनाकर उसके ऊपर एक गुठली रखते हैं। मापी हुई दूरी से कोई एक जना एक गुठली फेंककर इस गुठली को गिराने की कोशिश करता है। अगर वह जीत जाता है तो चारों गुठलियाँ उसकी हो जाती हैं, और अगर हार जाता है तो उसकी गुठली, तीन गुठलियोंवाले की हो जाती है।

ब. गलुफा।

* लम्बे।

बचकर आ जाते थे। चूँकि उनके पास ट्रामवे के लिए कभी पैसे नहीं होते थे, वे दूर प्रयोगात्मक बगीचे में पैदल जाते थे आसपास की बहुत-सी पीली और सलेटी गलियों में होते हुए, अस्तबलों के इलाके को, व्यवसाय संस्थानों और आन्तरिक व्यवसाय के लिए घोड़ेगाड़ियों का प्रबन्ध करनेवाले व्यापारियों के बड़े-बड़े बग्घीखानों को पार करके, सरकनेवाले ऊँचे दरवाज़ों के सहारे-सहारे चलते हुए जहाँ उन्हें अन्दर से घोड़ों के पाँव मारने, उनके अचानक फुनफनाने के कारण उनके थूथुन बजने और रोधकों के लिए इस्तेमाल की हुई लोहे की चेनों के चरई की लकड़ी में लगने से होनेवाली आवाज़ सुनाई देती रहती, जबकि वे खाद की, भूसे की, और उन वर्जित स्थानों, जिनका सपना जाक सोने के समय तक देखता रहता था, से उठती खुशबू आनन्द से सूँघते रहते थे। वे एक खुले अस्तबल के सामने रुक जाते जहाँ घोड़ों की देखभाल हो रही होती थी। मोटे, बड़े खुर वाले फ्रांस से लाए गए घोड़े; उनकी तरफ निर्वासितों की तरह देखते हुए, गर्मी और मक्खियों से घबराए हुए। फिर, जोतवानों द्वारा भगा दिए जाने पर वे बच्चे उस बड़े, फैले हुए बाग की तरफ चले जाते थे जहाँ नए, विरल पौधों को बढ़ाने का प्रयास किया जाता था। वहाँ उस चौड़े रास्ते पर चलते हुए, जो कई तालाबों और तरह-तरह के फूलों के भव्य दृश्यों को पार करता हुआ समुद्र में जा मिलता था, वे चूँकि चौकीदारों की सख्त और शकभरी आँखों के नीचे होते थे, इसलिए सादा, अनौपचारिक, धीमी चहलकदमी का बाना ओढ़ लेते थे। लेकिन पहला तिरछा मोड़ आते ही मुड़ कर बाग के पूर्वी भाग की तरफ निकल जाते थे, ढेरों कतारों में खड़े घने और खूब फैले हुए मैनग्रोव वृक्षों के नीचे होकर, जहाँ रात का जैसा अँधेरा रहता था। बड़े-बड़े रबड़ के पेड़ों[अ] जिनकी लटकी हुई डालियों को जड़ों से अलग करना मुश्किल होता था, कई बार उनकी चोटी की डाली ज़मीन तक लटकी होती थी, से और भी आगे, उनके अभियान का मुख्य लक्ष्य होता था लम्बे खजूर के पेड़ जिनकी चोटियों पर बड़े-बड़े गोल नारंगी रंग के फल, जिसे वे 'कोकॉस' बुलाते थे, लगे होते थे। वहाँ पहुँचने के बाद होती थी उस जगह की बारीकी से छानबीन कि कहीं किसी दिशा में आसपास कोई चौकीदार तो नहीं बैठा। फिर शुरू होती थी गोले-बारूद, यानी छोटे-छोटे पत्थरों की तलाश। जब सब लड़के अपनी-अपनी जेबें भरके लौट आते थे, तब बारी-बारी से एक-एक, पेड़ों के ऊपर हवा में झूलते फलों की तरफ पत्थर मारता था। हर निशाने

---

अ. पेड़ों के नाम देना।

से लगी हर चोट से कुछ फल गिर जाते थे जिन्हें वह भाग कर चुन लाता था उसके बाद दूसरा पत्थर मारता था। जाक जो निशाना लगाने मैं बहुत होशियार था इस मामले में पियर् की बराबरी कर लेता था लेकिन आखिर में वे दोनों बाकी कम भाग्यशाली दोस्तों के साथ अपना माल बाँट लेते थे। इस खेल में सबसे ज़्यादा कमज़ोर मैक्स था जिसकी आँखें कमज़ोर थीं और जो चश्मा पहनता था। वह ठोस और चौड़ी काठी का था और जब से उसके साथियों ने उसे लड़ते देखा था, वे उसकी बहुत इज़्ज़त करने लगे थे। बाकी लड़कों को, और खासतौर से जाक को, जो अपना तेज़ गुस्सा कंट्रोल नहीं कर पाता था, इन आए दिन होनेवाली आपसी लड़ाइयों में अपने प्रतिद्वन्द्वी के ऊपर एकदम तेज़ी से झपट पड़ने की आदत थी ताकि उसकी जल्दी से जल्दी, ज़्यादा से ज़्यादा पिटाई की जा सके, चाहे बदले में अपना कितना भी नुकसान हो जाए। लेकिन मैक्स को, जिसका नाम सुनने में जर्मन लगता था, जब कसाई के मोटे लड़के ने, जिसे सब 'जीगो' बुलाते थे, 'साला हून का बच्चा' कहा, तो उसने पहले आराम से अपना चश्मा उतारा, जोसॅव को सँभालने के लिए पकड़ाया, फिर बॉक्सर का वह पोज़, जो प्राय: अखबार वगैरह में छपा होता है, बनाकर खड़ा हो गया और फिर उससे अपनी गाली दोहराने के लिए कहा। उसके बाद बिना अपना एक बाल भी बाँका होने दिए हँसते-हँसते उसने जीगो के हर वार से आसानी से बचते हुए उसकी जमके मरम्मत की और ताज़ों का ताज़ उसकी एक आँख पर नील डाल दिया। उस दिन के बाद से उस छोटे-से झुंड में मैक्स की लोकप्रियता पक्की हो गई। अब हाथ और जेब उस फल से चिप-चिप, वे बाग से निकलने के लिए जल्दी-जल्दी समुद्र की तरफ चलने लगते और जैसे ही वे बाग के परकोटे से बाहर निकलते, अपने गन्दे रूमालों में भरी रेशेदार बैरी वे खूब स्वाद ले-लेकर चबा-चबाकर खाते—गुड़ से भी ज़्यादा मीठी और भारी लेकिन जीत की तरह हल्की और स्वादिष्ट। उसके बाद वे समुद्र तट की तरफ भाग जाते।

उसके लिए उन्हें उस रास्ते से जाना पड़ता था जिसे भेड़ों का रास्ता कहते थे क्योंकि दरअसल, उस रास्ते से भेड़ों के झुंड पूर्वी अल्जियर्स में मेंजों क्यारे मार्केट ले जाए जाते थे या वहाँ से लौटाए जाते थे। वास्तव में यह एक बाहरी सड़क थी जो अपनी पहाड़ियों में एक एम्फीथियेटर के चाप की तरह फैले शहर को समुद्र से अलग करती थी। सड़क और समुद्र के बीच फैक्टरियाँ, ईंट बनाने की भट्ठी और गैस का एक कारखाना था। प्रत्येक के बीच मिट्टी, चूना और सफेद होते लकड़ी और लोहे के टुकड़े पड़े थे।

इस ऊबड़-खाबड़ ज़मीन को पार करके साबलैत तट आ जाता था। यहाँ की रेत कुछ गन्दी थी और शुरू-शुरू की लहरों का पानी हमेशा साफ नहीं हुआ करता था। दाहिने हाथ पर नहाने-धोने के लिए केबिन उपलब्ध थी और छुट्टी वाले दिन वहाँ का हॉल—बल्लियों पर जमाया हुआ एक लकड़ी का बोर्ड डांस के लिए मिल जाया करता था। सीज़न के दिनों में एक ठेले वाला गर्म फ्रेंच फ्राई तैयार करने के लिए हर रोज़ स्टोव जलाया करता था। आम तौर पर इस गुट के पास एक कूजे तक के पैसे नहीं होते थे। अगर संयोग से उनमें से किसी एक के पास ज़रूरी पैसे[अ] होते वह अपना कूजा खरीदता और शान से तट की तरफ चल देता। बाकी लड़के आदर से उसकी तरफ देखते हुए उसके पीछे-पीछे, वह किसी पुराने छोड़े हुए जहाज़ तक जाकर अपने पैर रेत में घुसा लेता और धम से जहाज़ के किसी कोने पर अपने आपको टिका लेता, एक हाथ से कूजा कस कर पकड़े हुए, दूसरा उसके ऊपर जिससे उन करारे चिप्स का एक टुकड़ा भी कहीं गिर न जाए। रिवाज यह था कि उसके बाद वह अपने हरेक साथी को एक-एक टुकड़ा देता था। उस प्रसाद की तरह मिले गर्म और तेल की तेज़ खुशबू वाले जायकेदार टुकड़े को वे बड़ी श्रद्धा से स्वाद लेकर चींग-चींग कर खाते थे, फिर जब तक वह भाग्यशाली लड़का अपने बचे चिप्स को एक-एक करके खाता वे उसका मुँह देखते रहते। खत्म होने के बाद कूजे के पेंदे में हमेशा कुछ चूरा रह जाता, जिसे उनमें बाँट देने के लिए वे अपने पेट भरे साथी की मिन्नत करते। आम तौर पर जौं को छोड़कर वे सब अपना कागज़ खोलकर बिछा देते और सबसे एक-एक टुकड़ा उठा लेने को कह देते। उसके बाद इनि-मिनीमिनी-मो करके यह तय हो जाता कि पहला टुकड़ा कौन लेगा। यह दावत खत्म होने के बाद आनन्द और कुंठा सब वहीं छोड़कर वे साथ-साथ तेज़ धूप में समुद्र तट के पश्चिमी छोर की तरफ भागते जाते जब तक कि वे एक आधे ढहे पक्के मकान पर न पहुँच जाते जो कभी शायद अब नष्ट हो चुके बँगले की शुरुआत रहा होगा। उसके पीछे जाकर वे अपने कपड़े उतारना शुरू कर देते थे। कुछ ही सेकंडों में वे एकदम नंगे हो जाते, एक क्षण बाद पानी में चरम उत्साह से भरे अपटुपन से तैरते हुए ज़ोर-ज़ोर से चिल्लाते हुए[ब] लार टपकाते, थूकते, एक-दूसरे को गोता लेने के लिए चुनौती

अ. दो पैसे।

ब. अगर तू डूब गया तो तेरी माँ तुझे मार डालेगी। तुझे शर्म नहीं आ रही सब दिखा रहा है सबको। माँ कहाँ है तेरी?

देते या इस बात की बराबरी करते कि कौन सबसे ज़्यादा देर तक पानी के नीचे रह सकता है। समुद्र कोमल था, गर्म था। अब तक मन्द हो चले सूरज ने उनके भीगे सिरों को और प्रकार के गौरव ने उन सुकुमार शरीरों को उस उल्लास से भर दिया कि वे हर्षानन्द से बेरोक चिल्लाते रहे। वे जीवन के राजा थे, समुद्र के भी, और जो भी यह दुनिया किसी भाग्यशाली को दे सकती है, वह सब उन्होंने पाया था और उसका बेहिसाब इस्तेमाल किया था। उन नवाबों की तरह जो हमेशा यह समझते हैं कि उनकी सम्पदा कभी शेष नहीं हो सकती।

समुद्र और तट के बीच भागते रहने में समय उनके ध्यान से बिलकुल उतर जाता। वे पहले तट पर खारा पानी सुखाते जिससे उनका बदन चिपचिप करने लगता था। फिर समुद्र में जाकर वे रेत धोते जिससे उनके ऊपर एक सलेटी परत जम जाती थी। वे भागते रहे। तब तक अबाबीलें लघु और जल्दी-जल्दी क्रन्दन करती हुई कारखानों और समुद्र तटों पर नीची उड़ने लगती थीं। आसमान दिन के गर्म धुँधलेपन से खाली होकर अब साफ हो जाता था। फिर कुछ हरा-सा होता, रोशनी और कम होती और खाड़ी की दूसरी तरफ अब तक एक तरह के कुहासे में लिपटे हुए घरों की कतारें और शहर साफ दिखने लगते। दिन अभी बाकी रहता लेकिन अफ्रीका में अँधेरा बहुत जल्द हो जाने की पूर्व व्यवस्था में बत्तियाँ जलने लगती थीं। सामान्यत: पियर् सबसे पहले खतरे का संकेत दिया करता था : “देर हो गई है।” और तुरत भगदड़ मचती, त्वरित विदा। जाक, जोसॅव और जौं बिना औरों की चिन्ता किए हुए अपने-अपने घरों को भागते। वे तब तक भागते रहते, जब तक उनकी साँस नहीं फूल जाती। जोसॅव की मम्मी का हाथ जल्दी उठ जाता था। जहाँ तक जाक की नानी का सवाल है...वे तेज़ी से होती रात में लगातार तेज़ भागते जाते, पहली बत्ती जलते ही घबराए हुए, सामने लाइट जली ट्रामवे को दौड़ते देखकर वे अपनी रफ्तार और तेज़ कर लेते। पूरी तरह रात हुई देखकर डरे हुए वे देहरी पर ही मुड़ जाते बिना एक-दूसरे से बाय-बाय तक किए। इस तरह की शामों को जाक बदबू आती, अँधेरी सीढ़ियों पर दीवार के सहारे खड़े होकर अपने ज़ोर-ज़ोर से धकधकाते दिल के शान्त होने का इन्तज़ार किया करता था। लेकिन वह जानता था कि वह वहाँ ज़्यादा नहीं ठहर सकता था, और इससे उसकी साँस और ज़्यादा फूल जाती थी। तीन कदमों में वह अपनी मंजिल पर पहुँचता। उस मंजिल के लिए बने बाथरूमों में से होकर अपने दरवाज़े तक आता और किवाड़ खोलता। खाने के कमरे में और हॉल

के कोने में लाइट होती, और बर्फ की तरह जमे हुए वह प्लेटों में बजती चम्मचों की आवाज़ सुनता। वह अन्दर आता। टेबिल पर उसके आधे गूँगे मामा[अ] सुड़क-सुड़क कर अपना सूप पीते होते थे; उसकी माँ, जो अपने घने-भूरे बालों में अच्छी लग रही होती थीं, उसे अपनी सुन्दर मीठी नज़र से देखती। "तू अच्छी तरह जानता है...", वे कहना शुरू करतीं। लेकिन काले कपड़ों में एकदम सीधी अकड़ी बैठी हुई, दृढ़ ओठों, सख्त आँखों से घूरती हुई उसकी नानी, जिनकी उसे कमर दिख रही होती, अपनी बेटी की बात वहीं काट देतीं। "कहाँ से आ रहा है तू?" वे कहतीं। "पियर् मुझे मैथ्स का होमवर्क बता रहा धा।" नानी उठतीं और उसके पास आतीं। वे उसके बाल सूँघती, फिर टखनों पर हाथ लगाकर देखतीं जिन पर बालू अभी तक जमी होती। "तू बीच पर था। इसका मतलब तू झूठ बोल रहा था," मामा पूरा दम लगा कर बोलते। लेकिन नानी उसके पीछे से जाकर वह मोटा चाबुक ले आतीं जो दरवाज़े के पीछे लटक रहा होता था और खींच कर उसके पैरों और चूतड़ों पर तीन या चार बार मारतीं। उसके इतनी तेज़ जलन होती कि रोना आ जाता। थोड़ी देर बाद गले तक कड़वे आँसू भरे हुए, सूप की उस प्लेट के सामने बैठा हुआ, जो मामा ने दया में भरकर उसके लिए रख दी थी, वह पूरा दम लगाकर अपने आँसू गिरने से रोकने की कोशिश कर रहा होता था। और उसकी माँ नानी को उड़ती-सी निगाह से देखने के बाद अपना मुँह, जो उसे इतना अच्छा लगता था, उसकी तरफ करके कहती थीं, "अपना सूप पियो, वह बात खत्म हो गई, खत्म हो गई।"

जाक कारमॅरी की आँखें खुलीं। धूप की छाया अब मोखे के पीतल में नहीं दिख रही थी लेकिन नीची हो गई थी और उसके सामने केबिन की लकड़ी पर चमक रही थी। उसने कपड़े पहने और डैक पर गया। रात खत्म होने पर वह अल्जियर्स पहुँच जाएगा।

---

अ. भाई।

## 5

# पिता, उनकी मृत्यु, युद्ध, गोलाबारी

उसने माँ को अपने हाथों में भर लिया, दरवाज़े की देहरी पर ही जहाँ उसकी साँस, चार-चार सीढ़ियों बिना देखे एक साथ चढ़ने से अभी चढ़ी हुई थी। जैसे कि उसके पैरों को वह ऊँचाई अभी तक अच्छी तरह याद हो, टैक्सी से उतरते हुए, उस चहल-पहल वाले रास्ते में जहाँ सुबह की धुलाई से बीच-बीच में ज़मीन चमक रही थी और जिसे चढ़ती गर्मी धीरे-धीरे दिन के धुँधलेपन में बिखेर रही थी, वे उसे वहीं दिखी थीं, जहाँ वे पहले हुआ करती थीं, अपार्टमेंट की उस एक अकेली, दो कमरों के बीच पतली बालकनी में, नाई की छत के ऊपर, लेकिन यह वह पहले वाला नाई, जौं और जोसॅव का पिता नहीं था, वह तपेदिक की बीमारी से मर चुका था; उसका काम ही ऐसा था, सारे वक्त बालों का नाक में घुसते रहना। उसकी पत्नी यह बात कहा भी करती थी। वही लहरियेदार चादर की छत जिस पर पेड़ से गिरे अंजीर, ढेरों घुसड़े-मुसड़े कागज़ और सिगरेट के पुराने टुकड़े पड़े रहते थे। वे वहाँ थीं, बाल अब भी उतने ही घने लेकिन अब बहुत सालों से सफेद हुए, कमर एकदम सीधी, बहत्तर वर्ष की आयु के बावजूद उन्हें दस साल छोटा कहा जा सकता था क्योंकि वे पतली थीं और देखने में तन्दुरुस्त। उनके परिवार में सभी ऐसे थे, एक पतले और असीम शक्ति वाले लोगों का कुनबा, आदत से अविचलित; बुढ़ापा उनमें कोई कमी लाता नहीं दिखता था। उसका आधा गूँगा मामा, ऐमिल[1] पचास साल की उम्र में नौजवान लगता था। नानी आखिरी दम तक अकड़ी रहीं, टूट गईं पर झुकी नहीं। जहाँ तक माँ का सवाल था, जिनकी तरफ वह अभी दौड़ रहा था, लगता था कोई शक्ति उनकी सहज

1. बाद में अर्नेस्ट हो जाता है।

दृढ़ता कम नहीं कर सकती थी, क्योंकि बरसों के थका देनेवाले परिश्रम ने उनमें उस युवा स्त्री को अक्षुण्ण रखा था जिसे बचपन में कारमॅरी मंत्रमुग्ध होकर देखता रहता था।

जब वह दरवाज़े पर पहुँचा उसकी माँ ने दरवाज़ा खोला और सीधे उसके हाथों में गिर पड़ी। और वहीं, जैसा वे उससे मिलने पर हमेशा करती थीं, उन्होंने उसे दो-तीन बार प्यार किया, उसे पूरी शक्ति से अपने से लगाए हुए; अपने हाथों में कारमॅरी महसूस करता था, माँ की पसलियाँ, उनके कन्धों की उठी हुई हड्डियाँ, कुछ काँपती हुई उनकी त्वचा की कोमलता, वह खुशबू जो उसे उस स्थान की याद दिलाती थी, उनके कंठ के नीचे, ग्रीवा की दोनों कन्दराओं के बीच, प्यार करने का दुस्साहस वह अब कदापि नहीं कर सकता था लेकिन बचपन में जब भी, जो बहुत बार होता था—माँ उसे अपनी गोदी में लिटातीं, वह सोने का बहाना करके, अपनी नाक उन गद्दों में घुसा लिया करता था। यह उसे बहुत अच्छा लगता था और कोमलता की वह खुशबू जो उसे वहाँ मिलती थी, उन दिनों उसके लिए बहुत खास और काफी कीमती हुआ करती थी। उन्होंने उसे प्यार किया और फिर छोड़कर, उसे प्यार से निहारा, एक बार फिर प्यार करने के लिए अपनी तरफ खींच लिया, जैसे कि उन्होंने अन्दर ही अन्दर उसे दिए जानेवाले प्यार का हिसाब-किताब किया हो और दिए गए प्यार में एक माप कम पाया हो। "मेरे बेटे," उन्होंने कहा, "तू दूर था।"[अ] और फिर, वे एकदम मुड़ी, अपार्टमेंट के अन्दर गईं और खाने के कमरे में, जो रास्ते के सामने था, जाकर बैठ गईं और उसके बारे में या किसी भी बारे में बिलकुल कुछ भी न सोचती हुई लगीं। बल्कि कभी-कभी उन्होंने उसकी तरफ ऐसे देखा जैसे कि अब उसे ऐसा लगा कि जैसे वह वहाँ फालतू आ गया हो और उनके संकीर्ण, खाली बन्द संसार में, जिसमें वे अकेली घूमती रहती थीं, बाधा डाल रहा हो। उस दिन इसके अतिरिक्त, उसके उनके सामने बैठ जाने के बाद वे किसी गम्भीर पसोपेश में पड़ी दिखीं और आँख बचाकर बार-बार बाहर रास्ते की तरफ देखने लगीं, अपनी आकर्षक, उदास, क्षुब्ध आँखों से जो जाक पर आकर शान्त हो गईं।

रास्ते में अब शोर बढ़ रहा था और वहाँ बड़ी-बड़ी लाल ट्रामवे और ज़्यादा खड़खड़ाती हुई जा रही थीं। कारमॅरी अपनी माँ की तरफ देख रहा था। वे अपने सफेद कॉलर वाले सलेटी ब्लाउज में खिड़की के सामने हमेशा की

अ. परिवर्त।

तरह एक बेआराम कुर्सी [ ][1] में बैठीं, कमर उम्र से कुछ कम वृत्ताकार पर अभी पीठवाली कुर्सी की ज़रूरत की, उनके हाथ ड्रेस के ऊपर एक रूमाल को कसकर पकड़े हुए जिसे वे बीच-बीच में अपनी अकड़ी हुई उँगलियों से गेंद-सी बनाकर ड्रेस पर दोनों हाथों के बीच गड्ढे में छोड़ देती थीं। उनका सिर रास्ते की तरफ कुछ मुड़ा हुआ, वे ठीक वैसी ही लग रही थीं जैसी तीस साल पहले, और झुर्रियों के नीचे उसे उनका वही आश्चर्यजनक रूप से युवा चेहरा दिख रहा था, उनकी भौंहों की गोलाई इतनी चिकनी और सँवारी हुई जैसे मस्तक पर नक्काशी की हुई हो। छोटी, सीधी नाक, मुँह अब भी बड़ी सुन्दरता से ओठों के कोनों में नकली दाँतों के कारण आए हुए तनाव के बावजूद चित्रित। गर्दन, जो इतनी जल्दी ढीली और खराब दिखने लगती है, अब भी पतली, सुडौल लग रही थी, कन्दराएँ भले ही मोटी और गठीली हो गई थीं और ठोढ़ी कुछ मोटी। "तुमने बाल कटवाए हैं" जाक बोला। वे मुस्कराईं, उस लड़की की तरह जिसे कोई गलत काम करते हुए पकड़ लिया गया हो। "हाँ, तू जानता तो है, तू जो आ रहा था।" वे अपने हाव-भाव में हमेशा से तेज़ रही थीं, और ऐसे कि किसी को पता न चले। और इतने कम और सादा कपड़े थे उनके पास लेकिन अपनी याद में जाक ने उन्हें कभी सुरुचिहीन कपड़े पहने नहीं देखा। इस समय भी जो सलेटी और काला रंग उन्होंने पहना हुआ था, अच्छा लग रहा था। यह भी उस कुनबे की खासियत थी, हमेशा ज़रूरतमन्द, या गरीब या कभी-कभार किसी दूर के रिश्तेदार में, कुछ ठीक-ठाक। लेकिन वे सब, खासतौर से पुरुष, मैडिटिरेनियन लोगों की तरह सफेद कमीज और क्रीजदार पैंट के बारे में एकमत थे और अपने अतिअपर्याप्त परिधान को ध्यान में रखते हुए इस लगातार चलती देख-सँभाल को स्त्रियों, माँ या पत्नी का स्वाभाविक काम मानते थे। जहाँ तक उसकी माँ[अ] का प्रश्न था उन्होंने हमेशा यह माना था कि सिर्फ औरों के कपड़े धोना और प्रेस करना काफी नहीं था, और जाक ने, जितना वह याद कर सकता था, माँ को वह एक-एक पैंट जो उसके और उसके भाई लुसियंअ के पास थी हमेशा प्रेस करते देखा था जब तक कि वह उन औरतों की दुनिया में न चला गया जो न कपड़े धोती थीं, न प्रेस करती थीं। "यह नाई इतालवी है, अच्छा काम करता है।" "हाँ," जाक बोला। वह कहने जा रहा था : 'तुम अच्छी लग रही हो,' लेकिन वह रुक

1. दो अस्पष्ट अक्षर।

अ. हड़ीला चिकना माथा, उसमें काली अशान्त आँखें चमकती हुईं।

गया। उसने अपनी माँ के बारे में यह हमेशा सोचा था लेकिन कभी कहने की हिम्मत नहीं की थी। इसलिए नहीं कि उसे डाँट पड़ जाने का डर था या इस बात पर शक था कि इस तारीफ से उन्हें खुशी होगी। लेकिन इसका मतलब उस अदृश्य दीवार को तोड़ना होता जिसके पीछे उसने उन्हें हमेशा छिपते देखा था—सौम्य, सुशील, विनम्र, यहाँ तक कि निश्चेष्ट, लेकिन फिर भी कभी न किसी वस्तु या न व्यक्ति द्वारा जीती हुई, अपने आधे गूँगेपन में विलग, उनकी कुछ कह पाने की दिक्कत, सुन्दर, निश्चित रूप से लेकिन यथार्थतः अगम्य और उस समय सबसे ज़्यादा जब वे मुस्करा रही होतीं और उसका हृदय उनकी तरफ सबसे ज़्यादा खिंच रहा होता था—हाँ, जीवन-भर वे वही रहीं भयभीत और आत्मत्यागी तथापि उदासीन, वही दृष्टि जिससे वे तीस साल पहले बिना बीच में बोले देखती रहती थीं और उनकी माँ जाक को चाबुक से मारती थीं, लेकिन उन्होंने कभी अपने बच्चों को छुआ नहीं था, कभी डाँटा तक नहीं था, वह जिसे उस मार से निस्सन्देह चोट लगती थी लेकिन उसकी थकान, उसकी कुछ कह न पाने की अक्षमता और उसका अपनी माँ के प्रति आदर उसे बीच में बोलने से रोक देते थे, और वे पूरे-पूरे दिन इतने साल अपने बच्चों के लिए ये आघात सहती रहीं उसी तरह जैसे अपने लिए वे कष्ट भरे दिन जब उन्हें औरों की नौकरी करनी पड़ी थी। घुटनों पर बैठकर ज़मीन धोना, बिना किसी आश्वासन या पुरुष के सहारे औरों की चिकटी, फेंकी हुई चीज़ों में, उनके गन्दे कपड़ों में रहना, वे लम्बे, दर्दभरे एक के ऊपर एक पड़ते दिन, वह जीवन बन गया था जो आशाविहीन होने के कारण किसी भी प्रकार की संवेदना से रहित, अनभिज्ञ, अध्यवसायी और हर तरह के दुख, अपने या औरों के सन्तोष से झेलने का आदी था। उसने उन्हें कभी शिकायत करते नहीं सुना था सिवाय इसके कि वे बहुत थक गई हैं या धोने के लिए कपड़े इतने ज़्यादा थे कि कमर दर्द कर रही है। उसने उन्हें कभी किसी की बुराई करते नहीं सुना था, सिवाय इतना-सा कह देने के कि उनकी किसी बहन या बुआ ने उनसे ठीक से बात नहीं की, या कि वे घमंडी हैं। दूसरी तरफ उसने उन्हें, कदाचित् ही कभी उन्मुक्तता से हँसते देखा था। वे अब थोड़ा-बहुत हँसने लगी थीं, जब से उन्हें काम नहीं करना पड़ता था, जब से उनके बच्चे उनका पूरा खर्चा उठाने लगे थे। जाक कमरा देखने लगा, वह भी बिलकुल नहीं बदला था। वे वह अपार्टमेंट छोड़ना नहीं चाहती थीं जहाँ उनकी एक बनी हुई दिनचर्या थी, जहाँ उनके लिए सब कुछ करना आसान था बनिस्बत एक

ज़्यादा आरामदायक जगह के, जहाँ सब कुछ मुश्किल हो जाता। हाँ, यह वही कमरा था। फर्नीचर बदल दिया गया था जो अब ज़्यादा समुचित था और कम भद्दा। लेकिन वह अब भी उसी तरह खाली था, दीवार से लगा हुआ। "तू हमेशा छानबीन करता रहता है," उसकी माँ ने कहा। हाँ, वह अपने आपको अलमारी खोलकर देखने से रोक नहीं पाया जिसमें अब भी उसके इतने अनुनय-विनय के बावजूद निर्वाह मात्र सामान था, उसे उसका खालीपन बड़ा हृदयग्राही लगा। उसने उस साइड बोर्ड की दराजें भी खोलीं जिनमें वे दो या तीन दवाइयाँ रहती थीं जिनसे यह घर काम चला लेता था। साथ में एक-दो पुराने समाचार-पत्र, कुछ डोरियों के टुकड़े, एक गत्ते का डिब्बा, पुराने बटनों से भरा हुआ, एक पुराना पहचान-पत्र का फोटो। यहाँ फालतू भी क्षुद्र था क्योंकि फालतू कभी इस्तेमाल नहीं होता था। और जाक अच्छी तरह जानता था कि एक उपयुक्त रूप से सुसज्जित सामान्य घर में जैसा उसका था, पहुँचकर भी उसकी माँ उतना ही सामान इस्तेमाल करतीं, जितना ज़रूरत के लिए अति आवश्यक होता। वह जानता था कि बराबर में, उसके माँ के कमरे में सिवाय एक छोटी-सी अलमारी, एक पतली चारपाई, एक लकड़ी की साधारण ड्रेसिंग टेबिल, और पुआल से बुनी एक कुर्सी, और उनकी एक अकेली खिड़की पर क्रोशिए के बुने परदे के अलावा कभी कुछ और नहीं मिल सकता था सिवाय कभी-कभार एक मुसड़े हुए रूमाल का बना गोला जो वे ड्रेसिंग टेबिल की खाली लकड़ी पर भूल जाया करती थीं।

जिस चीज़ ने उसका ध्यान सबसे ज़्यादा आकर्षित किया, जब उसने और घर देखे, चाहे लीसे* में अपने साथियों के या बाद में दुनिया के और सम्पन्न घर, वह थी फूलदानों, सजावट के कटोरे, छोटी-छोटी मूर्तियों, पेंटिंग आदि की संख्या जिनसे कमरे भरे रहते थे। उसके घर में कहते थे "वह फूलदान जो मेंटलपीस के ऊपर रखा है।" केतली, सूप प्लेटें, और कुछ और चीज़ें जिनका कोई नाम नहीं था। उसके विपरीत उसके मामा के घर में वोज की ग्लेज़्ड पॉटरी बड़े शान से दिखाई जाती थी, खाना कीम्पर सैट में खाया जाता था। मौत जैसी उस अनावृत गरीबी में, वह जातिवाचक संज्ञाओं के बीच बड़ा हुआ था, व्यक्तिवाचक संज्ञाएँ उसने अपने मामा के घर सीखीं। आज भी ताज़ा टाइलों वाले धुले इस कमरे में, सादा चमकीले फर्नीचर पर कुछ भी नहीं था सिवाय साइड बोर्ड पर एक ताँबे की अरबी ऐशट्रे के उसके

* फ्रांस में उच्च विद्यालय। —अनु.

आने की तैयारी में और दीवार पर एक पे.ते.ते. कलेंडर के। यहाँ पर देखने को कुछ नहीं था और कहने को बहुत कम, इसलिए वह अपनी माँ के बारे में कुछ नहीं जानता था सिवाय उसके जो उसने अपने खुद के अनुभवों से जाना था। न पिता के बारे में।

"पापा?" वह उसकी तरफ देख रही थी और सचेत हो गई थी।[अ]

"हाँ!"

"उनका नाम औरी था, और उसके बाद?"

"मुझे पता नहीं।"

"उनके और नाम नहीं थे?"

"शायद थे, लेकिन मुझे याद नहीं।"

अचानक खोई-सी, वे बाहर रास्ते की तरफ देखने लगीं जहाँ इस समय धूप पूरी तेज़ी से चमक रही थी।

"वे देखने में मेरे जैसे थे?"

"हाँ, बिलकुल तू, थूक के। उनकी आँखें नीली थीं। और माथा तेरा जैसा।"

"वे कौन-से साल में पैदा हुए थे?"

"मुझे पता नहीं। मैं उनसे चार साल बड़ी थी।"

"और तू कौन-से साल में?"

"मुझे पता नहीं। फैमिली बुक में देख ले।"

जाक बैडरूम में गया और अलमारी खोली। तौलियों के साथ सबसे ऊपर के खाने में फैमिली रिकॉर्ड बुक, एक पेंशन बुक और कुछ कागज़ात इस्पानी भाषा में रखे थे। वह उन सब कागज़ों को लेकर वापस आ गया।

"वे 1885 में पैदा हुए थे और तू 1882 में। तू उनसे तीन साल बड़ी थी।"

"आह! मेरा खयाल था चार। बहुत पुरानी बात हो गई।"

"तूने मुझे बताया था कि उनके माता-पिता की मृत्यु बहुत जल्दी हो गई थी और कि उनके भाइयों ने उन्हें अनाथाश्रम में डाल दिया था।"

"हाँ। उनकी बहन को भी।"

"उनके माता-पिता के पास क्या कोई फार्म था?"

"हाँ। वे लोग अलसास के थे।"

"उलैद-फाईय्ये में।"

"हाँ। और हम शेरागा में। वह बिलकुल पास में है।"

---

अ. पिता–जाँच पड़ताल–सन् '14 की लड़ाई–गोलाबारी।

"जब उनके माता-पिता गुज़रे, उनकी क्या उम्र थी?"

"मुझे नहीं पता। ओह! वे बहुत छोटे थे। उनकी बहन ने उन्हें छोड़ दिया था। वह अच्छी बात नहीं थी। वे बाद में उनसे बिलकुल मिलना नहीं चाहते थे।"

"उनकी बहन की क्या उम्र थी?"

"मुझे नहीं पता।"

"और उनके भाई? वे सबसे छोटे थे?"

"नहीं। दूसरे नम्बर के।"

"इसका मतलब उनके भाई उन्हें सँभालने के लिए बहुत छोटे थे।"

"हाँ! सो तो है।"

"तो, फिर उनकी गलती नहीं थी।"

"थी, वे उनसे नाराज़ थे। अनाथाश्रम के बाद जब वे सोलह साल के थे वे अपनी बहन के फार्म पर गए। उन लोगों ने उनसे बहुत काम करवाया। बहुत ज़्यादा।"

"वे शेरागा आ गए थे।"

"हाँ, हमारे यहाँ।"

"तू वहाँ मिली थी उनसे?"

"हाँ।"

वे फिर बाहर रास्ते की तरफ देखने लगीं, और उसने महसूस किया कि उस दिशा में और आगे बढ़ना मुश्किल था। लेकिन फिर उन्होंने खुद दूसरे पक्ष पर बात शुरू कर दी।

"उन्हें पढ़ना नहीं आता था, तू समझने की कोशिश कर। कोई अनाथालय कुछ नहीं सिखाता।"

"लेकिन तूने तो मुझे वे कार्ड दिखाए थे जो उन्होंने तुझे जंग से लिखे थे।"

"हाँ, वे श्री क्लासीओ से सीख गए थे।"

"रिकॉम में?"

"हाँ। क्लासीओ सा'ब चीफ थे। उन्होंने उन्हें पढ़ना और लिखना सिखाया।"

"तब कितनी उम्र थी उनकी?"

"बीस साल, मेरे खयाल से। मुझे मालूम नहीं है। ये सब बहुत पहले की बातें हैं। लेकिन जब हमारी शादी हुई उन्होंने वाइन के बारे में बहुत कुछ

सीख लिया था। वे कहीं भी नौकरी कर सकते थे। वे बहुत होशियार थे।" माँ उसकी तरफ देखने लगीं।

"तेरी तरह।"

"और उसके बाद?"

"उसके बाद? तेरा भाई आ गया। तेरे पापा रिकॉम के लिए काम करते थे, और रिकॉम ने उन्हें साँए-लापोथ में अपने फार्म पर भेज दिया था।"

"साँए-आपोथे?"

"हाँ। और उसके बाद लड़ाई छिड़ गई। वे मारे गए। उन्होंने मेरे पास फटे हुए बम के छर्रे भेज दिए।"

बम के वे छर्रे जिन्होंने उसके पिता का सिर फाड़ दिया था, एक छोटे-से बिस्किट के डिब्बे में बन्द करके वहीं रखे हुए थे, उसी अलमारी के उसी खाने में, उन्हीं तौलियों के पीछे, उन कार्डों के साथ जो उन्होंने फ्रंट से लिखे थे और जिन्हें उनकी पूरी संक्षिप्तता और सूखेपन के साथ वह जुबानी सुना जा सकता था। "मेरी प्यारी लूसी। मैं ठीक हूँ। कल हम कैंटोनमेंट बदल रहे हैं। बच्चों का ध्यान अच्छी तरह रखना। मैं तुझे प्यार करता हूँ। तेरा पति।"

हाँ, उसी रात की गहराई में, जिस दिन वह पैदा हुआ था, उस सफर में, वह उत्प्रवासी, उत्प्रवासी माँ-बाप का बच्चा, यूरोप अपनी तोपें साध रहा था। ये तोपें कुछ महीनों बाद एक साथ चल पड़ीं कारमॅरी परिवार को साँए-एपोथ से खदेड़कर बाहर भेजते हुए, उसे अल्जियर्स अपनी रेजिमेंट में और पत्नी को एक दीन-हीन उपनगर के छोटे-से अपार्टमेंट में, सीबूज़ मच्छरों के काटने से बदन फूले बच्चे को गोद में उठाए। "तुम परेशान मत हो माँ, जैसे ही औरी लौटेंगे हम लोग वापस चले जाएँगे।" और नानी एकदम सीधी खड़ी हुईं सफेद बाल पीछे काढ़े हुए, आँखें सख्त और साफ : "मेरी बेटी, तुम्हें नौकरी करनी पड़ेगी।"

"वे जुआव रेजिमेंट में थे।"

"हाँ। वे मोरक्को की लड़ाई में थे।"

यह सच था। वह भूल गया था। 1905 में उसके पिता बीस साल के थे। उन्होंने, जैसा कहते हैं मोरक्को[अ] के विरुद्ध लड़ाई में सक्रिय भाग लिया था। जाक को याद आया कि लैवेस्क ने, जो उसके स्कूल के प्रिंसिपल थे, बहुत साल पहले एक दिन अल्जियर्स में अचानक रास्ते में मिल जाने पर क्या

अ. 14

कहा था। श्री लैवेस्क भी उसी टाइम पर लड़ाई के लिए बुलाए गए थे, जब उसके पिता। लेकिन वे उस यूनिट में सिर्फ एक महीना रहे थे। वे कहते थे कि वे कारमॅरी को ज़्यादा अच्छी तरह नहीं जानते थे क्योंकि वे बहुत कम बोलते थे। बिना थके काम करते रहने की अपार क्षमता, मितभाषी लेकिन सुशील और स्थिरचित्त। सिर्फ एक बार वे आपे से बाहर हो गए थे। तब रात थी, एक बेहद गर्म दिन के बाद, एटलस पहाड़ों के एक कोने में एक छोटी-सी पहाड़ी की चोटी पर जो चारों तरफ से ऊँची चट्टानों से सुरक्षित थी, हमारी टुकड़ी कैम्प कर रही थी। कारमॅरी और लैवेस्क को घाटी के तले पर दोनों सन्तरियों को रिलीव करना था। उनकी आवाज़ों का किसी ने जवाब नहीं दिया। उन्हें अपना साथी एक काँटेदार हैज के किनारे सिर पीछे लटका कर अजीब तरीके से ऊपर चाँद देखता दिखाई दिया। शुरू में वे उसका सिर पहचान नहीं पाए क्योंकि उसका आकार बहुत अजीब दिख रहा था। लेकिन वह बड़ी सीधी बात थी। उसका गला काट दिया गया था और उसके मुँह में जो वह काली-सी घुसी हुई चीज़ दिख रही थी वह उसकी पृथक् की हुई पूरी की पूरी जननेन्द्रिय थी। तब उन्हें उसकी लाश दिखी, टाँगें बीच में से खोली हुईं, जुआव पतलून चीरी हुई, और उस खाली स्थान के बीच में वह खून से भरा लोंदा[अ] जो अब उन्हें चाँद की तिरछी आती रोशनी में साफ-साफ दिख रहा था। सौ मीटर दूर चट्टान के पीछे दूसरा सन्तरी भी इसी तरह प्रदर्शित किया हुआ था। अलार्म बजा दिया गया। सन्तरियों को संख्या दोगुनी कर दी गई। अगले दिन पौ फटने पर जब वे कैम्प में वापस पहुँचे तो कारमॅरी बोला कि वे लोग इनसान नहीं थे। लैवेस्क ने जो इस हादसे पर सोचता रहा था, जवाब दिया था, कि उनके लिए शायद आदमी ऐसे ही करते हैं, हम उनकी ज़मीन पर थे और उन्हें हर तरह से शत्रु से लड़ना था। कारमॅरी गुस्से में फूट पड़ा। "शायद। लेकिन उन्होंने गलत किया है। एक आदमी ऐसा नहीं करता।" लैवेस्क ने कहा था कि उनके लिए कुछ परिस्थितियों में आदमी से कुछ भी करने की और (सब कुछ नष्ट कर देने की) अपेक्षा की जाती थी। लेकिन कारमॅरी ऐसे चिल्लाया था जैसे गुस्से में पागल हो गया हो : "नहीं, एक आदमी अपने आपको ऐसा नहीं करने देता! अगर वह आदमी है, अगर नहीं तो...!" और उसके बाद वह शान्त हो गया था। "मैं," उसने बहुत धीमी आवाज़ में कहा था, "मैं गरीब हूँ, मैं अनाथालय से बाहर आया और उन्होंने मुझे यह यूनिफार्म पहना दी,

अ. चाहे इसके साथ मरो या बिना, सार्जेंट बोला।

मुझे लड़ाई में धकेल दिया, लेकिन मैं अपने आपको कभी वैसा नहीं करने दे सकता।" "ऐसे बहुत-से फ्रांसीसी हैं जो अपने आपको नहीं रोक पाते," लैवेस्क ने (कहा) था। "तो वे भी, वे आदमी नहीं हैं।"

और अचानक वह चिल्लाया : "घिनौने लोग! क्या आदमी हैं स्साले! सब। सबके सब..."

और उसके बाद वह टेंट में अन्दर चला गया, मुँह सफेद फक।

जब उसने बैठकर इस बारे में सोचा जाक ने पाया कि उसे अपने पिता के बारे में सबसे ज़्यादा जानकारी अपने उन पुराने टीचर से मिली थी जिनका अब उसके पास कोई अता-पता नहीं था। लेकिन विस्तृत विवरणों को छोड़कर वह उससे ज़्यादा नहीं थी जो अपनी माँ की चुप्पियों के सहारे उसने अन्दाज़ा लगा लिया था। एक सख्त आदमी, कड़वा, जिसने पूरी उम्र मेहनत की, आदेश पालन में गोली चलाई, वह सब स्वीकार किया जिससे बच नहीं सकता था लेकिन फिर भी अपने अन्दर कहीं उस वजूद को जीवित रखा जो दबने को तैयार न था। एक गरीब आदमी, आखिरकार! गरीबी कोई अपनी मर्ज़ी से नहीं चुनता, लेकिन उसे बचाकर रख सकता है। और जाक ने, जो भी थोड़ा-बहुत उसे अपनी माँ से पता लगा था उसके सहारे, इस आदमी की नौ साल बाद की कल्पना करनी शुरू कर दी, शादीशुदा, दो बच्चों का बाप, जिसने जीवन में जैसे ही कुछ बेहतर स्थिति प्राप्त की अल्जियर्स की लामबन्दी[अ] में बुला लिया गया। सहनशील पत्नी और असहाय बच्चों के साथ रात भर का लम्बा सफर, स्टेशन पर अलग हो जाना, और फिर तीन दिन बाद बैलकूर् के छोटे-से अपार्टमेंट में अचानक उसका जुआव रेजिमेंट की ढीली-ढीली पतलून वाली लाल और नीली खूबसूरत यूनिफार्म में आना, जुलाई की उस गर्मी में उन मोटे गर्म कपड़ों में पसीना बहाते, हाथ में स्ट्रा हैट लिये क्योंकि डिपो में से गोदी की महराबों में होकर छिप कर निकलने के बाद उसके पास न तुर्की टोपी थी, न बैरी, जब वह अपनी पत्नी और बच्चे को जल्दी से एक बार और ज़ोर से प्यार करने के लिए भागकर आया था, उस फ्रांस के लिए जहाज़ में प्रस्थान करने से पहले जिसे वह जानता न था[ब] उस समुद्र के ऊपर जिस पर वह पहले कभी नहीं गया था; और उस छोटी-सी बालकनी से वह औरत उसकी तरफ हाथ हिलाती रही, वह लगातार अपना टोप हिला-हिलाकर उसका जवाब देता रहा जब तक कि वह गर्मी

अ. अल्जियर्स में 1914 के समाचार-पत्र!

ब. वह कभी फ्रांस नहीं गया था। वह वहाँ गया और मारा गया।

और मिट्टी से सलेटी हुई गली में न मुड़ गया, सिनेमा के सामने से भाग कर तेज़ निकलता हुआ, कुछ और आगे जाकर सुबह की चमकती रोशनी में विलुप्त हो गया, कभी लौटकर न आने के लिए। उसके बाद का जीवन अपने आप समझा जा सकता था। उसके सहारे नहीं जो याद कर-करके उसकी माँ और बताती, क्योंकि न उन्हें यह मालूम था कि इतिहास क्या होता है, न भूगोल, वे सिर्फ यह जानती थीं कि वे कहीं ऐसी जगह रहती थीं जो समुद्र के पास थी और यह कि फ्रांस उस समुद्र के दूसरी तरफ था जिसके पार वे कभी नहीं गई थीं। फ्रांस में वैसे भी कोई दुर्ज्ञेय, अँधेरे में खोई जगह जहाँ एक तट पर होकर जाना पड़ता है जिसका नाम है मारसेई, जो उनकी कल्पना में वैसा ही था जैसा अल्जियर्स का तट, जहाँ एक शहर जगमगाता था जिसके बारे में लोग कहते थे बहुत सुन्दर है, जिसका नाम था पेरिस, उसमें एक जगह का नाम था अलसास, जहाँ उसके पति के पूर्वज रहा करते थे। लेकिन ये बहुत पहले की बात थी। उनके वहाँ के दुश्मनों से, जिनका नाम जर्मन था, बचकर अल्जीरिया भाग आने से पहले, और अब वही जगह उन्हीं दुश्मनों से जो हमेशा से, बेवजह बहुत दुष्ट और क्रूर रहे हैं, खासतौर से फ्रांस के साथ, लड़कर वापस जीतनी थी। फ्रांसीसियों को हमेशा अपने आपको इन झगड़ालू अप्रशम्य लोगों से सुरक्षित रखने के लिए लड़ाई लड़ते रहना पड़ता है। वहाँ, और स्पेन में, जिसके बारे में उन्हें बिलकुल पता नहीं था कि दुनिया के किस कोने में है, बस यह मालूम था कि बहुत दूर है, उनके पुरखे, माहॅन के देशवासी रहने लगे थे, बाद में बहुत पहले तकरीबन उसी समय जब उनके पति का परिवार आया था, अल्जीरिया आ जाने के लिए, क्योंकि माहॅन में वे लोग भूखे मर रहे थे, और उन्हें यह भी मालूम नहीं था कि माहॅन एक द्वीप था, क्योंकि वे नहीं जानती थीं कि द्वीप क्या होता है, उन्होंने कभी द्वीप देखा ही नहीं था। बाकी जगहों में किसी-किसी देश का नाम उन्हें याद रह जाता था, चाहे वे उसका उच्चारण ठीक से न कर पाएँ। बहरहाल, उन्होंने कभी आस्ट्रिया-हंगरी, या सर्बिया जैसे नाम कभी सुने नहीं थे। न ही रूस और इंग्लैंड जैसे मुश्किल नाम, आर्चड्यूक कौन होता है, वे नहीं जानती थीं और सराइवो के चार अक्षर तो कभी बोल ही नहीं पाती थीं। लड़ाई वहाँ ऐसे आ गई थी जैसे एक दुष्ट बादल, छिपे हुए खतरों से भरा हुआ, लेकिन जिसे आसमान में फैलने से उसी तरह रोका नहीं जा सकता जैसे टिड्डियों के दल को या उन विध्वंसकारी आँधियों को जो अल्जीरिया के ऊँचे पठारों पर आती रहती थीं। जर्मन लोग फिर से, ज़बर्दस्ती

फ्रांस को लड़ाई में झोंक रहे थे, इससे सिर्फ नुकसान ही होगा—न कोई इसका कारण था, उन्हें फ्रांस का इतिहास मालूम नहीं था, न ही यह कि इतिहास क्या होता है। उन्हें अपना अतीत थोड़ा-बहुत मालूम था, मुश्किल से ज़रा-सा उनका जिन्हें वे प्यार करती थीं और जिन्हें वे प्यार करती थीं उनका भी उतना ही नुकसान होना था जितना उनका अपना। दुनिया की उस रात में जिसकी कल्पना उनकी शक्ति से बाहर थी, और उस इतिहास में, जो उन्हें मालूम नहीं था, एक और ज़्यादा काली रात तभी आ पहुँची थी, रहस्यपूर्ण ऑर्डर आ चुके थे, पसीने में सराबोर, थके हुए सिपाही के हाथों : उन्हें फार्म एकदम छोड़ना था, ठीक उस समय जब वे अंगूरों की फसल काटने के लिए तैयार हो रहे थे, उस इलाके के पादरी फौज द्वारा बुलाए गए आदमियों की रवानगी के लिए बोन स्टेशन पहुँच चुके थे : "हमें भगवान से प्रार्थना करनी चाहिए," उन्होंने माँ से कहा था, और उन्होंने जवाब दिया था : "जी, पादरी जी," लेकिन वास्तव में उन्होंने यह बात ठीक से सुनी नहीं थी क्योंकि पादरी जी बहुत धीरे बोले थे, और अगर उन्होंने सुन भी लिया होता तो प्रार्थना करने का विचार उनके मस्तिष्क में जा ही नहीं सकता था, वे कभी किसी को परेशान करना नहीं चाहती थीं—और उनके पति उन सुन्दर रंग-बिरंगे कपड़ों में जा चुके थे।

वे बहुत जल्द वापस आएँगे, सारी दुनिया यह कह रही थी, जर्मन लोगों को सजा मिलेगी, लेकिन इस बीच उन्हें नौकरी ढूँढ़नी थी। सौभाग्य से, एक पड़ोसी ने नानी को बताया था कि मिलिटरी के शस्त्रागार में कारतूस बनाने के कारखाने में औरतों की ज़रूरत थी, और वे लोग लड़ाई के लिए ताज़ा भर्ती किए सैनिकों की पत्नियों को प्राथमिकता दे रहे हैं, खासतौर से अगर उन पर परिवार की ज़िम्मेदारी भी है, और उन्हें दिन में सिर्फ दस घंटे छोटे-छोटे गत्ते की ट्यूबों को उनकी मोटाई और रंग देख कर डिब्बों में तरतीब से जमाना होगा, और वे घर में नानी के लिए कुछ पैसे ला सकेंगी और जब तक जर्मन लोगों को सजा मिले और औंरी लौटकर घर आएँ, बच्चों को पेट भर खाना मिल सकेगा। यह अलग बात है कि वे यह नहीं जानती थीं कि वहाँ एक रशियन फ्रंट भी था, न ही यह कि फ्रंट क्या होता है, न यह कि लड़ाई बाल्कन प्रायद्वीपों, मध्य-पूर्वी देशों, पूरे ग्रह तक फैल सकती है, जो भी फ्रांस में हो रहा था जहाँ जर्मन बिना किसी चेतावनी के घुस आए थे और छोटे-छोटे बच्चों पर गोलीबारी कर रहे थे। वस्तुत: वहाँ सब कुछ अफ्रीका में भर्ती किए हुए सिपाहियों के ज़ोर पर, जिनमें औंरी

कारमॅरी भी था, हो रहा था, जिन्हें जितनी जल्दी हो सकता था वहाँ लाया गया था, एक रहस्यमय स्थान में पहुँचाया गया था जिसका नाम लोग कह रहे थे मार्न था। इतना भी समय नहीं था कि उनके लिए हैलमेट खरीदे जा सकें। वहाँ धूप इतनी तेज़ नहीं थी जैसी अल्जीरिया में कि रंग हल्के पड़ जाएँ, तो अल्जीरियावासियों—अरब और फ्रांसीसी—का विशाल जन-समुदाय चुस्त, चमकदार रंगों के कपड़ों में सिर पर स्ट्रा हैट, लाल और नीले निशान, जिन्हें मीटरों दूर से देखा जा सकता था, साथ के साथ उछलकर आग में गिरे। पूरा समुदाय एक साथ जलकर भुन गया, ज़मीन के उस पतले-से टुकड़े को उर्वर करने के लिए जहाँ चार साल तक सारी दुनिया से कीचड़ में रेंग-रेंगकर आए लोग गोलों से निकली आग की लपटों, आदमियों के अधजले उछलते अंगों, धुआँ, चीख-चिल्लाहट से भरे आसमान के नीचे एक-एक मीटर ज़मीन के लिए लड़ते रहे, जबकि भारी गोलाबारी उनके जीवट प्रयत्नों को निरर्थक साबित करती रही।[अ] लेकिन अभी वहाँ बंकर नहीं थे, सिर्फ अफ्रीकी सिपाही थे, जो उस भीषण आग में ऐसे पिघल रहे थे जैसे रंगबिरंगे मोम के गुड्डे हों, और अल्जीरिया के हर कोने में हर सुबह बेटे-बेटियाँ अनाथ हुए जा रहे थे, जिन्हें अब बिना किसी के मार्ग-निर्देशन के, बिना विरासत के जीना सीखना पड़ेगा। कुछ सप्ताह बाद एक रविवार की सुबह उस एक इकमंज़िले मकान के अन्दर बरामदे में सीढ़ियों और दो बाथरूमों, बिना बत्ती के अँधेरे, टर्किश स्टाइल ज़मीन में खुदे संडास जो लगातार फिनाइल से साफ किए जाने के बाद भी बदबू से भरे रहते थे, के बीच लूसी कारमॅरी और उसकी माँ दो मुढ़ियों पर बैठीं, सीढ़ियों के ऊपर के झरोखे से आती रोशनी में दाल बीन रही थीं, और बच्चा एक लॉन्ड्री बास्केट में पड़ा लार से भरी एक गाजर चबा रहा था। तभी उन्हें गम्भीर मुख-मुद्रा में, अच्छे कपड़े पहने एक व्यक्ति एक लिफाफा-सा पकड़े सीढ़ियों पर खड़ा दिखाई दिया। दोनों आश्चर्यचकित औरतें दाल की थाली जल्दी से उनके बीच में रखी तौली में डालकर, हाथ धोकर पोंछ रही थीं, जब उस व्यक्ति ने, जो ऊपरवाली से एक सीढ़ी नीचे खड़ा हो गया था, उनसे तकलीफ न करने के लिए प्रार्थना की, श्रीमती कारमॅरी से मिलना चाहा। "ये रहीं," नानी ने कहा, "और मैं इनकी माँ हूँ।" उस व्यक्ति ने कहा कि वह वहाँ का मेयर है और उसके लिए एक दुख भरी खबर लेकर आया है कि उसका पति लड़ाई के मैदान में लड़ते-लड़ते सम्मान से मारा गया और कि फ्रांस

अ. विस्तार करना।

को उस पर इतना ही दुख है, जितना गर्व। लूसी कारमॅरी ने उसकी बात ठीक से सुनी नहीं, लेकिन उठकर बहुत आदर से उसकी तरफ मिलाने के लिए अपना हाथ बढ़ाया। नानी चुप खड़ी रहीं, मुँह पर हाथ रखे, बार-बार इस्पानी भाषा में 'हे भगवान' दोहराते हुए। वह व्यक्ति लूसी का हाथ थामे खड़ा था। उसने उसे फिर से अपने दोनों हाथों में लेकर दबाया। सहानुभूति के कुछ शब्द धीरे-से कहे, और उसके बाद उसे वह लिफाफा पकड़ाकर भारी कदमों से सीढ़ियों उतरकर चला गया।

"वह क्या कह रहा था?" लूसी ने पूछा। "औंरी नहीं रहा। वह मारा गया।" न उसे, न उसकी माँ को पढ़ना आता था। लूसी उस लिफाफे को एकटक देखती रही, बिना खोले बेआवाज़, सूखी आँखों से, इतनी दूर, उस काली, अनजानी रात की गहराई में हुई मृत्यु को समझने में असमर्थ। और फिर उसने वह लिफाफा अपने एप्रन की जेब में डाल लिया, बच्चे के पास से निकली बिना उसकी तरफ देखे हुए, उस बैडरूम में गई जिसमें वह अपने दोनों बच्चों के साथ सोती थी, अन्दर से दरवाज़ा और खिड़की जो बाहर आँगन की तरफ खुलती थी बन्द किए, और बिस्तर पर गिर पड़ी, जहाँ वह उसी तरह बिलकुल चुप, बिना रोए घंटों पड़ी रही, अपने एप्रन की जेब में पड़े लिफाफे को कसके पकड़े हुए, अँधेरे में उस दुर्भाग्य की तरफ ताकते हुए जिसे वह समझती नहीं थी।[अ]

"मामा" जाक बोला।

वे अभी तक, उसी तरह बाहर देख रही थीं, और उन्होंने उसकी आवाज़ नहीं सुनी। उसने उनके पतले झुर्रियाँ पड़े हाथ को हिलाया। वे उसकी तरफ मुड़कर मुस्कराने लगीं।

"पापा के वे काड्‌र्स याद हैं तुम्हें, जो उन्होंने हस्पताल से लिखे थे।"

"हाँ।"

"वे तेरे पास मेयर के आने के बाद आए थे?"

"हाँ।"

एक बम ने फटकर उनके सिर में छेद कर दिया था और उन्हें उन खून में लिथड़ी, पुआल और पट्टियाँ बिखरी एम्बुलेंस ट्रेनों में से किसी एक में जो बूचड़खाना और साँए-ब्रीय्यु के इवेकुएशन हस्पताल के बीच लगातार चलती रहती थीं, हस्पताल भेज दिया गया था। वहाँ उन्होंने अन्दाज़े से, क्योंकि उनकी आँखें जाती रही थीं, दो पोस्टकार्ड लिखे थे, "मैं घायल

अ. वे समझती हैं, बम अपने आप फटता है।

हो गया हूँ। कोई खास बात नहीं है। तुम्हारा पति।" उसके कुछ दिनों बाद उनकी मृत्यु हो गई। नर्स ने लिखा : "यही बेहतर था। अगर वे जीते तो या तो अन्धे रहते या पागल। वे बहुत हिम्मतवाले थे।" और उसके बाद वे बम के छर्रे।

तीन बन्दूकधारी पैराशूट सैनिकों का पेट्रोल दस्ता चारों तरफ ध्यान से देखता हुआ पंक्तिबद्ध सड़क पर से निकला। उनमें से एक काला था, लम्बा और लचीला, अपनी चितकबरी खाल में एक खूबसूरत जानवर जैसा।

"ये चोर-उचक्कों के लिए हैं," वे बोलीं, "मुझे बहुत ख़ुशी है कि तुम उनकी कब्र पर हो आए। मैं, अब बहुत बूढ़ी हो गई हूँ, और वह बहुत दूर है। वह सुन्दर है न?"

"क्या, कब्र?"

"हाँ।"

"हाँ, वह सुन्दर है। वहाँ फूल लगे हैं।"

"अच्छा! फ्रांसीसी अच्छे लोग हैं।" उन्होंने यह कहा, उस पर विश्वास करते हुए, लेकिन बिना अब और अपने पति के बारे में कुछ भी सोचते हुए, जो अब भुला दिए गए थे, उस बहुत पहले बीते हुए दुर्भाग्य के साथ। और अब कुछ बाकी नहीं बचा था, न उनमें न उस घर में, उस आदमी की जो एक सर्वव्यापी अग्नि द्वारा निगल लिया गया था, सिर्फ एक स्पर्शातीत याद बची थी जैसे कि जंगल की आग में जली तितली के एक पंख की राख।

"स्ट्यू जल जाएगा, एक मिनट रुक।"

[अ]वे किचिन में जाने के लिए उठीं और जाक उनकी जगह आकर बैठ गया नीचे उस इतनी पुरानी गली को देखने के लिए, इतने सालों बाद वही स्टोर, उनके रंग धूप से कुछ भद्दे पड़े हुए, कुछ उजले हुए। सिर्फ सामने तम्बाकूवाले ने अब रंग-बिरंगी प्लास्टिक की पत्तियों का पर्दा लगा दिया था, अपने पुराने पतले बाँस के परदे को हटाकर, जो एक खास तरह की आवाज़ किया करता था जो जाक को अब भी सुनाई दे रही थी, जब भी वह उसे हटा कर, छपी हुई किताबों और तम्बाकू की महक भरी दुनिया में घुसता था, इंट्रेपिड खरीदने के लिए, जिसमें आत्मसम्मान और साहस की कहानियाँ पढ़कर वह बहुत उदात्त चित्त अनुभव किया करता था। इस समय रास्ते में रविवार की सुबह की चहल-पहल शुरू हो गई थी। छोटे कर्मचारी अपनी सफेद, ताज़ा धुली और प्रेस की हुई कमीजों में वहाँ तीन-चार कॉफी हाउसों

अ. अपार्टमेंट में बदलाव।

की तरफ जा रहे थे, जिनमें छायादार ठंडक और ताज़ा अनिस* की खुशबू आ रही थी। कुछ अरब लोग भी आ-जा रहे थे, गरीब लेकिन ठीक से कपड़े पहने हुए, अपनी पत्नियों के साथ जो बाकायदा बुर्के में थीं, लेकिन उन्होंने लुई पन्द्रह जूते पहने हुए थे। कभी-कभी कोई पूरा अरब परिवार रविवार के बढ़िया कपड़े पहने, निकल जाता था। इन्हीं में से एक के पीछे तीन बच्चे लाइन में चल रहे थे, जिनमें से एक ने पैराशूट सैनिक की पोशाक पहनी हुई थी। और तभी वह पैराशूट सैनिकों का पेट्रोल दस्ता लौटा, देखने में बेफिक्र और उदासीनता से चलता हुआ। धमाका ठीक उस वक्त हुआ जब लूसी कारमॅरी कमरे में लौटी।

लगता था बम कहीं पास ही फटा था। आवाज़ बहुत ज़ोर से हुई थी और गूँज अब भी सुनाई दे रही थी। शायद आवाज़ काफी देर पहले आनी बन्द हो गई थी। खाने के कमरे का बल्ब काँच के शेड में अभी हिले जा रहा था। उसकी माँ कमरे में एक पीछे को चली गई थीं, मुँह एकदम सफेद, उनकी काली आँखें उस डर से भरी हुईं जो वे कभी छिपा नहीं पाती थीं, और उनके पैर डगमगा से रहे थे। "यहीं फटा है, यहीं कहीं," वे बोलीं। "नहीं," जाक ने कहा, और वह खिड़की की तरफ भागकर गया। रास्ते में से लोग भाग रहे थे, उसे पता नहीं चला, कहाँ; एक अरब परिवार सामने बिसाती की दुकान में घुसा था, बच्चों को अन्दर धकेलते हुए, और दुकानदार ने उन्हें जल्दी से अन्दर लेकर दरवाज़ा बन्द करके दरवाज़े का हैंडल निकाल लिया था और फिर खिड़की के पीछे रास्ते की भागदौड़ देखने के लिए आकर खड़ा हो गया था। उस समय पैराशूट पेट्रोल दस्ता सामने की तरफ टॉप स्पीड में भागता हुआ वापस लौटा। कारें धपाधप फुटपाथ पर चढ़कर रुक गईं। कुछ ही सेकंडों में रास्ता एकदम खाली हो गया। लेकिन झुककर देखने से जाक को आगे म्यूसे सिनेमा हाउस और ट्रामवे स्टॉप के बीच हिलती भीड़ दिखाई दी। "मैं वहाँ देखने जा रहा हूँ," वह बोला।

प्रेवोस्त-पारादोल[अ]1 रास्ते के छोर पर कुछ आदमियों का समूह कुछ चिल्ला रहा था। "यह साली जात," बनियान पहने एक ठिंगना-सा मज़दूर

---

* सौंफ का ठंडा पेय जो फ्रांस में काफी लोकप्रिय है। —अनु.

अ. उसने यह अपनी माँ से मिलने आने से पहले देखा?—केसू बम विस्फोट के बारे में तीसरे भाग में लिखो, और उस हालत में यहाँ सिर्फ ज़िक्र करना है। —और आगे।

1. यह पूरा प्रकरण, "कुछ पता नहीं चल रहा था" तक घेरे में, प्रश्नचिह्न के साथ।

एक अरब की तरफ देखता हुआ, जो कॉफी हाउस के पास एक गेट में ऐसे खड़ा था, जैसे वहाँ जम गया हो, कह रहा था। और वह उसकी तरफ बढ़ा। "मैंने कुछ नहीं किया," वह अरब बोला। "हरामजादे, तुम सबके सब एक-से हो," और वह उसकी तरफ झपटा। औरों ने उसे पकड़ लिया। जाक ने अरब से कहा, "मेरे साथ आओ," और उसे साथ लेकर वह कॉफी हाउस के अन्दर चला गया जिसे अब जौं, नाई का लड़का उसका बचपन का दोस्त चलाता था। जौं वहाँ था, वैसा का वैसा लेकिन मुँह पर कुछ झुर्रियाँ, छोटा और पतला, शक्ल से चौकन्ना और चालाक। "इसने कुछ नहीं किया," जाक ने कहा। "इसे अपने घर ले जा," जौं ने अपने काउंटर पर कपड़ा फेरते हुए अरब की तरफ देखा। "चलो," वह बोला, और वे पीछे से निकलकर गायब हो गए।

जाक जब वहाँ से बाहर निकला वह मज़दूर उसकी तरफ त्योरी चढ़ाए था। "उसने कुछ नहीं किया था," जाक बोला।

"इन सबको मार डालना चाहिए।"

"हम गुस्से में ऐसे ही बोलते हैं। सोचकर देखो।"

दूसरे ने कन्धे उचका कर कहा, "जा, वहाँ जाकर देख क्या हाल हुआ है, फिर बात करना मुझसे।" एम्बुलेंसों के भोंपू ज़ोर-ज़ोर से चिल्ला कर चारों तरफ बज रहे थे। जाक ट्राम के स्टॉप तक भाग कर गया। बम बिलकुल स्टॉप के पास बिजली के खम्भे में फूटा था। खूब सजे-धजे बहुत-से लोग ट्राम का इन्तज़ार कर रहे थे। पास का छोटा-सा कॉफी हाउस चिल्लाहटों से भरा था, गुस्से की और[1] दर्द की, कुछ पता नहीं चल रहा था।

वह अपनी माँ के पास लौट आया। वे एकदम सीधी और डर के मारे सफेद हुई खड़ी थीं। "बैठ जाओ," और वह उन्हें टेबिल के सबसे पास वाली कुर्सी की तरफ ले गया। वह उनके हाथ पकड़कर उनके पास बैठ गया। "इसी हफ्ते में दो बार," वे बोलीं, "मुझे तो घर से निकलने में भी डर लगता है।" "कोई खास बात नहीं," जाक बोला, "सब अपने आप रुक जाएगा।" "हाँ," उन्होंने जवाब दिया। वे उसकी तरफ एक अजब अनिर्णयता से देखने लगीं, जैसे कि वे अपने बेटे की बुद्धि पर अपने भरोसे और अपने दृढ़ विश्वास, कि जीवन अपनी समग्रता में उस दुर्भाग्य से बना है जिसका कुछ किया नहीं जा सकता, जिसे सिर्फ सहा जा सकता है, के बीच बँटी हों। "देखो," वे बोलीं, "मैं बूढ़ी हूँ। मैं अब भाग नहीं सकती।"

1. यथामूल।

उनके गालों पर जान फिर से वापस आई। दूर एम्बुलेंसों के भोंपू की ज़ोर-ज़ोर से, जल्दी-जल्दी बजने की आवाज़ आए जा रही थी। लेकिन वह उन्हें सुनाई नहीं दे रही थी। उन्होंने एक लम्बी साँस ली, कुछ और शान्ति होने पर अपने बेटे की तरफ देखकर मुस्कराने लगीं। वही हिम्मत भरी, सुन्दर मुस्कराहट। वे अपनी जाति के सब लोगों की तरह खतरों के बीच बड़ी हुई थीं, और खतरा चाहे उनका हृदय मरोड़ दे, वे उसे बाकी चीज़ों की तरह सह लेंगी। बल्कि वह वेदना की वह तड़पन नहीं सह पा रहा था जो अचानक उनके चेहरे पर झलक आई थी। "मेरे साथ फ्रांस चलो," उसने उनसे कहा, लेकिन वे एक दृढ़ उदासी के साथ सिर हिलाने लगीं : "अरे नहीं। वहाँ बहुत ठंड है। अब मैं बहुत बूढ़ी हो गई। मुझे अब अपने घर में रहने का मन है।"

# 6
# परिवार

"आह!" उसकी माँ उससे बोलीं, "जब तू यहाँ होता है मुझे अच्छा लगता है[अ] लेकिन शाम को आना, मैं कम बोर होऊँगी। खासतौर से शामें, जाड़ों में रात इतनी जल्दी हो जाती है। अगर सिर्फ मुझे पढ़ना आता। इस रोशनी में तो मैं बुन भी नहीं पाती। मेरी आँखों में दर्द होने लगता है इसलिए एतिअन यहाँ नहीं होता। मैं लेट जाती हूँ और खाने के टाइम का इन्तज़ार करती रहती हूँ। बहुत लम्बा वक्त होता है कोई दो घंटे। अगर लड़कियाँ मेरे पास होतीं तो मैं उनसे बात करती रहती। पर वे आती हैं और चली जाती हैं। मैं बहुत बूढ़ी हो गई। हो सकता है, मेरे में से बदबू आती हो, तो यह बात है, और बिलकुल अकेले..."

उन्होंने एक साथ कहा, छोटे-छोटे सादा वाक्यों में, जो एक के पीछे एक इस तरह से आ रहे थे जैसे कि वे अपने आपको अपने विचारों से खाली कर रही हों, जो तब तक चुप थे। और फिर दिमाग खाली होने के बाद, वे फिर चुप हो जातीं, ओठ चिपके हुए, चेहरा विनम्र और उदास, खाने के कमरे के बन्द शटर्स में से रास्ते से आती दम घोंटनेवाली लाइट की तरफ एकटक देखते हुए, अपनी उसी जगह में उसी अनारामदायक कुर्सी में और उनका बेटा कमरे के बीच में पड़ी टेबिल के चारों तरफ भागता हुआ जैसे वह पहले करता था।[ब]

जब वह एक बार और टेबिल के चारों तरफ जाने लगा, वे उसे देखती रहीं।[स]

---

अ. वे कभी सम्भाव्य इस्तेमाल नहीं करती थीं।

ब. भाई औंरी के साथ सम्बन्ध : झगड़े।

स. वे क्या खाते थे : अँतड़ियों का स्ट्यू, कॉड मछली का स्ट्यू, चिक पी, वगैरह।

"सॉलफेरिनो, सुन्दर है।"

"हाँ, बहुत साफ है। लेकिन जब आपने आखिरी बार देखा था तब से तो बदल गया होगा।"

"हाँ, सब बदलता रहता है।"

"डॉक्टर साहब ने आपसे नमस्ते कहलवाई है। आपको याद है उनकी?"

"नहीं। बहुत पहले की बात है।"

"किसी को पापा का कोई ध्यान नहीं है।"

"हम वहाँ बहुत दिन नहीं रहे थे। और फिर, वे बहुत कम बोलते थे।"

"मामा?"

वे उसकी तरफ प्यार से, बिना किसी भाव के, बिना मुस्कराए देखने लगीं।

"मैं सोचता था आप और पापा अल्जियर्स में कभी साथ-साथ रहे ही नहीं।"

"नहीं, नहीं।"

"आपको मेरी बात समझ में आई?"

वे समझी नहीं थीं, यह उसे उनके चेहरे पर थोड़े से डरे हुए भाव से, जैसे कि वे माफी माँग रही हों, अन्दाज़ा लग गया था, और उसने एक-एक शब्द पर ज़ोर देकर दोबारा अपना प्रश्न दोहराया :

"आप अल्जियर्स में कभी साथ-साथ नहीं रहे?"

"नहीं," वे बोलीं।

"तो फिर उस वक्त जब पापा पिरैत की गर्दन कटने देखने गए थे।" उन्हें समझाने के लिए उसने हाथ से अपनी गर्दन पर काटने का इशारा किया। लेकिन उन्होंने एकदम जवाब दिया :

"हाँ, वे सुबह तीन बजे उठ गए थे बार-बरुस जाने के लिए।"

"हाँ तो, तब आप अल्जियर्स में थीं?"

"हाँ।"

"पर यह कब की बात है?"

"मुझे पता नहीं। वे रिकॉम में काम करते थे।"

"आपके सॉलफेरिनो जाने से पहले?"

"हाँ!"

वे हाँ कहती थीं, जो शायद न होता था। उन्हें एक अँधेरी याददाश्त से होकर वक्त में बहुत पीछे जाना पड़ता था, कुछ भी पूरी तरह निश्चित नहीं

था। गरीबों की याददाश्त वैसे ही, धनवानों की याददाश्त से कम पुष्ट होती है; उनकी जगह पर उसके निशान कम होते हैं क्योंकि वे कभी ही उस स्थान को छोड़कर कहीं जाते हैं जहाँ वे हमेशा रहते हैं, और समय पर उनकी समूची ज़िन्दगियों में, जो धुँधली और एक सी होती हैं, संकेत-चिह्न और भी कम। निश्चित रूप से एक हृदय की स्मृति होती है जिसके बारे में कहा जाता है कि वह ज़्यादा विश्वसनीय होती है, लेकिन हृदय कष्ट और परिश्रम से जीर्ण हो जाता है, और थकान के बोझ के नीचे वह और भी जल्दी भूल जाता है। सिर्फ धनवानों के लिए ही स्मृति बीता हुआ समय वापस लाती है। गरीबों के लिए वह मृत्यु की तरफ जाते रास्ते में अस्पष्ट चिह्न अंकित करती है। और वैसे भी, सहनशक्ति मज़बूत रखने के लिए ज़्यादा कुछ याद नहीं रखना चाहिए, वर्तमान के साथ रहना चाहिए प्रत्येक घंटा, जैसे उसकी माँ करती थीं, कुछ अपनी ज़रूरत के कारण, चूँकि बचपन की उस बीमारी ने (संयोगवश नानी के अनुसार यह टाइफाइड था। लेकिन टाइफाइड का ऐसा अनुप्रभाव नहीं होता। शायद टाइफस हो। या क्या? यहाँ फिर अँधेरी रात थी) ने उन्हें बहरा कर दिया था और बोलने में भी दिक्कत होने लगी थी और बाद में इसी के कारण उन्हें वह सीखने से भी वंचित रहना पड़ा जो गरीब से गरीब को भी सिखाया जाता है, तो उनका मूक समर्पण उनके ऊपर बलात् लद गया था, लेकिन यही एक वह तरीका भी था जो उन्होंने अपने जीवन का सामना करने के लिए ढूँढ़ा था, और वे कर भी क्या सकती थीं, कोई और भी उनकी जगह और क्या कर सकता था? वह चाहता था कि वे उसे उस आदमी का विवरण देने में दिलचस्पी लें जो चालीस साल पहले मर चुका था और जिसके साथ उन्होंने जीवन के पाँच साल जिए थे (क्या वास्तव में वे साथ रही थीं उनके?)। वे वह नहीं कर पाईं, वह यह भी निश्चित रूप से नहीं कह सकता था कि उन्होंने वास्तव में इस आदमी से उत्कटता से प्रेम किया था, फिर वह उनसे यह बात पूछ भी नहीं सकता था क्योंकि उनके सामने वह खुद अपने आपको एक तरह से मूक और अक्षम महसूस करता था, मूल रूप से वह यह भी जानना नहीं चाहता था कि आपस में उनके कैसे सम्बन्ध थे, और अब उसने उनसे कुछ भी जानने की कोशिश करना छोड़ दिया था। वह बात भी जिसने बचपन में उसे इतना उद्वेलित किया था और जो जीवन भर उसके दिमाग में घुसी रही, सपनों तक में उसका पीछा करती रही, कि कैसे एक बार उसके पिता रात के तीन बजे उठकर एक कुख्यात अपराधी का फाँसी पर चढ़ना देखने गए थे, उसे अपनी नानी से पता चला

था। पिरैत अल्जियर्स के काफी पास साहेल में एक मज़दूर किसान था। उसने अपने मालिक और उसके तीन बच्चों को उनके घर में हथौड़ी से कुचल कर मार डाला था। "पैसा लूटने के लिए?" जाक ने, जब वह बच्चा था, पूछा था। "हाँ," उसके मामा एतिअन बोले थे। और उसकी नानी ने कहा था, "नहीं" लेकिन बिना आगे और कुछ कहे। उन्हें वहाँ लाशें कुचली हुईं, खून के छींटे सारे घर में, छत तक में और एक पलंग के नीचे सबसे छोटा बच्चा मिला जिसकी साँस अभी चल रही थी, लेकिन जो शीघ्र ही खत्म होनेवाला था। उसने ज़ोर लगाकर अपनी खून में सनी उँगली से सफेद चूने-पुती दीवार पर किसी तरह लिखा, "पिरैत है।" खूनी का पीछा किया गया था और उसे गाँव में स्तब्ध अवस्था में पकड़ लिया गया था। संत्रस्त लोगों ने एक मत से उसे फाँसी देने की माँग की; जो बिना आपत्ति के मान ली गई और यह सजा उसे बार-बरुस जेल के सामने, बहुत बड़े जनसमूह के सामने दी गई। जाक के पिता वह उदाहरणात्मक सार्वजनिक फाँसी की सजा दिया जाना देखने रात को उठकर इसलिए गए थे क्योंकि, नानी के अनुसार, उस जघन्य अपराध ने उनकी आत्मा को बहुत चोट पहुँचाई थी। लेकिन यह पता नहीं चल पाया था कि यथार्थतः हुआ क्या था। ज़ाहिर था फाँसी के दौरान कोई खास घटना नहीं घटी थी। लेकिन जाक के पिता जब लौटकर आए, एकदम पीले पड़े हुए थे। वे सो गए, फिर कई बार उठे, उलटी करने के लिए और फिर जाकर सो गए। और यह कहानी सुनने के बाद रात को जाक खुद बिस्तर के किनारे उस पलंग पर, जिस पर वह अपने भाई के साथ सोया करता था, उससे बिलकुल अलग, उसे बिना छुए पड़ा रहा था, उस घटना को अपनी कल्पना में दोहराने से आई उबकाइयों और घृणा को दबाते हुए। और ज़िन्दगी भर यह बात उसके दिमाग में बैठी रही, नींद में भी नियमित रूप से उसे एक कुस्वप्न बार-बार आता रहा, विभिन्न रूपों में लेकिन एक विषय पर : कि कोई उसे, जाक को, फाँसी देने के लिए पकड़ने आ रहा है। और बहुत दिनों तक, सोकर उठने पर वह अपना सिर ज़ोर-ज़ोर से झाड़ कर अपनी दहशत दूर करके उस सान्त्वनादायक वास्तविकता में वापस लौटा करता था जहाँ उसे फाँसी पर चढ़ाए जाने की सर्वथा कोई सम्भावना नहीं होती थी। उसके बाद, जब वह बड़ा हुआ, उसके सान्निध्य में होती घटनाओं का वातावरण ऐसा नहीं था जहाँ उसे फाँसी के लिए पकड़ लिया जाना कोई नितान्त असम्भव सम्भावना होती, और वास्तविकता उसे उसके सपनों के भय से बचा नहीं पाती थी बल्कि [विशेषकर] बहुत सालों तक वह उसे उसी डर से संत्रस्त

करती रही जिसने उसके पिता को इतना व्यथित किया था और जिसे वे उसके लिए अपनी एक अकेली और स्पष्ट बपौती के रूप में छोड़ गए थे। लेकिन वह एक रहस्यमय बन्धन था जो उसे सॉंए-ब्रीय्यु के उस अपरिचित मृतक (जिसने खुद यह नहीं सोचा था कि वह एक इतनी आकस्मिक मौत मरेगा) से जोड़ता था। उसकी माँ की पहुँच से परे, जिन्हें वह कहानी मालूम थी, जिन्होंने उन्हें उलटियाँ करते देखा था और जो वे अगली सुबह भूल गई थीं, उसी तरह जैसे कि वह नहीं जानती थीं कि समय बदल गया है। उनके लिए, समय अभी वही था जब दुर्भाग्य कभी भी आ सकता था बिना चेतावनी दिए।

उसकी नानी,[अ] उसके विपरीत, चीज़ों को ज़्यादा बारीकी से समझती थीं। "तू आखिर में फाँसी के तख्ते पर ही चढ़ेगा," वे जाक से प्राय: कहा करती थीं। क्यों नहीं, यह अब कोई अनहोनी बात नहीं थी। यह वे जानती नहीं थीं, लेकिन जैसा उनका स्वभाव था, इससे उन्हें आश्चर्य होता। एकदम सीधी, एक नारी भविष्य द्रष्टा की तरह काली पोशाक में अनभिज्ञ और अक्खड़, उन्होंने कम-से-कम कभी आत्मसमर्पण तो नहीं ही जाना था। बाकी सबसे ज़्यादा वे जाक के बचपन पर हावी रही थीं। अपने माहॅन निवासी माता-पिता के साथ वे साहेल के एक छोटे फार्म पर पलकर बड़ी हुई थीं, बहुत छोटी उम्र में उनकी शादी एक पतले और नाजुक माहॅन निवासी से हुई थी, जिसके भाई पहले से ही अल्जीरिया में रहने लगे थे, उनके बाबा की 1848 में दर्दनाक मृत्यु के बाद जो शौकिया कवि थे, और गधे की पीठ पर चढ़कर उस द्वीप के परकोटे की पत्थर की दीवार और सब्ज़ी के बगीचों में घूमते-घूमते अपनी कविता लिखा करते थे। इन्हीं तफरीहों के दौरान एक दिन उनकी बाहरी बनावट और चौड़े बॉर्डर वाले काले हैट से धोखा खाकर एक तिरस्कृत पति ने, एक प्रेमी को सजा देने के विश्वास में कविता और सदाचार की प्रतिमा पर पीछे से गोली मार दी, जिसने, बहरहाल, अपने बच्चों के लिए कुछ नहीं छोड़ा था। इस दर्दनाक गलतफहमी का, जिससे एक कवि की मृत्यु हुई, दूरगामी परिणाम हुआ अन्नीरिया के तट पर एक निरक्षरों के झुंड का बस जाना जो लगातार बढ़ते रहें, स्कूलों से दूर, चिलकती धूप में सख्त मज़दूरी के जीवन में जुते हुए। जाक की नानी के पति की शक्ल पर, जैसे वे अपने फोटो में दिखते थे, अपने कवि बाबा का काफी असर था; उनके पैने, स्पष्ट नाक-नक्श, ऊँचा माथा, स्वप्निल आँखें यह आभास नहीं देते थे कि वे अपनी सुन्दर, सक्रिय, नवयौवना पत्नी के सामने अपनी बात रख सकते हैं। उन्होंने उन्हें नौ बच्चे

---

अ. परिवृत्त।

दिए, जिनमें से दो शिशु अवस्था में ही मर गए, जबकि एक विकलांग रहने की कीमत पर ही बचाया जा सका, और आखिरी बच्चा बहरा और आधा गूँगा पैदा हुआ। उस छोटे, सादा फार्म पर सामूहिक काम में अपने हिस्से की मेहनत लगातार करते हुए उन्होंने अपने बच्चे बड़े किए। वे टेबिल के सिरे पर बैठती थीं, अपने पास एक लम्बी-सी स्टिक रखके, ताकि उन्हें जरा भी बेकार बोलना न पड़े। जो भी गलती करता उसके सिर पर खट से स्टिक पड़ जाती थी। उन्होंने घर अपने हाथ में सँभाल रखा था, और वे चाहती थीं कि उनसे और उनके पति से उचित आदर से बात की जाए। बच्चों को इस्पानी रीति के अनुसार पिता को हमेशा 'आप' कहकर सम्बोधित करना पड़ता था।* उसके पति ज़्यादा समय इस सम्मान का उपभोग नहीं कर सके : वे समय से पहले ही धूप, मज़दूरी और शायद शादी से चूर-चूर होकर चल बसे, जो भी हो, जाक कभी यह नहीं जान पाया कि उनकी मृत्यु वास्तव में किस बीमारी से हुई थी। अकेले रह जाने के बाद नानी ने वह फार्म बेच दिया और छोटे बच्चों को साथ लेकर अल्जियर्स आ गईं, बाकियों को काम सीखने की उम्र पर आते ही काम पर भेज कर।

जब जाक बड़ा हो गया, इस काबिल कि देखकर स्थिति समझ सके तब भी वे उसे गरीबी या दुख, किसी से भी हारी हुई नहीं दिखीं। उनके साथ सिर्फ तीन बच्चे थे। कैथरीन[1], जो बाहर जाकर आया का काम करती थी, सबसे छोटा जो विकलांग था, एक अच्छा पीपाहारा बन गया था, और जोसॅव, सबसे बड़ा, जिसने शादी नहीं की थी, रेलवे में काम करता था। तीनों की कमाई बहुत कम थी, लेकिन उसे मिलाकर पाँच का खर्च चलाना पड़ता था। नानी घर का खर्च चलाती थीं, इसलिए पहली चीज़, जिसने जाक का ध्यान आकर्षित किया, वह थी उनकी पैसे बचाने की आदत। यह नहीं कि वे कंजूस थीं लेकिन इस अर्थ में कि हम उस हवा के प्रति जिसकी साँस लेते हैं, कंजूस होते हैं क्योंकि वह हमें जीवित रखती है।

बच्चों के कपड़े वे खरीदती थीं। जाक की माँ रात को देर से घर आती थीं, और जो भी उन्हें दिखाया जाता या, जो भी कहा जाता वे चुपचाप सुनकर खुश रहती थीं। वे नानी की शक्ति से बहुत प्रभावित थीं और उनके ऊपर सब कुछ छोड़ रखा था। यही कारण था कि जाक को, जब तक वह बच्चा रहा, पूरी उम्र, ज़रूरत से ज़्यादा लम्बे रेनकोट पहनने पड़े क्योंकि उसकी

---

* फ्रांस में आम प्रचलन 'तू' का है। —अनु.

1. पृष्ठ 5 पर जाक कारमॅरी की माँ का नाम लूसी दिया गया है। यहाँ से कैथरीन।

नानी बच्चों के कपड़े आगे के साल ध्यान में रखकर खरीदा करती थीं और उन्हें प्रकृति पर पूरा भरोसा होता था कि जल्द ही बच्चा कपड़े के साइज की बराबरी कर लेगा। लेकिन जाक धीरे-धीरे बढ़ रहा था, वास्तव में पन्द्रहवें साल तक बिलकुल नहीं के बराबर बढ़ के फिर वह एकदम खिंच गया और उसका रेनकोट उसके साइज का होने से पहले ही छोटा हो गया। उसके लिए एक और रेनकोट खरीदा जाता था, लेकिन फिर उसी किफायती नीति से और जाक, जिसकी क्लास के लड़के उसके कपड़ों का मज़ाक़ उड़ाते थे, कुछ और न कर सकने के कारण रेनकोट को बीच में से फुला लिया करता था, ताकि वह बेढंगा लगने के बजाय नई स्टाइल का लगने लगे। बहरहाल, ये छोटी-छोटी झेंप दिलानेवाली घटनाएँ क्लास में पहुँचकर जल्दी ही भुला दी गईं जहाँ जाक ने अपनी धाक जमा ली और खेल के मैदान में भी, जहाँ फुटबॉल उसकी अपनी सल्तनत थी। लेकिन यह सल्तनत उसके लिए वर्जित हो गई, क्योंकि मैदान सीमेंट का बना था और जूते के सोल उस पर इतनी तेज़ी से घिसते थे कि उसकी नानी ने उसे खेल के घंटे में फुटबॉल खेलने के लिए सख्त मना कर दिया था। वह खुद अपने दोहतों के लिए खूब मोटे सोल के मज़बूत जूते लेकर आई थीं जो वे सोच रही थीं पूरी उम्र चल जाएँगे। उन्हें और ज़्यादा लम्बे समय तक चलाने के लिए वे सोल के ऊपर मोटी-मोटी तिकोनी कीलें भी लगवा देती थीं, जो दोहरा काम करते थे : कीलों के घिसने के बाद ही सोल घिस सकते थे, और उनको देखने से पाबन्दी के उल्लंघन का पता आसानी से लग जाता था। सीमेंट पर भागने से वे कीलें बहुत जल्दी घिसती थीं और चमकने लगती थीं जिससे गलती छिपाई नहीं जा सकती थी। हर रोज़ घर पहुँचने पर उसे सीधे किचिन में जाना पड़ता था जहाँ यमराज खुद मौजूद होते थे, और घुटने टिकाकर पैर ऊपर करके जैसे घोड़े नाल लगवाने के लिए खड़े होते हैं, उसे अपने पैर के तलवे उन्हें दिखाने पड़ते थे। निस्सन्देह दोस्तों के बुलाने और अपने प्रिय खेल की ललक का प्रतिरोध उसके बस में नहीं था, इसलिए एक असम्भव आज्ञा का पालन करने के बजाय वह अपनी शक्ति उसके उल्लंघन को छिपाने में लगा दिया करता था। तो स्कूल, और बाद में लीसे से बाहर निकलने के बाद वह बहुत देर तक अपने पैर गीली मिट्टी में रगड़ता रहता था। कई बार यह चालाकी काम कर जाती थी। लेकिन बाज़ दफा जब वे कीलें इतनी घिस चुकी होती थीं कि उनकी चमक को छिपाना मुश्किल होता था, या जूते के तलवे पर कोई निशान पड़ जाता था, या और भी बड़ी मुसीबत, कभी किक मारने से

या हैज के किनारे लगी जाफरी जो पेड़ों की रक्षा के लिए लगी होती है, की ठोकर से ऊपर का तलवा नीचे वाले से अलग हो जाता था और उस हालत में उसे अटकाए रखने के लिए डोरी बाँधनी पड़ती थी। ये मौके उस मोटे हंटर के इस्तेमाल के होते थे। सिसकियाँ भरते जाक को चुप करते हुए माँ सिर्फ यह कह पाती थीं, "तू जानता है, वे महँगे आते हैं। तू ध्यान से क्यों नहीं खेलता?" लेकिन वे खुद कभी अपने बच्चों को हाथ नहीं लगाती थीं। अगले दिन जाक को रस्सी के तले वाले जूते पहना दिए जाते थे और उसके जूतों को मरम्मत के लिए भेज दिया जाता था। दो-तीन दिन बाद वे उसे वापस दे दिए जाते थे, नई कीलें ठुके हुए, और उसे फिर से उन फिसलनेवाले, चिकने जूतों में ध्यान से चलने की आदत डालनी पड़ती थी।

नानी उससे भी आगे जा सकती थीं, और इतने सालों बाद भी जाक उन बातों को बिना शर्म और गुस्सा* महसूस किए याद नहीं कर पाता था। उसे और उसके भाई को कोई जेबखर्च नहीं मिलता था, सिवाय कभी-कभी तब के, जब वे अपने दुकानदार मामा या उस एक मौसी के यहाँ जाने को तैयार हो जाते थे जिसकी शादी अच्छे घर में हुई थी। मामा के लिए "हाँ" करने में दिक्कत नहीं होती थी क्योंकि वे उन्हें अच्छे लगते थे, लेकिन मौसी को अपने पैसे का बड़प्पन दिखाने की आदत थी। इसलिए वे पैसे और उससे मिलनेवाले सुख से वंचित रहना ज़्यादा पसन्द करते थे बनिस्बत उसके द्वारा अपमानित होने के। वैसे भी, और यद्यपि समुद्र का पानी, धूप, उसके आसपास वाले खेल तो मुफ्त होते ही थे, फ्रेंच फ्राई, कैरेमल, अरब पेस्ट्री और जाक के केस में फुटबॉल के कुछ मैच के लिए सिर्फ कुछ ही सोंतीमों** की ज़रूरत होती थी। एक दिन शाम को जाक घर के लिए कुछ सामान खरीदकर लौट रहा था, एक हाथ में आलू और चीज़ की वह डिश जो वह पास की एक बेकरी में बनवाने गया था (उनके घर में न गैस थी न कुकिंग रेंज। खाना मिट्टी के तेल के स्टोव पर बनता था। इसीलिए अवन भी नहीं था, तो जब भी उन्हें कोई बेक्ड डिश बनानी होती थी वे पूरी तरह तैयार करके उसे बेकर के पास ले जाते थे जो बहुत कम पैसों में उसे अपने अवन में रखकर उस पर ध्यान रख लेता था) पकड़ी हुई थी, जिसमें से उस कपड़े में होकर धुआँ निकल रहा था जो उस पर मिट्टी आदि से बचाव के लिए ढक दिया गया था और जिसके कारण वह उसे किनारों पर से पकड़ सकता था। उसके दाहिने

* जहाँ शर्म और गुस्सा मिल जाते हैं।

** एक फ्रांसीसी पैसा 'सोंतीम' होता है।

कन्धे पर लटका थैला जिसमें छिटपुट छोटी-छोटी मात्रा में खरीदा सामान था (आधा पाउंड चीनी, चौथाई पाउंड मक्खन, पच्चीस पैसे की चीज़, इत्यादि) ज़्यादा भारी नहीं था, और जाक उस डिश की उम्दा खुशबू को सूँघने का आनन्द उठाता हुआ जल्दी-जल्दी श्रमिक वर्ग के लोगों, जो इस समय फुटपाथों पर भरे हुए इधर-उधर जा रहे थे, की भीड़ से बचता हुआ घर की तरफ जा रहा था। तभी उसकी जेब की छेद में से एक दो फ्रैंक का सिक्का टन्न से फुटपाथ पर गिरा। जाक ने उसे उठा लिया, अपनी रेज़गारी गिनी, सब ठीक थी, उसने उसे दूसरी पॉकेट में डाल दिया। 'यह मेरे से खो भी सकता था,' अचानक उसने सोचा। और अगले दिन का मैच, जिसे उसने अब तक अपने दिमाग से निकाल रखा था, उसे फिर सताने लगा।

वस्तुतः किसी ने कभी उस बच्चे को यह नहीं सिखाया था, क्या सही था क्या गलत। कुछ चीज़ों के लिए मनाही थी और कहना न मानने पर सख्त सजा दी जाती थी। कुछ औरों पर नहीं थी। सिर्फ उसके शिक्षक कभी-कभी समय बच जाने पर नीति पर बात करते थे लेकिन वहाँ भी ज़ोर निषेधादेशों पर होता था, न कि उनके कारणों पर। जो कुछ जाक सही-गलत के बारे में समझ और महसूस कर सका था, वह था एक श्रमिक परिवार में रोज़मर्रा का जीवन जहाँ किसी ने जीवनयापन के लिए सिवाय सख्त मेहनत करके पैसा कमाने के और किसी बारे में कभी कुछ न सोचा था। लेकिन इससे हिम्मत का पाठ मिलता था, न कि नीति का। जो भी हो, जाक यह जानता था कि वे दो फ्रैंक छिपाना गलत बात थी। और वह ऐसा करना नहीं चाहता था, वह करता भी नहीं; शायद वह वही कर सकता था जैसा उसने एक बार पहले किया था, जब वह दो पाटों के बीच में से सिकुड़कर किसी तरह पुराने स्टेडियम में घुस गया था और मुफ्त में मैच देखा था। इसलिए वह खुद भी यह न समझ पाया कि उसने वे पैसे क्यों तत्काल वापस न दे दिए और क्यों एक मिनट बाद बाथरूम से लौटने पर यह कहा कि जब वह पैंट उतार रहा था, तब दो फ्रैंक का एक सिक्का संडास में गिर गया। उस एकमंज़िली बिल्डिंग में ऊपरवाली सीढ़ी के पास, पतली-सी जगह में एक गड्ढा खोदकर जो कामचलाऊ प्रबन्ध कर दिया गया था, उसके लिए 'बाथरूम' एक बहुत बड़ा-चढ़ा शब्द था। दरवाज़े और पीछे की दीवार के बीच की जगह में, जहाँ न हवा आती थी, न बिजली थी, न नल, एक तुर्कीनुमा संडास खोद दिया गया था और जिसमें इस्तेमाल के बाद बाल्टी भरके पानी डालना पड़ता था। लेकिन उस बदबू को रोकने के लिए कुछ नहीं था जो सीढ़ियों में फैल

जाती थी। जाक का दिया हुआ कारण युक्तिसंगत था।[अ] इससे उसका रास्ते में जाकर पैसा ढूँढ़ने की इल्लत से पीछा छूट गया और बात आगे बढ़ने का रास्ता भी बन्द हो गया। लेकिन उसने जब वह खराब खबर सुनाई, खुद अपने दिल में एक कसक महसूस की। उसकी नानी किचिन में एक पुराने कटिंग बोर्ड पर, जो इस्तेमाल से हरा हो गया था और जिसके किनारे खिर गए थे, धनिया और लहसुन काट रही थीं। वे रुक गईं और जाक की तरफ देखने लगीं जो उनके उबल पड़ने का इन्तज़ार कर रहा था। लेकिन वे चुपचाप अपनी बर्फीली-पैनी आँखों से उसे देखती रहीं। "सच बोल रहा है?" आखिर में उन्होंने कहा। "हाँ, गिरने की आवाज़ आई थी।" वे फिर उसकी तरफ देखती रहीं। "ठीक है," उन्होंने कहा। "अभी देख लेते हैं।" और घबड़ाए हुए जाक ने उन्हें अपने दाहिने हाथ की बाँह चढ़ाकर अपना गाँठ पड़ा गोरा हाथ खुला करके बाहर छत पर जाते देखा। वह उबकाई दबाकर खाने के कमरे में घुस गया। जब उन्होंने उसे आवाज़ दी, वे सिंक के पास खड़ी थीं। उनका हाथ सलेटी साबुन के झाग से भरा था जिसे वे खूब ज़्यादा पानी से धो रही थीं। "वहाँ कुछ नहीं था," उन्होंने कहा, "तूने झूठ बोला।" उसने हकला कर कहा, "लेकिन वह नीचे चला गया होगा।" वे कुछ रुकीं। "हो सकता है। लेकिन अगर तूने झूठ बोला है तो यह तुझे फलेगा नहीं।" नहीं, वास्तव में वह उसे कोई खुशी नहीं दे पाया क्योंकि उसी क्षण उसने महसूस किया कि वह कंजूसी नहीं थीं जिसके कारण उसकी नानी ने अपना हाथ गन्दगी में डालकर वह सिक्का ढूँढ़ने की कोशिश की थी बल्कि वह दारुण आवश्यकता थी जिसने इस परिवार के लिए दो फ्रैंक एक बड़ी रकम बना दी थी। वह यह समझ गया था और अब शर्म में डूबकर यह साफ-साफ देख रहा था कि उसने अपने परिवार की मेहनत में से दो फ्रैंक चुराए थे। आज भी, जाक अपनी माँ को खिड़की में बैठा देखते हुए यह नहीं बता पा रहा कि कैसे उस दिन वह वे दो फ्रैंक वापस नहीं कर पाया, और कैसे फिर अगले दिन मैच देखने का आनन्द उठा सका।

नानी की याद और भी बहुत-सी शर्मनाक घटनाओं से जुड़ी हुई थी जिनका कोई उचित कारण नहीं था। वे उसके बड़े भाई, औंरी को वायलिन सिखवाना चाहती थीं। जाक इस शिक्षण से यह कहकर बच गया था कि इस अतिरिक्त काम के साथ वह क्लास में उतना अच्छा नहीं कर पाएगा जितना

अ. नहीं। चूँकि वह पहले ही पैसे रास्ते में खो देने का बहाना कर चुका था कि उसे एक और कारण ढूँढ़ना पड़ा।

कर रहा था। तो उसका भाई एक जीर्ण-शीर्ण वायलिन पर कुछ धुन निकाल लिया करता था और कुछ गलत स्वर लगाकर उस समय के लोकप्रिय गीत बजाने लगा था। जाक ने भी, जिसकी आवाज़ काफी अच्छी थी, यों ही खेल-खेल में वही गाने सीख लिये थे, इस निष्कपट मनोरंजन के भयंकर परिणामों के बारे में ज़रा भी सोचे बिना। वास्तव में रविवार को जब उसकी नानी की विवाहित लड़कियाँ[अ], जिनमें से दो युद्ध में मारे गए सैनिकों की विधवा थीं, उनसे मिलने आती थीं, या उनकी बहन जो अब भी साहेल में एक फार्म में रहती थी और माहॅन भाषा इस्पानी की बनिस्बत ज़्यादा सुगमता से बोलती थी, उनके घर आती थीं, उन्हें मोमजामा बिछी टेबिल के ऊपर बड़े-बड़े काली काफी के कटोरे देने के बाद उसकी नानी अपने पोतों को आवाज़ लगाती थीं एक आशु कन्सर्ट प्रस्तुत करने के लिए। बेचारे घबराए हुए लड़के मैटल का म्यूजिक स्टैंड और लोकप्रिय धुनों की स्वर-लिपि से भरे हुए दो पन्ने लेकर सामने आ जाते थे। उन्हें संगीत सभा पेश करनी होती थी। जाक औॅरी के वायलिन के टेढ़े-आड़े स्वरों की जितनी अच्छी तरह हो सकती थी, संगत करने की कोशिश करता था, 'रमोना' गाते हुए, "मुझे एक प्यारा-सा सपना आया रमोना, हम चले गए थे सिर्फ तुम और मैं," या "नाच ओ मेरी जाल्मे, आज की रात मैं तुझसे प्यार करना चाहता हूँ," या फिर पूरब की तरफ जाते हुए, "चीन की रातें, चुम्बन की रातें, प्यार की रातें, उन्माद की, नजाकत की रातें...।" कभी-कभी नानी ज़्यादा वास्तविक गानों की खास फरमाइश करती थीं तो जाक गाने लगता था, "क्या सचमुच में हो तुम वो, जिसे मैंने इतना चाहा है, इतने वादे किए हैं जिसने खुदा जानता है न कभी मुझे रुलाया है।" वास्तव में यही एक गाना था जिसे जाक दिल से गाया करता था, क्योंकि इसकी हीरोइन आखिर में इसकी हृदयस्पर्शी टेक को अपने दुराग्रही प्रेमी को फाँसी पर चढ़ते देखती हुई भीड़ के बीच में खड़ी होकर गाती है। लेकिन नानी का पसन्दीदा गाना वह था जिसे निश्चित रूप से वे उसके दर्द और संवेदनशीलता के लिए, जो उनमें ढूँढ़े नहीं मिलती थी, पसन्द करती थीं। वह था तोज़ली का 'सेरेनाद' जो औॅरी और जाक बहुत ज़िन्दादिली से गाते थे। हालाँकि उनका अल्जीरियाई लहज़ा उस मोहक घड़ी से पूरी तरह मेल नहीं खाता था जो इस गीत के बोल उत्पन्न करने की कोशिश करते हैं। धूप भरी दोपहर को चार या पाँच औरतें, काले कपड़े पहने हुए, नानी को छोड़कर बाकी सब अपने-अपने काले दुपट्टे उतार कर रखे हुए,

अ. उनकी भतीजियाँ।

जो इस्पानी औरतें सामान्यत: पहनती हैं, उस अतिसाधारण कमरे में टूटी-उखड़ी दीवार के सहारे-सहारे लाइन से बैठी हुई, उनके सामने बजते संगीत और गानों की लय में धीरे-धीरे हिलाकरती थीं, जब तक कि नानी, जो 'घ' और 'स' का फर्क नहीं बता सकती थीं, जिन्हें सरगम के पूरे स्वरों के नाम तक नहीं आते थे, वह मंत्रमुग्ध प्रभाव अचानक तोड़ देती थीं। एक छोटे-से वाक्य 'तूने गलती कर दी' से दोनों कलाकारों का मुँह एकदम उतर जाता था। फिर लय बनने लगती और जब वह मुश्किल फिकरा उनकी मर्ज़ी के मुताबिक गा दिया जाता, वे कहतीं "हाँ" और फिर सब उसी ताल से झूमने लगते। खत्म होने पर सब ज़ोर-ज़ोर से तालियाँ बजाकर दोनों महान संगीतज्ञों का अभिनन्दन करते और वे दोनों झटपट अपना साज-सामान बटोर कर तेज़ी से बाहर भागते अपने दोस्तों के पास। सिर्फ कैथरीन कारमॅरी एक कोने में चुपचाप बैठी रहतीं। जाक को अभी तक एक रविवार की वह दोपहर याद थी जब वह अपनी स्वरलिपियों के साथ कहीं जा ही रहा था कि एक मौसी द्वारा उसकी तारीफ करने पर उसकी माँ ने कहा था, "हाँ वह अच्छा था। वह होशियार है," जैसे कि दोनों वाक्यों में कोई मेल था। लेकिन जब उसने मुड़के देखा, वह सम्बन्ध उसकी समझ में आ गया था। उनका चेहरा काँप रहा था, कोमल आँखें विह्वल थीं और वे उसकी तरफ टकटकी बाँधकर ऐसे देख रही थीं कि पहले वह सहम गया, फिर हिचकिचाया फिर वहाँ से भाग गया। 'वे मुझे प्यार करती हैं, इसका मतलब, वे मुझे प्यार करती हैं,' वह सीढ़ियाँ उतरते-उतरते अपने आपसे कहता रहा और साथ-साथ उसने महसूस किया कि वह उन्हें कितनी हताशा से चाहता था, उनका प्यार पाने के लिए अपनी पूरी शक्ति से तरस रहा था, और तब तक उसे इस पर शक था।

सिनेमा की बैठकों ने बच्चे को और अलग तरह के आनन्द उपलब्ध करवाए...यह समारोह रविवार दोपहर और कभी-कभी गुरुवार को भी हुआ करता था। स्थानीय सिनेमा हॉल घर से दो-चार कदम की दूरी पर था। उसका नाम एक रोमानी कवि के ऊपर था, जैसे कि उस रास्ते का, जिस पर वह बना हुआ था। उसमें जाने से पहले अरब ठेलेवालों की एक बाधा दौड़ को पार करना पड़ता था, इधर-उधर खड़े हुए मूँगफली वाले, सुखाए हुए नमकीन चने, लुपिन बीज, बहुत गहरे रंगों में बार्ले शुगर और चिपचिपी खट्टी-मीठी गोलियाँ। दूसरी तरफ चमकदार पेस्ट्रियाँ थीं, गहरे गुलाबी रंग के चीनी के छल्ले, तरह-तरह के अरब पकौड़े, उनमें से तेल और शहद टपकता हुआ। मक्खियों और बच्चों के झुंड, दोनों मिठाइयों से आकर्षित हुए, उनके ऊपर

भुनभुना रहे थे, चीख-चिल्ला रहे थे, आपस में एक-दूसरे को खींच रहे थे, अपने डाँवाडोल स्टैंड गिरने के डर से बेचनेवालों की डाँट-फटकार सुनते हुए, लगातार इधर-उधर घूम रहे थे, रेहड़ी वाले एक हाथ घुमा-घुमाकर अपना सामान मक्खियों से भी बचा रहे थे और बच्चों से भी। कुछ ठेलेवाले एक तरफ लगे शामियाने के नीचे जाकर खड़े हो गए थे, दूसरे खुला सामान लिये वहीं खड़े थे, तेज़ धूप और भागते बच्चों के पैरों से उड़ती धूल में। जाक अपनी नानी के साथ चला करता था जो इस मौके के लिए अपने सफेद बाल बहुत सँवार कर बनाती थीं और अपनी अपरिवर्तनीय काली ड्रेस पर चाँदी का एक ब्रोच लगा लिया करती थीं। एक झटके में झगड़ते शोर करते बच्चों को अपने सामने से हटाकर वे 'रिज़र्व' सीट के टिकट बेचनेवाली एक अकेली खिड़की में पहुँच जाया करती थीं। असल में, सिवाय इन 'रिज़र्व' सीटों, जो कि बहुत बेकार फोल्डिंग चेयर हुआ करती थीं और खुलने में चट-चट करती थीं, और बेंचों के जिन पर जगह पाने के लिए कहीं और सफल न होने पर उनके लिए बने साइडडोर खुलते ही ढेर के ढेर बच्चे अन्दर आकर आपस में लड़ते-लड़ते टूट कर पड़ते थे, और कोई विकल्प नहीं था। बेंचों के दोनों किनारों पर हाथ में चमड़े का हंटर लिये दो गेटकीपर हुआ करते थे, जिनका काम वहाँ शान्ति बनाए रखना होता था और उनके द्वारा ज़्यादा गुल-गपाड़ा करते बच्चों या बड़ों को वहाँ से निकाल दिया जाना कोई विरल घटना नहीं हुआ करती थी। उन दिनों हॉल में गूँगी फिल्में दिखाई जाती थीं, सबसे पहले न्यूज रील, फिर एक छोटा कॉमिक, उसके बाद मुख्य फिल्म और आखिर में एक लम्बा धारावाहिक, हर हफ्ते एक प्रकरण के हिसाब से। नानी को ये धारावाहिक फिल्में विशेष रूप से पसन्द थीं जिसका प्रत्येक प्रकरण अत्यधिक सस्पैंस के बिन्दु पर समाप्त होता था। जैसे कि एक लम्बा-चौड़ा, गठा हुआ हीरो, एक सुनहरे बालों वाली, सुन्दर घायल लड़की को अपने हाथों में उठाए एक गहरी घाटी में तेज़ बहते पानी के ऊपर बने अंगूर की बेल के पुल पर चलना शुरू करता है। और इस प्रकरण के आखिरी दृश्य में दिखाया जाता था एक दैत्याकार, गुदा हुआ हाथ, एक पुराना भौंडा-सा छुरा पकड़े हुए, जिससे वह आगे बढ़कर पुल की रस्सियाँ बीच में से काट देता है। हीरो गर्व से फूला हुआ, बेखबर शान से अपने रास्ते में चलता रहता है सामने की 'बेंचों' पर बैठे दर्शकों की बेताब हिदायतों के बावजूद[अ]। तब प्रश्न यह नहीं उठता कि वे दोनों वहाँ से भाग पाए या नहीं, यह शक करने

---

अ. रिवैचियो।

का दर्शकों को अधिकार नहीं था, बल्कि यह कि कैसे वे अपने आपको वहाँ से बाहर निकालते हैं। यही कारण था कि अगले हफ्ते फिर एक बड़ी भीड़, फ्रांसीसी और अरबों की मिली-जुली वहाँ वापस पहुँचती थी, यह देखने कि कैसे एक पेड़ के दैवी शक्ति द्वारा टूट पड़ने से वे मौत की गोद में गिरने से बच जाते हैं। पूरे शो के दौरान एक बूढ़ी अविवाहित महिला, जो 'बेंच' वाले लोगों के उपहासों का सामना अपनी पतली कमर, जो देखने में ऐसी लगती थी जैसे गर्दन पर लैस का कॉलर बँधी एक मिनरल वाटर की बोतल, की शान्त निश्चलता से बखूबी कर लिया करती, पियानो पर दृश्यों की संगत करती थी। उस समय जाक इस प्रभावशाली महिला का इतनी तपती गर्मी में गर्म दस्ताने पहने रहना विशिष्टता का चिह्न समझता था। उनका काम भी इतना आसान नहीं था, जितना लगता था। संगीत से, खास तौर से समाचारों की व्याख्या करने के लिए उन्हें परदे पर दिखाए जाते दृश्यों के अनुरूप बिना स्वर सन्धान के धुन बदलनी पड़ती थी। बसन्त ऋतु में दिखाए जाते फैशन शो के साथ चलते हुए द्रुतगामी क्वाड्रिल से, चीन में आई बाढ़ या राष्ट्रीय-अन्तरराष्ट्रीय स्तर के किसी विशेष व्यक्ति के निधन पर, सीधा शोपाँ की विषादमय मार्च धुन पर आ जाना पड़ता था। संगीत चाहे कोई भी हो हमेशा निर्विकार, शान्तचित्तता से बजाया जाता था जैसे कि एक शाश्वत नियोजित चक्र पर हमेशा के लिए विधिवत संस्थापित वे दस मशीनयुक्त मिनिसाज़ उन पीली पड़ी चाबियों पर अपना काम अविचलित किए जा रहे हों। वह खाली दीवारों वाला हॉल मूँगफली के छिलकों और फिनाइल की बदबू में मिली हुई तेज़ इनसानी बदबू से भरा होता था। बहरहाल, उस बहरा कर देनेवाले कोलाहल को अन्त में, पियानोवादक ही पूरा पैडल दबाकर ज़ोर से एक प्रवेशक धुन बजा के दर्शकों को मैटनी शो के लिए तैयार करता था। एक तेज़ फड़कने की आवाज़ इस बात की सूचना देती थी कि प्रोजेक्टर चल पड़ा है, और तब शुरू होती थी जाक की यंत्रणा।

फिल्में मूक होने के कारण, विषय समझाने के लिए बहुत-सी लिखित सामग्री परदे पर दिखाई जाती थी। चूँकि जाक की नानी निरक्षर थीं उन अवतरणों को पढ़कर सुनाना जाक का काम था। अपनी उम्र के बावजूद उसकी नानी की सुनने की क्षमता बदस्तूर थी। लेकिन सबसे पहले तो जाक को पियानो की आवाज़ से ऊँचा बोलना होता था, फिर हॉल की से भी जहाँ लोग जमकर टीका-टिप्पणी कर रहे होते थे। फिर, इन लेखांशों की अत्यन्त सरलता के बावजूद कुछ शब्द ऐसे होते थे जो नानी नहीं समझ पाती थीं, और कुछ खुद

उसके लिए भी नए होते थे। जाक, अपनी तरफ से न तो अपने आसपास वालों को डिस्टर्ब करना चाहता था, न पूरे हॉल में यह घोषित करना चाहता था कि उसकी नानी को पढ़ना नहीं आता, (चाहे वो खुद कई बार अपनी झेंप मिटाने के लिए इसका समाधान स्वयं शो शुरू होने से पहले ऊँची आवाज़ में उससे यह कहकर कि, "मैं अपना चश्मा भूल आई हूँ तू पढ़ता जाना," कर लेती थीं), वह परदे पर लिखे पाठ को उतने ज़ोर से नहीं पढ़ता था जितना पढ़ सकता था। उसका परिणाम होता था कि नानी की समझ में आधी ही बात आती थी और वे उससे फिर दोहराने को या ज़ोर से दोहराने को कहा करती थीं। जाक तब अपनी आवाज़ ऊँची करता तो चारों तरफ से 'श् श' 'श् श श'! होने लगती और वह शर्म में डूबकर हकलाने लगता, फिर उसे नानी से डाँट पड़ती। इतने में ही दृश्य बदल जाता और नया अवतरण सामने आ जाता। बेचारी नानी के लिए और भी ज़्यादा मुश्किल और भी ज़्यादा रहस्यमय, क्योंकि वे पिछला भाग पूरी तरह नहीं समझ पाई थीं। यह मुसीबत लगातार बढ़ती गई जब तक कि जाक के ध्यान में एक नई तरकीब, दो शब्दों में सारी बात छोटी करके बता देना जैसे डगलस फेयरबैंक्स सीनियर द्वारा अभिनीत 'सींय्य द ज़ोर्हो' का एक महत्त्वपूर्ण सीन। "खलनायक उससे लड़की छीनकर भागना चाहता है," पियानो के ज़रा से रुकने का फायदा उठाकर दर्शकों के कुछ शान्त होते ही जाक ज़ोर से, जल्दी से बोलता। आगे फिर दिक्कत नहीं होती, फिल्म चलती रहती और वह बच्चा अन्ततः शान्ति से साँस ले पाता। सामान्यतः उसकी परेशानियाँ यहाँ खत्म हो जाती थीं। लेकिन कुछ 'ले दोज़ ऑर्फलाँ'* जैसी पिक्चरें वाकई बहुत उलझाऊ होती थीं और नानी की ज़रूरत और आसपास वालों के बढ़ते गुस्से के बीच फँसा जाक आखिर में बिलकुल चुप होकर बैठ जाता था। उसे अभी तक याद था जब एक पिक्चर देखते-देखते बेहद गुस्से में नानी उठकर चली आई थीं। वह आँखों में आँसू भरे उनके पीछे-पीछे यह सोचकर दुखी कि उसने बेचारी नानी का कभी कदा मुनासिब मनोरंजन का एक मौका खराब कर दिया जिसके लिए टिकट परिवार की गाढ़ी कमाई में से लिये गए थे।[अ]

* दो अनाथ–अनु.

अ. जोड़ो गरीबी के लक्षण–बेकारी–मिलियाना में गर्मियों की छुट्टियाँ–बिगुल का बजना–बाहर निकाल दिया जाना—उससे कहने की हिम्मत नहीं जुटा पाता : सुन, आज रात को हम कॉफी पिएँगे। समय, समय पर बदलाव आता रहता है। वह उसकी तरफ देखता है। उसने कई बार गरीबी की कहानियाँ पढ़ी हैं जहाँ औरत बहादुर होती है। वह मुस्कराई नहीं। वह किचिन में चली गई, बहादुरी से–बिना औरों की बात माने।

उसकी माँ पिक्चरों के लिए कभी नहीं आती थीं। एक तो उन्हें पढ़ना नहीं आता था दूसरे वे आधी बहरी थीं। उनकी शब्दावली, उनकी माँ से भी और ज़्यादा संकीर्ण थी। अब भी उनका जीवन किसी प्रकार के मनोरंजन से विहीन था। चालीस साल में वे दो या तीन बार पिक्चर गई थीं, कुछ भी न समझ पाई थीं, और सिर्फ उन्हें नाराज़ न करने के लिए, जिन्होंने उन्हें साथ आने के लिए आमंत्रित किया था, वे कह दिया करती थीं कि पोशाकें अच्छी थीं या कि वह मूँछों वाला आदमी वाकई बहुत दुष्ट आदमी था। वे रेडियो भी नहीं सुन सकती थीं। और जहाँ तक समाचार-पत्रों का सवाल है, वे कभी-कभी उन्हें उलट-पलटकर देख लिया करती थीं जिनमें तस्वीरें होती थीं, अपने बेटों या पोतियों को बुलाकर उन्हें वे तस्वीरें समझाने के लिए कहा करती थीं, तय कर देती थीं कि इंग्लैंड की रानी उदास दिख रही थीं, और वे सफे बन्द कर देती थीं फिर से उस खिड़की में से बाहर देखने के लिए जिसमें से देख-देखकर सोचते हुए उन्होंने अपने जीवन का आधा हिस्सा गुज़ार दिया था।[अ]

---

अ. यहाँ अंकल अर्नेस्ट को लाना, 'वृद्ध', जिस कमरे में जाक और उसकी माँ थे उससे 'पहले'। या उन्हें 'बाद' में लाओ।

# एतिअन[1]

एक तरह से वे जीवन में अपने भाई अर्नेस्ट से कम फँसी हुई थीं जो उनके साथ रहता था, बिलकुल बहरा था और अपनी बात या अनुकरणात्मक आवाज़ों और इशारों से समझाता था या उन सौ-एक शब्दों के ज़रिये जो वह बोल सकता था। लेकिन अर्नेस्ट अपने छुटपन में काम पर नहीं भेजा जा सका था, बीच-बीच में स्कूल गया था और वर्णमाला के अक्षर सीख गया था। वह कभी-कभी पिक्चर चला जाता था और जब घर आकर वह उसकी कहानी सुनाता तो जिन्होंने वह पिक्चर देखी होती थी वे उसका विवरण सुनकर दंग रह जाते थे, क्योंकि उसकी समृद्ध कल्पना वे सब कमियाँ पूरी कर देती थी जो देखने में उनसे छूट जाती थीं। इसके अतिरिक्त वह चतुर और चालाक था, और उसमें एक तरह की जन्मजात बुद्धि थी जिससे वह दुनिया में और उन लोगों के साथ जो अपनी अकड़ में उससे बिलकुल बात नहीं करते थे, अपना काम चला लेता था। उस बुद्धि के सहारे वह हर रोज़ अखबारों में सिर घुसा कर बैठता था और मुख्य-मुख्य समाचार पढ़ लेता था जिससे उसे विश्व की गतिविधियों की थोड़ी-बहुत जानकारी रहती थी। जैसे जाक के बड़े हो जाने पर वह उससे कहता, "हिटलर अच्छा आदमी नहीं है, क्यों!" नहीं, वह अच्छा नहीं था। "ये हून, ये सब ऐसे ही होते हैं," उसके मामा फिर कहते। नहीं, ये बात नहीं थी। "हाँ, कुछ अच्छे भी होते हैं," वे सहमति प्रकट करते। "लेकिन हिटलर, बिलकुल बेकार," और उसके एकदम बाद अपना मज़ाक़ करने का स्वभाव दबा पाने में असफल, "लेवी (यह सामने बटन-धागा इत्यादि की दुकान वाला था) बहुत डरता है।" और वे ठहाका मारके हँस पड़ते।

जाक समझाने की कोशिश करता। उसके मामा फिर गम्भीर हो जाते, "हाँ, वह क्यों यहूदियों को तंग करना चाहता है? वे भी बाकी लोगों की तरह होते हैं।"

1. कभी एतिअन, कभी अर्नेस्ट के नाम से सम्बोधित—हमेशा वही पात्र : जाक का मामा।

वे हमेशा जाक को प्यार करते थे, अपने ढंग से। वे उसकी स्कूल में अव्वल आने की हमेशा तारीफ करते, अपना खुरदुरा हाथ, जो औज़ार पकड़ने और ठोंकने-पीटने का काम करने से बहुत सख्त हो गया था, उसके सिर पर फेरते। "यह, अच्छा दिमाग है, यह। सख्त (और वे अपना खुद का सिर अपने बन्द हाथ से बजाते) पर बढ़िया।" कभी-कभी वे कहते, "अपने बाप जैसा।" जाक ने एक दिन मौका पाकर उनसे पूछा कि क्या उसके पिता बहुत बुद्धिमान थे। "तेरा बाप, सख्त दिमाग। वही करता था जो उसे जँचती थी, हमेशा। तेरी माँ, हमेशा, हाँ जी, हाँ जी।" जाक उनसे उससे और ज़्यादा कभी कुछ न जान सका। जो भी था, अर्नेस्ट कई बार बच्चे को अपने साथ ले जाते थे। उनकी शक्ति और सजीवता, जो बातचीत में या सामाजिक जीवन के जटिल सम्बन्धों में अभिव्यक्त नहीं हो पाती थी, उनकी शारीरिक गतिविधियों और मनोभाव के प्रदर्शन में फूट पड़ती थी। सुबह जब उन्हें कोई उनकी बहरेपन की अभेद्य नींद से झकझोरता, वे खोए-खोए-से उठकर खड़े हो जाते और हुँकारने लगते, "हैं-न-न, हैं-न-न," एक प्रागैतिहासिक जानवर की तरह जो हर रोज़ एक अनजाने और द्वेषपूर्ण संसार में उठता था। उसके विपरीत, जब एक बार वे उठ जाते थे, तब उनका शरीर और उस शरीर का परिचालन उन्हें उनके पैरों पर सीधा खड़ा कर देता था। अपने पीपे बनाने के कठिन और मेहनती काम के बावजूद उन्हें तैरने और शिकार पर जाने का बहुत शौक था। जब जाक छोटा बच्चा[अ] ही था उसके मामा उसे साबलैत समुद्र तट पर ले जाते, उसे अपनी पीठ पर चढ़ाते और समुद्र में कूद पड़ते, फिर प्रारम्भिक किन्तु शक्तिशाली स्ट्रोक मार-मार कर तैरना शुरू कर देते, मुँह से अजीब-सी, अस्पष्ट आवाज़ करते हुए जो शुरू-शुरू में पानी के ठंडेपन पर उनकी प्रतिक्रिया और बाद में तैरने का आनन्द या फिर किसी मुश्किल लहर पर क्रोध ज़ाहिर करती थी। खूब आगे जाते हुए बीच-बीच में वे जाक से कहते, "तुझे डर तो नहीं लग रहा?" हाँ, उसे डर लग रहा होता था लेकिन इतनी दूर फैले हुए सागर और आकाश के बीच अकेलेपन पर वह इतना मुग्ध हो जाता था कि उन्हें कभी बताता नहीं था, जब वह मुड़कर पीछे देखता तो समुद्र का किनारा उसे एक अस्पष्ट लाइन-सा दिखता, और उसके पेट में डर के मारे पानी-पानी महसूस होने लगता, और दहशत में वह समुद्र की उस गहराई और अँधेरेपन की कल्पना करने लगता जहाँ वह एक पत्थर की तरह डूब जाएगा अगर कहीं उसके मामा ने उसे छोड़ दिया। तब

अ. नौ साल।

वह बच्चा तैराक की गर्दन कसके पकड़ लेता। तत्काल वे पूछते, "तुझे डर लग रहा है?" "नहीं, लेकिन वापस चलो।" उसकी बात मानकर, उसके मामा तत्काल मुड़ जाते। एक जगह जरा रुककर कुछ साँस लेते और फिर इतने आत्मविश्वास के साथ वापस चल पड़ते जैसे ज़मीन पर चल रहे हों। समुद्र तट पर पहुँचने पर, उनकी साँस ज़रा भी फूली नहीं होती; हा-हा हँसते हुए वे जाक को खूब ज़ोर से हिलाते, फिर वहीं मुँह फेरकर धड़-धड़ पेशाब करना शुरू कर देते, लगातार हँसते हुए, खुद को शाबाशी देते हुए, अपना वस्तिकोश इतनी अच्छी तरह चलने पर, अपना पेट थपथपाते हुए 'वाह, वाह' के साथ जो उनके प्रत्येक सुखद अनुभव की अभिव्यक्ति होता, चाहे वह भोजन प्राप्त करने का हो, चाहे मल-त्याग सम्बन्धी। हमेशा निरापद भाव से उस आनन्द पर ज़ोर देते हुए जो उससे उन्हें मिल रहा था, और हमेशा परिवार के सदस्यों की उसमें सहभागिता चाहते हुए, जो खाने के समय, टेबिल पर बैठी नानी को गुस्सा दिला दिया करता था, जो यह स्वीकार करती थीं कि ये बातें होती हैं वे खुद भी करती हैं पर, उनके शब्दों में 'खाने के समय नहीं,' हालाँकि वे उनके तरबूज के किस्से को अनदेखा कर जातीं, तरबूज से पेशाब बहुत आता है, यह सब जानते हैं; अर्नेस्ट को यह फल बहुत पसन्द था, वे उसे खाना शुरू करते, पहले तो खूब हँसके फिर तरह-तरह की आवाज़ों के साथ, ज़ोर-ज़ोर से साँस लेने की, उगलने की, सुड़क-सुड़ककर रस चूसकर खाने की, नानी की तरफ शैतानी से आँख मारते हुए और शुरू-शुरू के कुछ टुकड़े खा लेने के बाद जिनका गूदा वे छिलके तक से निकाल लेते थे, वे एक मूकाभिनय करते हाथ से बार-बार मुँह से नीचे तक की उस यात्रा का पूर्ण प्रदर्शन करते हुए जो उस लाल और सफेद फल को तय करनी पड़ती थी, तरह-तरह की शक्लें बनाते हुए, आँखें चलाते हुए यह दर्शाने के लिए कि वह खाना उन्हें कितना अच्छा लग रहा था, और यह सब लगातार 'वाह, वाह मज़ा आ गया। पेट साफ कर देता है। वाह वाह' के साथ जब तक कि बाकी लोग अपनी हँसी और न रोक पाकर खिलखिलाकर हँस न पड़ते। इस आदम सरीखी अबोधता के कारण ही वह अपने उन आम, रोज़मर्रा के आते-जाते रोगों को असाधारण महत्त्व दिया करता था जिनकी शिकायत वह हमेशा भौंहें चढ़ाकर नीचे अन्दर को इस प्रकार देखते हुए, जैसे अपने अंगों की रहस्यमयी रात का निरीक्षण कर रहा हो, किया करता था। वह कहता उसकी 'नस' चढ़ गई है जिसकी जगह लगातार बदलती रहती या 'गाँठ' पड़ गई है जो तकरीबन सारे बदन में घूम लेती। बाद में जब जाक लीसे जाने

लगा था, इस खयाल में कि ज्ञान कोई एक ही चीज़ होती है जो सब विषयों के बारे में बता देती है, वह अपनी कमर नीचे तक उघाड़ता, फिर कहता, "वहाँ, वहाँ कुछ खिंचता है। यह नुकसान की बात है?" नहीं वह कुछ नहीं था। और अर्नेस्ट चिन्तामुक्त होकर बाहर चला जाता, जल्दी-जल्दी छोटे-छोटे कदमों से सीढ़ियाँ उतरता हुआ पास के लकड़ी की साज-सज्जा, फर्नीचर, और जस्ते के काउंटरवाले कॉफी हाउस में, जिसमें एनिसैत की भीनी-भीनी सुगन्ध भरी रहती थी, बैठे अपने दोस्तों में शामिल होने के लिए जहाँ से बहुत बार जाक को खाने के समय उन्हें बुलाकर लाना पड़ता था। वह बच्चा इस गूँगे-बहरे को वहाँ बार में देखकर कम आश्चर्यचकित नहीं होता था। अपने दोस्तों से घिरे हुए, किस्सा सुनाने में मशगूल और उनका बार-बार हँसी के फव्वारों में फूट पड़ना, जिनमें वह जानता था लेशमात्र भी व्यंग्य नहीं होता था, क्योंकि अर्नेस्ट अपने खुशमिज़ाज और खुले दिल के कारण अपने दोस्तों में बहुत चाहा जाता था।[अ. ब. स. द.]

---

अ. पैसे तो उसने बचाए और जाक को दे दिए।

ब. मझले कद का, थोड़ा-सा पंगु, एक मोटी चर्बी की परत में कुछ झुके हुए कन्धे, पतली काठी का होने के बावजूद वह एक असाधारण रूप से पौरुषेय ताकत का प्रभाव देता था। चेहरे पर फिर भी किशोरपन, जो बाद में भी बहुत दिनों तक रहा, नाजुक, नियमित नाक-नक्श, अपनी बहन की भूरी, सलोनी आँखों के साथ कुछ [ ][1] नाक एकदम सीधी, बालरहित भौंहें, सादा ठोड़ी और चमकदार घने सीधे बाल, नहीं, हल्के से घुँघराले। उनका आकर्षक रूप अपने आपमें इस बात का प्रमाण था कि अपनी शारीरिक अक्षमता के बावजूद कई महिलाओं से उनके सम्बन्ध दिलचस्प रहे, जिनमें से कोई भी शादी तक नहीं पहुँच पाए, लाज़मी तौर से अल्पकालीन रहे, लेकिन बहुत बार उस रंगीन रिश्ते का आभास देते रहे जिसे सामान्य भाषा में प्रेम कहते हैं, जैसे कि उनके वे ताल्लुकात जो पड़ोस की एक विवाहित महिला दुकानदार से हो गए थे, और वे कभी-कभी जाक को समुद्र तट के पास बसों स्क्वायर पर शनिवार शाम की कनसर्ट में ले जाते थे जहाँ बैंडस्टैंड पर मिलिटरी आर्केस्ट्रा 'ले क्लोश द कार्नेविल' या 'लाक्मे' की कोई धुन बजाता था, जबकि शाम की वह भीड़ [ ], के इर्द-गिर्द चक्कर लगा रही होती थी, अर्नेस्ट अपने सबसे बढ़िया कपड़ों में सजा-धजा इस तरह दूसरी तरफ जाता था कि कॉफी हाउस के मालिक की पत्नी उसके सामने पड़े, आँखें मिलते ही वे सौहार्द से एक-दूसरे की तरफ मुस्करा देते थे, उसका पति उससे, जिसे निश्चित रूप से वह अपना भावी प्रतिरोधी नहीं समझता था, कभीकदा, एकाध मैत्रीपूर्ण शब्द कह दिया करता था।

स. ल मूना लांड्री [लेखक द्वारा शब्दों के चारों तरफ घेरा—सम्पा.]

द. समुद्र तट ब्लीच्ड वुड, काग, समुद्र में खाए गए काँच के टुकड़े...काग के पेड़ों के सरकंडे।

1. एक शब्द काटा हुआ।

जाक को अच्छी तरह मालूम होता था जब उसके मामा उसे अपने दोस्तों, जो सब या तो पीपेहारे होते थे या समुद्र तट या रेलवे लाइन पर काम करनेवाले मज़दूर के साथ शिकार पर ले जाते थे। उन्हें सुबह तड़के उठना पड़ता था। अपने मामा को उठाने की ज़िम्मेदारी, जिन्हें दुनिया का कोई अलार्म नींद से नहीं जगा सकता था, जाक की हुआ करती थी। जाक घंटी सुनते ही उठ पड़ता था, उसका भाई बड़बड़ाता हुआ दूसरी तरफ करवट ले लेता था, और उसकी माँ दूसरे पलंग पर बिना उठे, जरा-सी हिल जाती थीं। वह टटोलता हुआ माचिस उठाता, एक तीली जलाकर दोनों पलंगों के बीच छोटी टेबिल पर रखे मिट्टी के तेल का लैम्प जलाता। (आह! इस कमरे का सामान : दो लोहे के पलंग—एक सिंगल, जिस पर माँ सोती थीं, दूसरा डबल जिस पर दोनों बच्चे सोते थे, दोनों पलंगों के बीच एक छोटी नाइट टेबिल और नाइट टेबिल के सामने शीशा लगी अलमारी।) कमरे में माँ के पलंग के पाँयते एक खिड़की थी जो आँगन की तरफ खुलती थी। उस खिड़की के नीचे एक बेंती का बक्सा, जिसके ऊपर क्रोशिए का एक कवर ढका हुआ था। जब वह छोटा था, उसको खिड़की बन्द करने के लिए बक्से पर घुटने टेककर बैठना पड़ता था। और एक भी कुर्सी नहीं। उसके बाद वह खाने के कमरे में जाता था, अपने मामा को हिला-हिलाकर जगाता था जो पहले हुँकारते थे, अपनी आँखों के ऊपर लैम्प को डर के देखते थे, और आखिर में होश में आते थे। उसके बाद वे दोनों कपड़े पहनते थे। फिर जाक बची हुई कॉफी मिट्टी के तेल के स्टोव पर गर्म करता था और उसके मामा थैलों में खाने-पीने का सामान भरते थे : चीज़ सोबरासाद सॉसेज, नमक-मिर्च के साथ टमाटर और आधी दो में कटी हुई डबलरोटी जिसमें नानी ने एक आमलेट बनाकर पहले से रखा होता था। उसके बाद मामा दुनाली बन्दूक और कारतूसों को आखिरी बार फिर चैक करते थे जिन पर पिछली रात बहुत समय लगाया जा चुका था। खाने के बाद उन्होंने टेबिल और उसके ऊपर बिछा मोमजामा ध्यान से साफ किया था। मामा टेबिल के एक सिरे पर गम्भीरता से बैठ गए थे, और उन्होंने बड़े किरासिन लैम्प की रोशनी में, लटका कर रखी हुई बन्दूक का एक-एक हिस्सा अपने सामने अलग-अलग जमा लिया था, सबको ध्यान से साफ करके तेल लगाया था। दूसरे सिरे पर बैठा जाक अपनी बारी का इन्तज़ार कर रहा था और कुत्ता ब्रिलौं भी। क्योंकि उनके पास एक कुत्ता था, एक मोंगरॅल सैटर, बेहद भोला, जो मक्खी तक को तंग नहीं करता था और उसका प्रमाण था कि यदि वह

एक उड़ती हुई मक्खी पकड़ भी लेता, तो बड़ी घृणा से पूरी जीभ बाहर निकालकर उसे थूक देता, साथ में बार-बार अपने ओठ साफ करता और देर तक दाँत निकाले खड़ा रहता। अर्नेस्ट और उसका कुत्ता अवियोज्य थे, और उन दोनों के बीच पूर्ण समझौता था। उन्हें एक जोड़ी मान कर ही चलना पड़ता था (सिर्फ वे ही जो न कुत्तों को जानते हैं, न प्यार करते हैं, इस बात को हास्यास्पद कहेंगे)। वह कुत्ता उस आदमी का कहना मानता था और उसे बहुत प्यार करता था, और उस आदमी ने सिर्फ एक यही ज़िम्मेदारी अपने ऊपर ले रखी थी। वे साथ-साथ रहते थे, और कभी एक-दूसरे से अलग नहीं होते थे, साथ सोना (वह आदमी खाने के कमरे के सोफे पर और वह कुत्ता एक छोटे बैडसाइड रग पर जिसके भी तार-तार निकले हुए थे, साथ काम पर जाना, कुत्ता दुकान में एक बेंच के नीचे, खास तौर से उसके लिए बनाए गए लकड़ी के छीलन के एक आसन पर सो जाता, साथ-साथ कॉफी हाउस जाना, कुत्ता अपने मालिक के दोनों पैरों के बीच चुपचाप पड़ा रहता जब तक कि उसके कहानी-किस्से खत्म न हो जाते। वे एक-दूसरे से अनुकरणमूलक आवाज़ों में बात करते और दोनों एक-दूसरे की खुशबू बहुत पसन्द करते। अर्नेस्ट से कभी किसी को यह नहीं कहना चाहिए कि उसके कभी न नहलाए गए कुत्ते में से बदबू आती है, खास तौर से बारिश के बाद। "इसमें," वह कहता, "कोई बदबू नहीं" और वह प्यार से उसके लम्बे-लम्बे काँपते कानों को अन्दर नाक लगाकर सूँघता। शिकार उन दोनों के लिए एक बड़ा आनन्दोत्सव हुआ करता था, उनकी नवाबी रात। अर्नेस्ट अपना नैपसैक लाकर टेबिल पर रखता और कुत्ता पागलों की तरह भाग-भाग कर कुर्सियों से ऐसे टकराता कि वे गोल-गोल घूम जातीं, उसकी पूँछ साइड बोर्ड पर लगातार धप-धप करती रहती। अर्नेस्ट हँसता रहता। "यह समझ गया, यह समझ गया," और फिर वह कुत्ते को शान्त करता जो अपनी मज़ल टेबिल पर लाकर रख देता और चुपचाप बैठकर उनकी बारीक तैयारी ध्यान से देखता रहता, बीच-बीच में तमीज से जँभाई लेते हुए लेकिन उस सुखद दृश्य को एक मिनट के लिए भी बिना छोड़े।[अ. ब.]

जब शॉटगन दुबारा असैम्बल हो गई, उसके मामा ने वह उसे पकड़ाई। जाक ने उसे बड़े आदर से दोनों हाथों में लिया और कपड़े से उसकी नालियाँ साफ कीं। उस बीच मामा उसके कारतूस तैयार करने लगे। उनके सामने रखे

अ. शिकार? इसे काटा जा सकता है।

ब. किताब, वस्तुओं और मांस के बोझ से भारी होनी चाहिए।

नैपसैक में कुछ कॉपर के पेंदे वाली कार्डबोर्ड की चमकदार रंगों की ट्यूबें थीं। उन्होंने उसमें से लम्बी-लम्बी लौकी की शक्ल की मैटल की बोतलें भी निकालीं जिनमें बारूद सीसी और भूरे फैल्ट की कतरन भरी थी। फिर उन्होंने ध्यान से ट्यूबों में बारूद और फैल्ट की कतरन भरी थी। नैपसैक में से एक छोटी-सी मशीन निकाली जिसमें ये भरी हुई ट्यूब फिट की और बन्द करके एक नॉब दबाया जिससे उनके मुँह नीचे पेंदे तक सील हो गए। जैसे-जैसे कारतूस तैयार होते गए, अर्नेस्ट उन्हें एक एक करके जाक को पकड़ाता गया जो उन्हें बड़ी श्रद्धा से उसके सामने पड़ी कारतूस की बैल्ट में लगाता गया। सुबह जब अर्नेस्ट उस भारी बैल्ट को अपने पहले से ही दो स्वेटर पहने हुए पेट के ऊपर बाँधना शुरू करते तो वह उनके जाने का सिगनल होता था। जाक पीछे जाकर उसकी कमर का बक्सुआ लगा देता। और ब्रिलौं, जो उठने के बाद से चुपचाप वहाँ आ-जा रहा था, अपनी खुशी कंट्रोल में रखने में ट्रेंड, ताकि और कोई न जग जाए, लेकिन हर चीज़ को जहाँ तक वह पहुँच सकता था, नाक लगा-लगाकर सूँघ रहा था, अब अपने मालिक के सामने आकर खड़ा हो गया, पंजे उसके वक्ष पर अपनी कमर और गर्दन लम्बी खींच-खींचकर उस प्रिय शक्ल को खूब ज़ोर-ज़ोर से मन भरकर चाट लेने के लिए।

रात के छँटते अँधेरे में, शाहबलूत की ताज़ा महक से भरी हवा में जल्दी-जल्दी वे आगा स्टेशन की तरफ जाते। कुत्ता उनके आगे-आगे तेज़ी से इतना आड़ा-तिरछा होकर हुआ भागता कि कई बार वह रात की नमी से गीले फुटपाथ पर फिसल जाता और फिर वापस उसी तेज़ी से दौड़कर आता प्रत्यक्ष रूप से डर जाता हुआ कि वे उससे खो गए हैं, एतिअन बन्दूक उसके भारी कैनवेस के केस में नाल नीची करके, और एक नैपसैक, एक शिकारबन्द पकड़े हुए, और जाक अपने दोनों हाथ निकर की जेब में और कमर पर एक पिट्ठू बैग बाँधे हुए। उनके दोस्त स्टेशन पर थे अपने-अपने कुत्तों के साथ जो अपने मालिकों से दूर नहीं हट रहे थे सिवाय कभी-कभी अपने साथियों के पूँछ के नीचे की जगह का निरीक्षण करने के लिए। वहाँ दानियल और पियर्[अ] थे, दोनों भाई जो दुकान में अर्नेस्ट के साथ काम करते थे। दानियल हमेशा हँसता हुआ और उम्मीदों से भरा हुआ, पियर् ज़्यादा अन्तर्विष्ट, ज़्यादा व्यवस्थाप्रिय, लोगों और चीज़ों पर निजी मत और अक्ल की बातों से भरा हुआ। वहाँ जार्ज भी था जो गैस के कारखाने में काम

अ. सावधान, नाम बदलना।

करता था लेकिन कभी-कभी फालतू पैसे बनाने के लिए बॉक्सिंग के मैच भी खेल लिया करता था। और कभी-कभी दो-तीन और हुआ करते थे, सभी सज्जन, कम-से-कम उस समय, सभी प्रसन्न, एक दिन की छुट्टी पा लेने में, कारखाने के काम से छोटे घिचपिच अपार्टमेंटों से, कभी-कभी पत्नी से भी, एक प्रतिबन्धरहित, मुदित सहिष्णुता अनुभव करते हुए, जो पुरुषों में अलग से दिखती है जब वे सिर्फ पुरुषों के साथ किसी बलशाली आनन्द के लिए इकट्ठे होते हैं। प्रफुल्ल मन वे उस बोगी में चढ़ गए जिसका प्रत्येक कम्पार्टमेंट प्लेटफार्म पर खुलता था। उन्होंने एक-दूसरे को नेपसैक पकड़ाए, कुत्तों को ऊपर चढ़ाया, खुद अपनी-अपनी जगह बैठे एक-दूसरे के पास, एक आत्मीय वातवरण में साथ-साथ अतिप्रसन्न। इन रविवारों को जाक ने सीखा कि पुरुषों का साथ अच्छा होता है और आत्मा को पुष्ट करता है। रेल चल पड़ी, फिर छुकछुक करती हुई बीच-बीच में सोई-सी सीटी देते हुए तेज़ हो गई। उन्होंने साहेल का एक कोना पार किया, उसके बाद जब खेत आने शुरू हुए, वे हृष्ट-पुष्ट और ज़ोर-ज़ोर से आपस में बात करते आदमी अचानक चुप हो गए और उन मेहनत से तैयार किए खेतों पर दिन का धीरे-धीरे निकलना देखने लगे जिन पर सुबह का कोहरा ऐसे छा रहा था जैसे सिर पर बँधा स्कार्फ उन लम्बे, सूखे बाँसों के ऊपर जो खेतों की बाड़ पर लगे हुए थे। बीच-बीच में पेड़ों के झुंड किसी सफेद पुते फार्म हाउस से लगे हुए जिसमें अभी सब सो रहे थे और जिसकी सुरक्षा के लिए वे वहाँ खड़े थे, खिड़की में से गुज़रते हुए दिख रहे थे। तभी एक चिड़िया नाले के पासवाले झुरमुटों में से अचान्क बाहर आई, उनकी ऊँचाई तक ऊपर उड़ी फिर उसी तरफ उड़ने लगी जिस तरफ ट्रेन जैसे उसके साथ रेस लगा रही हो। फिर यकायक ट्रेन के दाहिनी तरफ मुड़कर सीधे जाने लगी, उसके बाद शायद ट्रेन की स्पीड से उत्पन्न वायु के वेग से खिंच कर उसके पीछे के डिब्बों से टकरा गई। दूर तक फैला हुआ हरा क्षितिज गुलाबी होने लगा, फिर लाल और फिर आसमान में सूरज चढ़ आया। खेतों की ओस सोखते हुए जल्दी ही वह और ऊपर चला गया और फिर कम्पार्टमेंट में अचानक गर्मी हो गई। उन लोगों ने एक के बाद एक अपने स्वेटर उतारे, कुत्तों को, जो अब बेचैन होने लगे थे, फिर से सुलाया और एक-दूसरे को हल्के-फुल्के किस्से सुनाने लगे, और अर्नेस्ट अपने खास लहजे में अपनी कहानियाँ लेकर फिर चालू हो गया खाने-पीने की, बीमारियों की और उन झड़पों की, जिनमें जीत उसकी हुई थी। कभी-कभी कोई जना जाक से उसके स्कूल के बारे में पूछता फिर

कुछ और बात करने लगता, या फिर उसके सामने अर्नेस्ट की नकल करके कहता, "तेरा मामा माहिर है इस आर्ट में!"

बाहर के दृश्य अब बदल रहे थे, ज़्यादा पथरीले होते जा रहे थे, सन्तरे के पेड़ों की जगह शाहबलूत के पेड़ों ने ले ली थी, और वह ट्रेन कुछ जल्दी-जल्दी छुक-छुक करने लगी थी, और भाप के बड़े-बड़े बादल छोड़ रही थी। अचानक मौसम ठंडा हो गया क्योंकि एक बड़ा-सा पहाड़ उनके और सूरज के बीच में आ गया था, उन्होंने घड़ी देखी तो पता लगा तब तक सिर्फ सात ही बजे थे। फिर ट्रेन ने आखिरी सीटी बजाई और अपनी गति कम कर दी, धीरे-धीरे एक गोल मोड़ पूरा किया और एक छोटे-से स्टेशन पर आकर रुक गई, जो उन घाटियों में अकेला निर्जन और बहुत चुप स्टेशन था, क्योंकि वह सिर्फ कुछ दूर की खानों की ज़रूरत पूरी करता था। वहाँ ऊँचे-ऊँचे यूक्लिप्टस के पेड़ लगे थे जिनकी हँसिये जैसी पत्तियाँ सुबह की ठंडी हवा में हिल रही थीं। ट्रेन से नीचे वे सामान्य हो-हल्ले में उतरे, कुत्ते कम्पार्टमेंट से बाहर लुढ़कते हुए, क्योंकि सीढ़ियाँ उनके लिए बहुत ऊँची थीं। आदमी लोग फिर से लाइन लगाकर एक-दूसरे को पकड़ाते हुए अपने थैले और बन्दूकें उतारने लगे। लेकिन स्टेशन के निकास द्वार पर, जहाँ से निकलते ही चढ़ाई शुरू हो जाती थी, उनका आपस में चिल्लाना, ज़ोर-ज़ोर से आवाज़ देना सब धीरे-धीरे प्रकृति की निस्तब्धता में डूब गया और फिर वह छोटी-सी टुकड़ी चुपचाप पहाड़ पर चढ़ने लगी, कुत्ते लगातार गोल-गोल चक्करों में। जाक अपने तेज़ साथियों से पिछड़ना नहीं चाहता था। दानियल ने, जो उसका पसन्दीदा था, उसके मना करने पर भी उसका पिट्ठू बैग अपनी कमर पर रख लिया था। फिर भी उसे उनके साथ-साथ चढ़ने के लिए अपनी स्पीड डबल करनी पड़ रही थी और सुबह की तीसरी हवा उसके फेफड़ों में जलन कर रही थी। एक घंटे के बाद अन्ततः वे एक विस्तृत मैदान पर पहुँचे जो छोटे-छोटे शाहबलूत और जूनिपर के पेड़ों से ढका हुआ था जो हल्के-हल्के लहरा रहे थे और जिनके ऊपर एक असीम आकाश ने हल्की-हल्की धूप और शीतलता लिये अपने आपको फैला रखा था। यह उनके शिकार का मैदान था। कुत्ते भागकर आदमियों के पास आ गए जैसे उन्हें पहले से ही मालूम हो। उन्होंने दोपहर के दो बजे चीड़ के पेड़ों के एक झुरमुट के पास मिलने का तय किया, जहाँ मैदान के एक किनारे पर एक झरना बहता था और जहाँ से वे नीचे की घाटी और दूर तक मैदान देख सकते थे। उन्होंने अपनी घड़ियाँ मिलाईं। शिकारियों ने दो-दो की जोड़ियों में बँटकर, अपने

कुत्तों के लिए सीटियाँ बजाईं, और अलग-अलग दिशा में चल पड़े। अर्नेस्ट और दानियल साथ थे। जाक को शिकारबन्द दिया गया, जो उसने ध्यान से अपने कन्धे पर डाल लिया। अर्नेस्ट ने बाकियों से दूर से चिल्लाकर कहा कि वह सबसे ज़्यादा खरगोश और तीतर लेकर लौटेगा। सब हँस पड़े, हाथ से बाँय-बाँय की और गायब हो गए।

अब जाक के लिए शुरू हुआ वह हर्षोन्माद जिसके लिए आज भी उसके मन में एक असाधारण दुखभरी ललक मौजूद है। दोनों आदमी एक-दूसरे से एक मीटर दूर लेकिन एक ही ऊँचाई पर, कुत्ता आगे, उसके मामा जिनकी आँखों में अब अचानक खूँखारपन और चालाकी आ गई थी, खुद को लगातार पीछे रख रहे थे और बार-बार चैक कर रहे थे कि बीच की दूरी बाकायदा बनी हुई है या नहीं, और एकदम चुप चलते हुए वह अनन्त रास्ता, जिन झाड़ियों के पास से वे जा रहे थे वहाँ से कभी कोई चिड़िया निकलकर चिल्लाती हुई उड़ जाती, नीचे घाटियों में होकर जहाँ तरह-तरह की खुशबू आ रही थी, वे एकदम नीचे पहुँचते फिर लौटकर ऊपर आसमान की तरफ चमकता हुआ, गर्म और गर्म, बढ़ती हुई गर्मी तेज़ी से उस ज़मीन को सुखा रही थी जो उनके चलने के समय तक गीली थी। घाटी के दूसरी तरफ से गोली चलने की आवाज़, कुत्तों के छेड़ने से झाड़ी में से निकलकर ऊपर उड़ते हुए मिट्टी के भूरे रंग के तीतरों के एक झुंड का चिल्ला-चिल्लाकर कुड़कुड़ाना, दो बार गोली चलने की आवाज़, एक के बाद एक, कुत्तों का यकायक आगे झपटना फिर आँखें पागलपन से चमकती हुईं, खून से सने मुँह में पंखों का एक गुच्छा उठाए लौटना, जो अर्नेस्ट और दानियल उससे ले लेते, और अगले क्षण वह जाक के पास होता जो इसे उत्तेजना और घृणा के मिले हुए भाव से लेकर रख देता, फिर नए शिकार की तलाश, और उनका गिरना देखते वक्त अर्नेस्ट का चीखना जो कई बार ब्रिलौं के चीखने का भ्रम दे देता था, फिर आगे बढ़ना, अपने स्ट्रॉ हैट के बावजूद जाक का गर्मी के मारे ढीला पड़ जाना, जबकि उनके चारों तरफ के मैदान का सूरज के हथौड़े के नीचे निहाई की तरह थरथराना, और कभी-कभी एक या दो गोली चलने को आवाज़, कभी उससे ज़्यादा नहीं, क्योंकि सिर्फ एक शिकारी ने खरगोश को भागते देखा था। अगर कहीं वह अर्नेस्ट को दिख जाता तब वह बच नहीं सकत था, वह एक बन्दर की तरह चालाक था और इतना तेज़, इस समय वह उतना ही तेज़ भाग रहा था जितना उसका कुत्ता, उसी की तरह आवाज़ करते हुए, उस मरे हुए जानवर को पीछे की दो टाँगों से

पकड़कर दूर से दानियल और जाक को दिखाने के लिए, जो वहाँ फूली हुई साँस के साथ उल्लास से भरे पहुँचे। जाक ने नई ट्राफी के लिए अपना थैला खूब चौड़ा करके खोल दिया, और फिर चल पड़ा, लड़खड़ाता हुआ अपने स्वामी सूरज के नीचे, और इसी तरह निरन्तर, घंटों तक असीमित मैदान में, उसका सिर तेज़ चिलकती धूप और आसमान की विशालता में खोया हुआ। उस समय जाक अपने आपको दुनिया का सबसे ज़्यादा धनवान बच्चा समझ रहा था। जब शिकारी खाने के लिए तय की हुई जगह में लौट रहे थे, वे नए मौके की तलाश में इधर-उधर देख तो रहे थे लेकिन अब उनका मन उसमें नहीं था। वे ज़ोर लगा-लगाकर अपने पैर उठा रहे थे, माथे से पसीना पोंछ रहे थे, और वे भूखे थे। एक के बाद एक वे आने लगे, दूर से ही अपनी ट्राफी औरों को दिखाते हुए, खाली थैलों का मज़ाक़ बनाते हुए कहते हुए वे हमेशा खाली ही लौटते हैं, सब एक साथ अपनी-अपनी कहानी सुनाते हुए, हरेक के पास कुछ खास बात जोड़ने को। लेकिन सबसे बड़ा अलापी अर्नेस्ट था, जिसके बोलते ही बाकी सब चुप हो गए और जो बड़ी नफासत से नकल कर-करके, दानियल और जाक की गवाही में, यह बता रहा था कि कैसे तीतर उड़े, कैसे भागता हुआ खरगोश दो बार आड़ा-तिरछा करके अपनी कमर पर ऐसे उलटा जैसे रग्बी का खिलाड़ी पीछे से गोल बनाने की कोशिश करता है। इस बीच व्यवस्थाप्रिय पियर् ने, स्टील के गिलासों में जो उसने सबसे माँग लिये थे, ऐनिसैट डाल दी थी और अब चीड़ के किनारे बहुत पतली धार में आते ताज़ा झरने के पानी से उन्हें भरने गया था। उन्होंने वहाँ झाड़न आदि की मदद से एक कामचलाऊ टेबिल बनाई और प्रत्येक अपना-अपना सामान निकालने लगे। लेकिन अर्नेस्ट ने, जो खाना बनाने में माहिर था (गर्मियों में फिशिंग पार्टियाँ हमेशा बुइय्याबैस* से शुरू होती थीं जो वह वहीं उनके सामने बना दिया करता था, इतनी उदारता से मसाले डालकर कि कछुए तक की जीभ जल जाए) कुछ डंडियों को तब तक छीला, जब तक कि वे खूब पैनी न हो गईं, फिर उनमें सोब्रासादा जो वह अपने साथ लाया था, अटका कर आग पर सेंका जब तक कि वे फट न गईं और उनमें से लाल-लाल रस बहकर राख पर न गिर पड़ा, जहाँ थोड़ा-सा छीजने के बाद उसमें से लौ निकल पड़ती। वह झुलसती गर्म और स्वादिष्ट खुशबू आती सॉसेज दो ब्रेड के टुकड़ों के बीच रखता और औरों को देता जाता। वे उसे बहुत स्वाद से खाते और उसके ऊपर झील में ठंडी की हुई

* मछली का सूप। —अनु.

लाल वाइन पी लेते। उसके बाद हँसी-मज़ाक़ होता, सब अपने-अपने काम से सम्बन्धित कहानियाँ सुनाते लेकिन जाक जिसके मुँह और हाथ-पैरों पर मिट्टी की परत जम गई थी कुछ नहीं सुन रहा था क्योंकि थकान के मारे उसकी आँखें बन्द हुई जा रही थीं। वास्तव में वे सभी उनींदे हो रहे थे और उस तेज़ गरमी में मैदान की तरफ शून्य में ताकते हुए उन्हें झपकी आ गई थी। कुछ अर्नेस्ट की तरह मुँह पर रूमाल ढककर बाकायदा गहरी नींद में सो गए थे। कोई चार बजे उन्हें नीचे उतरना शुरू करना था क्योंकि साढ़े पाँच बजे गाड़ी स्टेशन पर लग जाती थी। अब कम्पार्टमेंट में घुसकर सब एक से थके हुए सो गए और रक्तरंजित सपने देखने लगे, और उनके कुत्ते भी उन्हीं की तरह थके हुए या तो अपने-अपने मालिक के पैरों के बीच में या सीट के नीचे जाकर लेट गए। क्षितिज के किनारे दिन अब छिपने लगा था, सूक्ष्म अफ्रीकन झुटपुटा और फिर रात, उन खुले मैदानों में हमेशा विमनस्क, बिना आन्तर के होनी शुरू हो जाती थी। बाद में स्टेशन पर उन्हें तुरन्त घर पहुँचकर, खाना खाकर, अगले दिन काम पर जाने की तैयारी में जल्दी सो जाने की उतावली रहती थी, इसीलिए वे बहुत तेज़ी से अपने-अपने घर चले जाते थे बिना बाँय-बाँय तक किए लेकिन असीम प्यार से एक-दूसरे को थपथपाकर। जाक दूर जाती उनके पैरों की आवाज़, उनके बात करने की उज्जड्ड लेकिन प्यार भरी आवाज़ सुनता रहता। वे उसे बहुत अच्छे लगते थे। फिर वह अर्नेस्ट के साथ चल पड़ता जिसकी चाल में अब भी तेज़ी होती थी जबकि वह बार-बार पिछड़ जाता था। घर पास आने पर अर्नेस्ट मुड़कर उससे पूछते, "मज़ा आया?" जाक कोई जवाब नहीं देता। अर्नेस्ट हँसने लगते और अपने कुत्ते को बुलाने के लिए सीटी बजाते। लेकिन थोड़ी देर बाद वह बालक अपना छोटा-सा हाथ अपने मामा के सख्त, खुरदरे हाथों में रख देता जो उसे अपने हाथों में कसकर पकड़ लेता। इसी तरह हाथ पकड़े-पकड़े, चुपचाप, वे घर आ जाते।

[अ. ब.]बहरहाल, अर्नेस्ट को गुस्सा भी उसी तरह बहुत जल्दी और बहुत ज़्यादा आता था जैसे किसी भी चीज़ में आनन्द। उन पर किसी भी प्रकार की बातचीत या तर्क करने की असम्भवता उसके तैशों को एक स्वाभाविक

---

अ. तॉल्सतॉय या गोर्की (i) द फादर—इस पृष्ठभूमि में से आया दॉस्तोएवस्की; (ii) द सन—जो अपने मूल-स्थान पर पलटकर उपलब्ध करवाता है वास्तविक प्राचीन लेखक; (iii) द मदर

ब. श्री जरमाँ—लीसे—धर्म—नानी का देहान्त—अर्नेस्ट के हाथ पर अन्त?

रूप दे देती थी। आँधी आते देखकर हम उसके खत्म हो जाने का इन्तज़ार करते हैं। कुछ और नहीं किया जा सकता। ज़्यादातर बहरे लोगों की तरह अर्नेस्ट के सूँघने की क्षमता विशेष रूप से विकसित थी (सिवाय अपने कुत्ते के सन्दर्भ में)। इस प्राकृतिक देन से उसे बहुत सुख मिलता था—जैसे जब उसे मटर की दाल के सूप की खुशबू आती थी या उन और खाने की चीज़ों की जो उसे बहुत पसन्द थीं, जैसे स्लिड मछली कोष सहित पकाई हुई, सॉसेज का आमलेट या अँतड़ियों का सूप जिसमें बकरे का फेफड़ा और दिल भी डाल दिया हो, जो गरीबों का बुरगुइय्यों होता है, और जो नानी की खासियत था और घर में बहुत बना करता था क्योंकि सस्ता पड़ता था; या रविवार को जब वह अपने ऊपर सस्ता यू-दी-कॉलोन छिड़कता था, या फिर वह इतर जिसका नाम [पाम्परो] (जो जाक की माँ भी लगाती थीं), उसकी हल्की, नीबू जैसी खुशबू खाने के कमरे और अर्नेस्ट के बालों में देर तक आती रहती थी, वह बोतल को नाक के पास ले जाकर देर तक मोहित हुआ सूँघता रहता था...लेकिन इस सूक्ष्मग्राहिता से उसे परेशानियाँ भी बहुत होती थीं। कुछ ऐसी खुशबुएँ जो सामान्य नाक पकड़ती ही नहीं, उसे बेहद दिक करती थीं। जैसे खाने से पहले उसे अपनी प्लेट सूँघने की आदत पड़ गई थी और वह गुस्से से लाल पड़ जाता था जब वह कहता था कि उसे प्लेट में से अंडे की खुशबू आ रही है। नानी फिर उस शकवाली प्लेट को हाथ में लेतीं, सूँघती, कहतीं—उन्हें उसमें से कोई खुशबू नहीं आ रही, और उसे अपनी बेटी की तरफ बढ़ा देतीं, उसकी राय जानने के लिए। फिर कैथरीन कारमॅरी अपनी कोमल नाक उस पोर्सलिन पर चारों तरफ घुमाती और बिना सूँघे हुए कह देती, नहीं, उसमें कोई खुशबू नहीं आ रही। पूरी, पक्की तरह बात का पता लगाने के लिए फिर सारी प्लेटें सूँघी जाती थीं, बच्चों की छोड़कर, जो लोहे की प्लेटों में खाना खाते थे। (इसका कारण क्या था यह एक रहस्य था, सम्भवत: चीनी की प्लेटों की कमी या जैसा नानी ने एक बार कहा था, प्लेटों को टूटने से बचाने के लिए, हालाँकि न वह न उसका भाई पकड़ने में चोंगे थे। लेकिन पारिवारिक परम्पराओं का हमेशा कोई विवेकपूर्ण आधार नहीं होता, और नृतत्वशास्त्रियों पर मुझे हँसी आती है जब वे प्रत्येक रहस्यमय रिवाज का कारण ढूँढ़ने लगते हैं। असली रहस्य तो यह है कि ऐसी ज़्यादातर स्थितियों में कोई कारण ही नहीं होता।) उसके बाद नानी अपना फैसला सुनातीं : उसमें से कोई खुशबू नहीं आ रही। असल में इसके अलावा वे दूसरा कोई निर्णय लेती भी नहीं, खास तौर से, अगर पिछली शाम को बर्तन

उन्होंने धोए होते तो। वे अपनी घर चलाने की प्रतिष्ठा में ज़रा भी कमी बर्दाश्त करने को तैयार नहीं थीं। लेकिन यह सब तब होता था जब अर्नेस्ट वाकई गुस्से में पागल हो जाते थे और उन्हें अपनी शिकायत बताने के लिए उचित शब्द नहीं मिल रहे होते थे।[अ] तूफान का अपने आप उतरकर शान्त होने का इन्तज़ार करना पड़ता था, चाहे वह खाने के बजाय गुस्सा होकर बैठ जाता, चाहे मुँह सड़ाकर अपनी प्लेट में से जरा-जरा-सा उठाकर खाता रहता, नानी के प्लेट बदल देने के बावजूद, या वहाँ से उठकर पैर पटकता हुआ बाहर चला जाता यह कहता हुआ कि वह रेस्टोरेंट में खाना खाने जा रहा है, वास्तव में उसने उस जैसे किसी स्थान में कभी पैर भी नहीं रखा था, न ही उस घर में किसी और ने, हालाँकि जब भी कोई जना टेबिल पर कोई असन्तोष ज़ाहिर करता, नानी वह निर्णायक पंक्ति दोहराने से नहीं चूकती थीं : "रेस्टोरेंट में जाकर खा आओ।" तब से ही रेस्टोरेंट सबको वह अपवित्र और कृत्रिम आकर्षण का स्थान लगने लगा था जहाँ सब कुछ मिल सकता है, बशर्ते पैसा हो लेकिन जहाँ ग्रहण किए गए पहले कसूरवार स्वाद की सजा पेट किसी न किसी दिन बहुत बड़ी वसूली से देता है। जो भी हो नानी अपने सबसे छोटे बच्चे के गुस्से पर ज़्यादा ध्यान नहीं देती थीं। एक तो इसलिए कि उन्हें मालूम था कि उससे कोई फायदा नहीं था, और दूसरा इसलिए कि उनके मन में उसके प्रति हमेशा एक अनिश्चित निर्बलता रही, जिसका कारण जाक ने, जैसे ही वह कुछ पढ़ने लगा, उसकी विकलांगता समझी (हालाँकि हमारे पास उन माता-पिताओं के बहुत उदाहरण हैं जो हमारी पूर्वधारणाओं के बावजूद अपने विकलांग बच्चों की तरफ से मुँह मोड़ लेते हैं), लेकिन वह उसे एक दिन, बाद में तब ज़्यादा अच्छी तरह समझ में आया जब अपनी नानी की सामान्य रूप से सख्त आँखों में नरमी देखकर उसने अपने मामा की तरफ आँखें घुमाईं जो उस समय रविवार के बढ़िया सूट का कोट पहन रहे थे। गहरे रंग के कपड़ों में वे और भी पतले लग रहे थे, उनके नाक-नक्श और ज़्यादा नाजुक और युवा, दाढ़ी ताज़ा बनाई हुई, बाल ध्यान से काढ़े हुए और कम-से-कम उस एक दिन साफ धुला हुआ कॉलर और टाई लगाए हुए वह एक सजे-धजे ग्रीक चरवाहे लग रहे थे। उस दिन जाक ने अपने मामा का वह रूप देखा जो वास्तव में उनका था, यानी बहुत रूपवान। तब उसकी समझ में आया कि उसकी नानी का अपने पुत्र के प्रति प्यार, उनकी उसके शारीरिक सौन्दर्य के प्रति प्रशंसा थी, वे भी किसी

---

अ. सूक्ष्म त्रासदी।

की भी तरह शालीनता और पराक्रम के गुण पर मुग्ध थीं, और उनकी उसके लिए जो कमज़ोरी इतनी असामान्य लगती थी, अन्ततोगत्वा बहुत सामान्य बात थी; वह जो हम सभी को आनन्दसहित थोड़ा-बहुत मुलायम कर देती है और सम्भवतया जीवन को सहने योग्य बना देती है, वह है हमारे अन्दर सौन्दर्य के लिए स्वाभाविक मोह।

जाक को अर्नेस्ट मामा के गुस्से की एक और घटना याद थी और यह उससे ज़्यादा गम्भीर थी क्योंकि इसमें उनकी जोजेवीन मामा के साथ, जो रेलवे में काम करते थे, करीब-करीब हाथापाई हो गई थी। जोजेवीन अपनी माँ के घर नहीं सोते थे (और आखिर सोते भी कहाँ?)। उनका पड़ोस में ही एक कमरा था (जहाँ वस्तुत: उन्होंने कभी किसी को आमंत्रित नहीं किया था और जो उदाहरण बतौर, जाक ने कभी नहीं देखा था वे खाना माँ के पास खाते थे और उसके लिए कुछ थोड़ा खर्चा दे दिया करते थे। जोजेवीन अपने भाई से इतने अलग थे जितना सम्भव था। दस साल बड़े, छोटी-छोटी मूँछें, सिर पर छोटे कटे बाल। वे भावशून्य, मितभाषी और खास तौर से बहुत ज़्यादा हिसाब-किताब रखनेवाले थे। अर्नेस्ट ज़्यादातर उन्हें कंजूस कहते थे। वास्तव में वे यह बात बेहद साधारण शब्दों में व्यक्त कर दिया करते थे : 'यह मोज़ाबाइट।' मोज़ाबाइट उसके लिए पड़ोस में रहनेवाले पंसारी थे; वे वास्तव में मॅज़ाब से आए थे और बहुत सालों तक अपनी दुकानों के पीछे, जहाँ तेल और दालचीनी की खुशबू आती रहती थी, रहा करते थे बिना अपनी पत्नियों के, बहुत निर्धनता से ताकि मरुस्थल के बीचोबीच बसे पाँच छोटे शहरों में अपने परिवारों के पालन-पोषण के लिए पैसे भेज सकें, जहाँ परम्परावादी कट्टरपन्थियों द्वारा मारपीट कर मर जाने के लिए बाहर निकाली हुई एक तरह के प्यूरिटन इस्लामवादियों की यह टोली सदियों पहले आकर बस गई थी, अपनी तरफ से एक ऐसी जगह ढूँढ़कर जहाँ उन्हें विश्वास था ज़मीन के लिए कोई उन पर कोई जुल्म नहीं करेगा क्योंकि वहाँ सिर्फ पत्थर था और वह स्थान समुद्र तट की उस अर्धसभ्य दुनिया से इतना ही दूर था जितना कोई जीवनरहित ज्वालामुखी ग्रह पृथ्वी से हो सकता है, और जहाँ पाँच छोटे-छोटे पानी के स्रोत ढूँढ़कर उनके चारों तरफ ये पाँच बस्तियाँ एक अजब कठोर, संयमी जीवन-प्रणाली का अनुकरण करते हुए बसाई गई थीं, जिसमें उनके सामर्थ्यवान पुरुष अपने धर्म की रक्षा के लिए बसाई गई इस बस्ती के पालन के लिए समुद्र तट पर जाकर तब तक बिज़नैस करते थे जब तक उनकी जगह लेने नई टोली न पहुँच जाए और वे मिट्टी के बने इन घरों

में वापस लौटकर अपने धर्म के लिए जीते हुए राज्य का उसमें रहकर आनन्द न उठा सकें। अतएव इन मोज़ाबाइट निवासियों के अर्थ लोभ और अनिविड़ जीवनशैली पर राय उनके गम्भीर उद्देश्यों को ध्यान में रखकर ही दी जा सकती थी। लेकिन वहाँ रहनेवाले श्रमिक वर्ग के लोग, जो इस्लाम और उसके विद्रोही मतों के बारे में कुछ नहीं जानते थे, सतह से नीचे नहीं देख पाए। और अर्नेस्ट या किसी के लिए भी अपने भाई को मोजाबाइट बुलाना उसकी आर्‌रपैगों* से तुलना करने के बराबर था। असल में अर्नेस्ट के मुकाबले में, जो नानी के खयाल-से खर्च के मामले में 'खुला' था, (हालाँकि गुस्से में नानी उसी हाथ पर पैसा पानी की तरह बहाने का दोष लगाती थीं) जोजेवीन का हाथ भिंचा हुआ था। लेकिन उनके स्वाभाविक वैभिन्न्य के अलावा यह भी सच था कि जोजेवीन अर्नेस्ट से कुछ ज़्यादा कमा लेता था, और जब धन कम हो तो अत्यधिक व्यय करना आसान होता है। बिरले ही साधनसम्पन्न होने के बाद अमितव्ययी रह पाते हैं। और जो रहते हैं वे आदमियों में राजा होते हैं, उन्हें झुककर सलाम करना चाहिए। जोजेवीन निश्चित रूप से पैसे में लोट नहीं रहा था लेकिन अपनी तनख्वाह के अलावा जिसे वह बड़ी तरतीब से खर्च करता था (वह तथाकथित लिफाफा सिस्टम का अनुकरण करता था लेकिन अति मितव्ययी होने के कारण वह उन्हें समाचार-पत्रों या सामान में आए हुए थैलों में से बनाता था) वह कुछ भली प्रकार सोचे-विचारे सौदों से अतिरिक्त पैसा बना लेता था। रेलवे कर्मचारी होने के कारण दो हफ्तों में एक बार उसे मुफ्त यात्रा करने की मोहलत प्राप्त थी। हर दूसरे रविवार को वह ट्रेन से 'अन्दर' यानी कि जंगल में जाता और अरब फार्मों से कम दाम में अंडे, सूखे मरियल मुर्गे या खरगोश ले आता। इस सामान को वह अपनी मार्केट में ऊँचे दाम में बेचता। उसके जीवन का हर पहलू आदर्श रूप से व्यवस्थित था। उसे व्यभिचार की आदत नहीं थी। होती भी तो अपने सप्ताह भर के काम और रविवार के बिजनैस सफर के बाद ऐय्याशी के लिए उसके पास समय ही नहीं बच पाता था। लेकिन उसने हमेशा से यह ऐलान कर रखा था कि वह चालीस वर्ष की उम्र में एक अच्छे घर की स्त्री से शादी करेगा। तब तक वह अपने एक कमरे के मकान में रहकर धन इकट्ठा करता रहेगा और माँ के पास खाना खाता रहेगा। आश्चर्य की बात थी कि देखने में आकर्षणहीन होते हुए भी उसने अपनी योजना बाकायदा अपने कहे अनुसार पूरी की और एक पियानो अध्यापिका से शादी की जिसे कुरूप नहीं कहा जा

* मौलियर् के नाटक कंजूस का नायक। —अनु.

सकता था और जो अपने साथ काफी फर्नीचर लाई थी जिसके फलस्वरूप उसे बुर्जुआ सुख के कुछ वर्ष नसीब हुए। हालाँकि यह भी सच है कि अन्त में जोजेवीन ने फर्नीचर तो सँभाले रखा, पर पत्नी को नहीं। लेकिन वह दूसरी कहानी है, हमारा ताल्लुक सिर्फ इससे है कि जोजेवीन पहले से यह अन्दाज़ नहीं लगा पाया था कि अर्नेस्ट से झगड़ने के बाद वह अपनी माँ के घर खाना नहीं खा सकेगा और उसे रेस्टोरेंट के महँगे खाने पर पैसे खर्चने पड़ेंगे। बात कैसे शुरू हुई थी, यह अब जाक को याद नहीं रहा था। उसके परिवार में बहुत बार झगड़ा होकर सदस्यों में मतभेद हो जाया करता था लेकिन किसी को न यह याद आता था, न कोई बता पाता था कि झगड़ा कैसे शुरू हुआ, इसलिए उन लोगों ने कारण ढूँढ़ना छोड़ दिया था, बस परिणामों को ध्यान में रखकर काम चलाते रहते थे। उस दिन के बारे में उसे सिर्फ इतना याद था कि खाना खाते-खाते बीच में उठकर अर्नेस्ट अपने भाई को 'मोज़ाबाइट' के अलावा और भी बहुत कुछ भला-बुरा जो समझ में नहीं आ रहा था, कहे जा रहे थे जबकि जोजेवीन चुपचाप बैठे-बैठे खाना खाए जा रहे थे। उसके बाद अर्नेस्ट ने अपने भाई पर हाथ से प्रहार किया जो उठकर उसके पास आने से पहले ही गिर गया। लेकिन नानी अर्नेस्ट को पकड़कर पीछे धकेल रही थीं और डर से सफेद पड़ी जाक की माँ जोजेवीन को पकड़कर खींच रही थीं। "छोड़ो भी, छोड़ो भी," वह कहे जा रही थीं और दोनों छोटे बच्चे मुँह फक्क किए दोनों तरफ से होती गाली-गलौज की उन बौछारों को तब तक चुपचाप सुनते रहे, जबकि जोजेवीन गुस्से में यह बोलते हुए कि "यह तो स्साला गूँगा जानवर है। इसका क्या किया जा सकता है," टेबिल के चारों तरफ घूमते रहे। नानी अर्नेस्ट को कसके पकड़े रहीं, क्योंकि वह भागकर अपने भाई को पकड़ना चाहते थे। दरवाज़ा बन्द होने के बाद भी अर्नेस्ट अपने आपको माँ के सख्त हाथों से छुड़ाने की कोशिश करते रहे, "छोड़ो मुझे, मुझे जाने दो," वह अपनी माँ से बोले। "देखो मैं तुम्हें मार दूँगा।" लेकिन तब उन्होंने उसे बाल पकड़कर ज़ोर से झकझोरा : "क्या, क्या बोला तू, तू अपनी माँ पर हाथ उठाएगा?" और अर्नेस्ट रोते हुए अपनी कुर्सी पर गिर पड़े थे, "नहीं, नहीं, तुझ पर कभी नहीं। तू तो मेरे लिए भगवान के बराबर है।" जाक की माँ अपना खाना बीच में ही छोड़कर जाकर सो गईं और अगले दिन उनके सिर में तेज़ दर्द रहा। उस दिन के बाद से जोजेवीन दुबारा कभी घर नहीं आए सिवाय कभी-कभार अपनी माँ से मिलने के लिए, लेकिन यह पक्का पता करने के बाद कि अर्नेस्ट घर में नहीं है।

[अ]गुस्से की एक और घटना थी जिसे जाक खुद याद करना नहीं चाहता था क्योंकि वह उसका कारण जानना नहीं चाहता था। कुछ दिनों से कोई श्री औंतुआन, जिन्हें अर्नेस्ट बहुत कम जानता था, माल्टा का रहनेवाला एक मछली विक्रेता, देखने में काफी सुन्दर, पतला, लम्बा, जो हमेशा एक काला डर्बी हैट और गले में एक चौखानेदार स्कार्फ तह करके दोनों छोर शर्ट के नीचे लगाए रखता था, हर रोज़ शाम के खाने से पहले घर आने लगा था। इस बारे में बाद में सोचने पर उसे ध्यान आया, जो कि उसे पहले नहीं सूझा था, कि उन दिनों उसकी माँ शोख रंग के कपड़े पहनने लगी थीं और उनके गालों पर हल्की-सी लाली की झलक भी दिखती थी। इस समय स्त्रियों ने जिनके बाल लम्बे थे, उन्हें छोटे कटवाना शुरू कर दिया था। जाक को अपनी माँ या नानी का अपने लम्बे-लम्बे बाल काढ़कर पीछे जूड़ा बनाना बहुत अच्छा लगता था। अपने कन्धों पर एक नैपकिन लगाए, मुँह में ढेर-सी हेयरपिन ठूँसे हुए, वे अपने कमर तक लम्बे बालों को देर तक सँवारतीं, फिर मोड़कर ऊपर ले जातीं, एक हेयरबैंड कसकर उस पर लगा देतीं और फिर मुँह में से ज़रा से खुले ओठ और भिंचे हुए दाँतों में से एक-एक पिन ले-लेकर उसमें उरसती जातीं। नई स्टाइल नानी को बहुत शर्मनाक और उपहासजनक लगती थी, जिन्होंने बिना नए फैशन के प्रभाव को पूरी तरह समझे या उस पर तर्क से सोचे यह कह दिया था कि सिर्फ बाज़ारू औरतें ही उस तरह के बाल बनाती हैं। जाक की माँ ने यह प्रकथन बिना कुछ कहे स्वीकार कर लिया था, लेकिन एक साल बाद, लगभग उसी दौरान जब औंतुआन ने घर आना शुरू किया था, वे एक दिन शाम को बाल कटाकर बड़ी खुश अपनी उम्र से कम लगती हुई घर आ गईं। उन्होंने ऊपर से झूठी खुशी दिखाते हुए, जिसके नीचे उनकी घबराहट साफ दिख रही थी, कहा कि वे उन्हें अचरज में डाल देना चाहती थीं।

नानी के लिए, वास्तव में यह एक बहुत बड़ा आश्चर्य था, जिन्होंने उन्हें ऊपर से नीचे तक देखते हुए इस उपायातीत अनर्थ के बारे में उनसे उनके पुत्र के सामने, सिर्फ इतना कहा कि अब वे एक वेश्या जैसी लग रही हैं। फिर वे अपनी किचिन में वापस चली गईं। कैथरीन कारमॅरी की मुस्कराहट खत्म हो गई और समूचे विश्व का दुख और क्लान्ति उनके चेहरे पर पुत गई। फिर उनकी आँखें उन पर जमीं अपने बेटे की आँखों से मिलीं, जिसकी तरफ उन्होंने फिर से मुस्कराने की कोशिश की लेकिन उनके ओठ फड़फड़ाने

अ. नानी की मृत्यु के बाद अर्नेस्ट, कैथरीन का घर।

लगे और वे रोती हुई अपने बैडरूम में, अपने बिस्तर पर जा पड़ीं जो उनके आराम, अकेलेपन और दुख का एकमात्र आश्रय था। जाक, मसोसता हुआ उनके पास गया। उन्होंने अपना मुँह तकिए में छिपा रखा था और उनके कटे बालों में से दिखती गर्दन और पतली कमर उनकी सिसकियों के साथ हिल रही थी। जाक ने डरते-डरते धीरे से उन्हें हाथ लगाते हुए कहा था, "मामा, मामा, आप ऐसे बहुत अच्छी लग रही हैं।" लेकिन उन्होंने सुना नहीं और अपने हाथ से इशारा करके उन्हें अकेला छोड़ देने के लिए कहा। वह दरवाज़े की देहरी तक वापस गया और वह भी वहाँ चौखट का सहारा लेकर विवशता और प्यार* में रोने लगा।

उसके बाद कई दिन तक नानी अपनी बेटी से एक शब्द भी नहीं बोलीं। और औंतुआन भी जब घर में मिलने आया उससे बात बहुत बेरुखी से की गई। खास तौर से अर्नेस्ट ने उससे बिलकुल बात नहीं की। हालाँकि औंतुआन बातचीत करने में होशियार था, यह रुख का बदलना वह अच्छी तरह भाँप गया था। क्या हो गया था? जाक ने कई बार अपनी माँ की सुन्दर आँखों में आँसू डबडबाते देखे। अर्नेस्ट एकदम चुप-से हो गए, सिर्फ ब्रिलौं से थोड़ा-बहुत खेलते। गर्मियों में एक दिन शाम को जाक ने देखा कि उसके मामा वरांडे में खड़े किसी चीज़ का इन्तज़ार कर रहे हैं। "क्या दानियल आनेवाला है?" बच्चे ने पूछा। उन्होंने सिर्फ हल्की-सी हुंकार भरी। और तभी अचानक कई दिन के बाद जाक ने औंतुआन को आते देखा। अर्नेस्ट भागकर नीचे गए। उसके बाद सीढ़ियों से धक्का-मुक्की की आवाज़ें ऊपर आने लगीं। जाक दौड़कर बाहर निकला और देखा कि दोनों आदमी अँधेरे में चुपचाप लड़े जा रहे हैं। अर्नेस्ट अपने ऊपर चोट की परवाह न करते हुए लोहे जैसे मुक्के बार-बार मारे जा रहे थे। कुछ क्षणों बाद औंतुआन सीढ़ियों से लुढ़कते हुए नीचे जा गिरे। वे उठकर खड़े हुए, जेब से रूमाल निकालकर मुँह पर रखा जिसमें खून भरा हुआ था, इस पूरे दौरान उनकी आँखें अर्नेस्ट पर जमी हुई थीं जो एक बेसुध आदमी की तरह वहाँ से चले गए। जब वह वापस अन्दर गए, जाक ने अपनी माँ को खाने के कमरे में बैठा पाया। पत्थर की मूर्ति की तरह, चेहरा एकदम शून्य। वह भी बिना कुछ कहे वहीं बैठ गया।[अ] और तब अर्नेस्ट वापस आए, उलटा-सीधा बड़बड़ाते हुए और अपनी बहन की तरफ बहुत गुस्से से देखने लगे। खाना रोज़ की तरह हुआ, सिवाय इसके

* असहाय प्यार के आँसू।

अ. बहुत पहले लाना—लड़ाई से लुसियाँ से नहीं।

कि उसकी माँ ने नहीं खाया; जब उनकी माँ ने जिद की तो उन्होंने सिर्फ इतना कहा, "मुझे भूख नहीं है।" खाने के बाद वे अपने कमरे में चली गईं। रात को जब जाक की आँख खुली, उसने उन्हें बिस्तर में करवटें बदलते पाया। अगले दिन से उन्होंने फिर वही काले, भूरे कपड़े पहनने शुरू कर दिए। वे कपड़े जो सिर्फ गरीब पहनते हैं। जाक को वे अब भी उतनी ही सुन्दर लगती थीं, वस्तुत: पहले से ज़्यादा, अब गरीबी, अकेलेपन और शीघ्र आनेवाले बुढ़ापे[अ], में हमेशा के लिए सैटल हो जाने के कारण उदासीन और अन्यमनस्क दिखने से।

बहुत दिनों तक जाक को अपने मामा से विद्वेष रहा, बिना अच्छी तरह यह समझे हुए कि वह ठीक-ठीक किस बात पर उनसे नाराज़ था। साथ-साथ वह यह भी जानता था कि वह उन्हें दोष नहीं दे सकता था, और कि निर्धनता, निर्बलता और वह मूलभूत अभाव जिसमें उसका सारा परिवार जीता था, अगर सब कुछ माफ नहीं कर सकता था, तो कम-से-कम उनमें जो इनसे पीड़ित थे, दोष निकालने का अधिकार कदापि नहीं देता था।

बिना चाहते हुए वे एक-दूसरे को पीड़ा पहुँचाते रहते थे, सिर्फ इसलिए क्योंकि प्रत्येक दूसरे के लिए उस क्रूर और अनिवार्य आवश्यकता का प्रतिनिधित्व करता था जिसमें वे जी रहे थे। और किसी भाँति भी, वह अपने मामा की, सबसे पहले अपनी नानी के प्रति फिर जाक की माँ और उसके बच्चों के प्रति जानवरों जैसी निष्ठा पर सन्देह नहीं कर सकता था। अपने प्रति उसका प्यार उसने उस दिन महसूस किया था जिस दिन पीपे के कारखाने[ब] में वह दुर्घटना हुई थी। जाक हर गुरुवार को पीपे के कारखाने में जाया करता था। अगर उसका कोई होमवर्क होता तो वह उसे जल्दी-जल्दी करके सीधा कारखाने भागता था उतना ही खुश होता हुआ जितना वह तब हुआ करता था जब पहले अपने दोस्तों के पास खेलने के लिए जा रहा होता था। पीपे का कारखाना परेड ग्राउंड के पास था। यह एक अहाता-सा था जहाँ सब तरह का कचरा, पुराने लोहे के पहिए, बुझी हुई आग का मलबा इत्यादि पड़े रहते

---

अ. क्योंकि बुढ़ापा आनेवाला था—उस समय जाक समझता था कि उसकी माँ बूढ़ी हो गई हैं जबकि वे उस समय मुश्किल से उस उम्र की थीं जिसका वह अब है, लेकिन यौवन, सबसे पहले सम्भावनाओं का एक संग्रह है, और उसके लिए जिसके प्रति जीवन बहुत उदार रहा...[परिच्छेद काटा हुआ—सम्पा.]

ब. पीपे का कारखाना गुस्से की घटनाओं से पहले सम्भवतया अर्नेस्ट के पोर्ट्रेट चित्रण के शुरू-शुरू में।

थे। इसी में एक तरफ बराबर चौड़ाई में बने रोड़ी के खम्भों पर ईंटों की छत डाल दी थी जिसके नीचे पाँच या छह मिस्त्री काम करते रहते थे। हरेक की अपनी-अपनी अलग जगह थी, यानी कि दीवार के सहारे एक चौकी-सी, उसके सामने खुली जगह जहाँ शराब के केस, पीपे, बैरल वगैरह रखे रहते थे। और बगल में दूसरे के हिस्से से अलग करती हुई बिना पीठ वाली एक बेंच। हाथ से एक दराँती* से काट-काटकर उनके मुँह बनाए जाते थे, लेकिन उसकी धार कारीगर की तरफ होती थी जो उसे उसके दोनों हैंडलों से पकड़ता था। असल में दूर से देखने से यह बन्दोबस्त नज़र नहीं आता था। निश्चित रूप से इसी नक्शे के ऊपर यह स्थान बनाया गया था लेकिन धीरे-धीरे बेंचें इधर-उधर खिसकती रहीं, सामान बीच में जहाँ-तहाँ इकट्ठा होता रहा, रिवॅटों के पैकेट कहीं पर भी डाल दिए गए, लेकिन कुछ देर देखने के बाद या वहाँ ज़्यादा समय निकालने के बाद जो कि एक ही बात थी, यह स्पष्ट दिखता था कि प्रत्येक मिस्त्री अपना काम अपने लिए निर्धारित अलग जगह में करता है। अपने मामा का टिफिन लेकर दुकान पर पहुँचने से पहले ही जाक गोलों पर पड़ती हथौड़ों की मार की आवाज़, जिससे ठीक स्थान पर छड़ियाँ लगा देने के बाद मिस्त्री बड़ी चतुराई से एक सिरे से घुमा-घुमाकर ठोंकता जाता था, पहचान लेता था—या फिर और ज़ोर की और ज़्यादा रुक-रुककर आती आवाज़ से वह अन्दाज़ा लगा लेता था कि कोई जना गोलों को सरकाकर अपनी जगह में रखने के लिए रिवॅट लगा रहा है। वह जब इस शोरगुल के बीच कारखाने पहुँचता था, सब उसे खुश होकर सलाम करते थे और फिर वही हथौड़ों की मार शुरू हो जाती थी। अर्नेस्ट पुरानी पैबन्द लगी नीली पतलून, फ्लैनल की बिना बाँहों की शर्ट, सिर पर एक पुरानी, भद्दी-सी तुर्की टोपी पहने जिससे उनके सुन्दर और घने बाल मिट्टी से बचे रहते थे, सैंडिलें मिट्टी और टीन की कतरन में भरी हुई। वह उसे गले लगाते और फिर वहाँ हाथ बँटाने के लिए कहते। कई बार जाक घोड़े पर रखे गोले को कसकर पकड़ता, जबकि उसका मामा ज़ोर-ज़ोर से हथेलियाँ मार-मारकर रिवॅटों को उनकी जगह में पक्का करता। वह गोला जाक के हाथों में झनझनाता रहता था और हथौड़ी की हर मार के साथ उसकी हथेलियों में गहरा घुसता जाता था, या फिर बेंच के एक कोने पर अर्नेस्ट सीधा बैठकर हथौड़ा मारते और दूसरे पर उसी तरह बैठकर जाक बैरल के पेंदे को अपने हाथों में कसकर पकड़े रहता। लेकिन जो काम उसे सबसे ज़्यादा अच्छा लगता था वह था,

* इस औज़ार का ठीक नाम मालूम करना।

छड़ियों को बाहर लाकर रखना जिन्हें फिर एक गोले की सहायता से अर्नेस्ट असैम्बल करते थे। वे पहले बैरल के खोखे में जो दोनों तरफ से खुला होता था लकड़ी का छीलन भरते थे जिसमें आग लगाना जाक की ज़िम्मेदारी होती थी। आग की गर्मी से लोहा लकड़ी से ज़्यादा फैल जाता था। उस समय हथौड़े मार-मारकर अर्नेस्ट गोले को बैरल में नीचे सरका देते थे, वहाँ उड़ते धुएँ से दोनों की आँखों में पानी भर आता था। गोला जगह में सरकाने के बाद वह अहाते के दूसरे कोने में लगे पम्प से दो लकड़ी की बाल्टियाँ भरकर पानी लाकर वहाँ रख देता और खुद दूर हट जाता था, अर्नेस्ट बाल्टी उठाकर पानी बैरल पर डाल देते, जिससे वह लोहे का गोला ठंडा होकर पानी से मुलायम हुई लकड़ी में गहरा घुस जाता, जबकि चारों तरफ से स्टीम छूँ-छूँ करके निकलती रहती।[अ]

ब्रेक टाइम पर कुछ खा-पी लेने के लिए वे लोग जहाँ भी होते, काम छोड़ देते, और जाड़ों में लकड़ी की आग जलाकर सब उसके चारों तरफ इकट्ठे हो जाते, गर्मियों में किसी छत के नीचे। उनमें एक अबदर था, एक अरब मज़दूर जो अरबी पतलून पहना करता था, टखनों तक लम्बी और पीछे तह की तह फालतू कपड़ा लटकता हुआ, तुर्की टोपी और तार-तार हुए स्वेटर के ऊपर एक पुराना कोट। वह एक अजीब-सी भाषा में जाक को 'हमारा साथी' बुलाया करता था क्योंकि जब वह अपने मामा की मदद करता था वह वही काम किया करता था जो वह अरब करता था। उनका मालिक, श्री [ ][1] वास्तव में एक पुराना बैरल बनानेवाला था जो मज़दूरों की मदद से एक बड़े लिमिटेड कारखाने के लिए यहाँ बैरल तैयार किया करता था। एक इतालवी मज़दूर था जिसे हमेशा जुकाम रहता था और जो हमेशा रें-रें करता रहता था। और खुशमिज़ाज दानियल जो हमेशा जाक को अपने पास ले जाया करता था या तो उसे हँसनेवाले चुटकुले सुनाने के लिए या फिर उसको गुदगुदी करने के लिए। और जाक उससे बचने के लिए दुकान में चारों तरफ भागता, उसका काला एप्रन बुरादे से भरा हुआ, नंगे पैर या गर्मी होती तो पुराने सैंडल पहने हुए, मिट्टी और कतरन में लिपटा हुआ, लकड़ी के बुरादे की खुशबू को शौक से सूँघते हुए, छीली हुई लकड़ी की ताज़ा-ताज़ा खुशबू फिर आग के पास भागकर आ जाता उसके स्वादिष्ट धुएँ पर अपना मुँह चटखाते हुए, या फिर कोई पीपा एन्विल पर लगाकर धीरे-

---

अ. बैरल पूरी करना।

1. एक अस्पष्ट नाम।

धीरे, ध्यान से वह उन औजारों को मिस्त्रियों की तरह इस्तेमाल करने की कोशिश करता, इस काम में अपनी होशियारी, और औरों से अपनी तारीफ सुनकर खुश होते हुए।

इसी ब्रेक के दौरान एक दिन वह बेवकूफों की तरह गीले पैरों से बेंच पर खड़ा हो गया। अचानक वह आगे को फिसला, बेंच उलटी हो गई और वह अपने पूरे ज़ोर से धड़ाम से बेंच पर गिरा और उसका दाहिना हाथ बेंच के नीचे दब गया। उसे अपने हाथ में एकदम दर्द महसूस हुआ लेकिन वह उन मज़दूरों को दिखाने के लिए जो भागकर उसे उठाने आए थे, हँसता हुआ उठकर खड़ा हो गया। लेकिन उसका हँसना रुकने के पहले ही अर्नेस्ट ने तेज़ी से उसे अपने हाथों में उठा लिया और 'डॉक्टर-डॉक्टर' कहते हुए जितनी तेज़ वे भाग सकते थे, दुकान से बाहर भागे। तब जाक ने देखा कि उसके सीधे हाथ की बीच की उँगली का पोर दबकर पिचक गया था और उसमें से खून टपके जा रहा था। उसका दिल धक-से रह गया और वह बेहोश हो गया। पाँच मिनट बाद वे उस अरब डॉक्टर के पास पहुँच गए जो उनके घर के सामने रहता था। अर्नेस्ट चादर की तरह सफेद मुँह किए कह रहे थे, "कोई खास बात नहीं है न, डाक्साब, खास बात नहीं है ना?" "जाओ वहाँ एक तरफ बैठ जाओ," डॉक्टर ने कहा, "यह तो बहुत बहादुर लड़का है।" वह उसे होना ही था, उसकी अजीब-सी जुड़ी हुई वह उँगली आज भी उसकी गवाह है। लेकिन टीके लगकर पट्टी बाँधने के बाद डॉक्टर ने उसे एक ठंडा मीठा ड्रिंक पीने को दिया और बहादुरी का एक मैडल दिया। फिर भी अर्नेस्ट ने सुबकते-सुबकते उसे गोदी में भरकर सड़क पार की अपनी बिल्डिंग की सीढ़ियाँ चढ़ीं और उसे अपने कलेजे से चिपकाए तब तक प्यार करते रहे जब तक जाक तंग न हो गया।

"मामा," जाक़ ने कहा, "कोई दरवाज़े पर खटखटा रहा है।"

"वह अर्नेस्ट है," माँ ने कहा, "जा उसके लिए दरवाज़ा खोल दे। मैं अब चोर-उचक्कों के डर से चटकनी बन्द कर लेती हूँ।"

उसे अचानक देहरी पर देखकर अर्नेस्ट आश्चर्य से चौंक गए, उनके मुँह से अंग्रेज़ी के 'हाऊ' जैसी कुछ आवाज़ आई और उन्होंने सीधे खड़े होकर जाक को गले लगाया। उनके बालों के बावजूद जो अब बिलकुल सफेद हो गए थे उनका चेहरा, आश्चर्यजनक रूप से अब भी तरुण था, उनके नाक-नक्श पहले की ही तरह नियमित और आकर्षक। लेकिन उनकी टाँगें अब और मुड़ गई थीं, और कन्धे बिलकुल गोल हो गए थे और वे

अपने हाथ-पैर बाहर की तरफ घुमाते हुए हुलकते-से चलते थे। "कैसे हो?" जाक ने उनसे कहा। ज़्यादा अच्छा नहीं था, उसके बॉयटे आते थे, गठिया का दर्द होता था, तबीयत ज़्यादा ठीक नहीं चल रही थी; और जाक? हाँ, सब एकदम ठीक था, मिज़ाज अच्छे थे और वह (उसने हाथ से कैथरीन की तरफ इशारा किया) उससे मिलकर बहुत खुश थी। नानी के देहान्त और बच्चों के चले जाने के बाद बहन-भाई साथ रहने लगे थे, एक-दूसरे के बिना उनका काम भी नहीं चलता था। उसे ज़रूरत थी कि कोई उसका काम कर सके और इस दृष्टिकोण से वह उसकी पत्नी थी, खाना बनाना, कपड़े धोना, ज़रूरत होने पर उसके और काम करना। उसे पैसों की ज़रूरत नहीं थी क्योंकि अब उसके बेटे उसके पास बहुत भेज देते थे, लेकिन उसे ज़रूरत थी, आदमी के साथ की और अर्नेस्ट अपने ढंग से, इतने सालों से उसका ध्यान रख रहा था, और वे पति-पत्नी की तरह, शारीरिक रूप से नहीं, खून के रिश्ते से, साथ रहे जा रहे थे, अपनी-अपनी कमी में एक-दूसरे की मदद करते हुए, एक मूक संवाद, जो बीच-बीच में कभी-कभार आधे, एक वाक्य से प्रदीप्त हो उठता था, जारी रखते हुए, बहुत से सामान्य दम्पतियों से कहीं ज़्यादा सम्बद्ध, एक-दूसरे के बारे में कहीं ज़्यादा अवगत। "हाँ, हाँ," अर्नेस्ट कह रहे थे, "जाक जाक यही रट लगी रहती है इसे," "लो मैं आ गया," जाक ने कहा। और वास्तव में, वह वहाँ उनके साथ उसी तरह बैठा था जैसे पहले, वह कभी उनसे कुछ कह नहीं पाता था, लेकिन वह, सबसे ज़्यादा उन दोनों को हमेशा बहुत चाहता रहा था, जितना चाह सकता था उससे भी कहीं ज़्यादा, जबकि वह उन बहुत-से लोगों को प्यार नहीं कर पाता था जिन्हें उसे प्यार करना चाहिए था।

"और दानियल"

"वह एकदम ठीक है, मेरी तरह बूढ़ा हो गया है। उसका भाई, पियरो जेल में है।"

"क्यों?"

"वह कहता है यूनियन। मेरे खयाल से वह अरबों के साथ है।"

और अचानक घबड़ाते हुए :

"बता, ये उचक्के, सब ठीक-ठाक हैं?"

"नहीं," जाक बोला, "अरब लोग ही, उचक्के नहीं।"

"अच्छी है, मैंने तेरी माँ से कहा था कि मालिक बहुत सख्त! यह पागलपन है लेकिन उचक्के असम्भव।"

"बिलकुल ठीक," जाक बोला। "लेकिन पियरो के लिए कुछ करना चाहिए।"

"ठीक है, मैं दानियल से कहूँगा।"

"और दोना?" (यह गैस के कारखाने में वह आदमी था जो बॉक्सिंग के मैच खेलता था।)

"वह मर गया। कैंसर से। अब हम सब बूढ़े हो गए हैं।"

हाँ, दोना मर चुका था। और मारगरीट आंटी, उसकी माँ की बहन भी मर चुकी थीं; वहाँ उन्हीं के घर तो उसकी नानी उसे हर रविवार की दोपहर को ज़बर्दस्ती भेजा करती थीं, जहाँ वह बुरी तरह ऊब जाया करता था, सिवाय जब मिशैल अंकल, जो कोचवान थे और उस खाने के अँधेरे कमरे में मोमजामा बिछी टेबिल के ऊपर रखे काली कॉफी के बॉलों के चारों तरफ होते इन लम्बे-लम्बे बातचीत के सैशनों से ऊबकर उसे पास के अस्तबल में ले जाते थे, जहाँ हल्की-हल्की रोशनी में, हालाँकि बाहर रास्ते में दोपहर की धूप चिलक रही होती थी, जाक पहले घोड़ों के बालों की खाद के चारे की उम्दा महक सूँघता, उनके गले में बँधी चेन के लकड़ी की खोली में लगने से हुई खड़-खड़ सुनता, घोड़े अपनी लम्बी-लम्बी बरौनियों में से उसकी तरफ देखते, और अंकल मिशैल लम्बे और छरहरे बदन के लम्बी मूँछोंवाले जिनमें से चारे की खुशबू आती रहती थी उसे उठाकर किसी घोड़े की पीठ पर बिठा देते, जो आराम से वापस अपना मुँह खोली में डालकर चारा चबाता रहता, जबकि उसके अंकल उसे कुछ गोलियाँ देते जिन्हें वह मज़े से चूसता, चबाता जाता, मन में इस मामा के लिए, जो उसके मस्तिष्क में हमेशा घोड़ों से जुड़ा हुआ था, बहुत-सा प्यार महसूस करते हुए, और इन्हीं के साथ वह और पूरा परिवार ईस्टर मंडे को सिदीफैरूश वन में मूना ट्रीट के लिए जाया करते थे, और मिशैल[अ] घोड़ों से चलनेवाली एक वह ट्राम किराए पर ले लिया करता था जो जहाँ वे रहते थे वहाँ से अल्जियर्स शहर के बीच तक चला करती थी, एक तरह का लोहे का जालीदार पिंजरा जिसमें बैक-टू-बैक बेंचें लगी होती थीं और आगे घोड़े लगे होते थे। आगेवाला घोड़ा मिशैल द्वारा अपने अस्तबल में से छाँटा हुआ और सुबह-सुबह वे लांड्री बास्केटों में भर-भर के ब्रियोश जिन्हें 'मूना' कहते थे और बहुत स्वादिष्ट करारी पेस्ट्री जिसे 'औराइयेत्त' कहते थे, ट्राम में चढ़ा देते थे, जो बाहर जाने से दो दिन पहले से सारी औरतें

अ. औरलेओंवील भूकम्प के दौरान मिशैल को वापस लाना।

मिलकर मारगरीट आंटी के घर में बनाया करती थीं, लोई को मोमजामे पर थोड़ी-सी सूखी मैदा बुरककर बेलन से उसके ऊपर तब तक बेलते रहकर जब तक कि वह पूरी टेबिल पर न फैल जाती, फिर एक छोटे बॉक्सवुड कटर से काटती जातीं, जो फिर प्लेटों में भर-भरकर बच्चे उबलते हुए तेल में तलने के लिए ले जाते, फिर उन्हें तरतीब से लांड्री बास्केट में जमाया जाता जिसमें से उठती वैनिला की भीनी-भीनी खुशबू समुद्र में से उठते सर्फ की खुशबू में मिलती हुई सिदीफैरूश तक उनके साथ जाती। मिशैल[अ] घोड़ों को चाबुक मारता हुआ जिसे कभी-कभी वह जाक के हाथ में भी दे दिया करता था। जाक अपने सामने उन चार बड़ी-बड़ी कमरों के लय से ऊँचे-नीचे होकर उसे झुलाते हुए, आगे बढ़ने पर मुग्ध था, साथ में उनके गलों में बँधी घंटियों की आवाज़, या उनके पूँछ उठाने पर उसे दिखता उम्दा, गुँथा हुआ महकता गोबर, पहले बाहर निकलता फिर ज़मीन पर गिर जाता जहाँ घोड़ों की नाल से चिनगारियाँ उड़ रही होतीं और उनके जल्दी-जल्दी हिलते सिरों से घंटियों की आवाज़ और ज़्यादा आती जाती। वन में पहुँचने के बाद जब और लोग बास्केट, प्लेटें, तौलिए, इत्यादि पेड़ों के नीचे रख रहे होते, जाक घोड़ों की मालिश करने में, उनकी गर्दनों में कैनवेस के भूरे बैग बाँधने में, मिशैल की मदद करता जिनमें मुँह डालकर वे आराम से अपना खाना चबाते रहते, अपनी बड़ी-बड़ी आत्मीय आँखें खोलते-बन्द करते हुए, या किसी मक्खी को अपने खुर से बड़ी असहिष्णुता से भगाते हुए। वन लोगों से भरा हुआ था। सब एक-दूसरे के आसपास बैठकर खा रहे थे, कुछ लोग एकॉर्डियन या गिटार की धुन पर नाच रहे थे, पास में समुद्र गड़गड़ाए जा रहा था, वहाँ कभी तैरने लायक गर्मी नहीं होती थी लेकिन हमेशा इतनी कि उथले पानी में नंगे पैर चलने की इच्छा हो, जबकि बाकी लोग वहाँ सोकर अपनी नींद पूरी कर रहे थे। प्रकाश की अदृश्य नरमाई ने आसमान के विस्तार को और विस्तृत कर दिया, इतना कि बच्चे की आँखों में आँसू भर आए और उसके अन्दर इस आराध्य जीवन के प्रति कृतज्ञता और उल्लास की एक हूक। लेकिन मारगरीट आंटी मर चुकी थीं। वे इतनी सुन्दर थीं, और हमेशा बनी-ठनी, लोग कहते थे, कुछ ज़्यादा ही, लेकिन वे गलत नहीं थीं क्योंकि फिर शीघ्र ही डायबिटीज ने उन्हें आर्मचेयर से बाँध दिया, और उसके बाद उस उपेक्षित अपार्टमेंट में वे फूलती गईं, फूलती गईं, इतनी कि उन्हें साँस तक लेने में मुश्किल होने लगी, और इतनी विरूपित कि उन्हें देखकर डर लगने लगे। उनकी बेटियाँ और लंगड़ा बेटा, जो मोची

था, सब भयभीत हृदय से उनके इर्द-गिर्द खड़े देखते रहते कि उनकी साँस कहीं रुक ही तो नहीं गई है।[अ][ब] वे और मोटी हुईं। इन्सुलिन उनमें भरती गई और एक दिन वास्तव में उनकी साँस रुक गई।[स]

लेकिन जब जन्न आंटी भी मर चुकी थीं, नानी की बहन, वे जो हर रविवार दोपहर के कनसर्ट आदि में जाया करती थीं और जो अपने सफेद फार्म हाउस में लड़ाई में विधवा हुई अपनी तीन बेटियों के साथ बहुत दिनों तक रहती रही थीं, हमेशा अपने बहुत पहले मर चुके पति के बारे में बातें करती हुईं।[द] अंकल जोसॅव जो सिर्फ माहॅन बोली बोला करते थे और जिनके गुलाबी मुँह के ऊपर सफेद-सफेद बाल उसे बहुत पसन्द थे और जो एक शाही अदा में काला साम्ब्रिरो हैट पहने रहते थे, खाने की टेबिल तक पर, एक कृषक परिवार के वृद्ध, असल मुखिया, लेकिन जो खाना खाते-खाते कई बार एक तरफ से ज़रा-सा ऊँचे होकर एक भौंड़ी आवाज़ निकालने की कोशिश किया करते थे, जिस पर अपनी पत्नी के चेहरे पर आया नापसन्दगी का भाव देखकर बड़ी विनम्रता से माफी माँगते थे। और उसकी नानी का पड़ोसी मेसन परिवार, जो अब पूरा मर चुका था, पहले वह बुढ़िया, फिर उसकी बड़ी बहन, लम्बी अलैक्ज़ेंड्रा और [...][1] उनका भाई जिसके कान बाहर की तरफ खड़े रहते थे, और जो एक नट था और अलकज़ार पिक्चर हॉल में दोपहर के शो के समय गाना गाया करता था। वे सब, हाँ, सबसे छोटी लड़की मार्थ भी, जिसे उसका भाई पचौरी बहकाने की, शायद उससे भी ज़्यादा कुछ और करने की कोशिश करता रहता था।

कोई उनकी बात नहीं करता था। न उसकी माँ, न मामा, कोई भी गुजरे हुए रिश्तेदारों के बारे में कभी बात नहीं करता था। न उस पिता के बारे में जिनके शेष चिह्न खोजने की वह इतनी कोशिश कर रहा था, न औरों के बारे में। वे गरीबी में जीते रहे, हालाँकि अब उनकी हालत इतनी खराब नहीं थी, अब उन्हें अपनी परिस्थितियों की आदत पड़ चुकी थी, और वे

---

अ. दूसरे भाग में छठी किताब।

ब. और फ्रांसिस भी मर गया था (आखिरी नोट देखना)

स. दनीस अठारह वर्ष की आयु में भोग-विलास का जीवन व्यतीत करने के लिए घर से चली जाती है—इक्कीस साल में खूब पैसा लेकर वापस आती है, और अपने जेवर बेचते हुए, अपने पिता का अस्तबल दुबारा बनाते हुए, एक महामारी में मर जाती है।

द. बेटियाँ?

1. एक अस्पष्ट नाम।

जीवन को अब एक आत्मसमर्पण और सन्देह की निगाह से देखते थे; वे इसे कामुकता से चाहते थे लेकिन अपने अनुभव से यह भी जानते थे कि समय-समय पर इसमें से उनके लिए दुर्भाग्य जन्मता रहेगा बिना किसी पूर्व संकेत के।[अ] और फिर जिस तरह ये दोनों उसके पास बैठे थे, चुप और अपने आपमें सिमटे हुए, कुछ धुँधली परछाइयों को छोड़कर स्मृतियों से रिक्त मृत्यु के सान्निध्य में, यानी कि हमेशा वर्तमान में। इनसे वह कभी यह नहीं जान पाएगा कि उसके पिता कौन थे और चाहे उनकी उपस्थिति मात्र से उसके अन्दर उसके गरीब और खुश बचपन तक जाता हुआ स्मृतियों का विपुल स्रोत खुल पड़ता हो, उसके लिए यह विश्वास करना मुश्किल होगा कि वे ढेर स्मृतियाँ जो उसमें से इतने वेग से निकल रही हैं क्या वास्तव में उसी बालक की हैं जो वह था। उसके विपरीत, यह कहीं ज़्यादा निश्चित था कि वह उन इक्का-दुक्का मनपसन्द तसवीरों के साथ रह गया था जो उसे उनसे जोड़ती थीं, उनसे एक करती थीं, जो उसे मिटा देती थीं, जो वह इतने सालों से होना चाहता था और उसे घटाकर वह अन्धा, बेनामी जीव बना देती थीं जो इतने सालों से अपने परिवार से निकलकर जीवित रहा और जिसने उसे वह सच्चा गौरव प्रदान किया।

जैसे उन गर्म शामों की तसवीर, जब शाम के खाने के बाद सारा परिवार कुर्सियाँ लेकर घर के सामने के फुटपाथ पर चला जाता था, जहाँ मिट्टी से भरे अंजीर के पेड़ों में से होती हुई गर्म और गर्दीली हवा उड़ती रहती थी, आसपास के घरों के लोग उनके सामने से आते-जाते रहते थे, और जाक[ब] अपनी माँ के कमज़ोर कन्धे पर सिर रखे हुए, अपनी कुर्सी में लेटा-सा बैठकर डालियों के बीच से ग्रीष्म ऋतु के आसमान में चमकते सितारे देखता रहता था; या बड़े दिन की रात का वह दृश्य जब मारगरीट आंटी के यहाँ से आधी रात के बाद बिना अर्नेस्ट के घर लौटते हुए, उन्होंने अपने घर के पास के रेस्टोरेंट के दरवाज़े के सामने एक आदमी को पसरे देखा, और एक दूसरा उसके पास नाच रहा था। ये दोनों आदमी शराब पिए जा रहे थे, और थोड़ी और पीना चाहते थे। मालिक ने, एक दुबला-पतला सुनहरे बालों वाला नवयुवक, उससे वहाँ से चले जाने को कहा था। उन्होंने उसकी गर्भवती पत्नी को लात मारी। और मालिक ने उनके ऊपर गोली चला दी। वह गोली उस आदमी के माथे में सीधी तरफ जाकर लगी। फुटपाथ पर वह सिर के जख्म

अ. लेकिन वास्तव में क्या वे सब अजीब थे? (नहीं सिर्फ एक वह अ था)

ब. रात की सुन्दरता का विनम्र और अभिमानी अधिपति।

के बल पड़ा था। शराब और डर के नशे में वह दूसरा आदमी उसके चारों तरफ नाचने लगा था और जैसे-जैसे रेस्टोरेंट बन्द हुआ, पुलिस के आने से पहले बाकी सब लोग वहाँ से गायब हो गए थे। और उस मोहल्ले के बीच से हटकर, एक तरफ कोने में, बच्चों को कसके पकड़े हुए दोनों औरतें खड़ी हुई, रोशनी की एक किरण, ताज़ा हुई बारिश में रास्ते में चमकती हुई रुकी गाड़ियों की लम्बी कतार, बीच-बीच में शोर करती हुई इस अलग दुनिया से अनभिज्ञ, प्रसन्न यात्रियों को लिए जगमगाती ट्रालियों का आना, इन सबने जाक के भयभीत हृदय पर एक इतनी गहरी छाप छोड़ी कि वह आज भी उसकी स्मृति में उसी तरह मौजूद है जबकि और बहुत-सी बातें भूली जा चुकी हैं : उस मोहल्ले की मधुर और चिरस्थायी तसवीर, जिसमें दिन भर अबोधता और तीव्र इच्छा लिये वह राज्य किया करता था लेकिन जिसमें दिन का अन्त आते ही अचानक रहस्य और व्याकुलता भर जाती थी, जब रास्ते परछाइयों से [भरने] शुरू हो जाते थे या कि सिर्फ एक बेनाम परछाईं से भर जाते जिसके साथ-साथ बहुत से कदमों के चलने की दबी हुई आवाज़, बहुत से लोगों के बात करने की मिली हुई आवाज़ आती रहती थी, और फिर वह फारमेसी में जलते बल्ब की खून जैसी लाल रोशनी में सराबोर हो जाती, और वह बच्चा अचानक डर से भरकर वहाँ से अपने टूटे-फूटे घर की तरफ अपनों के बीच पहुँचने के लिए तेज़ भागता।

# 6-[अ]

# स्कूल[1]

[अ]उसने कभी उसके पिता को देखा नहीं था, लेकिन वह कई बार उससे उसके बारे में कुछ मिथकीय भाषा में बात किया करता था और जो भी था, वह संकटपूर्ण क्षण में इस पिता का स्थान लेना अच्छी तरह जानता था। इसीलिए जाक उसे कभी भूला नहीं था। जैसे कि कभी उस पिता की कमी, जिसे उसने कभी देखा न था, वास्तविक रूप से महसूस किए बिना, उसने अपने अवचेतन में, पहले अपने बचपन में, फिर जीवन भर, उसके सिर्फ उस एक पिता समान, अच्छी तरह सोचे हुए और निर्णयात्मक काम को, जिसने उसके बचपन को बदल दिया था, बहुत माना था। क्योंकि श्री बैरनार् ने जो सेर्तिफिका द एत्युद के लिए उसके क्लास टीचर थे, ज़रूरत पड़ने पर अपनी क्लास के इस बच्चे की तकदीर बदलने के लिए अपनी पूरी ताकत लगा दी थी, और वास्तव में उन्होंने उसे बदल ही दिया था।

इस समय श्री बैरनार् अपने छोटे से अपार्टमेंट में जाक के ठीक सामने थे रोविगो के घुमावदार रास्तों में, करीब-करीब कासबा के तले, वह इलाका जहाँ से नीचे शहर और समुद्र दिखते थे, जहाँ सब जातियों और धर्मों के छोटे दुकानदार रहते थे, जहाँ घरों में गरीबी और मसालों की बू आती रहती थी। वे वहाँ थे और ज़्यादा बूढ़े, उनके बाल अब और छीदे, उनके हाथ और गालों की अब चिकनी खाल के नीचे बुढ़ापे के दाग चमकते हुए, गति पहले से कुछ मन्द, प्रत्यक्ष रूप से प्रसन्न मुद्रा में खिड़की के पास, जिसके सामने दुकानें दिखती थीं और बाहर एक छोटी चिड़िया चहचहा रही थी, बेंत की

---

अ. 6 के साथ परिवर्तन?

1. देखें परिशिष्ट में पृ. 245-247, पृष्ठ-II जो लेखक ने पांडुलिपि के पृ. 68 और 69 के बीच में रखे हुए थे।

एक आरामकुर्सी में पीछे को खिसककर बैठे हुए; उम्र ने उन्हें नरमा दिया था और उनके भाव जो पहले कभी चेहरे पर नहीं दिखते थे, अब सहज रूप से विद्यमान थे, लेकिन अब भी उसी तरह सीधे तने हुए, आवाज़ में वही दृढ़ता और सख्ती जो तब थी जब वे क्लास के बाहर खड़े होकर कहा करते थे : "लाइन से, दो-दो की। दो, दो! मैंने पाँच नहीं कहा!" और धक्का-मुक्की एकदम रुक जाती थी; और वे बच्चे, जो श्री बैरनार् से उतना ही डरते थे, जितना उन्हें चाहते थे, पहली मंजिल के गलियारे में क्लास के बाहर दीवार के सहारे-सहारे एकदम सीधी और निश्चल लाइनों में खड़े हो जाते, बिलकुल चुप, तब "चलो अब अन्दर आ जाओ, बन्दर लोग" उन्हें आदेश से मुक्त करता और अन्दर आने की इजाज़त देता, वे फिर बिना ज़्यादा उत्तेजित हुए, धीरे-धीरे, ढंग से अन्दर आने लगते और शान्त, तेजवान, बढ़िया काट-छाँट के कपड़े पहने जिनमें से कॉलोन की महक आती हुई, प्रभावशील खिलता चेहरा, तीखे नाकनक्श माथे पर छीदे लेकिन रेशमी बालों की एक जुल्फ पड़ी हुई, अन्दर ही अन्दर खुश लेकिन ऊपर से सख्त, एक तरफ खड़े श्री बैरनार् देखते रहते।

वह स्कूल आनुपातिक दृष्टि से उस पुराने इलाके के एक नए हिस्से में स्थित था, 1870 की लड़ाई के बाद बने दो और तीन मंज़िले मकानों और अभी कुछ ही पहले बने गोदामों के बीच जो वहाँ के मुख्य रास्ते को, जिस पर जाक का घर था, अल्जियर्स के अन्दरूनी बन्दरगाह, जहाँ कोयले की गोदियाँ थीं, से जोड़ता था। तो जाक दिन में दो बार उस बिल्डिंग में पैदल जाया करता था जहाँ उसने चार साल की उम्र से जाना शुरू कर दिया था, जब उसका दाखिला नर्सरी स्कूल में हुआ था, जिसके बारे में उसे कुछ याद नहीं था सिवाय एक काले पत्थर के शौचालय के, जो उस छत वाले खेलने के मैदान का पूरा एक कोना घेर लेता था, जहाँ वह एक दिन सिर के बल गिरा था, सारा मुँह खून में, एक भौंह कटी हुई, शिक्षकगण घबड़ाए हुए, और तब उसे पता चला था कि डॉक्टरी टाँके क्या होते हैं, और उसका यह टाँका सूख भी न पाया था कि तभी दूसरी आँख पर एक और लगने की नौबत आ गई, क्योंकि घर में उसके भाई को उसे एक पुराना बाउलर हैट जिससे उसकी आँखें ढक गईं और एक लम्बा पुराना कोट पहनाने की जँच गई थी, जिससे वह लड़खड़ा कर चलने लगा और अन्त में उसका सिर एक उखड़ी हुई टाइल में जाकर लगा और वह एक बार फिर खून से भर गया। लेकिन अब वह नर्सरी स्कूल पियर् के साथ जाने लगा था, जो उससे तकरीबन

एक साल बड़ा था और जो पास वाली गली में अपनी वृद्ध हुई विधवा माँ, जो पोस्ट ऑफिस में काम करती थीं और दो मामाओं के साथ जो रेलवे में काम करते थे, रहता था। उनके परिवार एक तरह मित्र थे, यानी कि जैसा कि इन मोहल्लों में होता है, वे एक-दूसरे की इज़्ज़त करते थे लेकिन कभी मिलने नहीं जाते थे, और दोनों परिवार एक-दूसरे की मदद करने के लिए कटिबद्ध थे, लेकिन इसका कभी मौका नहीं आया। सिर्फ बच्चों की आपस में गहरी दोस्ती हो गई उस पहले ही दिन से, जब जाक ने ड्रेस पहनी हुई थी पर पियर् अच्छी तरह समझता था कि उसने पैंट पहनी हुई है, वह बड़ा है और उसे छोटे का ध्यान रखना है, जब वे दोनों साथ-साथ नर्सरी स्कूल गए थे। उसके बाद वे सेर्तिफिका द एत्युद तक, जिसमें जाक अपने नौवें साल में पहुँचा था, वे हर क्लास में साथ रहे। पाँच साल तक, दिन में चार बार वे उस रास्ते को साथ-साथ पार करते, एक के बाल सुनहरी, दूसरे के भूरे, एक शान्त, दूसरा उत्तेजनापूर्ण, लेकिन जन्म और किस्मत से भाई-भाई, दोनों पढ़ने में होशियार और कभी न थकनेवाले बराबर के खिलाड़ी। जाक कुछ विषयों में ज़्यादा तेज़ था लेकिन उसकी आदत, उसकी लापरवाही और उसका दिखावे का शौक हमेशा उसे मुसीबत में डालता रहता और पियर् जो चिन्तनशील और छिपाऊ था, को फिर से प्राथमिकता मिल जाती थी। हालाँकि वे बारी-बारी से क्लास में फर्स्ट आते रहते लेकिन अपने परिवारों के विपरीत, इसका उन्हें कभी घमंड नहीं हुआ। उनके शौक दूसरे थे। हर रोज़ सुबह जाक नीचे जाकर घर के बाहर पियर् का इन्तज़ार करता। वे जमादार, ठीक-ठाक कहें तो, टूटी टाँगों वाले घोड़े जुती गाड़ी हाँकते बूढ़े अरब के आने से पहले वहाँ से निकल जाते थे, फुटपाथ रात की ओस से गीला होता, समुद्र की तरफ से आती हुई हवा में नमक का स्वाद होता। पियर् के घर के रास्ते में जो मार्केट की तरफ जाता था, कचरे के डिब्बे रखे होते जो किसी अरब, भूखे मूर निवासी या इस्पानी भिखमंगे ने हाथ से ऊबड़-खाबड़ किए होते, गरीब लोगों द्वारा फेंके हुए उस सामान में से कुछ काम का ढूँढ़ने के लिए। इन डिब्बों के ढक्कन ज़्यादातर खुले पड़े रहते थे और उस समय तक कचरा ढूँढ़नेवालों की जगह मोहल्ले की सूखी मरियल तेज़ बिल्लियाँ ले लेती थीं। दोनों बच्चों का लक्ष्य होता चुपके-चुपके जाकर डिब्बे के अन्दर बैठी बिल्ली के ऊपर ढप्प से ढक्कन बन्द कर देना। यह काम आसान नहीं होता था, क्योंकि उस दरिद्र बस्ती में पैदा हुई पली बिल्लियाँ उन जानवरों की तरह तेज़ और चौकन्नी होती थीं जिन्हें जीने के लिए हर पल संघर्ष करना पड़ता

है। लेकिन कभी-कभी किसी बहुत स्वादिष्ट चीज़ से हिप्नोटाइज़ होकर, जिसे वह कचरे में से आसानी से नहीं खींच पा रही होती, कोई बिल्ली पकड़ाई में आ जाती थी। वह ढक्कन बहुत ज़ोर से बन्द होता, बिल्ली चिल्ला-चिल्लाकर अन्दर रोती फिर किसी तरह अपनी कमर और पंजे मोड़-माड़कर अपने जिंक के कारागार की छत ऊपर कर लेती और खींच-तान कर बाहर आ जाती। उसके बाल डर के मारे सीधे खड़े होते और फिर वह वहाँ से इतनी तेज़ भागती जैसे कि कोई शिकारी कुत्तों का झुंड उसका पीछा कर रहा हो और उसके उत्पीड़क वहाँ खड़े-खड़े हँसी के मारे लोट-पोट होते रहते, अपने द्वारा की गई क्रूरता से पूरी तरह अनजान।[अ]

असल में ये उत्पीड़क असंगत भी थे, क्योंकि फिर उन्होंने अपनी नफरत कुत्ते पकड़नेवाले की तरफ लक्षित कर दी जिसका नाम मोहल्ले के बच्चों ने मलूफा[1] (जो इस्पानी भाषा में...) रख दिया था। यह म्युनिसिपैलिटी का कर्मचारी भी अपना काम तकरीबन उसी समय किया करता था, लेकिन आवश्यकता होने पर दोपहर में भी आ जाता था। यह एक अरब था जो यूरोपियनों की तरह कपड़े पहनता था और जो साधारण तौर पर, एक अजीब-सी गाड़ी में जिसमें दो घोड़े जुते रहते थे और जिसे एक भावशून्य अरब हाँकता था, पीछे रहता था। इस गाड़ी की बॉडी एक लकड़ी के घनाकार डिब्बे जैसी थी जिसके दोनों तरफ दोहरी लाइन में लोहे की छड़ों के पिंजरे लगे होते थे। इस तरह उस गाड़ी में कुल सोलह पिंजरे होते थे जिसमें प्रत्येक में एक कुत्ता आ सकता था, जो पिंजरे की दीवार और छड़ों के बीच में बन्द होता था। गाड़ी के पीछे एक सीढ़ी पर खड़े इस पकड़नेवाले की नाक पिंजरों की छत तक आती थी जहाँ से वह अपने शिकार का मैदान अच्छी तरह देख सकता था। वह गाड़ी उन गीले रास्तों में, जिनमें शीघ्र ही स्कूल जाते बच्चे, अपने-अपने घर के लिए ब्रेड या दूध खरीदने निकली हुई गहरे रंगों के फूलों वाले फ्लैनेल के गाउन पहने औरतें, और बाज़ार की तरफ लौटते अरब कूँजे वाले, एक कन्धे पर स्टैंड दूसरे पर चटाई का एक बड़ा-सा झोला डाले जिसमें उनका बेचने का सामान होता था, आना शुरू हो जाते थे, धीरे-धीरे चला करती थी, और अचानक पकड़नेवाले की आवाज़ सुनकर वह बूढ़ा अरब लगाम पीछे को खींचता और गाड़ी रुक जाती। कुत्ते पकड़नेवाले

---

अ. विदेशी लक्षण मटर का सूप।

1. यह नामकरण उस आदमी से हुआ जो शुरू-शुरू में इस काम पर आया था और जिसका वास्तविक नाम गलूफा था।

ने अपना कोई अभागा शिकार देख लिया था, जो किसी कचरे के डिब्बे में घबड़ाया हुआ, जल्दी-जल्दी बीच-बीच में बार-बार पीछे देखते हुए कुछ ढूँढ़ रहा होता था या खाना ढूँढ़ती आँखों से इधर-उधर देखते हुए दीवार के सहारे-सहारे भागा जा रहा होता था। तब गलूफा गाड़ी की छत पर से चमड़े का एक चाबुक उठाता था जिसमें एक चेन लगी होती थी जो एक छल्ले में होकर हैंडल तक जाती थी। फिर वह उसकी तरफ एक अहेरी की तरह दबे पाँव, तेज़ चाल में, बिलकुल चुपचाप बढ़ता था, और उसके पास पहुँचते ही, अगर कुत्ते के गले में पहचान कॉलर न होता, जिससे कि यह मालूम होता कि वह किसी घर का सदस्य है, तो वह उसकी तरफ आश्चर्यजनक गति से भागता और वह छल्ला उसकी गर्दन में फँसा देता जो कि अब एक लोहे और चमड़े के मिले हुए चाबुक का काम देता। इस तरह अचानक अपना गला घुटा पाकर वह कुत्ता टूटी-फूटी रोने की आवाज़ें करता हुआ अपनी गर्दन छुटाने की जी-तोड़ कोशिश करता। लेकिन वह आदमी उसे जल्दी से पिंजरे के दरवाज़े तक घसीटकर लाता, उसकी गर्दन के फन्दे को और कसते हुए उसे उठाकर झट पिंजरों में फेंक देता, अपने चाबुक के हैंडल को ध्यान से पिंजरे की छड़ों में लगाकर। पिंजरा बन्द करने के बाद वह लोहे की चेन ढीली कर देता था ताकि अब कैद हुए जानवर की गर्दन पर से फन्दा हट जाता था। कम-से-कम उन कुत्तों के साथ, जिन्हें मोहल्ले के बच्चों का संरक्षण नहीं मिल पाता था, यही सलूक होता था। क्योंकि सारे बच्चे गलूफा के विरुद्ध एक हुआ करते थे। वे जानते थे कि पकड़े गए कुत्ते म्युनिसिपल कांजी हाउस में बन्द कर दिए जाते हैं, तीन दिन तक रखने के बाद अगर कोई उन्हें लेने न आए तो मार दिए जाते हैं। और अगर उन्हें यह मालूम न भी होता तो भी एक सफल यात्रा के बाद, सब रंग और साइजों के कूँ-कूँ करते, भाग्यहीन, सलाखों के पीछे बुरी तरह डरे हुए लगातार चिल्ला-चिल्लाकर रोते हुए कुत्तों से भरी उस मरण गाड़ी का कारुणिक दृश्य उन्हें आक्रोश से भरने के लिए काफी होता। तो जैसे ही वह पिंजरे वाली गाड़ी वहाँ दिखती, बच्चे एक-दूसरे को आगाह कर देते और मोहल्ले के एक-एक रास्ते में भाग-भाग कर कुत्तों को इकट्ठा करते, लेकिन शहर के दूसरे, उस भयानक चाबुक से दूर, हिस्से में ले जाने के लिए। इतनी एहतियात के बावजूद अगर उनके सामने कुत्ते पकड़नेवाले को कोई घूमता कुत्ता दिख जाता, जैसा कि पियर् और जाक के सामने बहुत बार हुआ, तो भी उनकी तरकीब वही रहती। इससे पहले कि कुत्ता पकड़नेवाला अपने शिकार तक

पहुँच पाता, जाक और पियर् दोनों इतनी तेज़ और डरानेवाली आवाज़ में ज़ोर-ज़ोर से "गलूफा! गलूफा" चिल्लाना शुरू करते कि कुत्ता पूरा दम लगाकर इतना तेज़ भागता और दो सेकंड में कुत्ते वाले की पकड़ से बाहर होता। अब बारी आती थी बच्चों को तेज़ दौड़ने की अपनी क्षमता दिखाने की, चूँकि वह अभागा गलूफा, जिसे हर कुत्ता पकड़ने पर बड़ा-सा इनाम मिलता था, गुस्से में आगबबूला हुआ चाबुक हाथ में लेकर इनके पीछे भागता था। बड़े लोग ज़्यादातर भागने में बच्चों की मदद किया करते थे—या तो गलूफा के रास्ते में कोई रोक लगाकर या सीधे उसे रोक कर उसी से यह कहकर कि वह अपना काम कुत्तों तक सीमित रखे। उस मोहल्ले में रहनेवाले सभी शिकारी थे और आमतौर पर कुत्तों को प्यार करते थे और उन्हें उस आदमी के उस बेकार के काम से कोई सहानुभूति नहीं थी। जैसे अंकल अर्नेस्ट कह दिया करते थे : 'वह साला, बदमाश!' इस सारे शोरगुल के दौरान वह बूढ़ा अरब जो वह घोड़ागाड़ी हाँकता था बिलकुल चुप, चेहरे पर बिना कोई भाव लाए इधर-उधर देखता रहता था या अगर बातचीत ज़्यादा लम्बी हो जाती तो शान्ति से एक सिगरेट रोल करने लगता। चाहे बिल्लियों को पकड़कर या कुत्तों को बचाकर वे बच्चे उसके बाद, जाड़े होते तो छोटी-छोटी टोपियाँ पहने और अगर गर्मियाँ होतीं तो अपनी चमड़े की सैंडल (जिन्हें मेवास कहते थे) फटकाते, जल्दी-जल्दी स्कूल और काम पर भागते। बाज़ार से गुजरते हुए दुकानों में चिने फलों पर एक ललचाई, दौड़ती-सी नजर, मौसम के हिसाब से सन्तरे, लोकाट, खुमानी, बब्बुगोशों, टेंजरीन[1], खरबूजों और तरबूजों के ढेर जिनमें से उन्हें सबसे सस्ते वाले चखने को मिलेंगे वह भी बहुत कम मात्रा में; बिना बस्ता उतारे लकड़ी के घोड़े पर दो या तीन छलाँग, पानी के फव्वारे के चमकते किनारे को छूते हुए वे बुलवार् तीयर् पर बने गोदामों के सहारे-सहारे चलते जाते जहाँ सन्तरों की तेज़ खुशबू सामने से उनके मुँह पर पड़ती, उस कारखाने से आती हुई जहाँ उनके छिलके से शराब तैयार करने के लिए सन्तरों को छीला जा रहा होता था, फिर उस सँकरी गली से होते हुए जिसके दोनों तरफ बगीचे और बंगले बने हुए थे, अन्त में वे औमह्या मार्ग पर निकल आते जहाँ झुंड के झुंड बच्चों की भीड़ एक-दूसरे से लगातार बात करते हुए गेट खुलने का इन्तज़ार कर रही होती थी। उसके बाद आती थी क्लास। श्री बैरनार् के साथ, यह क्लास हमेशा रुचिकर हुआ करती थी सिर्फ इसलिए कि वे अपना काम बेहद

1. यथामूल।

शौक से करते थे। बाहर दीवारों पर तेज़ धूप चिलकती रहती, गर्मी क्लासरूम तक में कड़कती हुई, भले ही चौड़ी-चौड़ी सफेद और पीली धारियों वाले चँदोवे से वहाँ अँधेरा हो जाता। या फिर बारिश आ जाती, जैसे अल्जीरिया में आमतौर पर आती है, कभी खत्म न होनेवाली बाढ़ की तरह, रास्तों को काले कुओं में बदल देती हुई, लेकिन इस सबसे क्लास ज़रा भी विचलित नहीं होती थी। सिर्फ तेज़ आँधी-तूफान के समय क्लास में अन्दर आई मक्खियाँ ज़रूर कभी-कभी बच्चों का ध्यान बँटा देती थीं। वे पकड़ी जातीं और स्याही की दवात में डुबो दी जाती थीं, जहाँ उनकी भयंकर मौत हुआ करती थी, उन कोन की शक्ल के बने कुओं की बैगनी स्याही में डूबकर जो टेबिल में बने हुए गड्ढों में भरे जाते थे। लेकिन श्री बैरनार् का पढ़ाने का तरीका, क्लास पर सख्त कंट्रोल रखते हुए भी मनोरंजक और जानदार, मक्खियों को भी जीत लेता था। उन्हें यह हमेशा मालूम होता था कि कब अपनी अलमारी में छिपे खजाने में से उन्हें खनिज संग्रह, वनस्पति संग्रह, फ्रेम की हुई तितलियाँ या और तरह-तरह के कीट, नक्शे आदि निकालकर सुस्त होते बच्चों के ध्यान को फिर से खींचना चाहिए। पूरे स्कूल में सिर्फ उनके पास जादू की लालटेन थी और महीने में दो बार वे प्राकृत वृत्तान्त या भूगोल के किसी भी विषय पर पिक्चर दिखाते थे। गणित की क्लास में उन्होंने मेंटल कैलकुलेशन की प्रतियोगिता शुरू की थी जिससे बच्चों को जल्दी सोचने की कोशिश करनी पड़ती थी। सब हाथ बाँधे बैठे होते और वे क्लास में कोई सवाल दे देते—गुणा, भाग या कोई मुश्किल जोड़ का। 1267 में 691 जोड़ा तो कितना हुआ? जो सबसे पहले सवाल का ठीक जवाब देता उसे इनाम में एक प्लस मिलता जो कि उसकी मासिक श्रेणीबद्धता में जोड़ दिया जाता। इसके अलावा वे पाठ्य पुस्तकें बहुत सक्षमता और परिशुद्धता से इस्तेमाल करते थे। पाठ्य पुस्तकें हमेशा वे होती थीं जो फ्रांस में इस्तेमाल की जाती थीं। और ये बच्चे जो सिर्फ सिरोको, मिट्टी, थोड़ी देर की मूसलाधार बारिश, समुद्र तट की बालू और धूप से जलते पानी से ही परिचित थे, उन कहानियों को बहुत ध्यान से विरामों और अर्द्ध विरामों को विशेष महत्त्व देकर पढ़ा करते थे जो उन्हें काल्पनिक लगा करती थीं, जिनमें बच्चे हुड और मफलर पहने, पैरों में लकड़ी के जूते, बर्फ से ढके रास्तों पर छिपटियों का गट्ठर सरकाते हुए चलते जाते थे जब तक कि उन्हें अपने घर की बर्फ से ढकी छत न दिख जाती जिसकी चिमनी से निकलती भाप उन्हें बता देती कि अन्दर मटर का सूप बन रहा है। जाक के लिए ये कहानियाँ इतनी विचित्र

हुआ करती थीं जितनी सम्भवतया हो सकती थीं। वह उनके बारे में सपने देखता, अपने कम्पोजीशन में उस दुनिया के लम्बे-लम्बे विवरण भर देता जिसे उसने कभी देखा तक नहीं था, और अपनी नानी से हमेशा उस बर्फ गिरने के बारे में पूछता रहता जो अल्जियर्स में बीस साल पहले एक घंटे तक लगातार गिरी थी। उसके लिए ये कहानियाँ स्कूल की उस सशक्त कविता का अंग हुआ करती थीं जिसका पोषण वार्निश हुए फुटों, पेंसिल बॉक्सों, अपने बस्ते की चमड़े की बैल्ट के बढ़िया स्वाद से जिसे वह पढ़ते-पढ़ते देर तक चबाता रहता था, भी होता था, और बैगनी स्याही की कड़वी, तीखी खुशबू से, खास तौर से जिस दिन दवातें भरने की बारी उसकी होती थी, एक बड़ी-सी काली बोतल में से जिसके काग के ढक्कन में एक मुड़ा हुआ ट्यूब फँसाया हुआ होता था, जाक को ट्यूब का छेद सूँघने में बहुत मजा आता था, और कुछ किताबों के चिकने और मुलायम पृष्ठ छूने से भी, जिनमें से छपाई और गोंद की भी भीनी-भीनी खुशबू आती रहती थी, और बारिश के दिनों में गीली ऊन की खुशबू जो क्लास के पीछे से गर्म कोटों में से आती रहती थी, और उस स्वर्ग के आगमन की सूचना देती थी जिसमें बच्चे लकड़ी के मोटे-मोटे जूते और गर्म टोपे पहनकर अपने गर्म घरों की तरफ दौड़ जाते थे।

ये मज़े जाक और पियर् को सिर्फ स्कूल उपलब्ध कराता था। और निस्सन्देह, जो उन्हें स्कूल में सबसे ज़्यादा अच्छा लगता था वह था उनका घर से दूर होना जहाँ अभाव और अज्ञानता जीना ज़्यादा मुश्किल और निरानन्द बना देते थे, जैसे कुछ अपने आपमें बन्द; दुख वह दुर्ग होता है जिसमें उठाऊ पुल नहीं होते।

लेकिन सिर्फ इतना ही नहीं था, क्योंकि जाक अपने आपको सबसे ज़्यादा बदकिस्मत बच्चा महसूस करता था, जब छुट्टियों में उसकी नानी उस कभी न थकनेवाले बच्चे से पीछा छुड़ाने के लिए उसे ज़ाकार पहाड़ों पर मिलियाना में एक हॉलीडे कैम्प में भेज दिया करती थीं, जहाँ वह कोई पचास और बच्चों और मुट्ठी भर परिवीक्षकों के साथ एक ऐसे स्कूल में, जिसमें डॉरमिट्रीज थीं आराम से खाते-पीते, सोते थे, स्नेहशील नर्सों की देख-रेख में दिन भर खेलते, इधर-उधर घूमते थे, लेकिन इस सबके बावजूद जब शाम आती थी, और पहाड़ों के ढलानों में परछाइयाँ तेज़ी से उभरने लगती थीं, और पास के बैरकों में बजता कर्फ्यू का बिगुल उस पहाड़ों में छिपे, किसी भी बसी हुई जगह से कम-से-कम एक किलोमीटर दूर, छोटे से नगर के गहरे सन्नाटे में

विषादपूर्ण संगीत भर देता था, वह बच्चा अपने अन्दर एक अथाह दर्द भरता महसूस करता था और चुपचाप अपने समूचे बचपन के उस गरीब घर की याद में रोया करता था।[अ]

नहीं, स्कूल उन्हें सिर्फ घर की ज़िन्दगी से छुटकारा नहीं देता था। कम-से-कम श्री बैरनार् की क्लास में यह उनमें एक भूख भर देता था, जो आदमियों से ज़्यादा बच्चों में बुनियादी होती है, खोज के लिए भूख। बेशक उन्हें और क्लासों में बहुत-सी चीज़ें पढ़ाई जाती थीं लेकिन वह तत्तखों का पेट भरने जैसा होता था। जैसे उनके सामने बना बनाया भोजन डाल दिया गया हो कि कृपा करके सटक लीजिए। श्री जरमाँ[1] की क्लास में पहली बार वे अनुभव करते कि वे जीवित प्राणी हैं और बहुत ऊँचे सम्मान की वस्तु हैं : वे दुनिया को खोज सकने के काबिल समझे जाते। और उनका शिक्षक भी अपने आपको उन्हें सिर्फ वह पढ़ाने के प्रति समर्पित नहीं कर देता जिसके लिए उसे वेतन मिलता था, वह उन्हें बेहद सादगी से अपने व्यक्तिगत जीवन में आमंत्रित करता, वह जीवन उनके साथ जीता, उन्हें अपने बचपन के बारे में, उन बच्चों के जीवन के बारे में जिन्हें वह जानता था बताता, उनके साथ अपने विचार बाँटता लेकिन मत नहीं, क्योंकि उदाहरण के तौर पर जैसे वह अपने और बहुत-से साथियों की तरह पादरी-प्रथा विरोधी था, उसने क्लास में धर्म के विरुद्ध कभी एक शब्द तक नहीं कहा, न ही किसी और ऐसी चीज़ के विरुद्ध जो किसी चयन या विश्वास का विषय हो सकती थी, लेकिन वह उन बुराइयों की जिन पर कोई वाद-विवाद सम्भव ही न था, पूरी शक्ति से भर्त्सना करते थे, चोरी, निन्दा, चरित्रहीनता, और गन्दगी।

लेकिन वे उनसे सबसे ज़्यादा लड़ाई के बारे में बात किया करते थे, जो अभी हाल ही में होकर चुकी थी और जिसमें वे चार साल तक लड़े थे, सैनिकों की यातना उनकी हिम्मत और सहनशक्ति के बारे में और युद्धविराम सन्धि के होने पर खुशी के बारे में। हर सत्र के अन्त में, उन्हें छुट्टियों में घर भेजने से पहले, और जब भी वे समय निकाल पाते, वे उन्हें दोरजले* के ले खुआ द बुआ[ब] में से लम्बे-लम्बे अंश पढ़कर सुनाते। जाक के लिए यह

---

अ. और बढ़ाना और स्टेट स्कूलों के पद को ऊँचा उठाना।

1. यहाँ लेखक ने शिक्षक का वास्तविक नाम दे दिया है।

* रोलाँ दोरजले, फ्रांसीसी उपन्यासकार (1886-1973) ले खुआ द बुआ प्रथम विश्वयुद्ध के बारे में बहुत सफल उपन्यास। —अनु.

ब. किताब देखना।

वाचन फिर से कल्पना का बड़ा-सा दरवाज़ा खोल दिया करता था लेकिन वह कल्पना जिसके साथ भय और दर्द जुड़ा हुआ था। यद्यपि उसका प्यार उस पिता के लिए, जिसे उसने कभी देखा न था, सिर्फ मानसिक था। वह उस कहानी को हृदय से सुना करता था जो उसके शिक्षक हृदय से सुनाया करते थे और जो फिर उसे बर्फ और उसके मनपसन्द मौसम जाड़ों की दुनिया में वापस ले जाती थी और उन खास तरह के लोगों के बारे में बात करती थी जो कीचड़ में सख्त हुए बहुत मोटे गर्म कपड़े पहनते थे, अजीब भाषा बोलते थे और जो बम, आग, और गोलियों से भरे आसमान के नीचे ज़मीन में सुरंग खोद कर उनमें रहते थे। पियर् और वह आगे की कहानी का इन्तज़ार हमेशा बढ़ती उत्सुकता से किया करते थे। वह लड़ाई जिसके बारे में सब लोग अभी तक बात किया करते थे (और जाक चुपचाप सुनता रहता था लेकिन पूरा ध्यान लगा के जब दानियल अपने ढंग से मार्ग की लड़ाई के बारे में बताता था, जिसमें वह भी लड़ा था और अभी तक यह नहीं समझ पाया था कि वह कैसे ज़िन्दा वापस आ गया था, जबकि उन्हें जुआवों को, वह बताता था, बन्दूकें देकर आगे-आगे भेजा गया था और वे घोड़े पर हाथ रखे हुए घाटी में नीचे उतर रहे थे, और उनके सामने कोई नहीं था कि अचानक मशीनगनें, जब वे आधे रास्ते में थे और फिर तो एक के ऊपर एक खून में लथपथ वे घाटी में नीचे से ऊपर तक गिरते गए, कही 'मामा' की आवाज़ वह बड़ा भयावह दृश्य था), जिसे जो बच गए थे अभी भूले नहीं थे और जो बच्चों के दिमाग पर इस कदर छा गया था कि उनका हर विचार उसी से जड़ा होता था और उन्हें वे कहानियाँ किसी भी परियों की कहानियों से कहीं ज़्यादा असाधारण रूप से मोहक लगती थीं और अगर श्री बैरनार् अपना नेम बदल देते तो वे बहुत निराश और उदासीन हो जाते। लेकिन वे सुनाते रहे, तरतीब से, बारी-बारी से मनोरंजक दृश्यों के बाद लड़ाई का भयावह विवरण, और धीरे-धीरे अफ्रीकन बच्चे एक्स, वाई, ज़ैड से परिचित होते गए, जो अब उनके समाज के हिस्से बनते जा रहे थे, जिनके बारे में वे आपस में ऐसे बात करने लगे थे जैसे वे उनके पुराने दोस्त हों, ज़िन्दा हों और उस समय उनके सामने हों, जाक जिनके बारे में कम-से-कम एक क्षण के लिए भी यह कल्पना नहीं कर सकता था कि वे लड़ाई में मौजूद थे और फिर उसमें मारे गए। और जिस दिन, साल के आखिर में जब किताब* का अन्त आया, श्री बैरनार् ने धीमी आवाज़ में दी की मृत्यु के बारे में पढ़ा, और जब

* उपन्यास।

उन्होंने अपने क्षोभ और स्मृतियों को दबाते हुए चुपचाप किताब बन्द की, फिर अपनी चुप और अभिभूत क्लास की तरफ आँख उठाकर देखा तो पहली पंक्ति में बैठा जाक उनकी तरफ एकटक देख रहा था, मुँह पूरा आँसुओं से भरा हुआ, सिसकियों के साथ इतनी ज़ोर-ज़ोर से हिलते हुए कि लगता था वह कभी चुप ही न हो सकेगा। "बस बच्चे, बस" श्री बैरनार् बोले मुश्किल से सुनाई देने लायक आवाज़ में, और वे उठे किताब वापस अपनी अलमारी में रखने के लिए, क्लास की तरफ पीठ करके।

"एक मिनट रुको बेटे," श्री बैरनार् बोले। वे मुश्किल से धीरे-धीरे उठे, अपनी तर्जनी कनेरी के पिंजरे पर फेरी, कि वह ज़ोर से बोल उठी, "आह, कासिमीर, भूख लगी है, पापा से कुछ चाहिए," और वे मैंटलपीस के पास कमरे में एक तरफ पड़ी अपने स्कूल के दिनों की छोटी-सी डेस्क की तरफ [बढ़े]। उन्होंने एक दराज़ में कुछ ढूँढ़ा, फिर उसे बन्द कर दिया, फिर दूसरी खोली, उसमें से कोई चीज़ निकाली। "यह लो," वे बोले, "यह तुम्हारे लिए है।" जाक ने उनके हाथ से एक भूरे, मसाले की दुकान के कागज़ में लिपटी किताब ली, जिसके ऊपर कुछ नहीं लिखा हुआ था। उसे खोलने से पहले ही मालूम था कि वह ले खुआ द बुआ थी, वह प्रति जिसमें से श्री बैरनार् क्लास में पढ़ाया करते थे। "नहीं, नहीं," वह बोला, "यह..." वह कहना चाहता था कि यह बहुत सुन्दर है। उसे शब्द नहीं मिल रहे थे। श्री बैरनार् ने अपना बूढ़ा सिर हिलाया। "तुम्हें याद है, तुम आखिरी दिन रो पड़े थे। उसी दिन से यह किताब तुम्हारी हो गई थी।" और वे अचानक अपनी लाल हुई आँखें छिपाने के लिए दूसरी तरफ मुड़ गए। वे फिर अपनी डेस्क के पास तक गए, फिर अपने हाथ पीछे करके कुछ पकड़े हुए जाक के पास वापस आए और उसकी नाक के नीचे एक मज़बूत लाल रंग का फुटा* घुमाकर मुस्कराते हुए बोले, "तुम्हें बाले शुगर की याद है?"—"अरे, बैरनार् सा'ब," जाक बोला, "आपने इसे सँभाल कर रखा हुआ है! आपको मालूम है अब यह वर्जित है। "ऊँह, यह तो तब भी वर्जित था। तुम गवाह हो कि मैं तो इसका इस्तेमाल करता था!" जाक जानता था कि श्री बैरनार् बच्चों की पिटाई में विश्वास करते थे। यह सच था कि रोज़मर्रा की गलतियों पर वे बच्चों को माइनस प्वाइंट्स दिया करते थे जिनको जोड़कर हिसाब करने से क्लास में उसका ओवरऑल दर्जा नीचा हो जाता था। लेकिन बड़ी गलतियों पर श्री बैरनार् बच्चे को प्रिंसिपल के पास भेजने में, जैसा कि बहुत बार उनके बाकी

* सजा।

कुलीग किया करते थे, विश्वास नहीं रखते थे। वे खुद ही एक अपरिवर्तनीय नियम के अनुसार सजा दे देते थे। "मेरे प्यारे रॉबर्ट," वे कहते बड़े आराम से और बिना गुस्सा हुए, "तुम्हारे लिए बार्ले शुगर की ज़रूरत पड़ेगी।" क्लास में कोई नहीं हिलता (सिवाय नीचे मुँह करके हँसने के, मानव स्वभाव के उस शाश्वत नियम के अनुसार जिसमें एक की सजा पर औरों को आनन्द आता है[अ])। वह बच्चा उठता, मुँह उतरा हुआ, लेकिन ज़्यादातर सामान्य दिखने की कोशिश करता हुआ (कुछ, ब्लैकबोर्ड के सामने जिस टेबिल के पास श्री बैरनार् खड़े होते थे वहाँ जाने के लिए अपनी टेबिल से उठते वक्त ही अपने आँसू घूँट रहे होते थे) बाकायदा नियमानुसार, जो सेडिज़्म का हल्का-सा आभास देता था, रॉबर्ट या जोसॅव जो भी होता उसे खुद टेबिल में से 'बार्ले शुगर' लाकर सजा देनेवाले को पकड़ानी पड़ती थी।

यह बार्ले शुगर एक लाल रंग का लकड़ी का छोटा और मोटा-सा, स्याही के छींटे पड़े हुए, बीच-बीच में कटा-पिटा मुँह से चबाया हुआ, फुटा था जो श्री बैरनार् ने बहुत पहले किसी क्लास के बच्चे से छीन कर रखा था; बच्चा इसे लाकर श्री बैरनार् को पकड़ाता जो ज़्यादातर उसे उपहास भरी आँखों से देखते हुए ले लेते और अपने पैर खोलकर खड़े हो जाते। बच्चे को अपने शिक्षक की टाँगों में से सिर निकालकर खड़ा होना पड़ता था ताकि वे अपनी जाँघों को दबाकर उसे कस के पकड़ सकें। इस तरह पकड़े हुए उन चूतड़ों पर, गलती की गम्भीरता के हिसाब से कम-ज़्यादा करके दोनों चूतड़ों पर बराबर बाँट के वे कस कर चोट मारा करते थे। इस सजा पर हरेक बच्चे की अपनी अलग प्रतिक्रिया हुआ करती थी। कुछ मार पड़ने से पहले ही रोने लगते थे, कुछ बिना बात पहले से ही कुछ भोलेपन में अपने हाथों से अपने चूतड़ ढकने की कोशिश करते जिन्हें वे एक झटके से खींचकर हटा देते। कुछ चोट की जलन से तिलमिला कर ज़ोर से उछलते। कुछ ऐसे थे, जिनमें जाक समाहित था, जो बिना चूँ तक किए, मार खाकर काँपते हुए, अपने आँसुओं को अन्दर ही अन्दर पीकर, चुपचाप अपनी जगह पर आकर बैठ जाते थे। कुल मिलाकर यह सजा बिना ज़्यादा कटुता के स्वीकार कर ली गई थी, सबसे पहले, क्योंकि करीब-करीब ये सभी बच्चे घर में पिटते थे और इसलिए वे सुधार के इस तरीके को शिक्षा का एक स्वाभाविक हिस्सा मानते थे, फिर चूँकि शिक्षक की न्यायनीति पूरी तरह अमिश्रित होती थी, उन सबको पहले से ही यह मालूम होता था कि कौन-से उल्लंघन, बिना किसी

अ. या जिससे एक को सजा मिलती है उससे औरों को आनन्द मिलता है।

फर्क के क्षतिपूर्ति के संस्कार का होना आवश्यक कर देंगे, और वे जो ऐसे कार्यों की सीमा से आगे निकल जाते थे जिनका परिणाम हमेशा माइनस पाइंट ही होता था, अच्छी तरह जानते थे कि वे क्या जोखिम उठा रहे हैं, और चूँकि यह दंड अच्छे से अच्छे और कमजोर से कमजोर बच्चे को उसी सहृदयपूर्ण निरपेक्षता से दिया जाता था। जाक को भी, जिसे श्री बैरनार् प्रत्यक्ष रूप से बहुत चाहते थे, बाकियों की तरह यह दंड भुगतना पड़ता था, वस्तुत: उसे यह सजा उस दिन के ठीक अगले दिन भी भुगतनी पड़ी, जिस दिन श्री बैरनार् ने सबके सामने यह कहा था कि वे उसे बहुत चाहते हैं। उस दिन जाक ने ब्लैक बोर्ड पर एक सवाल का जवाब ठीक-ठाक लिख दिया था और श्री बैरनार् ने उसके गाल पर प्यार से एक चपत लगा दी थी तिस पर क्लास रूम में किसी ने फुसफुसाया, 'टीचर का पैट' यह सुनकर श्री बैरनार् ने जाक को तुरन्त अपनी तरफ खींचा और गम्भीर स्वर में कहा : "हाँ, मैं कारमॅरी को बहुत चाहता हूँ, तुममें से उन सबकी तरह जिनके पिता लड़ाई में मारे गए। मैंने उनके पिताओं के साथ लड़ाई लड़ी थी, और मैं ज़िन्दा हूँ। तो कम-से-कम यहाँ मैं अपने मृत साथियों की कमी पूरी करने की कोशिश करता हूँ। और अब अगर कोई यह कहना चाहता है कि कुछ बच्चे मेरे 'पैट' हैं तो सामने आकर कहें!" यह आख्यान बिलकुल चुप होकर सुना गया। स्कूल खत्म होने के बाद जाक ने पूछा कि किसने 'टीचर का पैट' कहा था? यह अपमान बिना प्रतिक्रिया के सुन लेने से इज़्ज़त घटती थी। "मैंने," मिनोज बोला, एक लम्बा, सुनहरी बालों वाला लड़का निष्क्रिय और नीरस जो मुश्किल से ही कभी सामने आता था लेकिन जाक से अपनी चिढ़ स्पष्ट रूप से दर्शाता था। "ठीक है," जाक बोला, "मादर...।"[अ] यह एक ऐसी गाली थी जिस पर सैद्धान्तिक रूप से तुरन्त लड़ाई करना आवश्यक हो जाता था, मेडिटरेनियन के उस पार माँ और पुरखों की गाली हमेशा से सबसे बड़ी गाली समझी जाती रही है। फिर भी मिनोज ठिठका। लेकिन आन तो आन ही होती है और उसकी तरफ से और लड़के बोले, "चल, आ जा, हरे मैदान में।" हरा मैदान एक खाली पड़ी ज़मीन था, स्कूल से ज़्यादा दूर नहीं जहाँ मरी-मरी-सी घास बीच-बीच में उग रही थी और चारों तरफ पुराने, गले हुए बैरल, गोले और मुरब्बे के खाली डिब्बे इत्यादि पड़े हुए थे। यहीं 'दोनाद' हुआ करते थे। दोनाद साधारण द्वन्द्व युद्ध होते थे जिनमें तलवार की जगह मुक्के इस्तेमाल किए जाते थे, परन्तु उसके रीति-रिवाज, नियम-शिष्टाचार

अ. और अपने सब पुरखों का भी।

सब वही होते थे जो आम द्वन्द्व युद्ध के। कम-से-कम थ्योरी में। इसका लक्ष्य होता था उस झगड़े को सुलझाना जिसमें एक प्रतिद्वन्द्वी की प्रतिष्ठा संकट में हो या तो इसलिए कि दूसरे ने उसके माता-पिता या पुरखों को गाली दी या उसकी राष्ट्रीयता या जाति की बेइज़्ज़ती की या उसकी निन्दा की या उस पर निन्दा करने का इलजाम लगा, या उसने चोरी की, या उस पर चोरी का इल्जाम लगा, या फिर बच्चों के आपसी छोटे-छोटे कारणों में से कोई एक कारण। जब कोई बच्चा यह समझता या खास तौर से दूसरे उसकी तरफ से समझते (उसकी जानकारी में), कि उसकी बेइज़्ज़ती की गई है और कि इस बेइज़्ज़ती का उसे बदला लेना है, तब आचारानुसार कहा जाता था : "चार बजे, हरे मैदान में।" यह घोषणा होते ही उत्तेजना मिट जाती और आपसी बहस खत्म हो जाती। दोनों प्रतिद्वन्द्वी वहाँ से चले जाते और उनके साथ उनके साथी भी। उसके बाद क्लासों में यह खबर एक बेंच से दूसरी पर तेज़ी से आगे फैलती जाती, दोनों चैम्पियनों के नामों समेत, जिनकी तरफ वे लोग कनखियों से देखते, उनके इस मर्दों जैसे निर्णय पर शान्ति जताने और दाद देने के लिए। असलियत कुछ और होती थी, और सबसे ज़्यादा हिम्मत वाले लड़के भी उसके बाद, उस हिंसात्मक लड़ाई के मौके को इतना पास आया देखकर उसमें शामिल होने के डर से अपने काम में मन नहीं लगा पाते थे। लेकिन विपक्षी दल के लड़कों को हँसने का और चैम्पियन के लिए यह कहलवाने का कि डर के मारे दुम दबाए घूम रहा है, मौका नहीं दिया जाना चाहिए था।

जाक, मिनोज को ललकार कर अपनी मर्दानगी साबित करने के बाद मन में काफी डर गया था, उसी तरह जैसे उस हर मौके पर जब वह अपने आपको उस स्थिति में पाता था जहाँ उसे हिंसा का सामना करने या मारपीट करने का अन्देशा हो। लेकिन वह फैसला कर चुका था और उसके दिमाग में पीछे हटने का कभी कोई प्रश्न ही नहीं उठा था। यह तो परिस्थितियों का क्रम था और वह जानता भी था कि वह जो हल्की-सी घबड़ाहट उसे उस समय हो रही थी, लड़ने के समय गायब हो जाएगी, उसकी अपनी हिंसा से पूरी तरह मिट कर, जो उसके दाँव-पेचों में अलबत्ता उतना ही उसका नुकसान करेगी जितना फायदा...और जिसने उसके लिए अर्जित किया।[1]

1. अनुच्छेद यहाँ समाप्त हो जाता है।

मिनोज से लड़ाई वाली दोपहर को सब कुछ युद्ध पद्धति के अनुसार क्रम से हुआ। हरे मैदान में पहले आगे-आगे दोनों चैम्पियन, उनके पीछे उनके सखा-साथी उनका सामान उठाए हुए और सबसे पीछे वे सब जो लड़ाई की खबर सुनकर देखने के लिए वहाँ पहुँचे थे, और जो युद्ध क्षेत्र में दोनों प्रतिद्वन्द्वियों के चारों तरफ एक घेरा बनाकर खड़े हो गए थे। दोनों मुख्य लड़कों ने अब अपना-अपना कैप और कोट इत्यादि उतार कर अपने-अपने सहायक को दे दिया। यहाँ जाक का उतावलापन उसके लिए लाभकारी सिद्ध हुआ। वह पहले आगे बढ़ गया, बहुत विश्वास के साथ नहीं, लेकिन मिनोज को पीछे हटने पर मजबूर करते हुए, जिसने अपने प्रतिद्वन्द्वी के वारों से निहायत अकुशलता से बचते हुए जाक के गाल पर बड़ी ज़ोर से एक मुक्का जमाया, जिससे हुए दर्द ने उसे गुस्से में पागल कर दिया, जो भीड़ में से आती आवाज़ों, हँसी और शाबाशियों से और बढ़ गया। वह उछल कर मिनोज के ऊपर कूदा और अपने मुक्कों की बौछार से उसे हड़बड़ा दिया, और उस बदकिस्मत की दाहिनी आँख पर वेग से एक मुक्का जमाकर बहुत खुश हुआ। वह बेचारा बुरी तरह घबड़ाया हुआ, ज़मीन पर अपने चूतड़ों के बल धम से गिरा, एक आँख से रोता हुआ, क्योंकि दूसरी उसी वक्त सूजकर मोटी हो गई थी। नीली आँख, वह एक शानदार निशान, जिसकी कोशिश प्रत्येक करता है क्योंकि वह काफी दिनों तक विजेता की दक्षता का प्रमाण देती रहती है, का दर्शकों ने रेड इंडियनों* की तरह ज़ोर से चिल्ला कर स्वागत किया। मिनोज एकदम उठकर खड़ा न हो सका और जाक के गहरे दोस्त पियर् ने तपाक से आगे आकर प्रामाणिक तरीके से जाक को विजेता घोषित कर दिया। उसके पीछे खड़े होकर उसे कैप पहनाया, कोट कन्धों पर डाला और शान से उसे पकड़कर आगे ले चला, पीछे-पीछे प्रशंसकों की लम्बी कतार, जबकि मिनोज बाद में धीरे-धीरे रोता हुआ अपने आप उठा, अपने मुट्ठी भर मुँह उतरे दोस्तों के बीच खड़े होकर चुपचाप अपने कपड़े पहनने लगा। जाक, उस जीत की तेज़ी से, जो उसने कभी सोचा भी न था इतनी सम्पूर्णता से उसे मिलेगी, विभ्रान्त, न सब तरफ से मिलते मुबारकबाद सुन पा रहा था, न बढ़ा-चढ़ा कर एक-दूसरे को दिए जाते हुए मल्ल युद्ध के विवरण। वह खुश होना चाहता था, और अपने अहम् में खुश था, फिर भी हरे मैदान से बाहर निकलते हुए जब उसकी निगाह मिनोज पर पड़ी तो

* मूल में इस्तेमाल किया हुआ शब्द 'सू' (Sioux) है जिससे हिन्दी में अभिप्राय स्पष्ट नहीं होता। मतलब एक ही है। —अनु.

उसके कारण उसकी लज्जित हुई शक्ल देखकर उसके हृदय में एक कचोट उठी। और तब वह समझा कि लड़ाई अच्छी नहीं होती क्योंकि किसी आदमी को हराना उतना ही कड़वा होता है जितना हारना।

उसकी यह शिक्षा और पूरी करने के लिए उसे यह अविलम्ब समझा दिया गया कि तारपेईय्यन चट्टान केपिटल के निकट है। अगले दिन, वस्तुत:, अपने दोस्तों से कमर ठोंक-ठोंककर मिली तारीफ से वह भी ठसक में आ गया। क्लास के शुरू में हाजिरी के वक्त जब मिनोज का कोई जवाब नहीं आया, जाक के आसपास बैठे लड़कों ने उसकी अनुपस्थिति पर खिखिया-खिखिया कर विजेता की तरफ आँख मारनी शुरू कर दी, उनके जवाब में अपने दोनों गालों को फुला कर एक आँख आधी बन्द करके जाक भी उनकी तरफ देखने से अपने आपको रोक न पाया और बिना इस बात का ध्यान किए हुए कि श्री बैरनार् उसकी तरफ देख रहे हैं, हास्यास्पद रूप से विकृत शक्ल बना-बनाकर मिनोज की नकल निकालने लगा। सब एक पलक मारने के साथ ही खतम हो गया जैसे ही अचानक एकदम चुप हुई क्लास में श्री बैरनार् आवाज़ सुनाई दी : "जेर प्यारे से 'पैट'," वे हल्के से व्यंग्य के साथ कह रहे थे, "बार्ले शुगर पर तुम्हारा भी उतना ही हक है जितना औरों का।" उस फूले हुए फतहमन्द को उठकर वह सजा का उपकरण लाना पड़ा, और कॉलोन की ताज़ा खुशबू के बीच से जो श्री बैरनार् में से आ रही थी, उसे उन्हें पकड़ाकर सजा ग्रहण करने की अपमानजनक पोजिशन में खड़ा हो जाना पड़ा।

मिनोज का किस्सा व्यावहारिक दर्शन के उस पाठ के साथ खत्म नहीं हुआ। वह लड़का दो दिन अनुपस्थित रहा और तीसरे दिन जब एक बड़ी क्लास के विद्यार्थी ने क्लास में आकर श्री बैरनार् से कहा कि कारमॅरी नाम के बच्चे को प्रिंसिपल साहब बुला रहे हैं, जीत के फूलेपन के बावजूद जाक कुछ घबड़ा गया। प्रिंसिपल के दफ्तर में बहुत गम्भीर बातों पर ही बुलाया जाता था, और शिक्षक ने अपनी घनी भौंहें ऊपर चढ़ाते हुए सादगी से कहा "जल्दी बच्चे। उम्मीद है तुमने कहीं कोई बेवकूफी नहीं की होगी।" जाक अपने बेजान पैरों से उस बड़े लड़के के पीछे-पीछे उस पक्के चौक के ऊपर, जहाँ सजावट के लिए पैपरट्रीस लगे हुए थे और जिन्हें ऊपर पड़ती धूप से चितकबरे शेडों से कोई छाया नहीं मिल पाती थी, बने कॉरिडोर में उसके दूसरे छोर पर प्रिंसिपल के दफ्तर की तरफ चलने लगा। अन्दर घुसते ही उसकी नज़र सबसे पहले प्रिंसिपल की टेबिल के सामने एक आदमी और एक भौंहें

चढ़ी महिला के बीच बैठे मिनोज पर पड़ी। हालाँकि उसके सहपाठी की शक्ल सूजन से पूरी बन्द हुई एक आँख के कारण बहुत विकृत लग रही थी, जाक को यह देखकर शान्ति मिली कि वह जीवित था। लेकिन उसे वह राहत अनुभव करने का समय न मिल पाया। "क्या तुमने अपने क्लास के साथी को मारा था?" प्रिंसिपल ने पूछा। वे एक छोटे कद के, गंजे आदमी थे जिनका चेहरा गुलाबी था और आवाज़ में रौब। "जी," जाक ने एक उतरे हुए स्वर में जवाब दिया। "यह मैंने आपको बताया था, म्यूस्सूर," वह महिला बोली, "आन्द्रे आवारा नहीं है।" "हमारी लड़ाई हुई थी," जाक ने कहा। "मैं उसके बारे में कुछ सुनना नहीं चाहता," प्रिंसिपल ने कहा, "तुम जानते हो मैंने सब तरह की लड़ाई के लिए मना कर रखा है, स्कूल से बाहर भी। तुमने अपने साथी के चोट लगा दी है जो कि और गम्भीर हो सकती थी। पहली चेतावनी के रूप में एक सप्ताह तक रिसैस में तुम कोने में खड़े रहोगे। अगर तुमने यह दुबारा किया तो तुम निकाल दिए जाओगे। मैं तुम्हारे पेरेन्ट्स को तुम्हारी सजा की खबर पहुँचा दूँगा। तुम अपनी क्लास में वापस जा सकते हो।" जाक हक्का-बक्का वहीं खड़ा रहा। "जाओ," प्रिंसिपल ने कहा। जाक के क्लास में लौटने पर श्री बैरनार् बोले, "तो क्या हुआ फोन्तामस?" जाक रोने लगा। "बोलो, मैं सुन रहा हूँ।" जाक ने हिचकियों के बीच पहले सजा बताई, फिर यह कि मिनोज के पेरेन्ट्स ने शिकायत की थी, और बाद में उसने लड़ाई के बारे में बताया। "किस बात पर हुई थी तुम लोगों में लड़ाई?" "उसने मुझे 'पेट' बोला था।" "दोबारा?" "नहीं, यहाँ क्लास में।" "आह, तो वह था। और तुम समझते हो कि तुम्हारे बारे में मेरा जवाब काफी नहीं था।" जाक उनकी तरफ बहुत अभिभूत होकर देखने लगा। "नहीं, यह बात नहीं, आप..." और वह फूट-फूट कर रोने लगा। "जाओ, अपनी जगह बैठो," श्री बैरनार् ने कहा। "यह ठीक नहीं है," जाक ने रोते-रोते कहा। "नहीं यह ठीक है," उन्होंने प्यार से कहा।[1]

अगले दिन रिसैस में जाक खेल के मैदान में, कोने में जाकर खड़ा हो गया, अपने सहपाठियों के खेलने की आवाज़ और मैदान की तरफ पीठ करके। वह एक पैर से दूसरे पर अपना वजन अलट-पलट करता रहा,[अ] वह भी औरों के साथ भागने के लिए मरा जा रहा था। बीच-बीच में वह पीछे मुड़कर श्री बैरनार् की तरफ देख लेता था, जो दूसरी तरफ अपने साथियों

---

1. अनुच्छेद यहाँ खत्म हो जाता है।

अ. म्यूस्सूर, इसने मुझे पैर लगाकर गिरा दिया।

के साथ घूम रहे थे, बिना उसे देखे। लेकिन, अगले दिन, उसे पता नहीं लगा कब श्री बैरनार् उसके पीछे आकर खड़े हो गए और उसकी गर्दन पर हल्का-सा टल्ला देकर बोले : "इतना मुँह मत सुजाओ छुटकू। मिनोज भी सजा भुगत रहा है। चलो, जल्दी से मुड़ कर देख लो, मैं तुम्हें इजाज़त देता हूँ।" मैदान के दूसरे कोने में, वाकई मिनोज अकेला और उदास खड़ा था। "तुम्हारे दोस्तों ने इस पूरे सप्ताह जब तक तुम कोने में खड़े रहोगे, उसके साथ खेलने से इनकार कर दिया है," बैरनार् हँसने लगे। "देखा, तुम दोनों को बराबर सजा मिली है। अब ठीक हो गया।" और वे कुछ कहने के लिए उसकी तरफ प्यार से हँसते हुए जरा-सा झुके, जिससे उस मुजरिम के मन में उनके लिए अपरिमित प्यार भर गया : "झींगी पहलवान, तुम्हें देखकर कौन कहेगा कि तुम इतनी ज़ोर का मुक्का भी मार सकते हो।"

इस आदमी को, जो अपनी केनेरी से बात रहा था, जो उसे 'बच्चा' कह रहा था, अब चालीस साल की उम्र में, उसे जाक हमेशा चाहता रहा है, चाहे इतने बरसों ने दूरी और फिर दूसरे विश्वयुद्ध ने पहले थोड़ा-सा फिर पूरी तरह, उसे अपने शिक्षक से बिलकुल काट दिया था, जिसके बारे में उसे ज़रा भी कुछ पता नहीं था, और उस दिन वह एक बच्चे की तरह खिल पड़ा था जब 1945 में ओवरकोट पहने एक वृद्ध प्रादेशिक सैनिक ने उसके घर की घंटी बजाई थी। ये श्री बैरनार् ही थे जो दुबारा फौज में भरती हो गए थे, "युद्ध के लिए नहीं," उन्होंने कहा, "लेकिन हिटलर के विरुद्ध और तुमने बच्चे, तुमने भी लड़ाई लड़ी है, मैं जानता था तुम दूसरी मिट्टी के बने हो, तुम अपनी माँ को भी नहीं भूले हो, मैं उम्मीद करता हूँ, यह अच्छा है, तुम्हारी माँ दुनिया में सबसे ऊँची चीज़ है, और अब मैं अल्जियर्स वापस जा रहा हूँ, वहाँ मुझसे मिलने आना।" और जाक पन्द्रह सालों से हर साल उनसे मिलने जाता रहा है, और हर साल वही था जैसा आज। उसके चलने से पहले वह वृद्ध आदमी भावनाओं से भरा हुआ दरवाज़े की देहरी पर आकर उसका हाथ पकड़ लिया करता था, और उन्होंने ही जाक को आगे बढ़ने का सही रास्ता दिखाया, अपने ऊपर उसे वहाँ से उखाड़ देने की पूरी ज़िम्मेदारी लेकर ताकि वह श्रेष्ठतर ऊँचाइयों पर जा सके।[अ]

स्कूल का साल तब खत्म होने को था जब श्री बैरनार् ने जाक, पियर्, फ्लरी, एक तरह का चमत्कार जो सभी विषयों में होशियार था, "इसका मस्तिष्क पॉलिटेक्निक" उन्होंने कहा, और सैंटियागो, एक खूबसूरत लड़का

1. छात्रवृत्ति।

**जो कम** प्रतिभाशाली था लेकिन मेहनत के ज़ोर पर अच्छे नम्बर लाता **था :** **"देखो,"** श्री बैरनार् ने कहा जब क्लास खाली हो गई, "तुम लोग मेरे अच्छे विद्यार्थी हो। मैंने तुम लोगों का नाम लीसे और कॉलेजों की छात्रवृत्ति के लिए देने का निश्चय किया है, अगर तुम पास हो गए तो तुम अपनी पढ़ाई ठेठ बैकेलौरिया तक आराम से पूरी कर सकोगे। प्रारम्भिक स्कूल सब स्कूलों से अच्छा होता है लेकिन यह कही पहुँचाता नहीं। लीसे सारे दरवाज़े खोल देता है। और मैं तुम लोगों जैसे गरीब लड़कों को उन दरवाज़ों में से अन्दर जाते देखना चाहता हूँ। लेकिन उसके लिए मुझे पहले तुम्हारे पेरेंट्स की अनुमति चाहिए। चलो अब भाग जाओ।"

स्तब्ध, वे वहाँ से भागे बिना आपस तक में इस बारे में कोई बात किए। जाक जब घर पहुँचा उसकी नानी घर में अकेली थीं और खाने के कमरे वाली टेबिल पर बिछे मोमजामे के ऊपर दाल बीन रही थीं। वह असमंजस में पड़ गया। फिर उसने अपनी माँ के आने का इन्तज़ार करने का तय किया। वह आई, बहुत थकी हुई, किचिन का एप्रन बाँधकर, सीधी दाल बीनने में नानी की मदद करने चली गई। जाक ने कहा कि मैं भी बिनवा देता हूँ तो उन्होंने थोड़ी-सी दाल एक चीनी मिट्टी की मोटी सफेद प्लेट में डालकर, जिसमें उसे दाल के कंकड़ आसानी से दिख जाते, दे दी। दाल में मुँह झुकाए उसने वह खबर उन्हें सुनाई। "यह सब क्या किस्सा है?" नानी बोलीं। "कितनी उमर पर बाशो पास करते हैं?" "छह साल में," जाक बोला। नानी ने अपनी प्लेट आँख के नीचे से हटाई। "तू सुन रही है?" उन्होंने कैथरीन कारमॅरी से कहा। उन्होंने नहीं सुना था। जाक ने उन्हें वह खबर फिर से धीरे-धीरे सुनाई। "आह!" वे बोलीं, "इसलिए क्योंकि तू इतना होशियार है।" "होशियार या नहीं अगले साल हमें इसे काम सीखने पर लगाना है। तू अच्छी तरह जानती है हमारे पास पैसे नहीं हैं। यह हफ्ते के हफ्ते कमा कर लाएगा।" "सो तो है," कैथरीन ने कहा।

बाहर उजाला और गर्मी अब कम होने लगे थे। उस समय जब सब कारखाने खुले थे वहाँ आस-पड़ोस खाली और शान्त था। जाक नीचे रास्ते में देख रहा था। वह नहीं जानता था कि उसे क्या चाहिए, सिवाय इसके कि वह श्री बैरनार् की आज्ञा का पालन करना चाहता था। लेकिन नौ साल की उम्र में वह अपनी नानी की बात मानने से भी इनकार नहीं कर सकता था, न ही वह इसका तरीका जानता था। हालाँकि वे सामने-सामने दुविधा में पड़ी थीं। "उसके बाद तू क्या करेगा?" "पता नहीं। शायद बैरनार् सा'ब की तरह

टीचर बन जाऊँगा।" "हाँ, छह साल बाद!" वे अपनी दाल और धीरे-धीरे बीनने लगीं। "आह!" उन्होंने कहा, और फिर, "नहीं, हम बहुत गरीब हैं। तू बैरनार् साहब से कह देना कि हम नहीं कर सकते।"

अगले दिन बाकी तीनों ने आकर जाक को बताया कि उनके घरवालों ने हाँ कर दी है। "और तू?" "पता नहीं," उसने कहा, और यह सोचकर कि वह अपने दोस्तों से भी ज़्यादा गरीब है, उसे बहुत दुख हुआ। क्लास के बाद वे चारों रुके रहे। पियर्, फ्लरी, और सैंटियागो ने अपने-अपने जवाब दे दिए। "और तुम छोटे राम?" "मुझे पता नहीं।" श्री बैरनार् उसकी तरफ देखने लगे। "ठीक है," उन्होंने औरों से कहा," लेकिन शाम को क्लास के बाद मेरे साथ पढ़ना पड़ेगा। मैं इसका इन्तज़ाम कर लूँगा, तुम जा सकते हो।" जब वे चले गए तो श्री बैरनार् ने अपनी कुर्सी में बैठकर जाक को अपने पास खींचा। "क्या हुआ?" "मेरी नानी कहती हैं कि हम बहुत गरीब हैं और कि अगले साल से मुझे काम करना है।" "और तुम्हारी माँ?" "नानी ही सब कुछ तय करती हैं।" "मैं जानता हूँ," श्री बैरनार् बोले। वे सोचने लगे, फिर उन्होंने जाक को अपनी बाँहों में ले लिया। "सुन, हमें उन्हें समझने की कोशिश करनी चाहिए। ज़िन्दगी उनके लिए बहुत मुश्किल है। उन दोनों ने अकेले तुम दोनों को, तुम और तुम्हारे भाई को बड़ा किया है, तुम्हें इतना अच्छा लड़का बनाया है। अब डर रही हैं, जो वाजिब है। तुम्हारी स्कॉलरशिप के ऊपर भी तुम्हें कुछ पैसे की ज़रूरत पड़ेगी और वास्तव में अगले छह साल तक तुम कुछ कमा कर घर तो लाओगे नहीं, समझे तुम?" जाक ने बिना उनकी तरफ देखे ऊपर से नीचे सिर हिला दिया। "शाबाश। लेकिन शायद हम उन्हें कुछ समझा सकें। अपना बस्ता उठाओ, मैं तुम्हारे साथ चलता हूँ।" "घर?" जाक ने पूछा। "हाँ, तुम्हारी मम्मी से फिर मिलकर मुझे खुशी होगी।"

कुछ क्षण बाद श्री बैरनार् विस्मित जाक के सामने उसके घर के दरवाज़े पर खटखटा रहे थे। नानी ने दरवाज़ा खोला। अपने एप्रन पर हाथ पोंछते हुए जिसकी डोरी बहुत छोटी थी और कस कर बँधी थी इसीलिए उनका बुढ़ापे का बढ़ा हुआ पेट और बाहर को निकल आया था। जैसे ही उन्होंने मास्टर सा'ब को देखा, उन्होंने जैसे बाल सँवारने के लिए अपने हाथ ऊपर किए। "ओह, नानीजी," श्री बैरनार् बोले, "काम में लगी हुई हैं, हमेशा की तरह? कितनी मेहनत करती हैं आप।" नानी ने उन्हें बैडरूम में अन्दर आने के लिए कहा जिसे पार करके ही खाने के कमरे में जाया जा सकता था, और

उन्हें टेबिल के पास बिठा कर वे कुछ गिलास और आनिसैत की एक बोतल निकाल लाईं। "इतनी तकलीफ न करें, मैं तो सिर्फ आपसे जरा-सी बात करने आया हूँ।" उन्होंने पहले उनके बच्चों के बारे में पूछा, फिर फार्म पर उनके जीवन के बारे में, पति के बारे में, फिर उन्होंने अपने खुद के बच्चों के बारे में बात की। उस समय कैथरीन कारमॅरी कमरे में आईं, एकदम घबड़ा गईं, श्री बैरनार् से बोलीं, "मास्टर सा'ब" और एकदम वापस अन्दर चली गईं अपने बाल बनाने, साफ एप्रन पहनने, फिर आकर टेबिल से कुछ दूर कुर्सी के किनारे पर बैठ गईं। "तुम," श्री बैरनार् जाक से बोले, "जाओ, नीचे रास्ते में देखो जब तक मैं न आऊँ।" "आप जानती हैं न," उन्होंने नानी से कहा, "मैं इसकी तारीफ करनेवाला हूँ और यह समझेगा कि मैं वाकई सच कह रहा हूँ...।" जाक बाहर चला गया, तेज़ी से जीना उतरा और घर के मुख्य द्वार पर नीचे बैठ गया। वह एक घंटे बाद भी वहीं बैठा था जब रास्ते में लोग आने-जाने लगे थे, और अंजीर के पेड़ों के बीच से आसमान हरा दिख रहा था जब श्री बैरनार् सीढ़ियाँ उतर कर उसके पीछे आकर खड़े हो गए। उन्होंने उसके बालों में हाथ फेरा। "चलो, सब ठीक हो गया। तुम्हारी नानी बहुत हिम्मत वाली महिला हैं। जहाँ तक तुम्हारी माँ का सवाल है... आह!" वे बोले, "उन्हें तुम कभी मत भूलना।" "सुनिए," अचानक नानी ने कहा, छज्जे में से बाहर आते हुए। वे एक हाथ से एप्रन पकड़कर अपनी आँखें पोंछ रही थीं। "मैं भूल गई थी... आप कह रहे थे कि आप जाक को अलग से पढ़ाएँगे।" "बिलकुल," श्री बैरनार् ने कहा, "और यह उसके लिए कोई खेल-कूद नहीं होगा, विश्वास कीजिए।" "लेकिन हम आपको कोई फीस नहीं दे पाएँगे।" श्री बैरनार् उनकी तरफ ध्यान से देखने लगे। उन्होंने जाक के दोनों कन्धों को हाथ से पकड़ा हुआ था। "उसकी चिन्ता आप मत कीजिए," और उन्होंने जाक को हिलाया, "यह मुझे पैसे दे चुका है।" वे जा चुके थे और नानी ने घर में अन्दर जाने के लिए जाक का हाथ पकड़ लिया, और पहली बार उन्होंने उसका हाथ अपने हाथ में दबाया, बहुत ज़ोर से, एक तरह के निराश प्यार से। "मेरे बच्चे," वे कहने लगीं, "मेरा बच्चा।"

एक महीने तक क्लास के बाद हर रोज़ श्री बैरनार् चारों बच्चों को रोक लेते और दो घंटे खूब काम करवाते। जाक जब घर लौटता बहुत थका हुआ लेकिन जोश से भरा होता और सीधा अपना होम वर्क करने बैठ जाता था। नानी उसकी तरफ गर्व और दुख के मिले-जुले भाव से देखतीं। "इसका दिमाग अच्छा है," अर्नेस्ट ने कहा अपने खुद के सिर को उँगली से टक-

टक करते हुए। "हाँ," नानी ने कहा, "लेकिन हमारा क्या होगा?" एक दिन शाम को वे अचानक चौंक कर बोलीं, "अरे, इसकी पहली कम्यूनियन?" वास्तव में उस परिवार में धर्म कोई मायने नहीं रखता था।[1] कोई भी मास के लिए नहीं जाता था, न कोई कभी दैविक कमांडमेंट्स की बात करता था, न उन्हें पढ़ाता, और न ही कोई मरने के बाद के दंड, पुरस्कार की चर्चा करता था। जब भी नानी के सामने किसी के लिए यह कहा जाता कि वह मर गया है : "ठीक है," वे कहतीं, "वह अब और पाद नहीं मारेगा।" अगर यह मरनेवाला वह होता जिसके लिए उनके मन में थोड़ी भी भावना होती : "बेचारा," वे कहतीं, "अभी तो जवान ही था," भले ही मरनेवाला कब से मरने लायक उम्र का हो चुका हो। इसका कारण उनका अज्ञान नहीं था। क्योंकि उन्होंने अपने चारों तरफ बहुत मौतें देखी थीं। उनके दो बच्चे, उनके पति और लड़ाई में उनका दामाद और सारे भतीजे। लेकिन असल बात थी कि मृत्यु उनके लिए उतनी ही साधारण हो गई थी जितना काम करना या गरीबी, वे इसके बारे में सोचती नहीं थीं लेकिन एक तरह से उसे जीती थीं और फिर उनकी उस समय की अल्जीरिया आवश्यकताएँ उनके लिए समस्त अल्जीरिया निवासियों, जो अपनी रोज़मर्रा की जरूरतों और सामूहिक नियति के कारण उस अन्त्येष्टि-सम्बन्धी पवित्रता से वंचित हो गए थे, जो सभ्यताओं[अ] के चरम बिन्दु पर विकसित होती हैं, की संगृहीत आवश्यकताओं तक से, ज़्यादा आग्रही होती थीं। उनके लिए यह एक परीक्षा थी जिसका सामना उन्हें उसी तरह, जैसे उन्होंने उससे पहले अपनेवालियों का, जिसके बारे में उन्होंने कभी ज़िक्र नहीं किया, और जहाँ उन्होंने वह हिम्मत दर्शाने का प्रयास किया था जो उनकी दृष्टि से पुरुष का मुख्य गुण होता है, करना था, लेकिन जिसे उसके आने से पहले उसे भुलाए रखना या उससे बचने की कोशिश करना ज़रूरी था। (परिणामत: वह हास्योत्पादक वातावरण जो हर दफ्न में बन जाता है। भाई मॉरिस?) अगर इस आम प्रवृत्ति में दैनिक जीवन की आपाधापी, और संघर्ष की सख्ती, और जाक के सन्दर्भ में गरीबी की भयंकर घिसाई को बिना गिने हुए जोड़ दिया जाए तो धर्म के लिए स्थान ढूँढ़ना मुश्किल हो जाता है। अंकल अर्नेस्ट के लिए जो प्रत्यक्ष ज्ञान के सहारे जीते थे, धर्म वह था जो देखा जा सके, यानी कि पादरी और पूजापाठ का हो-हल्ला। हँसाने की अपूर्व क्षमता होने के कारण वे गिरजा में मास के समारोह की नकल

---

1. मारजीन में : तीन अस्पष्ट पंक्तियाँ।

अ. अल्जीरिया में मृत्यु।

करने का कोई मौका नहीं छोड़ते थे मय लातिन मंत्रों के हूबहू (देर तक) गुनगुन-गुनगुन के, और आखिर में दोनों की, घंटी बजते ही सिर झुकाते भक्तों और उनके झुके सिरों का फायदा उठाकर पादरी के कम्यूनियन मदिरा में से चुपचाप दो-चार घूँट गटक लेने की नफीस नकल के। जहाँ तक कैथरीन कारमॅरी का सम्बन्ध है, सिर्फ एक उसकी विनम्रता धर्म का कुछ अहसास देती थी लेकिन वास्तव में वह विनम्रता ही उसका पूर्ण समूचा धर्म था। वह न कभी हाँ करती, न ना करती, अपने भाई के मज़ाक़ों पर थोड़ा-बहुत हँस देती, लेकिन पादरी से मिलने पर उसे हमेशा "पादरी महाराज" कहती। वह कभी भगवान की बात नहीं करती थी। वास्तव में जाक ने अपने पूरे बचपन में इस शब्द का बोला जाना नहीं सुना, न ही उसने खुद कभी इसकी परवाह की। इतना रहस्यमय और जोशभरा जीवन उसे पूरी तरह अपने में लीन कर देने के लिए काफी था।

इस सबके साथ, परिवार में यदि किसी अन्तिम संस्कार का ज़िक्र होता तो उसकी नानी या मामा तक भी पादरी की अनुपस्थिति पर दुख प्रकट करते : "कुत्ते की तरह" वे कहते। यह इसलिए क्योंकि अधिकतर अल्जीरिया निवासियों की तरह उनके लिए भी धर्म सामाजिक जीवन का एक अंग था, सिर्फ इतना ही। वे उसी तरह कैथलिक थे जैसे वे फ्रांसीसी थे, महज कुछ संस्कारों को पूरे करने का प्रश्न। वास्तव में ये संस्कार गिनकर चार थे : बपतिस्मा, प्रथम कम्यूनियन, विवाह का धार्मिक संस्कार (अगर विवाह होता) और अन्त्येष्टि। इन अनिवार्य रूप से लम्बे-लम्बे अन्तरालों के बाद आते इन संस्कारों के बीच वे बाकी चीज़ों में, विशेषकर जीवित रहने की कोशिश में, व्यस्त रहते।

तो यह मान लिया गया कि जाक को भी अपना प्रथम कम्यूनियन समारोह उसी तरह करना चाहिए जैसे औंरी ने किया था, जिसकी स्मृति में यह, समारोह नहीं बल्कि उसके बाद की चीज़ें, एक अत्यन्त अरुचिकर अनुभव रहा था, खास तौर से उसे जो बाजू में पट्टी बाँधकर मित्रों और सगे-सम्बन्धियों के घर-घर मिलने जाना पड़ा था, और उन्हें उसे कुछ नकद राशि भेंट करनी पड़ी थी जिसे स्वीकार करने में उसे बहुत झेंप महसूस हुई थी और जो बाद में थोड़ी-सी छोड़कर, नानी ने सब ज़ब्त कर ली थी, क्योंकि कम्यूनियन में "पैसा लगता" है। लेकिन यह समारोह उसके बारहवें साल में जाकर हुआ था, और उससे पहले दो साल तक उसे कैटेकिज़्म की शिक्षा ग्रहण करनी पड़ी थी। इसका मतलब जाक को 'लीसे' में अपने दूसरे या तीसरे वर्ष से पहले यह समारोह नहीं मनाना पड़ता। लेकिन ठीक यही सम्भावना ध्यान

में आते ही नानी चौंक पड़ी थीं। उनकी कल्पना में लीसे एक अजीब-सी और कुछ डरावनी जगह थी, जहाँ उसे पास के सामुदायिक स्कूल से दस गुना ज़्यादा काम करना पड़ेगा, क्योंकि वहाँ की पढ़ाई से अच्छी नौकरियाँ मिलती थीं, और क्योंकि उनके मस्तिष्क में यह बात बैठी हुई थी कि हाथ की मेहनत के बिना किसी तरह की उन्नति हासिल नहीं की जा सकती। दूसरी तरफ, वे उस त्याग के कारण जो उन्होंने अभी-अभी जाक के लिए करना स्वीकार किया था, वे हृदय से चाहती थीं कि उसे सफलता मिले, और उन्होंने हिसाब लगाया कि जाक के कैटेकिज़्म का समय उसकी पढ़ाई के समय में से निकालना पड़ेगा। "नहीं," उन्होंने कहा, "तू कैटेकिज़्म और लीसे में एक ही समय में नहीं हो सकता।" "ठीक है, तो मैं अपना प्रथम कम्यूनियन नहीं करूँगा," जाक बोला, जो उस समय अपने घर-घर जाने की आफत और फिर वहाँ पैसे स्वीकार करने के असहनीय अपमान से बचने की बात सोच रहा था। नानी ने उसकी तरफ देखा। "क्यों? इसका कोई इन्तज़ाम कर लिया जाएगा। कपड़े पहन, हम पादरीजी से मिल आते हैं।" दृढ़ संकल्प वे उठीं और अपने कमरे में चली गईं। जब वे वापस आईं तो उन्होंने अपनी शमीज़ और काम करने की स्कर्ट उतार दी थी और अपनी बाहर जाने की [ ][1] एक अकेली ड्रेस, जो उनके पास थी, उसे पहन आई थीं, गले तक बटन लगा कर और सिर पर स्कार्फ डाल कर पीछे गाँठ लगा ली थी। स्कार्फ के कोनों से निकलते सफेद बाल, स्पष्ट आँखें और कस कर बन्द किए मुँह से वे स्वयं निर्णय की प्रतिमा लग रही थीं।

वे साएँ शार्क गिरजा, आधुनिक गाथिक कला में बनी एक भयंकर बिल्डिंग के पूजागृह में जाकर जाक की उँगली पकड़े हुए बैठ गईं। वह उनके पास उस इलाके के पादरी के सामने खड़ा रहा। साठ साल के एक वृद्ध, थुल-थुल शरीर गोल, कुछ नर्म-सी शक्ल, बड़ी-सी नाक और चमकते सफेद बालों के नीचे नेक मुस्कराहट, वे अपने घुटनों से खिंचे हुए गाउन पर दोनों हाथ बाँधे बैठे थे। "मैं चाहती हूँ," नानी ने कहा, "कि यह बच्चा अपना प्रथम कम्यूनियन संस्कार कर ले।" "ठीक है माताजी, हम इसे एक बढ़िया क्रिश्चियन बना देंगे। इसकी उम्र क्या है?" "नौ साल।" "आप इसे इतनी जल्दी कैटेकिज़्म की शिक्षा शुरू करवा के अच्छा कर रही हैं। तीन साल में यह उस बड़े दिन के लिए बहुत पुख्ता तरह से तैयार हो जाएगा।" "नहीं, इसे वह एकदम करना है," नानी ने संक्षिप्तता से कहा। "एकदम!

1. एक अस्पष्ट शब्द।

लेकिन, अब से एक महीने बाद कम्यूनियन होने शुरू हो जाएँगे, और यह पूजा की टेबिल के पास कम-से-कम दो साल के कैटेकिज़्म के बाद ही जा सकता है।" नानी ने उन्हें स्थिति बताई। लेकिन पादरी माध्यमिक स्कूल की शिक्षा के साथ-साथ धार्मिक शिक्षा भी ग्रहण करना असम्भव मानने के लिए कतई तैयार नहीं थे। सहिष्णुता और सहानुभूति से उन्होंने अपने अनुभव के बारे में बताया, और उदाहरण दिए... नानी उठकर खड़ी हो गई। "इसका मतलब इसका प्रथम कम्यूनियन नहीं होगा। चलो, जाक," और वे बच्चे को बाहर जाने के रास्ते की तरफ ले गईं। लेकिन पादरी उनके पीछे-पीछे भागे, "रुकिए, माताजी, रुकिए।" वे उन्हें स्नेह से वापस उनकी जगह लेकर आए और उन्हें समझाने की कोशिश की। लेकिन नानी एक बूढ़ी अड़ियल टट्टू की तरह अपना सिर हिलाती रहीं। "या तो एकदम अभी होगा या फिर होगा ही नहीं।" अन्ततोगत्वा पादरी मान गए। और यह तय किया गया कि एक महीने की द्रुततर धार्मिक शिक्षा के बाद जाक अपना प्रथम कम्यूनियन कर लेगा। और पादरी अपना सिर हिलाते हुए उनके साथ दरवाज़े तक आए जहाँ उन्होंने बच्चे का गाल थपथपाया। "जो तुम्हें बताया जाए उसे ध्यान से सुनना," उन्होंने कहा। और वे उसकी तरफ उदास से होकर देखने लगे।

तो जाक ने श्री बैरनार् के साथ अपनी एका पढ़ाई के साथ हर गुरुवार और शनिवार दोपहर को अपनी कैटेकिज़्म की क्लासें भी जोड़ दीं। स्कॉलरशिप के लिए परीक्षा और प्रथम कम्यूनियन दोनों पास आ रहे थे और उसके दिन काम से इतने भरे हुए थे कि उसे खेलने को ज़रा भी टाइम नहीं मिलता था खास तौर से, रविवार तक को जब वह अपनी किताबें एक तरफ रख पाता था और उसकी नानी उसे घर के काम और बाज़ार से सामान लाने के काम में लगा दिया करती थीं, यह कहकर परिवार ने उसकी पढ़ाई के लिए ही करके बहुत बड़ा त्याग किया है और आगे भी इतने सालों तक करता रहेगा जब कि वह घर के लिए कुछ नहीं करेगा। "लेकिन," जाक बोला, "मैं शायद फेल हो जाऊँ। यह परीक्षा मुश्किल है।" और एक तरह से वह यह चाहने भी लगा, उसके नन्हे से अभिमान के लिए उन त्यागों का एहसान बहुत ज़्यादा था जिनके बारे में उसे लगातार सुनना पड़ता था। नानी ने अचानक उसकी तरफ आश्चर्य से देखा। उन्होंने इस सम्भावना के बारे में तो सोचा ही नहीं था। फिर उन्होंने अपने कन्धे उचकाए, और बिना किसी विरोध के डर के : "हाँ, हो जा फेल," वे बोलीं, "तेरे चूतड़ों पर वो मार पड़ेगी।" कैटेकिज़्म की क्लासें उस इलाके का दूसरा पादरी, लम्बा और अपने काले गाउन में

अनन्त, सूखा-सा, चील जैसी पैनी नाक, गालों में गड्ढे, लिया करता था, जो उतना ही सख्त था जितना वह बूढ़ा पादरी नम्र और भला। उसका पढ़ाने का ढंग गाकर होता था और हालाँकि यह ढंग पुराना था, शायद उन उद्यमी और जिद्दी बच्चों के लिए जिन्हें आध्यात्मिक ट्रेनिंग देना उसका काम था, यह सबसे ज़्यादा उपयुक्त तरीका था। सवाल और जवाब दोनों याद करने ज़रूरी होते थे : "भगवान क्या होता है...?[अ]" ये शब्द उन नए दीक्षार्थियों के लिए कतई कोई मायने नहीं रखते थे और जाक जिसकी याददाश्त बहुत अच्छी थी उन्हें निर्विकार सुना दिया करता था बिना कभी कुछ समझे हुए। जब दूसरा बच्चा अपना पाठ सुनाता तब यह सपने देखता, इधर-उधर ताकता या दोस्तों के साथ आपस में मुँह बनाता रहता। एक दिन उस लम्बे पादरी ने उसे मुँह बनाते हुए देख लिया, और यह समझ कर कि वह उन्हें बिरा रहा है, अपने पद की उच्च धार्मिक प्रतिष्ठा का आदर करवाने के लिए उसे सबके सामने बुलाया और बिना कुछ कहे हुए अपने लम्बे हड़ीले हाथ से ज़ोर से एक तमाचा जड़ दिया। जाक उस आघात के ज़ोर से गिरता-गिरता बचा। "अब अपनो जगह वापस जाओ," पादरी ने कहा। उस बच्चे ने उनकी तरफ बिना एक भी आँसू निकाले देखा। और उसके बाद पूरी ज़िन्दगी वह प्रेम और दयालुता के कारण रोया, कभी दर्द या जुल्म के कारण नहीं, बल्कि उसके विपरीत उसकी हिम्मत और संकल्प और दृढ़ हो गए, और बेंच पर अपनी जगह वापस आ गया। उसके चेहरे का बायाँ हिस्सा जल रहा था, मुँह में खून का स्वाद था। उसने अपनी जीभ के सिरे से देखा कि अन्दर से उसका गाल फट गया था। उसने अपना खून पी लिया।

कैटेकिज़्म के बाकी के पाठों में उसका ध्यान कहीं और रहा, जब भी पादरी उससे बात करता वह बाकायदा उसकी तरफ देखता, न क्रोध से, न मैत्री से, क्राइस्ट के त्याग और दिव्यता के बारे में सवाल और जवाब दोनों बिना एक भी गलती किए ठीक से सुनाता, और वहाँ से सौ प्रकोश दूर उस डबल परीक्षा का सपना देखता रहता जो अन्ततः उसे अब एक लगने लगी थी। काम में उसी तरह डूबे हुए जितना उस लगातार आते सपने में उसे उस पुराने, ठंडे गिरजे में सिर्फ सन्ध्या समय के मास, जो अब और ज़्यादा होने लगे थे, एक अजीब-से ढंग से कुछ प्रभावित करने लगे थे, लेकिन जहाँ आर्गन उसे उस संगीत की तरफ आकर्षित कर रहा था जो वह वहाँ पहली बार सुन रहा था, जहाँ तब तक उसने सिवाय बेकार की कुछ धुनों

अ. कैटेकिज़्म देखना।

के कभी कुछ और नहीं सुना था, पादरियत से जुड़ी हुई वस्तुओं के गहरे और घटनाओं से भरे सपने देखते हुए, उस धुँधले प्रकाश में पादरियों की वेशभूषा चमकती हुई अन्ततः आखिर में रहस्य से साक्षात्कार करने के लिए लेकिन वह एक नामहीन रहस्य था जहाँ कैटेकिज़्म में बताए और सूक्ष्मता से परिभाषित किए हुए दिव्य पात्र न कहीं दिखते थे, न कुछ करते थे, वे मात्र उस दुनिया का विस्तार थे जिसमें वह जीता था, लेकिन वह आत्मीय, अन्तरंग और अस्पष्ट रहस्य, जिसमें वह डूबा हुआ था, उसकी माँ के मौन या शाम को उसके खाने के कमरे में आने पर, जहाँ अपार्टमेंट में अकेले, उन्होंने अँधेरे को धीरे-धीरे कमरे में आगे बढ़ने देते हुए खुद और गहरी, ठोस आकृति बन कर कुछ सोचते हुए खिड़की से बाहर रास्ते की गतिशील, लेकिन उनके लिए चुप, गतिविधियाँ देखते हुए, किरासिन लैम्प तक नहीं जलाया था, उनकी हल्की-सी मुस्कराहट को और गहरा कर रहा था और वह बच्चा फिर देहरी पर ही रुक जाता, दुखी और उदास प्रेम से भरे हुए हृदय से, अपनी माँ के लिए और अपनी माँ में उसके लिए, जो इस जीवन में, रोज़मर्रा की सामान्यता में उपलब्ध नहीं था। उसके बाद हुआ प्रथम कम्यूनियन, जिसके बारे में जाक को सिर्फ उससे एक दिन पहले हुए कन्फैशन के बारे में सिर्फ इतना याद था कि उसने अपने बारे में सिर्फ वे बातें, यानी कि बहुत कम, कबूल की थीं, जो उसे बताया गया था, दुराचारी थीं, और "तुम्हारे मस्तिष्क में कभी पापी विचार आए थे" के जवाब में उसने अन्दाज़े से कह दिया था, "जी, फादर," बिना यह जानते हुए कि कैसे कोई विचार पापी होता है और अगले दिन पूरे समय वह डरता रहा था कि कहीं अनजाने में उसके अन्दर कोई पापी विचार या जो उसे आसानी से समझ में आता था, उनमें से कोई शब्द न निकल जाए जो स्कूल के दिनों में हरदम उसके मुँह पर रहते थे, और उसने किसी तरह, उन शब्दों को अगले दिन समारोह की सुबह तक रोके रखा, जब बाजूपट्टी वाले सेलर सूट पहने छोटी-सी प्रार्थना पुस्तिका और सफेद मनकों की सुमिरिनी, सब कुछ उसके कम गरीब सम्बन्धियों (मारगिरीट आंटी, वगैरह) द्वारा दिए गए सामान सहित हाथ में मोमबत्ती लिये बीच की वीथि में, और हाथों में मोमबत्तियाँ पकड़े, मंच में खड़े अपने आनन्दविभोर आत्मीयों की निहारती आँखों के नीचे खड़े बच्चों की लाइन में, गरजते संगीत से बर्फ की तरह जम कर, वह भय और एक असाधारण उत्कर्ष से भर गया, और पहली बार उसे अपनी शक्ति, अपना प्राबल्य, अपने जीवित रहने के असीमित सामर्थ्य का अहसास हुआ तो समारोह के

आखिर तक उसी तरह बना रहा उसे, जो कुछ वहाँ घट रहा था, कम्यूनियन के वक्त समेत, से अलग करते हुए और जो उसके घर लौटने और उसके बाद के खाने में भी बना रहा, जिसमें उनके और सम्बन्धियों को भी बुलाया गया था, सामान्य से ज़्यादा (भरी हुई) टेबिल मेहमानों को, जो किफायत से खाने-पीने के आदी थे, धीरे-धीरे उत्तेजित कर रही थी, जिससे कमरा क्रमशः असीम हँसी-मज़ाक़, धूम-धमाके से भर गया, जाक के आन्तरिक उल्लास को उच्छिन्न करते हुए और उसे इस कदर झकझोर देते हुए कि जब वहाँ फैले हुए जोश की चोटी पर स्वीट डिश सामने आई तो वह फफक-फफक कर रो पड़ा। "क्या हो गया तुझे?" नानी ने कहा। "पता नहीं, पता नहीं," और झुँझला कर नानी ने उसके एक थप्पड़ मार दिया। "अब," वे बोलीं, "तुझे पता लग जाएगा कि तू क्यों रो रहा है।" लेकिन वास्तव में, वह उसकी समझ में आ गया था, टेबिल के दूसरे कोने पर हल्की-सी मुस्कराती, उदास माँ को बैठे देखकर।

"चलो अब वह खत्म हुआ," श्री बैरनार् बोले, "अब हम वापस लगें अपने काम पर।" कड़े परिश्रम के कुछ और दिन, आखिरी पढ़ाई में श्री बैरनार् के घर (अपार्टमेंट का विवरण?), और फिर एक दिन सुबह, जाक के घर के पास के ट्रॉली स्टॉप पर चारों बच्चे श्री बैरनार् को घेरे खड़े थे, हरेक के हाथ में एक-एक राइटिंग पैड, रूलर और पेन केस, और जाक अपनी माँ और नानी को ऊपर बालकनी से उनकी तरफ झुककर, ज़ोर-ज़ोर से हाथ हिलाते देख रहा था।

वह लीसे जहाँ परीक्षा हुई नगर के दूसरे कोने में था, उस अर्धचन्द्र की दूसरी नोक पर जो उस नगर से खाई पर बनता था, उस ज़िले में जो पहले धनवान और नीरस था लेकिन बाद में उन इस्पानी लोगों की बदौलत, जो वहाँ भारी संख्या में आकर बस गए थे, अल्जियर्स का एक बहुत लोकप्रिय और ज़िन्दादिल नगर बन गया था। वह लीसे खुद एक बड़ी-सी चौकोर बिल्डिंग थी जो सड़क पर बाहर को निकली हुई थी। उसमें अन्दर जाने के लिए दो तरफ जीने थे और सामने बड़ी-बड़ी चौड़ी सीढ़ियाँ जिनके दोनों तरफ केले और[1] के छोटे-छोटे बगीचे, छात्रों की लूट-खसोट से बचाव के लिए तारों की बाड़ लगी हुई। बीच की सीढ़ियाँ ऊपर जाकर एक आर्केड में पहुँचाती थीं जिससे दोनों तरफ के जीने भी जुड़े हुए थे और जहाँ बड़े फंक्शनों के मौकों पर खोला जानेवाला गेट बना हुआ था, उसी में एक छोटा दरवाज़ा

1. पांडुलिपि में यहाँ कोई शब्द नहीं है।

रोज़ के इस्तेमाल के लिए बना हुआ था जिसमें से अन्दर जाकर चौकीदार की शीशे की केबिन आती थी।

इस आर्केड में उन जल्दी आए हुए छात्रों के साथ जिनमें से ज़्यादातर ने अपनी घबराहट ऊपरी लापरवाही में छिपा ली थी, कुछ को छोड़कर जिनकी चुप्पी और पीले पड़े चेहरे उनकी घबराहट का प्रमाण दे रहे थे, श्री बैरनार् बन्द दरवाज़े के सामने बहुत जल्दी सुबह जब कि हवा ठंडी थी और सड़कें गीली, सूरज के निकलकर उन पर धूल चढ़ा देने से पहले, अपने छात्रों के साथ इन्तज़ार कर रहे थे। वे लोग पूरे आधा घंटे पहले पहुँच गए थे और अपने टीचर से चिपके हुए थे जिनके पास अब और कुछ कहने को नहीं था। वे यह कहकर, अभी आ रहे हैं, वहाँ से चले गए। थोड़ी देर बाद वास्तव में वे उन्हें वापस आते दिखे, अपने बॉर्डर मुड़े हैट और गेटर में, जो उन्होंने उस दिन खास तौर से पहने थे, बहुत अच्छे लगते हुए, वे अपने दोनों हाथों में चिकने कागज़ के दो पैकेट पकड़े हुए जो लपेट कर ऊपर से मोड़ दिए गए थे ताकि पकड़ने में आसानी रहे, पास आने पर उन पर उन्हें चिकने दाग दिखाई दिए। "यह लो कुछ खुआसौं," श्री बैरनार् बोले, "इसमें से एक-एक अभी खा लो और एक दस बजे के लिए रख लो।" उन्होंने अपने अध्यापक को धन्यवाद दिया और खाने लगे लेकिन वह भारी ब्रेड चबाने के बाद गले मुश्किल से उतरी। "घबड़ा मत जाना," वे उन्हें फिर समझा रहे थे, "दी हुई प्रॉब्लम की वर्डिंग और निबन्ध का विषय ध्यान से पढ़ना। उन्हें कई बार पढ़ लेना, तुम्हारे पास समय होगा।" हाँ वे उसे कई बार पढ़ लेंगे, जैसे उन्होंने कहा है वैसे ही करेंगे, उनके साथ होने से कहीं मुश्किल नहीं होती, सिर्फ उनका कहना मान लेना पर्याप्त होता है। उस समय छोटे दरवाज़े के पास कुछ शोरगुल होने लगा। वहाँ साठ के करीब जो छात्र थे उस तरफ जाने लगे। एक परिचारक ने वह दरवाज़ा खोल दिया था और एक सूची में से नाम पढ़ने लगा था। जाक का नाम शुरू के नामों में ही आ गया था। उसने अपने टीचर का हाथ कसकर पकड़ा और अन्दर जाने में हिचकिचाने लगा। "जाओ, बेटे जाओ," श्री बैरनार् बोले। जाक काँपता हुआ दरवाज़े तक गया, और जब वह उसमें से अन्दर जा रहा था, उसने मुड़कर अपने अध्यापक की तरफ देखा। वे वहीं थे, विशाल और मज़बूत। वे जाक की तरफ शान्त मुस्करा रहे थे, अनुमोदन में सिर हिलाते हुए।[अ]

---

अ. स्कॉलरशिप प्रोग्राम चैक करना।

दोपहर को बारह बजे श्री बैरनार् बाहर निकलने के दरवाज़े पर उनका इन्तज़ार कर रहे थे। उन्होंने उन्हें अपने जवाबों की रूपरेखा दिखाई। सिर्फ सैंटियागो ने एक प्रॉब्लम में एक गलती की थी। "तुम्हारा कम्पोजीशन बहुत बढ़िया है," उन्होंने संक्षिप्त में जाक से कहा। एक बजे वे उन्हें वापस अन्दर ले गए। चार बजे वे फिर वहाँ थे, और उन्होंने फिर से उनका काम देखा। "चलो," वे बोले, "अब हमें इन्तज़ार करना है।" दो दिन बाद सुबह दस बजे वे पाँचों फिर वहीं पहुँच गए, छोटे दरवाज़े के सामने। दरवाज़ा खुला और परिचारक ने फिर नामों की इस बार एक बहुत छोटी सूची, उनकी जो चुन लिये गए थे, पढ़ी। शोर में जाक ने अपना नाम नहीं सुना। लेकिन उसकी गर्दन पर पीछे एक खुशी से भरी हुई चपत पड़ी और उसे श्री बैरनार् की आवाज़ आई : "शाबाश छुटकू, तू चुन लिया गया।" सिर्फ एक सीधा-साधा सैंटियागो रह गया था और वह इन लोगों को शून्यमनस्क उदासी से देख रहा था। "कोई बात नहीं," वह कह रहा था, "कोई फर्क नहीं पड़ता।" और जाक को कुछ पता नहीं चल रहा था कि वह कहाँ है, क्या हो रहा है। वे चारों ट्राम में वापस आए। "मैं तुम लोगों के पेरेंट्स से मिलूँगा," श्री बैरनार् बोले, "सबसे पहले मैं कारमॅरी के यहाँ जाऊँगा क्योंकि वह सबसे ज़्यादा पास है।" उस निर्धन खाने के कमरे में, जो उस समय औरतों से भरा हुआ था, उसकी नानी थीं, उसकी माँ थीं जिन्होंने उस मौके के लिए एक दिन की छुट्टी ले ली थी (?), और उनकी पड़ोसिन राजगीर महिलाएँ थीं, वह अपने अध्यापक के पास बैठा रहा, उनके उस मज़बूत बदन की प्यार भरी गर्माई से चिपके हुए, और नानी पड़ोसियों के सामने खिली पड़ रही थीं, "धन्यवाद बैरनार् साहब, बहुत बहुत धन्यवाद।" वे कह रही थीं, जबकि श्री बेरनार् बच्चे के माथे पर प्यार कर रहे थे, "अब तुम्हें मेरी ज़रूरत नहीं पड़ेगी, तुम्हारे पास अब ज़्यादा पढ़े हुए बहुत-से विद्वान अध्यापक होंगे। लेकिन तुम्हें मालूम है मैं कहाँ रहता हूँ, अगर तुम्हें कभी मेरी मदद की ज़रूरत पड़े तो आ जाना।" वे चले गए और जाक अकेला रह गया, इतनी औरतों के बीच खोया हुआ, फिर वह भागकर खिड़की में खड़ा हो गया, अपने अध्यापक को वहाँ से देखने के लिए जिन्होंने उसकी तरफ आखिरी बार हाथ हिलाया, वे जो अब उसे आगे के लिए अकेला छोड़ रहे थे, और सफलता के हर्षोल्लास की जगह एक बालक का गहरा दुख उसके हृदय को मसोसने लगा जैसे कि उसे पहले से ही यह आभास हो गया हो कि उसकी सफलता तभी उसे गरीबों के आत्मीय और भोले सान्निध्य से, समाज

में अपने आपमें बन्द एक द्वीप की जैसी दुनिया से, जहाँ गरीबी परिवार और बिरादरी का स्थान ले लेती है, उखाड़ चुकी है, उसे उस परिचित दुनिया में फेंक देने के लिए जो अब उसकी नहीं थी, जिसमें वह विश्वास नहीं करता था कि अध्यापक, उनसे ज़्यादा विद्वान हो सकते हैं जिनका हृदय सब कुछ समझता था, और उसे अब बिना मदद के समझ लेना, आदमी बनना, बड़े होना, स्वयं अपना पालन-पोषण करना, अन्तत: सीखना पड़ेगा, एक बहुत बड़ी कीमत पर, बिना उस आदमी के सहारे के, सिर्फ एक जिसने अकेले उसे सहारा दिया था।

# 7
# मंडोवी : उपनिवेशन और पिता

[1]अब वह बड़ा हो गया था...बोन से मंडोवी के रास्ते में वह कार जिसमें जाक कारमॅरी था, बन्दूकों से भरी हुई धीमी चलती जीपों के बराबर से निकलकर आगे जा रही थी...

"मिस्टर व्यैईयार्?"

"हाँ।"

अपने छोटे से फार्म के दरवाज़े की चौखट में खड़ा जाक कारमॅरी की तरफ देखता हुआ आदमी कद का नाटा लेकिन गठीला और गोल कन्धों वाला था। उसने अपने बाएँ हाथ से दरवाज़ा खोल रखा था और सीधे से चौखट को कसकर पकड़ा हुआ था जिससे घर का दरवाज़ा खोलकर भी उसने रास्ता मज़बूती से बन्द कर रखा था। उसके बीच-बीच में सफेद होते बालों को देखकर, जो उसे एक रोमन छवि दे रहे थे, उसकी उम्र चालीस के लगभग लगती थी। लेकिन उसका धूप में काला हुआ रंग, सुन्दर नाक-नक्श, साफ आँखें, बदन कुछ भरा हुआ लेकिन बिना तोंद या फालतू चर्बी के अपनी खाकी पतलून, सैंडल और जेब वाली नीली शर्ट में काफी छोटा लग रहा था। वह जाक की बात चुपचाप खड़ा सुन रहा था। फिर : "अन्दर आइए," उसने कहा और ज़रा-सा पीछे हट गया। जाक जब उस सँकरे कॉरिडोर में जहाँ सिर्फ एक ब्राउन चेस्ट और एक लकड़ी का बना कर्ब वाला अम्ब्रैला स्टैंड रखा हुआ था, ताज़ा पुताई की हुई दीवार के सहारे-सहारे आगे जा रहा था। उसे पीछे से उस फार्म के मालिक के हँसने की आवाज़ आई, "अच्छा, तो तीर्थयात्रा पर आए हैं आप! सच पूछो तो ठीक वक्त पर आ गए आप।" "क्यों?" जाक ने पूछा। "खाने के कमरे में आइए," फार्मर ने जवाब में कहा,

---

अ. घोड़ागाड़ी, ट्रेन, जहाज़, हवाई जहाज़।

"यह सबसे ज़्यादा ठंडा कमरा है।" खाने का कमरा एक आधा वरांडा था जिसमें नर्म स्ट्रॉ के ब्लाइंड्स लगे हुए थे और एक को छोड़कर बाकी सब बन्द थे। वहीं टेबिल और साइड बोर्ड के अलावा, जो दोनों टीक जैसे रंग के और आधुनिक शैली में बने थे, बेंत की कुर्सियाँ और जहाज़ी आरामकुर्सियाँ पड़ी थीं। पीछे मुड़ने पर जाक ने देखा कि वह वहाँ अकेला है। वह आगे बढ़कर वरांडे में आ गया और दो ब्लाइंड्स के बीच में बची जगह से उसे बाहर एक छोटा-आँगन दिखा जिसमें नकली मिर्ची के पेड़ लगे हुए थे और दो चमकदार लाल रंग के ट्रैक्टर खड़े थे। उसके आगे, धूप में, जो उस समय सुबह के ग्यारह बजे फिर भी सह सकने लायक थी, अंगूर की बेलों की पंक्तियाँ शुरू हो जाती थीं। थोड़ी देर बाद वह फार्मर हाथ में एक ट्रे लिये वापस आया जिसमें उसने एक आनिसैत की बोतल, गिलास और एक ठंडे पानी की बोतल रखी हुई थी।

फार्मर ने उस दूधिया रंग के पेय से भरा गिलास ऊपर उठाया, "अगर आप कुछ देर से आते तो आपको यहाँ कुछ नहीं मिलता। और किसी भी अवस्था में यहाँ के बारे में आपको कुछ बताने के लिए एक भी फ्रांसीसी बिलकुल नहीं मिलता।" "यह मुझे उस बूढ़े डॉक्टर ने बताया था कि आपका फार्म ही वह जगह है जहाँ मेरा जन्म हुआ था।" "हाँ, यह साँए अपोथ प्रॉपर्टी का ही एक भाग है, लेकिन मेरे माता-पिता ने इसे लड़ाई के बाद खरीदा था।" जाक अपने चारों तरफ देखने लगा। "आप निश्चित रूप से यहाँ पैदा नहीं हुए। मेरे माता-पिता ने इसे पूरा दोबारा तुड़वाके बनवाया था।" "क्या वे मेरे पिता को लड़ाई से पहले जानते थे?" "मेरे खयाल से तो नहीं। वे ट्यूनीशिया के बॉर्डर के पास रहते थे, फिर उनका मन सभ्य दुनिया के नजदीक आने को हुआ। उनके लिए सभ्यता का मतलब सॉलफेरिनो था।" "उन्होंने अपने से पहले मैनेजर के बारे में कुछ नहीं सुना?" "नहीं।" "चूँकि आप यहीं के हैं, आप जानते हैं, यहाँ कोई पुरानी चीज़ों को सँभाल कर नहीं रखता। तोड़ते हैं और नया बनाते हैं। आगे भविष्य के लिए सोचते हैं और बाकी सब भूल जाते हैं।" "ठीक है," जाक बोला, "मैंने आपको यूँ ही तकलीफ दी।" "नहीं," वह बोला, "मुझे आपसे मिलकर खुशी हुई," और वह उसकी तरफ मुस्कराने लगा। जाक ने अपना गिलास खत्म किया। "आपके माता-पिता बॉर्डर के पास ही रहने लगे?" "नहीं, वह तो वर्जित क्षेत्र है। बन्ध के पास। और मेरे खयाल से आप मेरे पिता को नहीं जानते।" उसने भी अपना ड्रिंक एक घूँट में खत्म किया, और जैसे कि अचानक उसमें

कोई नई संजीवनी शक्ति आ गई हो, वह खिलकर हँस पड़ा : "वे पुराने ज़माने के उपनिवेशी हैं। पुरानी आदतें लिये। जिनका पेरिस में अपमान किया जाता है, आप जानते हैं। और यह सच है कि वे हमेशा एक सख्त आदमी रहे हैं। साठ साल के। लेकिन लम्बे और पतले, अपने (अश्व समान) सिर समेत एक नियमनिष्ठ व्यक्ति। एक तरह के कुलपति, समझे आप। उन्होंने अपने अरब मज़दूरों का पसीना निकाल दिया था और बाद में पूरी निष्पक्षता से, अपने बेटों का भी। फिर पिछले साल जब उन्हें खाली करना पड़ा तो वह कुश्ती का मैदान बन गया। वह क्षेत्र रहने के काबिल नहीं रहा। सोने के समय बन्दूक हाथ में रखनी पड़ती थी। जब रास्किल फार्म पर हमला हुआ, याद है आपको?" "नहीं," जाक बोला। "बाप और उसके दोनों बेटों के गले चीर दिए गए थे और माँ और बेटी के साथ बार-बार बलात्कार किया गया और फिर मार दिया गया...संक्षिप्त में...बदकिस्मती से प्रीफैक्ट को वहाँ इकट्ठे हुए फार्मरों से यह कहना पड़ा कि इस प्रश्न [औपनिवेशिक] पर फिर से विचार किया जाना ज़रूरी है, अरबों के साथ व्यवहार करने का तरीका बदला जाना चाहिए, और कि अब वक्त बदल चुका है। फिर उसे उस वृद्ध से यह सुनना पड़ा कि पूरी में कोई व्यक्ति उसके लिए कानून नहीं बना सकता। लेकिन उसके बाद उसने अपना मुँह नहीं खोला। कई बार रात को वे उठते और बाहर चले जाते। मेरी माँ जब ब्लाइंड्स में से देखतीं तो उन्हें अपनी जायदाद पर चहलकदमी करते पातीं। जब इवेकुएशन का ऑर्डर आया, वे कुछ नहीं बोले। उनके अंगूरों की फसल हो चुकी थी। शराब नाँदों में भरी जा चुकी थी। उन्होंने नाँदें खोलीं और फिर खारे पानी के एक झरने के पास गए, जिसकी धार पहले उन्होंने ही दूसरी तरफ मोड़ी थी, उसे अपने फार्म की तरफ मोड़ा और एक ट्रैक्टर में हल जोता। फिर तीन दिन तक उसे खेतों में चलाते रहे। नंगे सिर बिना एक शब्द भी बोले। अपनी इतनी फैली हुई ज़मीन में से एक-एक बेल उखाड़ डाली। सोचकर देखो, वह पतला-दुबला बूढ़ा आदमी ट्रैक्टर में उछलता रहा, स्पीड के लीवर को पूरा दबा कर, जब भी कोई ऐसी बेल सामने आ जाती जो औरों से बड़ी होती, खाने तक के लिए बिना रुके, मेरी माँ उनके लिए ब्रेड चीज़ और [सोब्रासादा] ले जातीं, जो वे चुपचाप खा लेते, उसी तरह जैसे वे वहाँ चल रहे थे, ब्रेड का आखिरी टुकड़ा फेंक देते हुए, स्पीड और बढ़ा लेते हुए, सुबह से शाम तक लगातार, बिना एक बार भी दूर पहाड़ों की तरफ देखे, बिना उन अरबों की तरफ देखे जो पता लगते ही उन्हें दूर से देख रहे थे—वे भी कुछ नहीं बोले।

और जब न जाने किसके खबर देने के बाद एक नौजवान कैप्टन ने वहाँ आकर उनसे इसका स्पष्टीकरण माँगा, तो उन्होंने उससे कहा, "नौजवान, चूँकि जो कुछ हमने यहाँ किया है, एक गुनाह है, उसे मिटा देना ज़रूरी है।" जब सब खत्म हो गया वे वापस फार्म पर आए, नाँदों में से बहती शराब से भरे आँगन को पार करके अपना सामान बाँधने लगे। अरब मज़दूर बाहर बाड़े में उनका इन्तज़ार कर रहे थे। (वहाँ एक गश्ती दस्ता भी मौजूद था जो कैप्टन ने भेजा था, कोई नहीं जानता था क्यों, एक भले लेफ्टिनेंट के साथ जो अपने ऑर्डर की प्रतीक्षा कर रहा था) "सर, हमें क्या करना है?" "अगर मैं तुम्हारी जगह होता," वह वृद्ध बोला, "तो मैं गुरिल्लों से मिल जाता। जीत उन्हीं की होगी। फ्रांस में अब मर्द नहीं बचे।"

फार्मर हँसने लगा : "हें-हें-हें, एकदम सीधे कह दिया, हैं न?"

"वे तुम्हारे साथ रहते हैं?"

"नहीं। वे अल्जीरिया के बारे में एक शब्द भी सुनना नहीं चाहते थे। वे मारसेई में हैं, एक आधुनिक अपार्टमेंट में....मामा ने मुझे लिखा है कि वे अपने कमरे में गोल-गोल चक्कर लगाते रहते हैं।"

"और आप?"

"ओह मैं? मैं यहीं रहूँगा, और आखिर तक। चाहे कुछ भी हो जाए, मैं रहूँगा। मैंने अपनी फैमिली अल्जियर्स भेज दी है और मैं यहीं मरूँगा। यह पेरिस में कोई नहीं समझता। हमें छोड़कर आप जानते हैं, सिर्फ कौन लोग यह समझ सकते हैं?"

"अरब।"

"बिलकुल ठीक। हम एक-दूसरे को समझने के लिए ही पैदा हुए थे। हमारी ही तरह बेवकूफ और जंगली, लेकिन वही आदमी का खून। हम चाहे कितना भी एक-दूसरे की जानें ले लेंगे, एक-दूसरे के अंड काट देंगे, एक-दूसरे पर अत्याचार करेंगे। लेकिन फिर मिलकर रहने लगेंगे। यह मिट्टी यही चाहती है। एक आनिसैत?"

"हल्की," जाक बोला। थोड़ी देर बाद वे बाहर चले गए। जाक ने पूछा था क्या वहाँ कोई बचा था जो उसके माता-पिता को जानता हो। नहीं, व्यैईयार् के अनुसार, उस डॉक्टर को छोड़कर जिसने उसकी डिलिवरी की थी और जो वहीं सॉलफेरिनो में रिटायर हो गया था, एक भी और आदमी ऐसा नहीं था। साँए अपोथ प्रॉपर्टी दो हाथों में से गुजर चुकी थी। बहुत से अरब मज़दूर मर चुके थे, बहुत से और पैदा हुए थे। "यहाँ सब बदलता

रहता है," व्यैईयार् दोहराए जा रहा था, "और यह जल्दी होता है, बहुत जल्दी और फिर लोग भूल जाते हैं।" फिर भी हो सकता है बूढ़ा तमज़ल... वह साँए अपोथ के एक फार्म पर चौकीदार था। 1913 में वह कोई बीस वर्ष का रहा होगा। जो भी हो, जाक वह जगह तो देख लेगा, जहाँ उसका जन्म हुआ था।

उत्तर दिशा को छोड़कर वह देश दूर तक फैले पहाड़ों से घिरा हुआ था जिनके किनारे दोपहर की गर्मी में धुँधले दिखने लगते थे जैसे चट्टानों का विशाल ढेर और चमकती हुई धुन्ध, जिनके बीच में सीबूज़ का मैदान जो पहले दलदली हुआ करता था, गर्मी से सफेद हुए आसमान के नीचे उत्तर में समुद्र तक फैला हुआ था, इसकी अंगूर की बेलें सीधी लाइनों में, पत्तियाँ कॉपर सल्फेट से नीली-सी पड़ी हुईं, और अंगूर काले हुए-हुए जिनके बीच में कहीं-कहीं साइप्रस या यूक्लिप्टस के पेड़ों के झुंड अपनी छाँव से घरों को आश्रय देते हुए। वे एक खेत के बीच में से जा रहे थे, जहाँ उनके हर कदम के साथ लाल मिट्टी उड़ रही थी। उनसे आगे दूर पहाड़ों तक हवा थिरके जा रही थी और धूप धधक रही थी। जब वे चिनार के पेड़ों के एक झुरमुट के पीछे एक छोटे से घर के पास पहुँचे उन पर से पसीना बह रहा था। एक अदृश्य कुत्ते ने गुस्से में भौंककर उनका स्वागत किया। उस, काफी टूटी-फूटी हालत में छोटे से मकान का शाहबलूत की लकड़ी का दरवाज़ा ध्यान से बन्द था। व्यैईयार् ने खटखटाया। कुत्ता और ज़ोर से भौंकने लगा। वह आवाज़ घर की दूसरी तरफ किसी बन्द आँगन में से आती लग रही थी। लेकिन कोई बाहर नहीं आया। "कितना विश्वास है," फार्मर बोला, "वे सब यहाँ हैं लेकिन आराम से बैठे इन्तज़ार कर रहे हैं।"

"तमज़ल!" वह चिल्लाया, "मैं व्यैईयार्!"

"छह महीने पहले वे उसके दामाद को लेने आए थे, जानना चाह रहे थे कि कहीं वह गुरिल्लों को हथियार तो सप्लाई नहीं कर रहा। उसके बाद उसका कुछ पता नहीं चला। एक महीने पहले उन्होंने तमज़ल से कहा था कि शायद वह बचकर निकलने की कोशिश में मारा गया है।"

"आह," जाक बोला, "और क्या वह गुरिल्लों को हथियार दे रहा था?"

"हो भी सकता है, नहीं भी। क्या कह सकते हैं, लड़ाई का वक्त है। लेकिन इससे यह समझ में आ जाता है कि इस आवभगत की ज़मीन पर दरवाज़े देर से क्यों खुलते हैं।"

तभी दरवाज़ा खुला। तमज़ल, नाटा, [ ][1] बालों में सिर पर एक चौड़े किनारों वाला स्ट्रॉ हैट, नीले थेगड़ी लगे ऑवर आल्स पहने हुए व्यैईयार् की तरफ मुस्कराया और जाक को देखने लगा। "यह अपना ही आदमी है, यहीं पैदा हुआ था।" "अन्दर आओ," तमज़ल बोला, "तुम चाय पियोगे?"

तमज़ल को कुछ याद नहीं था। हाँ, शायद। उसने अपने एक चचा को एक मैनेजर के बारे में बात करते सुना था जो कुछ ही महीने रहा था, यह लड़ाई के बाद की बात है। "पहले," जाक ने कहा। या पहले, हो सकता है, वह उस समय बहुत छोटा था, और उसके बाप का क्या हुआ? वह लड़ाई में मारा गया। "मखतूब,"[2] तमज़ल बोला, "लेकिन लड़ाई होती ही खराब है।" "लड़ाई हमेशा होती रही है," व्यैईयार् बोला, "लेकिन हम शान्ति के बहुत जल्दी आदी हो जाते हैं, तो हमें लगता है कि वह सामान्य है। नहीं, लड़ाई एक सामान्य बात है।"[अ] "लोग इसमें पागल हो जाते हैं," तमज़ल ने कहा, अन्दर दूसरे कमरे में एक औरत के हाथ से, जिसने अपना मुँह फेर रखा था, चाय की ट्रे लेने जाते हुए। उन्होंने वह उबलती हुई चाय पी, उसे धन्यवाद दिया और गर्मी के मारे घुटते हुए अंगूर के बगीचे में से निकलते उसी रास्ते पर वापस आ गए। "मैं अपनी टैक्सी में सॉलफेरिनो वापस लौट जाता हूँ," जाक बोला, "मुझे वहाँ डॉक्टर ने दोपहर के खाने पर बुलाया है।" "मैं भी अपने आपको आमंत्रित कर लेता हूँ। रुको! मैं कुछ खाने का सामान ले आऊँ।"

बाद में, उस प्लेन में बैठे हुए जो उसे अल्जियर्स ले जा रहा था, जाक ने जो खबरें एकत्रित की थीं, उन्हें तरतीब से लगाने की कोशिश की। वास्तव में उसे सिर्फ मुट्ठी भर बातें मालूम हुई थीं। और वह कुछ नहीं जिसका सीधा सम्बन्ध उसके पिता से हो। रात अजीब ढंग से पृथ्वी से ऊपर को उठती प्रतीत हो रही थी, बहुत तेज़ गति से जब तक कि उसने वह प्लेन निगल न लिया जो इकसार आगे बढ़े जा रहा था जैसे एक पेच रात्रि की घनता में सीधा घुस रहा हो। लेकिन रात ने जाक की दिक्कत को और बढ़ा दिया क्यों उसे अपने ऊपर दोहरी रोक महसूस होने लगी, एक तो प्लेन, दूसरा अँधेरा। वह साँस भी कठिनाई से ले पा रहा था। उसने फिर सिविल स्टेट्स का रजिस्टर देखा, उसमें दिए गए दो गवाहों के नाम, असली फ्रांसीसी नाम जैसे (हम) पेरिस

1. दो अस्पष्ट शब्द।
2. अरबी में : "किस्मत की बात है।"
अ. विकसित करना।

के साइन बोर्डों पर देखते हैं, और उस वृद्ध डॉक्टर ने उसके पिता के वहाँ पहुँचने और उसके जन्म के किस्से के बाद बताया था कि वे दोनों वहीं के कोई दुकानदार थे, जो उस समय संयोग से मिल गए थे और जिन्होंने उसके पिता के प्रति सद्भावना में हस्ताक्षर कर दिए थे, वे पेरिस के जनपदीय नाम थे। लेकिन यह कोई आश्चर्य की बात नहीं थी क्योंकि सॉलफेरिनो की नींव अड़तालीसियों* ने डाली थी। "हाँ, हाँ, मेरे पड़दादा भी उनमें शामिल थे," व्यैईयार् ने कहा, "इसीलिए तो मेरे बुज़ुर्ग में भी एक क्रान्तिकारी की ठसक है।" और वह बताने लगा कि उसके सबसे पहले आनेवाले पड़दादा फोर्बुर्ग साँए देनीस के कारपेंटर और दादी फाइन लिनन की धोबिन थीं। पेरिस में बहुत बेकारी थी, अशान्ति थी और विधान सभा ने एक कॉलोनी[अ] बसाने के लिए पचास करोड़ की स्वीकृति दी थी। प्रत्येक को एक घर और 2 से 10 हैक्टर तक देने का वायदा किया गया था। तुम अन्दाज़ा लगा सकते हो कि कितने उम्मीदवार हुए होंगे। एक हज़ार से ऊपर। और सब प्रतिश्रुत भूमि के सपने देखते हुए। खास तौर से आदमी। औरतों को अनजाने का डर था। लेकिन वे बिलकुल नहीं। उन्होंने क्रान्ति बेकार में नहीं की थी। वे उन लोगों में से थे जो सांता क्लाज में विश्वास करते हैं। और उनका सांता क्लाज अरबी लबादा पहनता था। उनका बड़ा दिन आया, और वे सन् '49 में वहाँ से रवाना हो गए, और '54 की गर्मियों में वहाँ पहला घर बना। इस बीच..."

जाक को अब साँस आसानी से आने लगी। शुरू-शुरू का अन्धकार अब छँटने लगा, अपने पीछे तारों का एक बादल छोड़ते हुए, वह एक ज्वार-भाटे की तरह घट गया था। आसमान सितारों से भरा हुआ था। सिर्फ बहरा कर देनेवाली इंजनों की आवाज़, उसे अब भी परेशान कर रही थी। वह पादप और चारे के बूढ़े विक्रेता, जिसे उसके पिता का हल्का-सा ध्यान था और जो बार-बार यह कहता रहा था, "बात नहीं करता था", "यह बिलकुल बात नहीं करता था", की शक्ल याद करने की कोशिश करने लगा, लेकिन उस आवाज़ ने उसे हतबुद्धि कर रखा और उसे एक ऐसी दुष्ट जड़स्थिति में डाल दिया था कि वह अपने पिता के बारे में सोचने, उनकी कल्पना करने में असमर्थ रहा और वे उस विस्मृत और शत्रुतापूर्ण देश में कहीं खो गए। उस गाँव और पठार के अनजाने इतिहास में समा गए। डॉक्टर के साथ हुई बातचीत की स्मृति उसके पास उन्हीं लहरों पर चढ़कर पहुँची जिन पर वे

---

* 1848 में फ्रांस में हुई क्रान्ति के वयोवृद्ध। —अनु.

अ. 48 [संख्या के चारों तरफ लेखक द्वारा गोला। —सम्पा.]

जहाज़ आए थे जो डॉक्टर के अनुसार उपनिवेशियों को पेरिस से लादकर सॉलफेरिनो लाए थे। उन्हीं लहरों पर और उस समय ट्रेनें नहीं थीं। नहीं, नहीं, शायद ही, लेकिन वह सिर्फ लीयों तक जाती थी। फिर छह बड़ी नौकाएँ, माल ढोनेवाले घोड़ों द्वारा खींची जाती हुईं नगरपालिका के ब्रास बैंड पर मारसैईयाज* और विदाई गान की धुनों और सैन के किनारों पर पुरोहित के आशीर्वाद के साथ एक झंडा ऊपर चढ़ा के जिस पर सुन्दर कशीदेकारी में एक गाँव का नाम, जो अभी कहीं नहीं था बल्कि जिसे वे यात्री जादू से बनानेवाले थे। अब नौका चल पड़ी थी, पेरिस पीछे छूटा जा रहा था, विलीन हो रहा था, लुप्त होनेवाला था, भगवान तुम्हें अपने नए काम मैं सफलता दे, और बहादुर से बहादुर मन, जो पहले लड़ाई में जा चुके थे, अन्दर ही अन्दर दुखी एकदम चुप हो गए, उनकी पत्नियाँ सहारे के लिए उनसे चिपकी हुईं और जहाज़ में उन्हें फिसलते स्ट्रॉ पर गन्दा पानी आँखों तक आते हुए सोना पड़ा, लेकिन उससे पहले औरतों ने बारी-बारी एक-दूसरे के लिए बैडशीट पकड़कर उसके पीछे कपड़े बदले। इस सबके बीच उसके पिता कहाँ थे? कहीं नहीं, और फिर भी, इन सौ साल पहले विदा की हुई, पतझड़ की सूखती नहरों में एक महीने तक सूखी पत्तियों से ढकी नदियों, सरिताओं में हवा के साथ बहती हुइ, फैले आसमान के नीचे खुली, विलो और हेज़लनट के पेड़ों द्वारा संरक्षित, नगरों में सरकारी तुरही गान द्वारा सत्कार करवा कर आगे बढ़ती हुई और रास्ते से नई जगह के लिए, कुछ और आवारा लोगों को लेते हुए जाती हुई नौकाओं ने उसे साँए-ब्रीय्यु के मृत नौजवान के बारे में, उन (बुढ़ापे के) और विशृंखल संस्मरणों, जिनकी तलाश में वह वहाँ आया था, से कहीं ज़्यदा बता दिया था। मोटरों ने अब अपनी गति बदल ली थी। वे काले स्थल खंड, वे रात्रि के पैने किनारों वाले विस्थापित टुकड़े, वह कबालिया था, देश का असभ्य और खून में डूबा हिस्सा, जो एक लम्बे अर्से से खून में डूबा और असभ्य रहा था और जिसकी तरफ सौ साल पहले वे 48 के मज़दूर एक पैडल-व्हीलर में चढ़कर जा रहे थे। 'ल लैब्रेडोर,' वह बुड्ढा डॉक्टर बोला, "यही नाम था उसका, तुम सोच सकते हो, मच्छरों और धूप में जाने के लिए ल लैब्रेडोर? खैर ल लैब्रेडोर अपने सारे चप्पू चला कर उस बर्फीले पानी को बिलो रहा था, जिसमें मिस्ट्रल हवाएँ तूफान खड़ा कर रही थीं, उसके डैकों पर पाँच दिन और पाँच रात लगातार तेज़ ध्रुवीय हवाएं चलती रहीं और होल्ड में बैठे विजेताओं की हालत बिगड़ती रही, एक-दूसरे

* फ्रांस का राष्ट्रीय गान। —अनु.

पर उलटियाँ करते हुए, इधर-उधर गिरते हुए वे मौत की कामना करने लगे, जब तक कि बोन के बन्दरगाह पर न पहुँच गए जहाँ सारा जन-समुदाय गाजे-बाजे के साथ, उन हरे-से पड़े दिलेर यात्रियों के स्वागत के लिए गोदी पर उमड़ पड़ा था जो इतनी दूर आए थे, यूरोप की राजधानी छोड़कर, अपनी पत्नी, बच्चे, सामान इत्यादि सब साथ लेकर, डगमगाते जहाज़ में, पाँच सप्ताह तक भटकने के बाद इस पहले कभी शाही इतिहास वाले देश के समुद्र तट पर पहुँचे थे जहाँ खाद, मसालों और [ ][1] की मिली हुई अजीब-सी गन्ध से वे कुछ घबड़ा रहे थे।

जाक ने अपनी कुर्सी में करवट बदली। वह कुछ अधसोया-सा हो रहा था। उसने अपने पिता को देखा, जिन्हें उसने पहले कभी नहीं देखा था, जिनका वह कद तक नहीं जानता था, उसने उन्हें बोन की गोदी पर उत्प्रवासियों के बीच देखा, जबकि पुलियों से वह टूटा-फूटा सामान जो सफर में बच गया था, उतारा जा रहा था और जो मिल नहीं रहा था उसके ऊपर कहा-सुनी हो रही थी। वे वहाँ थे दृढ़, सौम्य, दाँत कस कर बन्द, और आखिरकार ताँगे में बोन से सॉलफेरिनो जाने के लिए उन्होंने भी यही रास्ता नहीं लिया था, लगभग चालीस साल पहले, इसी पतझड़ के मौसम में, खुले आसमान के नीचे। लेकिन उत्प्रवासियों के लिए रोड नहीं थी। औरतें और बच्चे मिलिटरी गाड़ियों में भर गए और आदमी पैदल-पैदल उस, कीचड़ वाले या काँटेदार झाड़ियों वाले रास्तों में अन्दाज़े से मुड़ते हुए, बीच-बीच में अरबों की वैरपूर्ण आँखों का सामना करते हुए जो समूहों में खड़े, हमेशा लगातार भौंकते कबाइली कुत्तों के झुंड को साथ लिये दूर से उन्हें देखते रहते थे, जब तक कि शाम होते-होते वे उसी जगह न पहुँच जाते, जहाँ चालीस साल पहले उसके पिता पहुँचे थे, सपाट, दूर ऊँचाइयों से घिरी हुई, बिना बस्ती के कोई नामनिशान के, बिना ज़मीन के एक चप्पे तक पर कहीं खेती हुए, वहाँ सिर्फ मिट्टी के रंग के कुछ मिलिट्री के टेंट थे, बाकी कुछ नहीं, सिर्फ खुली खाली जगह, उनके लिए यह दुनिया का अन्त था निर्जन आसमान और डरावनी* ज़मीन के बीच, और फिर औरतें रात भर रोती रहीं, थकान के मारे, डर और निराशा के मारे।

वही रात, एक बेकार विद्वेषपूर्ण जगह में पहुँचना, वही लोग, और फिर, और फिर...ओह! जाक अपने पिता के बारे में नहीं जानता था, लेकिन औरों के लिए वही बात थी, मज़ाक़ बनाते सिपाहियों के सामने सामान बटोरो और

---

1. एक अस्पष्ट शब्द।

* अनजान।

टेंट में घुस जाओ। घर बाद की बात थी, फिर वे बनाए गए, ज़मीन बाँटी गई और काम। पवित्र काम उसने उन सबकी जान बचाई। "लेकिन वह उन्हें एकदम नहीं मिल गया, काम...", व्यैईयार् बोला। बारिश, अल्जीरिया की बारिश, मूसलाधार, निष्ठुर, अन्तहीन आठ दिनों तक लगातार आती रही थी, सीबूज़ में बाढ़ आ गई, पानी टेंटों तक आ गया, और वे बाहर नहीं निकल सके, दुश्मन-साथी, उन बड़े-बड़े टेंटों की गन्दी संकीर्णता में अनन्त बारिश में घनघनाते, वहाँ की सड़ाँध से बचने के लिए उन्होंने बाँस के टुकड़े काट लिये ताकि पेशाब अन्दर से बाहर किया जा सके और जैसे ही बारिश रुकी, वे काम में लग गए, एक कारपेंटर की देखरेख में झुग्गियाँ बनाने में।

"आह! वे मेहनती लोग," व्यैईयार् ने हँसते-हँसते कहा, "उन्होंने बसन्त आते-आते अपनी झुग्गियाँ पूरी बना लीं और उसके बाद कॉलरा पर उनका पूरा हक हो गया। अगर जैसा मेरे पिता कहते हैं कि वह ठीक है तो उसी में हमारे पूर्वज कारपेंटर ने अपनी लड़की और पत्नी को गँवाया, जिनकी वहाँ आने के प्रति अनिच्छा ठीक सिद्ध हुई।" "हाँ सो तो है," वह बूढ़ा डॉक्टर बोला, वहाँ चहलकदमी करते हुए, अपनी लैगिंग्स में कसा हुआ और अभिमान से जो निश्चल नहीं बैठ सकता था, "वे एक दिन में दस-दस मरे। गर्मियाँ जल्दी आ गई थीं और वे झुग्गियों में भुने जा रहे थे। और सफाई के लिए ठीक है? संक्षिप्त में, उसके कारण वे एक दिन में दस-दस मरे।" उसके साथी, मिलिटरी अफसर, हार गए। अजीब साथी थे वे भी। उनके सारे इलाज़ नाकाम हो चुके थे। फिर उन्हें एक तरकीब सूझी। खून को गर्म रखने के लिए नाचना अनिवार्य कर दिया गया। और हर रोज़ काम के बाद उत्प्रवासी दो अन्त्येष्टियों के बीच वायलन की धुन पर नाचते। वैसे यह विचार बुरा नहीं था। गर्मी से पसीने के साथ सब कुछ बाहर आ गया और महामारी रुक गई। "यह शोध करने लायक विचार है।" हाँ वाकई यह एक विचार था। उन गर्म, घुटी हुई रातों में झुग्गियों के बाहर जिनमें अन्दर बीमार सोए हुए होते थे, वायलन वादक एक क्रेट पर बैठा हुआ, पास में एक लालटेन, आसपास कीड़े-मकोड़े, मच्छर भनभनाते हुए, वे विजेता लोग लम्बे-लम्बे गाउनों में चादर ओढ़े हुए पसीने से तर-ब-तर पेड़ों की छोटी-छोटी डालों की एक बड़ी-सी आग के चारों तरफ बेजान नाचते, जबकि कैम्प के चारों कोनों पर चार सैनिक पहरा देते रहते। उन घेरे हुए लोगों की काले अयाल वाले शेरों से, मवेशी चोरों से, अरब गिरोहों से, और कभी-कभी खाना या मनोरंजन की तलाश में घूमते खुद दूसरे फ्रांसीसी उत्प्रवासियों के हमले से।

बाद में आखिर उन्हें ज़मीन दे दी गई, रहने की जगह से दूर। बाद में, उन्होंने मिट्टी की दीवारों से गाँव बसाया। लेकिन दो-तिहाई उत्प्रवासी मर चुके थे, वहाँ और समान रूप से अल्जीरिया के और भागों में, बिना एक बार भी फावड़ा या हल हाथ में लिये। कुछ और खेतों में भी पेरिसवासी बने रहे, सिर पर टॉप हैट, कन्धे पर बन्दूक, दाँतों के बीच दबी हुई पाइप—और ढक्कन वाले पाइपों की ही इजाज़त थी, सिगरेट कभी नहीं, आग के डर से, और जेबों में कुनैन, बोन के कॉफी हाउसों में और मंडोवी की कैंटीनों में स्वास्थ्य के लिए एक साधारण पेय की तरह बिकनेवाली कुनैन और साथ में सिल्क ड्रेस पहने उनकी पत्नी। लेकिन हमेशा बन्दूक और सिपाही साथ में। सीबूज़ में कपड़े धोने को जाने के लिए भी एक एस्कोर्ट की आवश्यकता होती थी, उनके लिए जो पहले र्‌यू दे आर्शीव पर वॉशहाउस में काम करने के साथ-साथ एक शान्तिपूर्ण सैलून भी चलाते थे। उस गाँव तक पर कई बार रात को हमला हो जाता था जैसे '51 में एक विद्रोह के दौरान जब बरनूस पहने सैकड़ों घुड़सवार भाग गए थे, जो बाहर की दीवार के पास चक्कर काट रहे थे, और घिरे हुए लोगों ने उनकी तरफ स्टोव पाइप हाथ में उठाकर निशाना साधा तो उन्होंने उन्हें मशीनगन समझा, उस शत्रु की ज़मीन पर मकान बनाते और काम करते हुए जो कब्जे में आने से इनकार कर रहा था, और मौका लगते ही बदला ले रहा था और जब हवाई जहाज़ ऊपर उठा और अब वापस उतर रहा था, जाक क्यों अपनी माँ के बारे में सोच रहा था? उस ताँगे के बोन के रास्ते में कीचड़ में फँस जाने की कल्पना करते हुए जहाँ उत्प्रवासियों ने एक गर्भवती महिला को मदद माँगने के लिए छोड़ा था और उसे चीरा हुआ पेट और कटे हुए स्तन पाया। "वे लड़ाई के दिन थे," व्यैईयार् बोला। "हमें निष्पक्षता से देखना चाहिए," इस पर बूढ़े डॉक्टर ने जवाब दिया, "हमने उन्हें उनके पूरे कबीले के साथ ग्रॉटो में डाल दिया, यही किया हमने, एकदम यही, और उन्होंने पहला बरबर हाथ लगते ही उसे बधिया कर दिया, जो खुद...और इस तरह आप सबसे पहले हमलावर तक जा सकते हैं, आपको मालूम है उसका नाम काईन था, और तभी से लड़ाई चल रही है, आदमी बीभत्स होता है, खास तौर से क्रूरता से चमकती धूप में।"

और, खाने के बाद वे गाँव में घूमने निकल गए जो कि देश भर में फैले सैकड़ों और गाँवों का जैसा ही था। उन्नीसवीं शताब्दी के अन्त की साधारण शैली में बने कोई सौ छोटे-छोटे मकान कई मार्गों पर बिखरे हुए जो

एक-दूसरे से समकोण पर मिलते थे जहाँ उनसे बड़ी बिल्डिंग, कोऑपरेटिव बैंक, फार्म बैंक, रिक्रिएशन हॉल आदि बनी हुई थीं और सब रास्ते मैटल फ्रेम के बैंड स्टैंड पर मिल जाते थे, जो किसी नाटक आदि की प्रदर्शनी या मेट्रो के लिए अन्दर जाने का बड़ा-सा स्थान लगता था। वहाँ बरसों से गाँव के आदमियों के क्वायर या मिलिटरी बैंड छुट्टी वाले दिन कन्सर्ट देते रहे थे, जबकि खूब सजे-धजे दम्पती धूल और गर्मी में मूँगफली छीलते हुए इसके चारों तरफ चहलकदमी करते रहते थे। आज भी रविवार था, लेकिन फौज की मनोवैज्ञानिक युद्ध की शाखा ने बैंड स्टैंड पर लाउडस्पीकर लगा दिए थे, वहाँ जमा भीड़ ज़्यादातर अरब लोगों की थी और वे चौक में घूम-फिर नहीं रहे थे, एक जगह खड़े होकर अरब संगीत सुन रहे थे जिसके बीच-बीच में भाषण भी दिए जाते थे और उस भीड़ में मिले सभी फ्रेंच लोगों के चेहरे पर वही निरुल्लास और भविष्योन्मुख भाव था। उन लोगों का जैसा जो ल लैब्रेडोर से एक बार वहाँ आए थे, या उनकी तरह जो कहीं और इन्ही परिस्थितियों में, इसी तरह दुखी, जिन्हें गरीबी और अत्याचार से बच कर भागने पर आपत्ति और चट्टानें मिलीं। जैसे मॉहन से आए वे इस्पानी लोग जो जाक की माँ के पूर्वज थे, या वे अल्सासवासी जो '71 में जर्मन शासन अस्वीकार कर फ्रांस आए थे और उन्हें '71 के अरब विद्रोहियों की भूमि दे दी गई थी जो या तो मर चुके थे या कारावास में थे, मतविरोधी, विद्रोहियों की गर्म छोड़ी जगह लेते हुए, उत्पीड़ित-उत्पीड़क जिनके वंशज उसके पिता थे जो चालीस साल पहले यहाँ पहुँचे थे, वही गम्भीर और दृढ़ संकल्प विचार लिये हुए, उनका ध्यान भविष्य पर पूरी तरह जमा हुआ, उनकी तरह जिन्हें अपने भूत से कोई लगाव नहीं रहता और वे उसे त्याग चुके होते हैं। एक उत्प्रवासी, उन्हीं का जैसा जो इस देश में रह रहे थे, रह चुके थे, बिना अपना कोई निशान छोड़े सिवाय, उस छोटे-से उपनिवेशी कब्रगाह के पुराने पेड़, हरियाए पत्थरों पर, जहाँ उस दिन के अन्त में, जब व्यैईयार् गया था, जाक बूढ़े डॉक्टर के साथ गया था। एक तरफ, अरुचिकर नया निर्माण था, नवीनतम अन्त्येष्टि शैली में, सस्ती धार्मिक कला से सजाया हुआ जिस पर समकालीन पुण्यशीलता खर्च हुई जा रही थी। दूसरी तरफ, पुराने साइप्रेस के पेड़ों के नीचे, चीड़-सूचिकाओं और साइप्रस कोनों से या फिर गीली दीवारों से, जिनके तलों में पीले-पीले फूलों वाले ऑक्सालिस पौधे उगे हुए थे, से ढके हुए पुराने कब्र के पत्थर जो करीब-करीब ज़मीन में मिल गए थे, और पढ़े नहीं जा सकते थे।

ढेरों जनसमूह पूरी एक शताब्दी से भी पहले से यहाँ आते रहे थे। हल चलाया गया था, कुंड खोदे गए थे, कुछ स्थानों में गहरे से भी गहरे और कुछ में हल्के से भी हल्के। फिर हवाओं के साथ उड़ती रेत ने उन्हें पाट दिया था और वहाँ वापस जंगल बन गया था, और उन्होंने वहाँ बच्चे पैदा किए थे फिर गायब हो गए थे। और फिर इसी तरह उनके बेटों ने। और उनके बेटों और पोतों ने उस भूमि पर अपने आपको उसी तरह, जैसे आज वह पा रहा था, बिना किसी अतीत के, बिना नीति के, बिना शिक्षा के, और बिना धर्म के पाया। लेकिन वहाँ होने में, प्रकाश में होने में आनन्दित, रात्रि और मृत्यु से व्यथित। ये सारी पीढ़ियाँ, सारे आदमी, इतनी अलग-अलग जगहों से आए हुए, इस सुन्दर आसमान के नीचे जहाँ सन्ध्या का झुटपुटा अपने आने का ऐलान कर चुका था, गायब हो गए थे, बिना अपना कोई निशान छोड़े, अपने आपमें बन्द। एक विस्तृत विस्मृति उनके ऊपर फैली हुई और वास्तव में, यही वह था जो यह भूमि देती थी, वह जो रात्रि के साथ-साथ आकाश से उतरा था, उन तीन आदमियों के ऊपर जो अपने गाँव की तरफ लौट रहे थे, हृदय जल्दी अँधेरा होने की व्यथा* से भरा हुआ जो अफ्रीका में सभी आदमियों के हृदयों में होने लगती है जब अँधेरा तेज़ी से छाने लगता है उनके समुद्र के ऊपर, ऊबड़-खाबड़ पहाड़ों के, और ऊँचे पठारों के ऊपर, वही पावन भय जो डेलफी के पहाड़ों के ढलानों में लगता है, जहाँ सन्ध्या यही प्रभाव उत्पन्न करती है, जिससे मन्दिर और पूजा के स्थान बनते हैं। लेकिन अफ्रीका की भूमि पर मन्दिर विध्वस्त किए जा चुके हैं और जो बाकी बचा है वह है हृदय पर यह असहनीय भार। हाँ, किसी तरह मरे वे लोग! किस तरह वे अब भी मर रहे थे! चुपचाप और सब चीज़ों से दूर, जैसे उसके पिता मरे थे, एक दुर्बोध्य त्रासदी में, अपनी जन्मभूमि से दूर, एक ऐसी ज़िन्दगी के बाद जो कभी उनके वश में नहीं रही, अनाथाश्रम से हस्पताल तक, बीच में कहीं भवितव्य शादी, एक जीवन, जो उनके बावजूद उनके आसपास उद्भूत होता रहा, जब तक कि लड़ाई ने उन्हें खत्म करके दफना न दिया, तब से हमेशा के लिए अपने आत्मीय और अपने बेटे के लिए अपरिचित, वे भी उसी विस्तृत विस्मृति में लौट गए जो उनकी तरह के लोगों की सच्ची जन्मभूमि थी। उस जीवन की अन्तिम नियति जो बिना मूल के शुरू हुई थी और उस समय के पुस्तकालयों में पाए उन बच्चों के इतने वृत्तान्त, जिन्हें इस देश के उपनिवेशन के लिए

* घबड़ाहट।

इस्तेमाल किया गया। हाँ, वे सब खोए और पाए बच्चे जिन्होंने अस्थायी नगर बसाए अन्त में, अपने आपमें और औरों में हमेशा के लिए मर जाने के लिए। जैसे कि, इन लोगों का इतिहास, वह इतिहास जो प्राचीनतम देशों में से एक इस देश की ज़मीन पर लगातार चलता रहा है, उस पर इतने कम निशान छोड़ते हुए, उनकी स्मृति के साथ-साथ जिन्होंने वास्तव में उसे बनाया था, निरन्तर पड़ती धूप के नीचे उड़ता जा रहा हो, हिंसा और हत्या के आवेगों, घृणा की फटन तक न्यूनीकृत, खून की धाराएँ देश की मौसमी नदियों की तरह एकदम भरकर बहते और सूख जाते हुए। अब रात खुद ज़मीन से उठ रही थीं उस शाश्वत अद्भुत आसमान के नीचे, सब कुछ मृत और जीवित, अपने में समा लेते हुए। नहीं, वह कभी अपने पिता से नहीं मिल पाएगा, जो निरन्तर वहाँ सोते रहेंगे, उनका चेहरा हमेशा के लिए राख में खोया रहेगा। उस आदमी के बारे में एक रहस्य था, वह रहस्य जिसे वह बेधना चाहता था। लेकिन अन्तत: वह सिर्फ निर्धनता का रहस्य था जो नामहीन, अतीतहीन लोगों की रचना करती है, और उन्हें उन अनाम मृतकों के विशाल जमघट में भेज देती है जिन्होंने दुनिया का निर्माण किया लेकिन खुद हमेशा के लिए खत्म हो गए। लेकिन यही वह बात थी जो उसके पिता और लैब्रेडोर के आदमियों के बीच समान थी। साहेल के माहॅन लोग, ऊँचे पठारों के अल्सासवासी, बालू और समुद्र के मध्य उस विशाल द्वीप के साथ जिसे वहाँ व्याप्त मौन अब आवृत्त कर रहा था, उसे यानी खून, हिम्मत, और मेहनत के एक साथ क्रूर और करुणामय स्तर पर अनामता को। और वह जो उस बेनाम देश, भीड़ और उस परिवार से जो नामरहित था, लेकिन जिसमें कोई दृढ़ता से अँधेरा और अनामता माँगे चला जा रहा था, बचकर जाना चाहता था, वह भी उसी कबीले का सदस्य था जो उस बूढ़े डॉक्टर के साथ, जिसकी फूली साँस की आवाज़ उसे अपनी दाहिनी तरफ से आ रही थी, बिना देखे रात में सीधे चला जा रहा था। बीच-बीच में आते संगीत के झोंकों को, जो वहाँ से उठ रहे थे, सुनता हुआ, बैंड स्टेंड के आसपास खड़े अरबों के सख्त और दुर्ज्ञेय चेहरे देखता हुआ और व्यैईयार् की हँसी और उसकी शक्ल, एक माधुर्य और हृदय कचोटते दर्द के साथ बम विस्फोट के समय अपनी माँ का व्यथित चेहरा भी देखते हुए, बरसों से रातों-रातों उस विस्मृति की भूमि में चलता हुआ जहाँ प्रत्येक पहला आदमी था, जहाँ उसे अपने आप बड़ा होना पड़ा था। बिना पिता के, बिना कभी वे घड़ियाँ अनुभव किए, जब एक पिता उस समय का इन्तज़ार

करने के बाद जब वह सुनने के काबिल हो जाए, अपने बेटे को अपने पास बुलाता है, उसे घर की कुछ गूढ़ बातें बताने के लिए, या कोई पुराना दर्द या अपने जीवन की कोई घटना, वे घड़ियाँ जब वह बेतुका और घृणास्पद पोलोनियस, लियरतीज़ से बात करता हुआ, अचानक महान लगने लगता है। और वह सोलह साल का हुआ था फिर बीस साल का, और उससे किसी ने बात नहीं की थी और उसे अकेले ही सीखना पड़ा था। बड़ा होना पड़ा था, शक्ति में, सामर्थ्य में। अकेले अपने आप नीति और सत्य ढूँढ़ना पड़ा था। अन्ततः आदमी के रूप में पैदा होने के लिए और उसके बाद और भी मुश्किल जन्म में पैदा होने के लिए। वह जो औरों से सम्बन्धित जन्म होता है, औरतों से, उन सभी आदमियों की तरह जिनका जन्म इस देश में हुआ, जो एक के बाद एक बिना मूल और बिना आस्था के जीना सीखने की कोशिश करते रहे और जो सब आज शाश्वत अनामता और इस भूमि पर उनकी यात्रा के एक अकेले पवित्र प्रमाण, कब्रगाह में वे अस्पष्ट सिल्लियाँ जिन्हें रात ने पूरी तरह ढक दिया है, के खो जाने के संकट में हैं, उनका औरों के सम्बन्ध में जन्म लेना सीखना आवश्यक है, उन विजेताओं, जो अब अधिकारच्युत हैं, की बेहिसाब भीड़ के सम्बन्ध में जन्म लेना जो इस भूमि पर उनसे पहले आए थे और अब जिनमें उनके द्वारा अपनी जाति और नियति का भ्रातृत्व मानना आवश्यक है।

अब हवाई जहाज़ अल्जियर्स की तरफ उतर रहा था। जाक साँए-ब्रीय्यु के उस छोटे से कब्रगाह के बारे में सोच रहा था जहाँ सिपाहियों की कब्रें मंडोवी* की कब्रों से ज़्यादा अच्छी तरह रखी हुई थीं। भूमध्य सागर मेरे अन्दर दो दुनियाओं को अलग करता है। एक, जिसमें ठीक से मापे हुए स्थानों में नाम और स्मृतियाँ सुरक्षित रखी गई थीं, दूसरी जहाँ अपरिमित खुली जगह में रेत और हवाओं ने आदमी का नामोनिशान मिटा दिया था। उसने बेपहचान, गरीब, अज्ञानी, हठी जीवन से बचने की कोशिश की थी। वह उस अन्धे धैर्य, मूक, और वर्तमान में तात्कालिक स्तर पर जीवित नहीं रह सकता था। उसने बहुत दूर-दूर तक यात्राएँ की थीं, लोगों को बनाया, सृजा, और तबाह किया था, उसके दिन फट पड़ने तक मरे हुए थे। और फिर भी अब वह अपने हृदय की गहराई में यह जानता था कि साँए-ब्रीय्यु और जो भी वह निरूपित करता था, उसके लिए कभी कोई मायने नहीं रखता था, और वह उन पुरानी और काई जमी कब्रों के बारे में सोचने लगा जो

* अल्जियर्स।

वह अभी-अभी छोड़कर आया था, एक तरह के विचित्र हर्ष के साथ यह स्वीकार करते हुए कि मृत्यु उसे उसकी सच्ची जन्मभूमि में ले आएगी, और अपनी विस्तीर्ण विस्मृति से उस अजीब और (साधारण) आदमी की स्मृति को बिलकुल मिटा देगी, जो बिना किसी सहारे और बिना मदद के बड़ा हुआ था, जिसने गरीबी के एक आनन्दपूर्ण किनारे पर, जीवन की पहली सुबहों की रोशनी में अकेले, बिना स्मृति और बिना आस्था के, अपने समय के आदमियों की दुनिया और उनके भयावह गौरवपूर्ण इतिहास को निर्मित किया था, बाद में खुद उसमें प्रवेश कर लेने के लिए।

दूसरा भाग

# पुत्र या पहला आदमी

## 1

# लीसे

[अ]जब, उस वर्ष के पहले अक्टूबर को, जाक कारमॅरी[ब] ने, अपने नए बड़े जूतों में बेकल, बुकरम से अकड़ी नई शर्ट में ठूँसे हुए वार्निश और चमड़े की बू आते बस्ते के बोझ से गिरते हुए ड्राइवर को, जिसके बराबर आगे मोटरकार में पियर् और वह खड़े हुए थे, लीवर को पीछे खींच कर उस भारी गाड़ी को पहले गियर में डाल कर स्टार्ट करके बैलकूर् के स्टॉप से आगे बढ़ाते देखा तो कुछ ही मीटर दूर अपनी माँ और नानी, जो खिड़की से बाहर को लटक कर जितनी दूर हो सकता था उसकी पहले दिन की रहस्यमयी लीसे की यात्रा में उसका साथ दे रही थीं, की आखिरी झलक पाने के लिए पीछे मुड़कर देखा। लेकिन वह उन्हें देख नहीं सका क्योंकि उसके बराबर वाला आदमी *ला देपैश अलजैरियन* के अन्दर के पृष्ठ पढ़ रहा था। उसने मुँह वापस आगे कर लिया और स्टील की वह रेलिंग देखने लगा जिन्हें मोटरकार लगातार सटके जा रही थी और जिनके ऊपर सुबह की ठंडक में ट्रॉली के तार हिल रहे थे, भारी मन से अपने घर, अपने पुराने मोहल्ले जिसमें से कभी-कभार इधर-उधर ज़रा-सा जाने को छोड़कर (खास शहर में अन्दर जाने को लोग अल्जियर्स जाना कहते थे) वास्तव में वह कभी बाहर नहीं निकला था, की तरफ पीठ किए, अब और तेज़ जाते हुए, पियर् का भाई जैसा कन्धा उसके कन्धे से करीब चिपके हुए होने के बावजूद वह अपने आपको बहुत अकेला और बेचैन महसूस कर रहा था उस नई जगह के बारे में जहाँ, वह नहीं जानता था, कैसे क्या करना होगा, कैसे बात करनी होगी।

---

अ. या तो स्कूल जाने और फिर बाकी सब क्रम से उसके बाद से शुरू करो या फिर अजीब वयस्क के परिचय से शुरू करके स्कूल जाने से बीमारी तक के समय पर लौटकर आओ।

ब. बच्चे का शारीरिक विवरण।

दरअसल उन्हें कोई भी यह नहीं बता सकता था। पियर् और उसे बहुत जल्द यह समझ में आ गया कि अब से उन्हें जो भी करना है अपने आप करना है। श्री बैरनार् से वैसे भी कुछ पूछने की हिम्मत उनमें नहीं थी, जिनसे उन्हें इस 'लीसे' के बारे भी कुछ नहीं बता सकते थे जिसे वे खुद नहीं जानते थे। घर की अज्ञानता अब और सम्पूर्ण लगने लगी थी। जाक के परिवार में, उदाहरण बतौर, लातिन एक ऐसा शब्द था जिसका बिलकुल कोई मतलब नहीं था। यह कि ऐसा समय भी कभी था (आदिकालीन युग को छोड़कर जिसकी कल्पना, आश्चर्यजनक रूप से वे कर लेते थे) जब कोई फ्रांसीसी नहीं बोलता था, और कि सभ्यताएँ (और यह शब्द भी उनके लिए कोई मायने नहीं रखता था) अपने-अपने, अलग-अलग रीति-रिवाज अलग-अलग भाषाओं के साथ एक के बाद एक आती रही हैं, ये वास्तविकताएँ उन तक नहीं पहुँची थीं। न चित्र, न लिखी हुई चीज़ें, न जबानी, न ही संस्कृति की वह ऊपरी परत, जो रोज़मर्रा की बातचीत में से अर्जित होती है, ही उन तक पहुँची थी। इस घर में जहाँ कोई समाचार-पत्र नहीं थे, न जब तक जाक लेकर नहीं आया, कोई किताबें, न ही रेडियो, जहाँ सिर्फ वे चीज़ें थीं जिनकी ज़रूरत तत्काल होती है, जहाँ सिवाय रिश्तेदारों के और कोई मिलने नहीं आता था, वह घर जहाँ से वे कभी ही बाहर निकलते थे और तब भी सिर्फ उसी अज्ञानी परिवार के किसी सदस्य से मिलने के लिए, जो कुछ जाक लीसे से लाता असमावेशनीय रहता, और उसके परिवार और उसके बीच की चुप्पी बढ़ती गई। लीसे में भी वह अपने इस परिवार के बारे में किसी से बात नहीं कर सकता था, जिसकी असामान्यता वह समझ गया था लेकिन स्पष्ट व्यक्त नहीं कर सकता था चाहे वह अपनी दुर्लंघ्य अल्पभाषिता को वश में कर भी लेता जिसने इस विषय पर उसके ओठ बन्द कर रखे थे।

वह सिर्फ वर्गों की असमानता नहीं थी जिसने उसे विलग कर रखा था। इस आप्रवासन, तीव्रगामी सम्पन्नता और असाधारण आयतन के देश में वर्गों के बीच के परिबन्ध इतने सुनिश्चित नहीं थे जितने जातियों के बीच के। अगर वे बच्चे अरब होते तो उनकी भावनाएँ और ज़्यादा दर्द भरी और कटु होतीं। उसके अलावा यद्यपि स्कूल में उनकी क्लास में अरब बच्चे थे, लीसे में वे बहुत कम थे, और हमेशा सम्पन्न, विशिष्ट घरों के बेटे हुआ करते थे। न हो जो उन्हें अलग करता था, और जाक को पियर् से भी ज़्यादा क्योंकि उनकी असाधारणता उसके घर में पियर् के घर से ज़्यादा साफ दिखती थी, वह था उसकी अपने परिवार को पारम्परिक मान्यताओं और सामाजिक ठप्पों से

जोड़ पाने की असम्भव स्थिति। वर्ष के आरम्भ में पूछे गए प्रश्नों के उत्तर में निस्सन्देह उसने यह बिना हिचक के जवाब दिया कि उसके पिता लड़ाई में मारे गए थे जो अपने आपमें एक उच्च सामाजिक स्थिति थी, और यह कि वह राष्ट्र का छात्र था, जो सब भलीभाँति समझते थे। लेकिन उसके बाद वाले प्रश्नों ने उसके लिए समस्या खड़ी कर दी। जो छपे हुए फार्म उन्हें दिए गए थे उसमें "माता-पिता/अभिभावक का व्यवसाय" के सामने वह नहीं समझ पा रहा था कि क्या भरे। उसने पहले भरा, "घर का काम" जबकि पियर् ने लिखा, "पीटीआई. में कर्मचारी।" लेकिन पियर् ने उसे बताया कि घर की देखभाल व्यवसाय नहीं होता बल्कि उस महिला के लिए प्रयुक्त होता है जो घर में रहकर अपना घर सँभालती है। "नहीं," जाक बोला, "वे औरों के घर में काम करती हैं, खास तौर से उस सामनेवाले बतासी के घर में।" "तो फिर," पियर् ने सकुचाते हुए जवाब दिया, "मेरे खयाल से तुम्हें नौकरानी लिखना चाहिए।" यह खयाल जाक को कभी नहीं आया था, सिर्फ इसलिए कि यह अति विरल शब्द कभी घर में बोला ही नहीं गया था—इसलिए भी क्योंकि किसी ने कभी यह महसूस नहीं किया था कि वे औरों के लिए काम करती थीं, वे सबसे पहले अपने बच्चों के लिए काम करती थीं। जाक ने वह शब्द लिखना शुरू किया, रुका और दूसरे ही क्षण एकदम उसे शर्म और शर्मिन्दा होने की शर्म महसूस हुई।

कोई बच्चा अपने-आपमें कुछ नहीं होता, उसके माता-पिता उसके होने के द्योतक होते हैं। वह उन्हीं के द्वारा अपने आपको परिभाषित करता है, औरों की आँखों में परिभाषित होता है। उन्हीं के सन्दर्भ में वस्तुत: उस पर कोई निर्णय लिया जाता है, यानी कि निर्णय बिना उसे अपील करने का कोई हक दिए, और दुनिया का यही निर्णय जाक को अभी-अभी मालूम हुआ था और उसके साथ अपने सख्त हृदय पर उसका अपना निर्णय भी। वह नहीं समझ सका कि बड़े होने के बाद इन अनिष्टकर भावनाओं को न मानने से योग्यता घट जाती है, क्योंकि जो वह होता है उसके ऊपर उसे अच्छा या बुरा आँका जाता है, परिवार के सहारे बहुत कम, बल्कि कई बार एक परिवार अब बड़े हो चुके बच्चे के सहारे समझा जाता है। लेकिन अभी-अभी हुई जानकारी से दुखी न होने के लिए जाक के हृदय का असाधारण रूप से शुद्ध सख्त होना आवश्यक था, उसी तरह जैसे कि अपनी स्थिति के बारे में हुए प्रकटीकरण से होते दुख पर गुस्सा और शर्म महसूस न करने के लिए एक असम्भव विनम्रता का होना। उसमें उस तरह के कोई गुण नहीं थे, बल्कि एक निष्ठुर,

दुष्ट घमंड था जिसने कम-से-कम उस मौके पर फार्म पर उसके हाथ से दृढ़ता से 'नौकरानी' लिखवाने और एक भावशून्य चेहरे से उसे ले जाकर अध्यापक को, जिसने उसे देखा तक नहीं, ले जाकर देने में मदद की। इस सबके साथ-साथ जाक के मन में अपना परिवार या अपनी स्थिति बदलने की ज़रा भी इच्छा नहीं हुई, और उसके लिए उसकी माँ, जैसी थीं, वह व्यक्ति बनी रहीं जिन्हें दुनिया में वह सबसे ज़्यादा चाहता था, चाहे उसके प्यार में दुख भले ही मिला हुआ हो। तथापि यह कैसे समझाया जाता कि एक गरीब बच्चा भी कभी-कभी बिना कभी भी ईर्ष्यालु हुए, शर्म महसूस कर सकता है?

एक और अवसर पर जब उससे उसका धर्म पूछा गया तो उसने जवाब दिया 'कैथलिक'। यह पूछे जाने पर कि क्या फिर उसका नाम धार्मिक शिक्षा की क्लास की सूची में लिख दिया जाए, अपनी नानी की आशंकाओं को याद करके वह बोला नहीं। "इसका मतलब," वह अध्यापक जो कि एक कटु और रूखा आदमी था, बोला, "तुम एक अनाभ्यासी कैथलिक हो?" जाक, उसके घर में क्या होता था और किस अजीब ढंग से धर्म माना जाता था, के बारे में क्लास में कुछ नहीं बता सकता था। इसलिए वह पुष्टता से बोला "जी," जिस पर सारी क्लास हँस पड़ी और उस समय, जब वह अधिकतम अनिश्चित महसूस कर रहा था, उन लोगों ने उसे हठी समझा।

एक और दिन साहित्य के अध्यापक ने आन्तरिक व्यवस्था सम्बन्धी कोई फार्म क्लास में बाँटने के बाद उस पर अभिभावक के हस्ताक्षर करवा कर लौटाने के लिए कहा। वह फार्म, जिस पर उन वस्तुओं की सूची, हथियार से लेकर पत्र-पत्रिकाएँ और ताश तक, जो बच्चों का स्कूल में लाना वर्जित था, दी गई थी, इतनी गूढ़ भाषा में लिखा हुआ था कि जाक को अपनी माँ और नानी के लिए उसे सादी भाषा में संक्षिप्त करना पड़ा। घर में सिर्फ उसकी माँ उस पृष्ठ के किनारे पर नीचे भोंड़े से हस्ताक्षर कर सकती थीं[अ]। चूँकि, अपने पति की मृत्यु के बाद, हर तीन महीने बाद उन्हें युद्ध विधवा की पेंशन मिला करती थी*, और चूँकि सरकार, इस सन्दर्भ में ट्रेजरी, लेकिन कैथरीन कारमॅरी ने अभी-अभी कहा था कि वे ट्रेजरी जा रही हैं, क्योंकि उनके लिए यह सिर्फ एक नाम था, बिना किसी मतलब के, जबकि दूसरी तरफ बच्चों के लिए यह अपरिमित खजाने से भरा वह रहस्यमय स्थान था, जहाँ उनकी माँ को समय-समय पर थोड़े से पैसे देने के लिए बुलाया जाता था—हर

---

अ. तकाजा।

* वसूल करना।

बार उनके हस्ताक्षर माँगती थी, और पहली बार जब उन्हें बहुत परेशानी का सामना करना पड़ा था और एक पड़ोसी (?) ने उन्हें 'विधवा कामू'[1] हस्ताक्षर के नमूने की नकल करना सिखा दिया था, और वे किसी तरह इसे कर लेती थीं, जो भी हो उस हस्ताक्षर को हमेशा स्वीकार कर लिया जाता था। परन्तु, अगली सुबह जाक ने देखा कि उसकी माँ उस दुकान को साफ करने, जो सुबह बहुत जल्दी खुलती थी, बहुत पहले चली गई थीं, और उस फार्म पर दस्तखत करना भूल गई थीं। उसकी नानी को हस्ताक्षर करना आता नहीं था। वे अपना हिसाब-किताब गोले बना-बनाकर जिन्हें वे स्थिति के अनुसार एक या दो बार काट कर, जिसका मतलब होता इकाई, दहाई या सैकड़े, रखा करती थीं। जाक को वह फार्म बिना हस्ताक्षर करवाए लौटाना पड़ा, यह कहते हुए कि उसकी माँ हस्ताक्षर करना भूल गई थीं, यह पूछे जाने पर कि क्या घर में कोई और हस्ताक्षर नहीं कर सकता था, उसने जवाब दिया कि नहीं और अपने अध्यापक के चेहरे पर आए आश्चर्य के भाव से उसे मालूम हुआ कि वह अवस्था उससे ज़्यादा असामान्य थी जितनी वह उसे तब तक समझता रहा था।

वह उन लड़कों के कारण भी काफी विक्षुब्ध हुआ था जिनके पिता की व्यावसायिक अनिवार्यता उन्हें पेरिस से अल्जियर्स ले आई थी। उनमें से, जिसने उसके दिमाग को सबसे ज़्यादा आकर्षित किया वह था जार्ज दीदियेर्[अ] जिसके फ्रांसीसी भाषा की क्लास के प्रति समान लगाव और पढ़ने के शौक ने उसे जाक के बहुत निकट ला दिया था जिससे पियर् को जलन होने लगी थी। दीदियेर् एक श्रद्धावान कैथलिक का बेटा था। उसकी माँ 'संगति बनाती' थीं, उसकी बहन (जिससे जाक कभी मिला नहीं था लेकिन जिसके वह मज़ेदार सपने देखता रहता था) कशीदाकारी करती थी, और दीदियेर् खुद अपने कथनानुसार पादरीगीरी में जाना चाहता था। अत्यन्त होशियार वह धर्म और नीति के प्रश्नों पर बहुत अनमनीय था, जहाँ उसकी धारणाएँ कट्टर थीं। उसे कभी किसी ने गाली देते नहीं सुना, न ही कभी बाकी बच्चों की तरह शरीर की स्वाभाविक क्रियाओं, विशेष रूप से प्रजनन सम्बन्धी जिन्हें मुश्किल से ही वे इतनी अच्छी तरह समझते थे जितना दिखाते थे, का अनन्त आत्मसन्तोष के साथ लम्बा-लम्बा वर्णन करते। उनकी दोस्ती पक्की होने के बाद सबसे पहली चीज़ जो उसने जाक से माँगी वह थी कि वह गन्दे शब्दों

1. यथामूल।

अ. उसकी मृत्यु पर उस पर वापस आना।

का प्रयोग करना छोड़ दे। उसके साथ वे शब्द छोड़ देने में जाक को कोई दिक्कत नहीं हुई। लेकिन औरों के साथ बात करते समय वे शब्द आराम से उसकी जीभ पर आ जाते। (उसके अन्दर वह बहुमुखी स्वभाव कब का बनना शुरू हो गया था जिससे उसके लिए इतनी चीज़ें आसान हो जाएँगी, वह किसी के भी साथ कोई भी भाषा बोलने में, किसी भी परिस्थिति में कोई भी ज़िम्मेदारी निभाने में प्रवीण हो जाएगा, सिवाय...) दीदियेर् के साथ रहकर जाक को मध्यवर्गीय फ्रांसीसी परिवारों के रहन-सहन के बारे में जानकारी हुई। उसके मित्र का फ्रांस में एक मकान था उनके घर का मकान, जहाँ वह छुट्टियों में जाता था। वहाँ से जाक को वह लगातार चिट्ठियाँ लिखता था। घर के बारे में, पुराने ट्रैकों से भरी एटिक के बारे में, जहाँ परिवार के पुराने पत्र, सुवेनियर, फोटो इत्यादि रहते थे। उसे उसके दादा-दादी का इतिहास, परदादा, परदादी का, और सड़दादा, सड़दादी का इतिहास सब मालूम हो गया था, एक और पुरखे के बारे में भी जो ट्राफलगार में नौसैनिक थे, और वह लम्बा, उसकी कल्पना में पूरी तरह जीता हुआ यह इतिहास उसके दैनिक जीवन के आचरण को उदाहरण, नीति, नियम मुहैया करता था। "मेरे दादाजी कहेंगे...पापा सोचते हैं कि..." और इस तरह वह अपनी अभिमानी शुद्धता की कठोरता का औचित्य प्रमाणित करता। जब वह फ्रांस के बारे में कोई बात करता तो कहता "हमारे देश में" और पहले से ही वे बलिदान मान कर चलता जो वह देश बाद में माँग सकता था ("तेरे पिताजी ने हमारे देश के लिए जान दे दी," वह जाक से कहता...)। जबकि जाक के लिए ये अपने देश की धारणा खास मतलब नहीं रखती थी, जो यह जानता था कि वह फ्रांसीसी है, और यह कि उसके कारण उसके कुछ आवश्यक कर्तव्य हैं, लेकिन जिसके लिए फ्रांस एक कोरी कल्पना था जिस पर लोग अपना हक दिखाते रहते, कभी वह भी लोगों से अपना हक माँगता, लेकिन कुछ उसी भगवान की तरह जिसके बारे में उसने अपने घर से बाहर यह सुन रखा था कि वह प्रकट रूप से अच्छे-बुरे सबका सर्वसत्ताधारी उद्धारक है और जिस पर हमारा कोई प्रभाव नहीं है लेकिन उसके विपरीत, उसे इनसान की नियति पर पूरा हक है। और यह भाव जो उसमें था उन महिलाओं में और भी ज़्यादा मज़बूत था जो उसके साथ रहती थीं। "मामा, जन्म-भूमि क्या होती है?"[अ] एक दिन उसने कहा था। उनके चेहरे पर वही भय का भाव आ गया जो हमेशा तब आ जाता था जब भी उन्हें कुछ बात समझ में नहीं आती थी।

---

अ. जन्मभूमि की खोज 1940 में।

"मुझे नहीं मालूम," उन्होंने कहा। "फ्रांस!" "ओह, हाँ, हाँ।" और उनके चेहरे पर राहत आ गई। जबकि दीदियेर् समझता था कि यह क्या होती है, पीढ़ियों से चला आ रहा परिवार उसके लिए एक सशक्त मौजूदगी था, और वह भूमि जहाँ वह पैदा हुआ था उसे उसके इतिहास समेत वह, जो द आर्क, उसके पहले नाम से बुलाता था, और उसके लिए अच्छा, बुरा भी उसी तरह पूर्ण परिभाषित थे जैसे उसकी वर्तमान और भावी नियति। जाक और पियर् भी, हालाँकि उसकी तुलना में कम परिमाण में अपने आपको दूसरी जाति का महसूस करते थे, अतीत विहीन, न घर का मकान, न पत्रों और फोटुओं से भरी एटिक, सैद्धान्तिक रूप से उस अस्पष्ट राष्ट्र के नागरिक जहाँ बर्फ छतों को ढके रहती थी, जबकि एक प्रचंड और स्थिर सूर्य के नीचे बड़े हुए, एक अत्यन्त प्रारम्भिक नीति से सज्जित जो, उदाहरण बतौर, उन्हें चोरी करने से रोकती थी, अपनी माँ और महिलाओं की रक्षा करना सिखाती थी, लेकिन महिलाओं से सम्बन्धित अनेक प्रश्नों और बड़ों के साथ सम्बन्धों (आदि) पर मौन थी, संक्षिप्त में ईश्वर से अनभिज्ञ और अज्ञात बच्चे, सूरज, समुद्र और गरीबी जैसे उदासीन देवताओं द्वारा सुरक्षित वर्तमान जीवन के प्रत्येक दिन के अनन्त प्रतीत होने के कारण भावी जीवन की कल्पना करने में अक्षम। और अगर वह दीदियेर् को इतना अधिक चाहने लगा था तो निस्सन्देह वह इसलिए कि वह बच्चा परमतत्त्व की भूख से नितान्त पीड़ित था, अपने भावावेगों के प्रति सम्पूर्णता से वफादार था (जाक ने जब पहली बार वह शब्द वफादारी (जिसे वह सैकड़ों बार पढ़ चुका था) सुना वह दीदियेर् के मुँह से था) और उसमें चित्ताकर्षक सहृदयता थी, लेकिन इसलिए भी क्योंकि वह औरों से बहुत अलग था, जाक की निगाहों में उसमें एक तरह का अनोखापन था जिससे उसका आकर्षण और बढ़ गया था और वह उसकी तरफ उसी तरह बेरोक खिंचा चला गया था जैसे बाद में, बड़े होने के बाद असाधारण औरतों की तरफ। अपनी निजी परम्पराएँ, निजी धर्म लिये हुए वह खानदानी बच्चा जाक को उतना ही विमोहक लगता था जितना उष्णकटिबन्धीय प्रदेश से लौटे धूप में काले हुए, गूढ़ रहस्य लिये महत्त्वाकांक्षी, साहसिक पुरुष।

लेकिन वह कबाईल चरवाहा, जो धूप से अपरादित और झुलसे हुए पहाड़ के ऊपर से उड़ते हुए सारसों को देखकर उस उत्तर दिशा का सपना देखने लगता है जहाँ से इतनी दूर उड़कर वे यहाँ पहुँचे हैं, चाहे पूरे दिन सपने देखता रहे, शाम को वह उसी गोंद और पिश्ते की मिठाई, लम्बे लबादे पहने उसके परिवारी जन और गरीब झुग्गी में लौट जाता है जहाँ उसकी जड़ें हैं।

उसी तरह जाक को उस अनोखी बुर्जुआ परम्परापान का चाहे कितना भी नशा चढ़ा हो, वह उसके प्रति जो सबसे ज़्यादा उसका जैसा था, वफ़ादार रहा, और वह था पियर्। हर रोज़ सुबह सवा छह बजे (गुरुवार और रविवार को छोड़कर), चार-चार सीढ़ियाँ एक साथ कूदता हुआ, जाक अपनी बिल्डिंग के जीने से नीचे उतरता, गर्मी के धुँधलके या जाड़ों के दिनों में तेज़ बारिश में जिससे उसका ऊँचा केप स्पंज की तरह फूल जाता, भागता हुआ फव्वारे तक पहुँचकर वह, पियर् के घर की तरफ़ जाती हुई गली में मुड़ जाता और उसी तरह भागते हुए सीढ़ियाँ चढ़ कर दूसरी मंजिल पर उसके घर के दरवाज़े पर धीरे से खटखटाता। पियर् की माँ देखने में बहुत सुन्दर, लम्बी, चौड़ी, दरवाज़ा खोलती जो अतिसाधारण खाने के कमरे में खुलता था। इस कमरे के दूसरी तरफ दो दरवाज़े बैडरूम में जाते थे। एक पियर् का था जिसमें वह अपनी मम्मी के साथ रहता था और दूसरा उसके दोनों अंकलों का, बिना पढ़े-लिखे रेलवे कर्मचारी, जो बोलते बहुत कम थे लेकिन मुस्कराते बहुत ज़्यादा। खाने के कमरे में घुसते ही दाहिने हाथ को एक छोटा-सा कमरा था जिसमें न बिजली थी न हवा आती थी, जो किचन और गुसलखाने दोनों का काम देता था। पियर् को हमेशा देर हो जाती थी। जब जाक पहुँचता वह मोमजामे के कवर वाली खाने की टेबिल पर बैठा होता। जाड़ों के दिन होते तो किरासिन का एक लैम्प पास में जल रहा होता, दोनों हाथों से चिकनी मिट्टी का एक बड़ा-सा कटोरा पकड़े, बिना मुँह जलाए वह दूध वाली उबलती हुई कॉफी जो उसकी मम्मी ने तभी उसे डाल कर दी थी, पीने की कोशिश करता हुआ। "फूँक मार ले," वे कह रही थीं। वह उस पर फूँक मारता, और सुड़क-सुड़क कर जल्दी-जल्दी कॉफी पीता, जबकि जाक वहाँ खड़ा-खड़ा उसे देखता रहता अपना वजन बारी-बारी से एक-एक पैर पर लेते हुए।[अ] जब पियर् खत्म कर लेता तो उसे किचिन में जाना पड़ता था, जहाँ एक मोमबत्ती जल रही होती थी, और स्टील के सिंक पर एक पानी से भरा गिलास उसकी बाट जोह रहा होता था जिस पर एक खास टूथपेस्ट लगा, क्योंकि उसे पायरिया की बीमारी थी, दाँत साफ करने का ब्रश रखा होता था। वह अपना बस्ता उठाता, कैप पहनता, पूरा लैस होकर उस ब्रश से ज़ोर-ज़ोर से देर तक अपने दाँत माँजता, फिर ज़ोर-ज़ोर से आवाज़ करके सिंक में खखारता। टूथपेस्ट की दवाई की खुशबू कॉफी की खुशबू में मिल जाती। जाक अब तक थक कर तंग आ जाता और अपने गुस्से को छिपाने

---

अ. स्कूल की टोपी।

की बिलकुल कोशिश नहीं करता था, परिणामस्वरूप यह असामान्य नहीं था कि दोनों में गुस्सा भर जाए, जिससे दोस्ती पक्की ही होती है। फिर वे सीढ़ियाँ उतरते और चुपचाप चलते हुए ट्रॉली के स्टॉप पर जाकर खड़े हो जाते। लेकिन और दिनों वे एक-दूसरे के पीछे भागते, हँसते, एक-दूसरे से बस्ता फेंक-फेंक कर ऐसे खेलते जाते जैसे वह रग्बी की बॉल हो। स्टॉप पर अपनी लाल ट्रॉली का इन्तज़ार करते हुए छिप कर वे यह देखते रहते कि उन दो या तीन ड्राइवरों में से किसके साथ उन्हें जाना है।

चूँकि उन्हें दोनों ट्रेलर बसें पसन्द नहीं थीं, वे मोटर बस के आने पर उसमें चढ़ जाते और फिर आगे जाने की कोशिश करते, बहुत मुश्किल होती क्योंकि वह बस हमेशा काम पर शहर जाते हुए मजदूरों से भरी होती थी और उनके बस्ते बीच-बीच में फँसते जाते थे। आगे निकलकर जैसे-जैसे एक-एक मुसाफिर उतरता जाता, उसका फायदा उठा कर वे एक-एक कदम आगे खिसकते जाते, ड्राइवर के शीशा लगे हुए जँगले के पास आने के लिए जहाँ से वे उस पतले और लम्बे गियर को देख सकते थे जिसके सिरे पर पकड़ने के लिए एक मूठ लगी हुई थी और एक न्यूट्रल, तीन आगे जाने और एक रिवर्स का निशान बना था। सिर्फ ड्राइवरों को ही गियर बदलने का हक होता था और बच्चों की निगाह में, उनकी सीट के ऊपर लिखी हिदायत के कारण कि उनसे बात करना सख्त मना है, वे देवता होते थे। वे करीब-करीब फौज की जैसी यूनिफार्म पहनते थे, और सिर पर पीकैप, सिवाय अरब ड्राइवरों के जो तुर्की टोपी पहनते थे। बच्चे उनकी यूनिफार्म से उन्हें पहचान लेते थे। उनमें एक 'अच्छा छोटा-सा नौजवान' ड्राइवर था जिसके कन्धे नाजुक लगते थे और जो देखने में एक लीडर जैसा लगता था; एक भूरा भालू था, एक मोटा, तगड़ा अरब, बड़ी-बड़ी आँख-नाक वाला और जो हमेशा एकदम सीधे नाक की सीध में देखा करता था, एक था जानवरों का दोस्त, एक बूढ़ा इतालवी एक नीरस रूखे चेहरे में निर्मल आँखें, स्टीयरिंग पर हमेशा दोहरा झुका हुआ जिसका नाम तब से पड़ गया था जब से उसने एक बार एक भूले हुए-से कुत्ते को बचाने के लिए, और दूसरी बार रेलिंग के बीच मज़े से टाँग उठाए खड़े कुत्ते को बचाने के लिए अपनी गाड़ी एकदम रोक दी थी, और 'ज़ोरो' अपनी शक्ल और छोटी-छोटी मूँछों से दगलैस फेयरबैक्स जैसा दिखता लम्बा आदमी।[अ] जानवरों का दोस्त बच्चों के दिलों का भी दोस्त था। लेकिन उन्हें वह भूरा भालू बहुत अच्छा लगता था, जो पैर मज़बूती से

अ. डोरी और घंटी।

जमाए, मस्त अपनी गड़गड़ाती गाड़ी को धड़ल्ले से टॉप स्पीड पर चलाता था, अपने बड़े-से बाएँ हाथ से छोटी-सी लकड़ी की मूँठ पकड़े हुए जिसे वह मौका मिलते ही सीधे थर्ड गियर में ले जाता, और दाहिने हाथ से गियर बॉक्स के सीधी तरफ ब्रेक व्हील सावधानी से पकड़े रहता और गियर को न्यूट्रल पर लाने के लिए उसे तेज़ी से दो-तीन बार पूरा घुमा डालता और तब मोटरकार पटरी से जोरों से स्किड कर जाती। इस भूरे भालू के साथ ही हमेशा मोड़ों और चक्करों पर एक स्पाइरल स्प्रिंग के सहारे मोटरकार की छत पर लगा ट्रॉली पॉल, जो ऊपर लगे बिजली के तारों से संलग्न होता है, कट जाने का अन्देशा रहता, जिससे वह एक खाली रिम के द्वारा जुड़ा रहता है, फिर बिजली के तार झनझना कर हिलने लगते और इधर-उधर चिनगारियाँ छिटक पड़तीं। फिर कंडक्टर मोटरकार में से नीचे कूदता, ट्रॉली के लम्बे तार को जो पोल से लगा रहता है और गाड़ी के पिछले हिस्से में रखे एक कास्ट आयरन बॉक्स में से अपने आप निकल जाता है, लपक कर पकड़ता, उसे पूरा दम लगाकर ताकि वह स्टील की स्टिंग में फँस सके, खींचता और फिर धीरे-धीरे ऊपर करके उस खाली रिम में अटकाने की कोशिश करता और यह सब लगातार निकलती चिनगारियों के बीच। बच्चे मोटरगाड़ी में से मुँह बाहर निकाले या अगर जाड़ों के दिन होते तो खिड़की के शीशों पर अपनी नाक चिपकाए ये काम होता देखते रहते और जैसे ही यह पूरा हो जाता वे आपस में फुसफुसा कर ड्राइवर को बता देते कि काम हो गया है, बिना उससे सीधे बात न करने का नियम तोड़े। लेकिन भूरा भालू बिना हिले चुपचाप बैठा रहता, जब तक कि जैसा कि नियम था, कंडक्टर पीछे लगी डोरी खींच कर, जिसमें आगे के छोर पर घंटी लगी हुई थी उसे चलने का सिगनल न दे देता। उसके बाद वह फिर से उसी तरह गाड़ी स्टार्ट करता। आगे इकट्ठे हुए बच्चे अपने नीचे और ऊपर मैट्ल की रेलिंग का भागना देखते रहते या कभी बारिश होती या खिली हुई सुबह में उस समय बहुत खुश हो जाते जब पूरी स्पीड से जाती उनकी ट्रॉम किसी घोड़ेगाड़ी से सरटि से आगे निकल जाती या दूसरी तरफ किसी फूफ-फूफ करती जाती गाड़ी के बराबर-बराबर थोड़ी देर चलती। हर स्टॉप पर ट्राम उसमें चढ़े अरब और फ्रांसीसी मज़दूरों में से कई को उतारती चलती और बेहतर कपड़े पहने शहर के लिए ज़्यादा उपयुक्त नई सवारियाँ लेती चलती, और फिर घंटी बजते ही चल पड़ती और इस तरह वे चलते रहते चाप के एक सिरे से दूसरे तक जिसके सहारे-सहारे शहर बसा हुआ था जब तक

कि अचानक वे गोदी पर न पहुँच जाते जहाँ कि खाड़ी का अपार विस्तरण क्षितिज के दूसरे पार नीले पहाड़ों तक फैला हुआ था। तीन और स्टॉप और टर्मिनल आ जाता था। द ग्लास द्यू गुवैर्नमों जहाँ वे बच्चे उतर जाते थे। वह जगह तीन तरफ से पेड़ों और आरकेड वाले मकानों से बन्द थी, सामने एक सफेद मस्जिद की तरफ खुलती थी जिसके पीछे गोदी का खुला स्थान था। उसके केन्द्र में खुले चमचमाते आकाश के नीचे जंगार चढ़ी हुई और ले ओं के ड्यूक की कुदान भरते घोड़े के ऊपर मूर्ति थी, लेकिन खराब मौसम में सारे वक्त टपकते पानी से बाजू काला पड़ जाता था (और वे वह अनुपेक्षणीय किस्सा सुनाते कि घोड़े के साज़ पर एक चेन लगाना भूल जाने के कारण मूर्तिकार ने खुदकुशी कर ली) और घोड़े की पूँछ में होकर पानी उस छोटी-सी बगिया में गिरता रहता था जो स्मारक के चारों तरफ लगाई हुई थी और रेलिंग से सुरक्षित थी। बाकी जगह में चमकते सफेद पत्थर लगे हुए थे जिन पर बच्चे ट्राम में से कूद कर उतरते और लम्बी-लम्बी छलाँग भरते हुए बाब-आज़ून रास्ता की तरफ भाग जाते जहाँ से लींसे पहुँचने में उन्हें सिर्फ पाँच मिन्ट लगते।

बाब-आज़ून एक सँकरा रास्ता था जो दोनों तरफ बड़े-बड़े स्तम्भों पर बने मेहराबों से और भी सँकरा हो गया था, जिसमें सिर्फ ट्राम की रेलिंग लायक जगह बची थी जो एक दूसरी कम्पनी द्वारा इस्तेमाल की जाती थी और जो इस क्षेत्र को शहर के प्रमुख ऊँचे इलाकों से जोड़ती थी। गर्मियों के दिनों में गँदला, नीला आसमान रास्ते के ऊपर एक भापीले ढक्कन की तरह रखा रहता था और मेहराबों के नीचे छाया ठंडी हुआ करती थी। बारिश के दिनों में पूरा रास्ता गीले चमकदार पत्थरों की एक खाई बन जाता था। मेहराबों के नीचे दुकानों की कतार थी : थोक टेक्सटाइल विक्रेता, उनकी दुकानें सामने से गहरे रंग का पेंट होता था जिनके शो-केसों में जमे हल्के रंग के मुलायम कपड़ों के थान आकर्षक लगते थे; किराने का सामान जिसमें से लौंग और कॉफी की खुशबू आती थी, छोटी-छोटी दुकानें जिनमें अरब दुकानदार घी और शहद टपकती पेस्ट्री बेचा करते थे; अन्दर को घुसे हुए अँधेरे कैफे जहाँ दिन के इस समय कॉफी परकोलेटर चल रहे थे (जबकि शाम को वे जगमगाते बल्बों की रोशनी में शोर और तरह-तरह की आवाज़ों, ज़मीन पर पड़े लकड़ी के बुरादे पर चलते हुए लोगों की भीड़ से भरे होते थे, जो धीरे-धीरे बार की तरफ बढ़ती जाती थी जहाँ दूधिया पेय के गिलास और लूपिन, मूँगफली, ऑलिव, चिप्स भरी प्लेटें रखी होती थीं), आखिर

में सैलानियों के लिए बाज़ार जहाँ भयंकर चीज़ें शीशे की शो-विंडो में लगी होती थीं, पोस्टकार्डों के घूमनेवाले रैक और चमकीले रंगों के मूरी स्कार्फ।

इनमें से एक बाज़ार, मेहराबों के बीचोबीच एक मोटे से आदमी का था जो हमेशा अपनी दुकान में अँधेरे में या रोशनी के नीचे बैठा रहता था, वह लम्बा चौड़ा, पीला पड़ा, आँखें बाहर को निकली हुईं, उन जीवों के जैसा था जो पत्थर हटाने पर नीचे से निकल पड़ते हैं या पुराने पेड़ों के तनों में रहते हैं, और सबसे बड़ी बात यह थी कि वह बिलकुल गंजा था। इस खासियत के कारण लड़कों ने उसका नाम 'मक्खियों का स्केटिंग रिंक' और 'मच्छरों का साइकिल रेसट्रैक' रख दिया था और वे कहा करते थे कि जब ये कीड़े उसकी खोपड़ी के खुले मैदान पर चलेंगे तो मुड़ना भूल जाएँगे और अपना संतुलन भी नहीं रख सकेंगे। बहुत बार शाम को बच्चे उसकी दुकान के सामने से चिड़ियों के एक झुंड की तरह तेज़ी से निकल जाते उसके ये नाम बोलते हुए और अपने हिसाब से मक्खियों के गिरने की ज़ज़ज़ज़ की आवाज़ के साथ नकल करते हुए। वह मोटा दुकानदार उन्हें गाली देता। एक या दो बार उसने उनका पीछा करने की भी हिम्मत की, पर पकड़ नहीं पाया। फिर यकायक वह चुप रहने लगा। उनके चिढ़ाने, हँसने पर बिलकुल चुप बैठा रहता और कई शामों तक बच्चे अपनी मनमानी करते रहे। उनकी हिम्मत बढ़ती गई। एक दिन शाम को अचानक कुछ नौजवान अरब उसके पेमेंट पर, खम्भों के पीछे से, जहाँ वे छिपे बैठे थे, निकलकर उन्हें पकड़ने दौड़े। उस दिन जाक और पियर् दोनों असाधारण रूप से तेज़ भागने के कारण मार खाने से बच गए। जाक के सिर पर एक पड़ी पर उसके बाद वह अपने दुश्मन के हाथ नहीं आया। लेकिन उनके साथ के दो या तीन लड़कों की जम कर पिटाई हुई। लड़कों ने दुकान पर छापा मार कर उसके मालिक को जान से मार डालने की योजना बनाई, लेकिन असलियत यह है कि उन्होंने अपनी इस दूषित योजना का अनुसरण नहीं किया। उस व्यक्ति को तंग करना छोड़ दिया और भलमनसाहत से रास्ते के दूसरी तरफ से आना-जाना शुरू कर दिया। "हम डर गए," जाक ने दुख महसूस करते हुए कहा। आखिरकार पियर् ने उसे जवाब दिया, "गलती हमारी थी। गलती हमारी थी और हमें मार का भी डर लगा।" बाद में, इस घटना का ध्यान आने पर वह समझा (वास्तव में) कि लोग यह दिखाते ज़रूर हैं कि वे औरों के हक का आदर कर रहे हैं लेकिन ऐसा करते सिर्फ ताकत के डर से हैं।[अ]

अ. वह औरों की तरह।

बाब-आज़ून रास्ता आगे चल कर बीच में चौड़ा हो जाता था, एक तरफ के मेहराबों की जगह सॉएत विक्तुआर् का गिरजा बना हुआ था। यह छोटा-सा गिरजाघर एक पुरानी मस्जिद की जगह में बना हुआ था। एक प्रकार की अर्पित भेंट (?), हमेशा फूलों से भरी हुई, इसके सफेद पॉलिश किए हुए सामने के हिस्से में खुदी हुई थी। जब तक बच्चे वहाँ पहुँचते खाली फुटपाथ पर फूल वाले अपनी दुकान लगाकर बैठ जाते थे, उनके पास आइरिस के बड़े-बड़े गुच्छे होते, मौसम के हिसाब से कार्नेशन, गुलाब, या अनीमोन होते जिन्हें वे लम्बे-लम्बे टीन के डिब्बों में रखते थे, जिनके नीचे के किनारों पर लगातार छिड़के जाते पानी से जंग लगी होती थी। उस फुटपाथ पर एक तरफ एक छोटी-सी दुकान में जहाँ मुश्किल से तीन आदमी आ सकते थे अरब फ्रिटर की दुकान थी। एक कोने में एक भट्टी खोदी हुई थी जिसके किनारों पर सफेद और नीली मिट्टी के बर्तन रखे रहते थे, और उसके ऊपर सूँ-सूँ करती उबलते तेल की एक बड़ी-सी कड़ाही रखी होती थी। उसके पीछे अरबी निकर पहने हुए एक अजीब-सा आदमी आलथी-पालथी मारे बैठा होता था। ऊपर का बदन गर्मियों के दिनों में नंगा, बाकी दिनों में एक यूरोपियन कोट जिसका गले पर बन्द करने के लिए एक सेफ्टी पिन, जो अपने गंजे सिर, पतली शक्ल, बिना दाँत के मुँह से एक चश्मा रहित गांधी जैसा लगता था, और जो हाथ में एक लाल झर पकड़े कड़ाही में लाल होते फ्रिटर देखता रहता था। जब कोई फ्रिटर तैयार हो जाता था, मतलब कि जब वह बाहर से सुनहरी दिखने लगता था और उसका बहुत पतला अन्दर का गूदा करारा और पारदर्शी हो जाता था। (जैसे एक आर-पार दिखनेवाला आलू का चिप), वह ध्यान से झर उसके नीचे लगा कर तेल में से ऊपर उठा लेता था और झर को तीन-चार बार हिलाकर उसका तेल झाड़ देता था, फिर अपने सामने एक शीशा लगे स्टैंड, जिसमें बहुत से छेद वाले खन थे, रख देता था। पहले से तरतीब से लाइन में रखे फ्रिटरों के साथ, एक तरफ शहद वाले, और दूसरी तरफ सादा[अ]। पियर् और जाक इस मिठाई के पीछे पागल थे, और उन विरल अवसरों पर, जब उनमें से एक की भी जेब में ज़रा भी पैसे होते, तो वे वहाँ रुक कर कागज़ में, जो तेल लगते ही आरपार दिखनेवाला हो जाता था, एक सादा फ्रिटर या वह जो उन्हें देने से पहले वह दुकानदार पास में रखे एक जार में, जिसमें काला पड़ा फ्रिटरों के टुकड़े मिला शहद होता था, डुबो देता था, ले लेते थे। और फिर इस बहुत ही स्वादिष्ट मिठाई को

अ. जलेबी आस, मकरूद।

खाते-खाते लीसे की तरफ दौड़ जाते थे, सिर और कन्धे आगे को झुकाए हुए ताकि कपड़ों पर रस न टपक जाए।

स्कूल खुलने के कुछ दिन बाद प्रत्येक वर्ष सॉएत विक्तुआर् गिरजा के सामने से अबाबीलों की रवानगी हुआ करती थी। वास्तव में वहाँ रास्ते की चोटी पर जहाँ सड़क की चौड़ाई भी ज़्यादा थी, बहुत से बिजली के तार और हाई पावर लाइनें पड़ी थीं जो पहले कभी ट्रामों के लिए काम में लाई जाती थीं, लेकिन बाद में छोड़ दी गई थीं, और तार अभी तक उतारे नहीं गए थे। सर्दियों के शुरू-शुरू में सर्दी, यानी तुलनात्मक रूप से, क्योंकि वहाँ कभी पाला नहीं पड़ता था, लेकिन फिर भी इतने महीनों की तेज़ गर्मी के भारी दिनों के बाद काफी महसूस होती थी। अबाबील[अ], जो सामान्यत: समुद्र के सहारे-सहारे बनी सड़क के ऊपर, लीसे के सामने खुली जगह में, या उन गरीब इलाकों के ऊपर आसमान में उड़ती थी, कभी-कभी ज़ोर से चिल्लाकर किसी फल में, या समुद्र पर तैरती गन्दगी में या ताज़ा गोबर में चोंच मारते हुए, पहले बाब-आज़ून के कॉरिडोर में इक्का-दुक्का दिखनी शुरू होती थी, किसी ट्राम की तरफ नीची होकर उड़ती हुई और फिर एकदम ऊपर उठकर घरों के ऊपर आसमान में खो जाती। अचानक एक सुबह वे हज़ारों की संख्या में वहाँ बैठी दिखतीं, सॉएत-विक्तुआर् के अहाते में हर तार पर, घरों के ऊपर एक दूसरी से सटकर, अपनी काली और सफेद गर्दनों के ऊपर सिरों को हिलाती हुईं, पूँछ हिलाती हुई, अपने पंजे लगातार सरका-सरका कर नवागन्तुकों के लिए जगह करती हुईं। पूरा फुटपाथ उनकी राख जैसी बारीक बीट से भर जाता। सबकी मिली हुई, एक निरन्तर होती चहचहाट बीच-बीच में ज़ोर से टाँय-टाँय या कुड़-कुड़, सड़क के ऊपर सुबह से लगातार होती कॉन्फिडेंशियल बातचीत जिसकी आवाज़ धीरे-धीरे बढ़कर शाम को बहरा कर देने लायक हो जाती, जब बच्चे घर जाने के लिए ट्रामों की तरफ भागने लगते, तब किसी अदृश्य आदेश से वह चहचहाट अचानक रुक जाती और उन हज़ारों सोती हुई चिड़ियों के ऊपर उनके छोटे-छोटे सिर और काली और सफेद पूँछें अविचल पड़ जातीं। अगले दो या तीन दिनों तक साहेल के हर कोने से, कभी-कभी और भी दूर से वे परवाले छोटे-छोटे झुंड आते रहते और पहले पहुँचे हुओं के बीच धीरे-धीरे जगह ढूँढ़ कर बैठ जाते, सड़क के दोनों तरफ, असेम्बली के मुख्य चौक में वे हर बिल्डिंग के हर कोने में बैठ जाते, वहाँ से गुज़रनेवालों के लिए उनके पंखों की फड़फड़ाहट और चहचहाट

---

अ. ग्रोनियेर् द्वारा दिया हुआ गौरैयों का उल्लेख देखना।

धीरे-धीरे बढ़कर बहरा कर देने लायक हो जाती। और फिर एक सुबह उसी तरह अचानक सब कुछ खाली हो जाता। रात को पौ फटने से ज़रा पहले वे चिड़याँ सब मिलकर दक्षिण के लिए चली गई होतीं। बच्चों के लिए तभी जाड़े शुरू हो जाते, तारीख से काफी पहले, चूँकि उन्होंने कभी शाम तक आसमान में उड़ती अबाबीलों की चिल्लाहट के बिना गर्मी नहीं देखी थी।

बाब-आज़ून मार्ग एक बड़े से चौक में जाकर खत्म हो जाता था जहाँ बाईं और दाहिनी तरफ आमने-सामने लीसे और बैरेक बने हुए थे। लीसे की पीठ अरब शहर की तरफ थी जिसके गीले और सीधे रास्ते पहाड़ियों पर फैले हुए थे। बैरकों की पीठ समुद्र की तरफ थी। लीसे से आगे जाकर मॉरोंगो बाग शुरू हो जाता था, बैरक से आगे निकलकर मिश्रित इस्पानियों का निर्धन मोहल्ला बाब-अलउवेद। सवा सात से कुछ मिनट पहले पियर् और जाक, तेज़ी से सीढ़ियाँ चढ़कर बड़े गेट के पास बने चौकीदार के छोटे-से केबिन में से होकर बच्चों की असीम बाढ़ में मिल गए। वहाँ से वे मुख्य जीने से चढ़ कर जिसके दोनों तरफ विशिष्ट पोर्ट्रेट लगे हुए थे, लगातार भागते हुए मुख्य मंजिल पर पहुँच गए, जहाँ बाईं ओर ऊपर की मंजिलों पर जाने का जीना बना हुआ था, जो मुख्य चौक से एक शीशे की गैलरी से अलग किया हुआ था। वहाँ एक खम्भे के पीछे उन्होंने राएनोसरस को देखा जो देर से आनेवाले बच्चों का नाम लिख रहा था। (राएनोसरस एक चीफ सुपरवाइजर था, एक कोर्सिका द्वीप का रहनेवाला, कद का छोटा और घबराया हुआ-सा आदमी था जिसका राएनोसरस नाम उसकी ऐंठी हुई मूँछों के कारण पड़ गया था)। एक दूसरी ज़िन्दगी शुरू हो गई थी।

पियर् और जाक को उनकी 'परिवार की परिस्थिति' के कारण सेमि-बॉर्डर की ग्रांट दे दी गई थी। वे इसलिए पूरे दिन लीसे में रहते थे और वहीं डाइनिंग हॉल में दोपहर का खाना खाते थे। उस दिन के हिसाब से क्लासें सुबह आठ या नौ बजे शुरू होती थीं लेकिन होस्टल में रहनेवालों को ब्रेकफास्ट सुबह सवा सात बजे दिया जाता था जो सेमि-बॉर्डर भी ले सकते थे। दोनों बच्चों के परिवार यह कभी सोच भी नहीं सकते थे कि जिस चीज़ पर हक मिले, चाहे वह कितनी भी छोटी हो, उसे छोड़ दो; फिर पास पहले ही इतना कम था, तो जाक और पियर् उन कतिपय छात्रों में शामिल हो गए थे जो सुबह सवा सात बजे उस बड़े सफेद गोल डाइनिंग हॉल में दाखिल हो जाते जहाँ पहले से ही छात्रावास में रहनेवाले उनींदे छात्र जस्ते की पॉलिश की हुई लम्बी टेबिलों पर बैठे होते थे, उनके सामने बड़े कटोरे और ब्रेड के मोटे-मोटे स्लाइसों से

भरी बास्केट, जबकि रफ कैनवैस के एप्रन पहने वेटर, ज़्यादातर अरब, हाथ में डिजाइनदार काफी पॉट लिये तेज़ी से चल-चल कर सबके कटोरों में एक उबलता पेय भरते रहते थे जिसमें कॉफी से ज़्यादा चिकोरी होती थी। अपने विशेषाधिकार का प्रयोग करके बच्चे पन्द्रह मिनट बाद पढ़ने के हॉल में जाते, जहाँ, एक मॉनिटर, जो खुद भी छात्रावास में रहनेवाला एक छात्र होता था, की देखरेख में स्कूल शुरू होने से पहले अपना होमवर्ग चैक कर लेते थे।

यहाँ स्टेट स्कूल से सबसे बड़ा अन्तर था अध्यापकों की बहुलता। श्री बैरनार् सब कुछ जानते थे और जो जानते थे, सब एक ही तरह से पढ़ाते थे। लीसे में, हर विषय के साथ अध्यापक बदल जाता था और हर आदमी के साथ पढ़ाने का तरीका।[अ] अब तुलना करना सम्भव हो गया था, यानी कि आप छाँट सकते थे, वे जो आपको अच्छे लगते थे और वे जो अच्छे नहीं लगते थे। स्कूल का शिक्षक इस दृष्टिकोण से पिता के बराबर होता है, वह बच्चों को पूरी तरह अपना लेता है और उन्हीं की तरह अपरिहार्य होता है और हर आवश्यकता पूरी करता है। तो वास्तव में उसे प्यार करने या न करने का प्रश्न ही नहीं उठता। प्राय: उसे इसीलिए ज़्यादा प्यार किया जाता है क्योंकि बच्चे उस पर पूरी तरह आश्रित होते हैं। लेकिन अगर ऐसा हो कि बच्चा उसे बहुत कम प्यार करता हो या करता ही न हो तब भी उसका सहारा और आवश्यकता बनी रहती है जोकि प्यार का जैसा ही होता है। लीसे में, उसके विपरीत, अध्यापक उन अंकलों जैसे होते हैं जिनमें से आप छाँट सकते हैं। यानी कि आप उन्हें नापसन्द कर सकते हैं, तो ऐसे ही एक फिजिक्स का अध्यापक था जो कपड़े बड़े सुरुचिसम्पन्न और श्रेष्ठ पहनता था, बोलने में बहुत सत्ताशील और अपरिष्कृत जिसे दोनों ही न जाक, न पियर् ज़रा भी बर्दाश्त कर पाते थे। हालाँकि साल में दो-तीन बार उनका पाला उससे पड़ता था। साहित्य के अध्यापक, जिनसे बच्चे औरों से ज़्यादा मिलते थे, ही ऐसे थे जिससे शायद वे प्यार कर सकते थे, और वास्तव में सभी क्लासों[ब] में जाक और पियर् उससे चिपके रहते थे लेकिन वे उस पर निर्भर नहीं हो सकते थे क्योंकि वह उनके बारे में कुछ नहीं जानता था और क्लास खत्म होते ही एक बिलकुल अलग दुनिया में चला जाता था, जाक

अ. श्री बैरनार् को सब प्यार करते थे और उनकी इज़्ज़त करते थे। लीसे में ज़्यादा से ज़्यादा अध्यापक की इज़्ज़त की जा सकती थी, उनसे प्यार करने की हिम्मत कोई नहीं कर सकता था।

ब. बताओ कौन-सी? और विकसित करना?

और पियर् भी उस अलग दुनिया में वापस लौट जाते जहाँ लीसे के किसी अध्यापक के रहने की कोई सम्भावना नहीं थी, इतनी अलग दुनिया कि वहाँ कभी कोई नहीं मिलता था, न अध्यापक, न छात्र। उनकी ट्राम की लाइन पर—सिर्फ लाल गाड़ियाँ नीचे वाले इलाकों (सी.एफ.आर.ए.) में जाती थीं, जबकि ऊँचे क्षेत्रों में, जो रहन-सहन में ज़्यादा सुसंस्कृत और शिष्ट समझे जाते थे हरी गाड़ियाँ (टी.ए.) सर्विस करती थीं। फिर टी.ए. सीधी लीसे को जाती थीं, जबकि सी.एफ.आर.ए. लाइन प्लास द्यू गुवैर्नमों स्टाप पर खत्म हो जाती थी, आप नीचे से लीसे [ ][1]। इसलिए दिन खत्म होते ही लीसे के दरवाज़े पर ही, या ज़रा-सा आगे प्लास द्यू गुवैर्नमों पर पहुँचते ही बच्चों को अब अलगपना महसूस हो जाता था, जब अपने प्रोत्फुल्ल सहपाठियों का झुंड छोड़कर वे लाल गाड़ियों की तरफ जाने लगते थे जो शहर के निर्धन क्षेत्रों में चलती थीं, और वे वहाँ सिर्फ अपना अलगपना महसूस करते थे, न कि कोई छोटापन। वे कहीं और रहते थे, बस।

स्कूल में पढ़ने के समय, उसके विपरीत, आपस में कोई अलगपन नहीं रहता था। उनके कपड़े कम और ज़्यादा अच्छे हो सकते थे लेकिन वे सब एक-से होते थे। सिर्फ क्लास में होशियारी और खेल में तेज़ी के बीच होड़ रहती थी। उन दोनों मुकाबलों में वे दोनों बच्चे किसी से पीछे नहीं थे। जो ठोस शिक्षा उन्हें स्टेट स्कूल में मिली थी उससे वे हमेशा औरों से आगे रहते थे, और उनकी गिनती पहले साल से ही क्लास के सबसे ज़्यादा होशियार लड़कों में होने लगी थी। उनकी अमोघ वर्तनी, त्रुटिरहित हिसाब, पैनी याददाश्त और सबसे ज़्यादा ज्ञान के हर पहलू के प्रति आदर भाव, जो उनमें कूट-कूट कर भरा गया था, उनके खास गुण थे, कम-से-कम साल के शुरू-शुरू में। अगर जाक इतना उत्पाती न होता जिसके कारण हमेशा उसकी पोजीशन रह जाती थी, और अगर पियर् लातिन में थोड़ी और मेहनत कर लेता तो उनका स्थान सबसे ऊपर होता। जो भी हो अध्यापकों से शाबाशी पाकर क्लास में उनका बहुत आदर होता था। जहाँ तक खेलों का सवाल था, सिर्फ फुटबॉल ज़रूरी थी और जाक ने पहले दिन खेलने पर ही अपने उस शौक का अन्दाज़ा लगा लिया था जो इतने सालों तक बराबर बना रहा। उनके मैच डाइनिंग हॉल में खाना खाने के बाद एक घंटे की रिसैस में खेले जाते थे जो सेमि-बॉर्डर और डेसू स्कॉलरों के लिए चार बजे हुआ करता था जिससे बच्चे स्टडी-हॉल में होमवर्क करने और अगले दिन की तैयारी में दो

1. एक अस्पष्ट शब्द।

घंटे पढ़ने के लिए बैठने से पहले नाश्ता करके कुछ सुस्ता लें।[अ] जाक के लिए नाश्ता करने का प्रश्न ही नहीं था। फुटबाल से ग्रस्त वह सीधा सीमेंट किए हुए चौक की तरफ भाग जाता था, जिसके चारों तरफ बड़े-बड़े खम्भों के ऊपर आर्केड बने हुए थे (जिसके नीचे अध्ययनशील और कहना माननेवाले बच्चे पढ़ रहे होते या एक-दूसरे से बात कर रहे होते थे)। किनारों पर चार-पाँच हरे रंग की बेंचें पड़ी थीं और एक बड़ा-सा अंजीर का पेड़ था जिसके चारों तरफ भी लोहे की जंजीर की बाड़ लगी हुई थी। दो टीमें चौक के दोनों साइड में अपनी जगह चली जातीं और गोलकीपर खम्भों के बीच में कोने में और एक बड़ी-सी फॉम-रबड़ की बॉल बीच में रख दी जाती। कोई रेफरी नहीं होता था और पहला किक लगते ही तेज़ दौड़ना और चिल्लाना शुरू हो जाता था। इस मैदान पर ही जाक ने, जो क्लास में अच्छे से अच्छे छात्र से बराबरी से बात करता था, खराब से खराब लड़कों से भी उनका प्यार और सम्मान जीता, जिन्हें शायद मस्तिष्क की कमी पूरी करने के लिए परमात्मा ने बलवान टाँगें और लम्बी साँस लेने की क्षमता प्रदान की थी। यहीं पर वह पहली बार पियर् से अलग हुआ था। वह खेलता नहीं था, यद्यपि उसमें प्राकृतिक योग्यता थी : वह अब ज़्यादा नाजुक हो गया था। जाक से जल्दी बड़ा होकर, वह ज़्यादा पतला-दुबला और कोमल दिखने लगा था जैसे कि वह प्रतिरोपण उसे माफिक न आया हो।[ब] जाक का विकास विलम्ब से हुआ, जिससे उसे 'झींगा', 'ठिंगा' जैसे उपनामों से विभूषित होना पड़ा, लेकिन वह इसकी कोई परवाह नहीं करता, बॉल को दोनों पैरों के बीच लुढ़काता हुआ पागलों की तरह तेज़ भागता जाता, कभी किसी पेड़ से बचता हुआ, कभी दूसरी टीम के किसी खिलाड़ी से, अपने आपको उस मैदान का, जीवन का सरदार समझते हुए। जब रिसैस खत्म होने और स्टडी-हॉल में जाने का डंका बजता तो वह जैसे आसमान से नीचे गिर पड़ता, सीमेंट के फर्श पर वहीं रुक जाता, पसीने में सराबोर, ज़ोर-ज़ोर से साँस लेता हुआ गुस्से में कि क्यों समय इतनी जल्दी निकल जाता है, फिर धीरे-धीरे वह वर्तमान में वापस आता, भाग कर बाकियों के साथ लाइन में खड़ा होता, अपनी दोनों बाँहों से मुँह का पसीना पोंछता और फिर अचानक अपने जूतों के सोल घिस जाने का ध्यान आते ही डर जाता। स्टडी हॉल में घुसने से पहले उन्हें देखता कि कल और आज की चमक में कितना फरक है, और कोई फरक न देख पाने

---

अ. डे स्कॉलरों के चले जाने से चौक में भीड़ कम।

ब. विकसित करना।

की मुश्किल से वह निश्चिन्त हो जाता। सिवाय जब उनमें कुछ मरम्मत की ज़रूरत लायक टूट गया हो जैसे, सोल का निकल जाना या फट जाना या एड़ी मुड़ जाना, जिससे शाम को घर में उसके होनेवाले स्वागत में उसे कोई शक नहीं रह जाता था। उसके बाद पढ़ाई के पूरे दो घंटों के समय तक थूक सटकता रहता, उसे पेट में अजीब-सा हल्कापन महसूस होता जैसे उलटी हो जाएगी। खुद अपने पाप का प्रायश्चित्त करने के लिए वह और अधिक मेहनत से पढ़ने की कोशिश करता लेकिन इन सब कोशिशों के बावजूद उसका मन मार के डर से पढ़ाई में नहीं लग पाता। उसे वैसे भी, दिन की यह आखिरी पढ़ाई सबसे ज़्यादा लम्बी लगती। सबसे पहले तो यह पूरे दो घंटे चलती थी, फिर यह होती या तो रात को, या जब रात पड़नी शुरू हो जाती तब। हॉल की ऊँची खिड़कियों में से बाहर मोरैंगो बाग दिखाई देता था। जाक और पियर् के चारों तरफ बराबर-बराबर बैठे लड़के, सामान्य से ज़्यादा चुप, पढ़ाई और खेल से थके हुए इस आखिरी काम में लीन हो जाते। बाग में, खास तौर से साल के अन्त में, बड़े-बड़े पेड़ों, फूलों की क्यारियों और केले के पेड़ों के झुंडों पर अँधेरा उतर आता। हरा होता आसमान और फैलता हुआ प्रतीत होता, शहर से आती आवाज़ धीमी होकर दूर होती जाती। जब बहुत गर्मी होती थी और कोई खिड़की आधी खुली रह जाती थी, तब उसमें से बाग के ऊपर से उड़ती हुई आखिरी अबाबीलों का चिल्लाना सुनाई देता, और सैटिंगस और बड़े-बड़े मगनोलिया फूलों की खुशबू अन्दर आकर स्याही और रूलर की तीखी और कड़वी खुशबू को डुबो देती। जाक सपनों में खो जाता, हृदय में एक अजीब-सी गहरी कसक, जब तक कि मॉनिटर जो खुद भी विश्वविद्यालय का छात्र था अपना काम कर रहा होता था, उसे न टोकता। वे ड्रम पर डंका लगने का इन्तज़ार करते रहते।

[अ]सात बजे लीसे से बाहर आने का वक्त होता, और शोर मचाते बच्चों के झुंड पूरे बाब-आज़ून रास्ते में दौड़ रहे होते, जहाँ सारी दुकानों में चमचमाती लाइट जल रही होती थीं, और मेहराबों के नीचे फुटपाथ पर इतनी भीड़ होती थी कि उन्हें रास्ते में ही चलना पड़ जाता था, लीकों के बीच में और जैसे ही ट्राम आती दिखती वे तेज़ी से वापस आर्केडों की तरफ भागते जब तक कि प्लास द्यू गुवैर्नमों न आ जाता, जहाँ खुली जगह होती, किनारे-किनारे अरब लोगों के स्टाल और ठेले होते जिनमें वे एसिटलीन लैम्पों से रोशनी करते थे जिनकी खुशबू सूँघना बच्चों को बहुत अच्छा लगता था। वहाँ लाल

अ. समलिंग कामी की कुचेष्टा।

ट्राम गाड़ियाँ खड़ी होती थीं, ठसाठस भरी हुई, जबकि सुबह के समय उनमें लोग कम होते थे, और उन्हें चढ़नेवाली पटरी पर खड़ा रहना पड़ता था जो वर्जित था लेकिन प्रचलित भी था, जब तक कि अगले स्टॉप पर कुछ लोग उतर न जाते, और फिर वे बच्चे आदमियों की उस अथाह भीड़ में मिल जाते, एक-दूसरे से दूर बात कर पाने में वैसे भी असमर्थ। धीरे-धीरे किसी तरह धक्कामुक्की करके रेलिंग तक पहुँच जाते जहाँ से वे अँधेरे पोर्ट को देख सकते थे, जहाँ उन्हें बड़े-बड़े स्टीमर खड़े दिखते उनमें जलती लाइटों से बनी रूपरेखाओं के सहारे, जो समुद्र और आकाश के बीच के अँधेरे में ऐसे दिखते थे जैसे जले हुए घरों के ढाँचे जहाँ आग की गर्म राख अभी धधक रही हो। बड़ी, लाइट से जगमगाती ट्राम पानी के ऊपर बहुत गड़गड़ाकर चलती थी और सागर तट से थोड़ा-सा अन्दर घुसकर फिर बैलकूर् ज़िले के गरीब घरों के बीच छोटी-छोटी गलियों में चली जाती थी, जहाँ उन बच्चों को एक-दूसरे से अलग हो जाना पड़ता था और जाक अपने हमेशा अँधेरे पड़े जीने में ऊपर चढ़ जाता रोशनी के उस गोले की तरफ, जो खाने की टेबिल पर जलते किरासिन लैम्प से बना होता था, उसके चारों तरफ कुर्सियाँ होतीं और बाकी पूरे कमरे में अँधेरा जहाँ साइड बोर्ड के पास कैथरीन कारमॅरी टेबिल लगाने के लिए कुछ कर रही होती थीं, जबकि नानी किचिन में दोपहर का बचा स्ट्यू गर्म कर रही होती थीं और बड़ा भाई टेबिल के एक कोने में बैठा कोई रोमांचकारी उपन्यास पढ़ रहा होता था। कभी-कभी उसे आखिरी क्षण में ज़रूरत पड़ने पर मोज़ाबाइट पंसारी से नमक या मक्खन का छोटा पैकेट लेने जाना पड़ जाता था, या अंकल अर्नेस्ट को बुलाने, जो गेबीस कैफे में अपनी सभा लगाए बैठे होते थे। डिनर शाम को आठ बजे बिलकुल चुप कमरे में खा लिया जाता था सिवाय जब अंकल अर्नेस्ट अपना कोई पुराना किस्सा सुनाते और फिर उस पर खूब देर तक हँसते रहते, लेकिन किसी भी अवस्था में कभी लीसे का कोई ज़िक्र नहीं होता था, उन अति विरल मौकों के अतिरिक्त जब उसकी नानी पूछती थीं कि क्या उसे नम्बर अच्छे मिल रहे हैं और वह कहता हाँ, और उसके बाद उस बारे में कोई कुछ नहीं कहता था, और उसकी माँ खुद उससे कभी कुछ नहीं पूछती थी सिर्फ उसके यह बताने पर कि नम्बर अच्छे मिल रहे हैं उसकी तरफ प्यार से देखती रहती, लेकिन हमेशा खोई हुई-सी, "आप बैठिए, मैं चीज़ ले आती हूँ।" वे अपनी माँ से कहतीं, उसके बाद आखिरी तक कोई बात नहीं होती और फिर वे टेबिल उठाने के लिए उठ जातीं। उसे बड़े चाव से पढ़ने के लिए पार्‌देय्‌यों

उठाते देखकर नानी कहतीं, "जा, अपनी माँ के साथ काम करवा।" वह उनकी मदद करवाके वापस लैम्प के नीचे आकर बैठ जाता, उस बड़ी-सी किताब को जिसमें डुएल और बहादुरी की कहानियाँ होती थीं, चिकनी, बिना कवर की खाने की टेबिल पर रख लेता, उसकी माँ लैम्प की रोशनी से दूर एक कुर्सी सरकाकर, जाड़ों में खिड़की के पास, गर्मियों में बालकनी में बैठ जातीं और ट्रामों, कार आते-जाते लोगों की कम होती चहल-पहल देखती रहतीं।[अ] फिर नानी ही जाक से कहा करती थीं कि उसे अब सो जाना चाहिए क्योंकि वह सुबह साढ़े पाँच बजे उठ जाता था, वह पहले उन्हें प्यार करता, फिर अंकल को और आखिर में अपनी माँ को, जो उसे बहुत प्यार से लेकिन अन्यमनस्कता से प्यार करतीं और फिर वापस उसी तरह निश्चल बैठ जातीं, उसी अन्धकारमय रोशनी में, आँखें नीचे रास्ते में खोई हुईं और जीवन की उस धारा में जो जिस किनारे पर वे बैठी थीं उसके नीचे लगातार वे रही थीं, जबकि उनका बेटा, लगातार रुँधे हुए गले से उस अँधेरे में उन्हें देखे जा रहा था, उनकी झुकी हुई पतली कमर, उस अस्पष्ट दुर्भाग्य के दुख से भरी हुई, जिसे वह समझने में असमर्थ था।

---

अ. लुसियाँ—14 इ.पी.एस.—18 बीमा।

# दड़बा और मुर्गी की गर्दन कटना

वह मृत्यु और अज्ञात डर जो लीसे से घर आते समय उसे हमेशा लगा करता था, दिन के अन्त आने के साथ-साथ, उस पर आरूढ़ होना शुरू हो चुका था, उतनी ही तेज़ी से जितनी कि वह अन्धकार प्रकाश और पृथ्वी को निगल रहा था, और तब तक खत्म नहीं होता था, जब तक कि उसकी नानी पेट्रोल का लैम्प न जला देती थीं, उसके शीशे के शेड को मोमजामे पर नीचे रखकर, [पैर] कुछ पंजों पर जमा कर, उनकी जाँघें टेबिल के किनारे से सटी हुईं, उनका बदन कुछ आगे को झुका हुआ, उनका सिर हल्का-सा मुड़ा हुआ ताकि वे शेड के नीचे लैम्प की बत्ती को ज़्यादा अच्छी तरह देख सकें, एक हाथ से बत्ती ऊपर करनेवाली घुंडी पकड़कर दूसरे से जली हुई तीली बत्ती पर तब तक रगड़ते हुए जब तक कि उसमें से सुलग कर एक साफ लौ न निकल आए। और उसके बाद नानी शीशे का वह शेड उस पर वापस जमा देतीं, जो कॉपर के दाँतों के बीच फँसते हुए जिसमें वे उसे दबा रही थीं, थोड़ा-सा चरमराता फिर वे उसे टेबिल पर सीधा रखकर एक हाथ से बत्ती ठीक करतीं जिससे टेबिल पर एक बिलकुल गोल घेरा बन जाता और उसकी रोशनी एकरूप होकर चारों तरफ बराबर पड़ने लगती और वह जैसे कि उस मोमजामे से परावर्तित, उस औरत और बच्चे के चेहरों पर हल्की-सी चमक फेंकता जो टेबिल के दूसरे कोने से उस पूरी क्रिया को ध्यान से देख रहे होते थे, और जैसे-जैसे प्रकाश बढ़ता जाता उसका हृदय हल्का होने लगता।

यह वही घबड़ाहट थी जो वह, कभी-कभी अपने घमंड या दर्प से जीतने की कोशिश करता था, जब उसकी नानी किन्हीं अवसरों पर उसे दड़बे से मुर्गी लाने को कह देती थीं। यह हमेशा शाम को हुआ करता था। किसी बड़े त्योहार, जैसे ईस्टर, या क्रिसमस की पहली शाम को, या अपने से अच्छी स्थिति वाले रिश्तेदारों के आने पर उनके आदर-सत्कार में, और व्यवहारौचित्य के कारण उन्हें परिवार की वास्तविक स्थिति के बारे में

धोखा देने के लिए भी। लीसे के शुरू-शुरू के सालों में नानी ने एक बार जोजेवीन अंकल से उनके रविवारीय व्यापार-सम्बन्धी अभियान में से अपने लिए अरबी मुर्गियाँ लाने के लिए कहा था और अर्नेस्ट अंकल से चौक के दूसरे सिरे पर चिकनी-गीली मिट्टी में एक कामचलाऊ दड़बा बनावा लिया था, जिसमें वे पाँच या छह मुर्गे-मुर्गियाँ रखा करती थीं जो उन्हें अपने अंडे और कभी-कभी अपनी जान देते रहते थे। पहली बार जब उन्होंने एक मुर्गी की जान लेना तय किया, घर में किसी का खाना था, और उन्होंने दोनों में से बड़े लड़के से मुर्गी ले आने के लिए कहा। लेकिन लुइस[1] ने साफ मना कर दिया, वह बोला, उसे डर लगता है। नानी उस पर नाराज़ हुई, आजकल के इन सम्पन्न घरों के बच्चों को बेकार बताया जो उनके समय के बच्चों जैसे नहीं थे जो बिना डरे जंगल में कहीं भी चले जाते। "तुमसे तो जाक में ही हिम्मत ज़्यादा है, मुझे मालूम है। चलो, तुम जाओ।" वास्तव में जाक में हिम्मत बिलकुल ज़्यादा नहीं थी। लेकिन जब यह कह दिया गया था तो वह पीछे नहीं हट सकता था, इसलिए उस शाम, वह वहाँ गया। उसे अँधेरे में टटोल-टटोलकर सीढ़ियाँ उतर कर, हॉल में बाईं तरफ मुड़ना था जहाँ हमेशा काला घुप्प रहता था, फिर आगे बढ़कर चौक का दरवाज़ा ढूँढ़ना था। बाहर अँधेरा इतना गहरा नहीं था जितना हॉल में। नीचे चौक के लिए चार हरी-हरी फिसलनी सीढ़ियाँ दिख रही थीं। दाहिनी तरफ उस बिल्डिंग के ब्लाइंड्स में से, जिसमें नाई और एक और अरब परिवार रहते थे, हल्की-सी रोशनी आ रही थी। चौक के दूसरे कोने में गन्दी ज़मीन पर या बीट से लिथड़े पर्च पर सोते पक्षियों के सफेद-सफेद धब्बे से[अ] दिख रहे थे। जैसे ही वह दड़बे के पास पहुँचा और उस हिलते हुए दड़बे को छुआ, फिर हाथ ऊपर को उठाए उकड़ूँ बैठकर उस बड़ी-बड़ी छेदों वाली जाली के और पास आया, चारों तरफ से एकदम दबी हुई कुड़-कुड़, कुड़-कुड़ की आवाज़ और सिर चकरा देनेवाली बीट की सड़ाँध भरी भभक ऊपर उठी। उसने ज़मीन के लेवल का जाली वाला दरवाज़ा खोला, अन्दर हाथ डालने के लिए थोड़ा और झुका, नीचे की गन्दगी या किसी डंडी से हाथ लगते ही मितली आने लगी और उसने जल्दी से हाथ वापस खींच लिया, उसके बाद दड़बे में पंखों की भयंकर फड़फड़ाहट और पंजों के दौड़ने से एक भयंकर कोलाहल मच गया, मुर्गियाँ कीं-कीं करके चारों तरफ भागने लगीं, क्षणभर

1. जाक के भाई को कभी औरी कभी लुइस नाम दिया गया है।
अ. विकृत।

को वह डर गया। फिर भी उसे तो कैसे भी हिम्मत जुटानी थी, वह दोनों में से ज़्यादा बहादुर मनोनीत किया जा चुका था। लेकिन वह अँधेरे में मुर्गियों से मची इस खलबली से, इतनी गन्दी और ठीक से कुछ न दिखनेवाली जगह में घबड़ा गया, उसका पेट पानी हो गया। वह वहाँ खड़ा रहा अपने ऊपर निर्मल रात्रि को देखते हुए, शान्त, उज्ज्वल तारों से भरा आसमान, फिर वह एक झटके से आगे बढ़ा, जो पहला पंजा उसके हाथ की पहुँच में था, उसे पकड़कर डरी हुई किंकियाती मुर्गी को दरवाज़े के पास खींच लिया, दूसरे हाथ से दूसरा पंजा पकड़ा और निर्दयता से उस अभागी मुर्गी को दड़बे से बाहर घसीट लिया, जाली में फँस कर उसके कुछ पंख भी अलग हो गए, दड़बा आतंकित कान में चुभनेवाली लगातार होती कैं-कैं से फट पड़ा, और हमेशा चौकन्ना बूढ़ा अरब अचानक एक प्रकटित प्रकाश के आयत में जड़ा हुआ दिखाई दिया। "मैं हूँ मोंसियूर ताहर," वह बच्चा एक भावहीन आवाज़ में बोला, "मैं अपनी नानी के लिए एक मुर्गी ले जा रहा हूँ।" "आह! तू है, ठीक है। मैंने सोचा चोर आ गए", और वे अन्दर चले गए। चौक फिर से अँधेरे में डूब गया। अब जाक वहाँ से भागा, जी-जान से छूटने की कोशिश करती हुई मुर्गी को कॉरिडोर की दीवार या जीने के डंडों से टकराता हुआ, अपने हाथ में उसके ठंडे मोटे-मोटे, खुरदरे पंजों के स्पर्श से घिनियाते हुए, और डर के मारे, वह और तेज़ भागा, हॉल में आकर वह खाने के कमरे में एक विजेता की तरह दाखिल हुआ और दरवाज़े की चौखट में खड़ा हो गया, बाल बिखरे हुए, घुटने चौक की काई से हरे हुए, मुर्गी को अपने बदन से जितना सम्भव था दूर पकड़े हुए, मुँह डर के मारे बिलकुल फक्क। "देखा, तूने," नानी ने बड़े वाले लड़के से कहा, "वह तेरे से छोटा है, लेकिन उसने तुझे शर्मिन्दा कर दिया।" जाक न्यायसंगत गर्व में फूलने का इन्तज़ार कर रहा था कि नानी ने मुर्गी के पंजे कस कर अपने हाथ में लिये जो एकदम चुप पड़ गई जैसे कि जानती हो कि वह अब निष्ठुर हाथों में पहुँच चुकी है। उसके भाई ने पुडिंग बिना उसकी तरफ देखे खाई, सिर्फ एक बार उसकी तरफ तिरस्कारपूर्ण शक्ल बनाने के लिए ही देखा जिससे उसे और शान्ति मिली। लेकिन वह सन्तुष्टि अल्पकालिक थी। यह जान कर अति प्रसन्न कि उनका एक नाती साहसी है, उसकी नानी ने उसे किचिन में मुर्गी का गला काटने में सहयोग देने के लिए आमंत्रित किया। उन्होंने एक बड़ा-सा नीले रंग का एप्रन पहना हुआ था और एक हाथ में मुर्गी के पंजे पकड़े हुए थे, उन्होंने एक गहरा मिट्टी का बर्तन एक लम्बे किचिन नाइफ

के साथ जिसे समय-समय पर अंकल अर्नेस्ट एक काले पत्थर पर घिस कर तेज़ किया करते थे, जिसके कारण उसका ब्लेड पतला और सँकरा होकर अब मात्र एक चमकता हुआ किनारा रह गया था ज़मीन पर रखा। "तुम उधर जाओ।" और जाक किचिन की दूसरी तरफ बताए हुए स्थान में चला गया, जबकि नानी दरवाज़े में खड़ी हो गईं, मुर्गी और उस बच्चे का रास्ता रोक कर। सिंक की तरफ पीठ, कन्धा (बायाँ) दीवार से लगा हुआ, भयभीत वह कुरबानी करनेवाले की अचूक हरकत ध्यान से देखने लगा। नानी ने प्लेट को दरवाज़े के बाईं तरफ एक लकड़ी की टेबिल पर रखे छोटे-से किरासिन लैम्प से आती रोशनी के नीचे सरकाया। उन्होंने मुर्गी को ज़मीन पर फैलाया और अपना दाहिना घुटना ज़मीन में टेक कर उसके पंजों को नीचे दबा लिया, अपने हाथों से कस कर दबाया ताकि वह ज़रा भी न हिल सके, फिर उसका सिर अपने बाएँ हाथ से खींच कर प्लेट के ऊपर ले आईं। फिर रेजर की तरह पैनी छुरी से उन्होंने उसकी गर्दन उस स्थान पर, जहाँ आदमियों की घाटिका होती है, काटना शुरू किया, घाव बड़ा करने के लिए उसका सिर मरोड़ते हुए, छुरी उसकी मुलायम हड्डी को तराशते हुए एक डरावनी आवाज़ कर रही थी, इस पक्षी का कसके पकड़ा बदन लगातार बुरी तरह फड़क रहा था, फिर उस सफेद बर्तन में उसका लाल-लाल खून बहने लगा, जाक यह देखता रहा उसकी टाँगें इस तरह काँपती हुईं जैसे कि वह उसी का खून बह रहा हो। "वह प्लेट उठाओ," नानी ने बहुत देर बाद उससे कहा। अब मुर्गी में से खून निकलना बन्द हो गया था। जाक ने ध्यान से उठा कर वह प्लेट टेबिल पर रख दी जिसका खून अब कलुछा गया था। नानी ने वह मुर्गी उछाल कर प्लेट के पास रख दी जिसके पंख अब उचल गए थे और शीशई आँखों पर मोटी पलकों की परत उतर आई थी। जाक मुर्गी के निश्चेष्ट लोथ देखता रहा, उसके अब दोनों जुड़े हुए पंजे बेजान लटकते हुए, कलगी शिथिल और मुर्झाई हुई, वस्तुत: मृत्यु को और फिर खाने के कमरे में चला गया।[अ] "मैं, मैं यह सब नहीं देख सकता," उस दिन शाम को उसके भाई ने गुस्सा दबाए हुए उससे कहा, "मुझे घिन आती है।" "नहीं तो," जाक ने अनिश्चित आवाज़ में जवाब दिया। लुइस उसकी तरफ विद्वेष भरी, टोहती आँखों से देखने लगा। और जाक सीधा होकर बैठ गया। उसने अपने डर और उस आतंक की तरफ से जो पिछली रात उसे अँधेरे और भयावह मृत्यु से हो रहा था, अपना मन पक्का किया, अपने अभिमान

अ. अगले दिन कच्चे मुर्गे की बदबू आग पर।

में, सिर्फ अभिमान में अपने को पक्का करने की शक्ति ढूँढ़ते हुए जो बाद में खुद शक्ति बन गई। "तू डर गया है," इतना कहकर उसने बात खत्म कर दी। 'हाँ," कमरे में आते हुए नानी ने कहा, "आगे से जाक ही दड़बे में जाया करेगा।" "बिलकुल ठीक," खिलखिलाते अंकल अर्नेस्ट ने दाद दी, "वह बहादुर है।" बर्फ की तरह जमा हुआ जाक अपनी माँ की तरफ देखने लगा जो एक काठ के अंडे पर रखकर मोज़ों की मरम्मत कर रही थीं। उसकी माँ ने उसकी तरफ देखा। "हाँ," उन्होंने कहा, "यह अच्छी बात है, तू हिम्मतवर है।" और वे वापस रास्ते में लौट गईं, और जाक के हृदय में, जिसे सिवाय उनके और कुछ नहीं दिख रहा था, फिर भी पीड़ा उमड़ आई। "जाओ सो जाओ," नानी ने कहा। जाक ने बिना लैम्प जलाए खाने के कमरे से आती रोशनी में कपड़े बदले और डबल बैड के किनारे जाकर सो गया, ताकि उसका बदन उसके भाई से न छू जाए और न उसकी नींद खराब हो। वह इतना थका हुआ और परेशान था कि लेटते ही उसे नींद आ गई, जो कई बार उसके भाई के उसके ऊपर चढ़ने से टूटी क्योंकि वह दीवार के पास सोना चाहता था, क्योंकि वह जाक के बाद उठता था, या उसकी माँ के अँधेरे में कपड़े बदलते हुए अलमारी से टकरा जाने से, जो आहिस्ते से बिस्तर में घुसकर सो गई, इतने हल्केपन से कि लगता था वह जगी हुई लेट रही है। जाक कई बार ऐसा ही महसूस करता था। उसका उन्हें आवाज़ देने का मन हुआ लेकिन उसने सोचा वे सुनेंगी ही नहीं। वह भी उनकी तरह जगा पड़ा रहा, उतना ही चुप, निश्चल, बिना कोई आवाज़ किए जब तक कि नींद ने उसे अपने वश में न कर लिया, उसी तरह जैसे कि वह उसकी माँ को उनके धुलाई और सफाई के सख्त दिन के बाद बहुत पहले कर चुकी थी।

# गुरुवार और छुट्टियाँ

सिर्फ गुरुवार और रविवार को जाक और पियर् अपने आपको अपनी दुनिया में महसूस करते थे। (सिवाय उन कुछ गुरुवारों के जब जाक को सजा मिली होती थी, यानी उसे स्कूल में रोक लिया गया होता था और (जैसा कि उस स्लिप में लिखा होता था जो जाक को अपनी माँ से हस्ताक्षर करवा कर वापस देनी होती थी और जिस पर लिखे हुए ब्योरे को वह उन्हें संक्षेप में 'सजा' कहकर बता दिया करता था) उसे दो घंटे, 8 से 10 बजे तक (और कभी-कभी चार, गलती की गम्भीरता के मुताबिक) लीसे में, एक निर्धारित कमरे में, बाकी सजा मिले लड़कों के साथ रुकना पड़ता था, एक मॉनिटर की देखरेख में, जो सामान्यत: उस दिन इस ड्यूटी पर यह बेकार का अलाभकारी काम करने के लिए, लगा दिए जाने पर कुपित रहा करता था।)[अ] पियर् को लीसे में अपने आठ वर्ष के दौरान एक बार भी सजा नहीं मिली थी। लेकिन जाक बहुत उपद्रवी था और घमंडी भी, और शान मारने के लिए वह ऊटपटाँग काम करता रहता था, फिर सजा भुगतता था। वह कितनी भी कोशिश करता अपनी नानी को यह समझाने की कि उसकी सजा आचरण से सम्बन्धित है, वे बेवकूफी और निन्दनीय आचरण में फरक ही नहीं देख पाती थीं। उनके विचार में एक अच्छा विद्यार्थी आवश्यक रूप से शिष्ट और सदाचारी होता है, परिणामत: सदाचार सीधे ज्ञान की तरफ ले जाता है। इस कारण उसके लिए गुरुवार की सजा, प्रारम्भिक वर्षों में बुधवार की पिटाई जुड़ जाने से और कड़ी हो गई थी।

बिना सजा वाले गुरुवार और रविवार की सुबह बाज़ार से सामान लाने और घर के काम में लगानी पड़ती थी। दोपहर को पियर् और जौं[1] साथ-साथ बाहर जा सकते थे। गर्मियों में साबलैत बीच था, परेड ग्राउंड था, एक

---

अ. लीसे में यह दोनाद नहीं, कास्ताइय्य कहलाता था।

1. मतलब जाक से है।

खाली बड़ा-सा मैदान जिसमें एक कच्चा फुटबॉल का कोर्ट बना हुआ था और 'बूल' खेलने के लिए कई स्थान बने हुए थे। ज़्यादातर वे फटे कपड़ों की बॉल बनाकर और जो भी लड़के उस समय मिल जाते उनकी दो टीमें, एक अरब, दूसरी फ्रेंच बनाकर फुटबॉल खेला करते थे। लेकिन साल के बाकी समय वे दोनों बच्चे कूबा[अ] में ओल्ड सोल्जर्स होम में चले जाते थे जहाँ पियर् की माँ पोस्ट ऑफिस में नौकरी छोड़ने के बाद से हैड लॉन्ड्रेस थीं। कूबा अल्जियर्स के पूरब में, ट्राम की एक लाइन के टर्मिनल[ब] पर एक पहाड़ी का नाम था। वस्तुत: शहर वहाँ खत्म हो जाता था, और साहेल का हल्का वन प्रदेश शुरू होता था। एकसार टीलों, पानी की प्रचुरता, खूब हरे-भरे चरागाह, और बड़े-बड़े लाल मिट्टी वाले लुभावने मैदान। बीच-बीच में ऊँचे साइप्रस या बाँस की हैज से काटे हुए। वहाँ अंगूर की बेल, फलों के पेड़ और मक्का विपुल मात्रा में पैदा होता था, और बिना ज़्यादा मेहनत के। और जो शहर के नीचे, भभकते गर्म हिस्सों से वहाँ आते थे उनके लिए वह हवा बहुत ताज़ा और स्वास्थ्य के लिए लाभकारी होती थी। उन अल्जियर्स निवासियों के लिए जो थोड़ा पैसा आते ही अल्जियर्स की गर्मी से बचने के लिए फ्रांस की ठंडक में भागते थे, उनके लिए हवा का कहीं भी थोड़ा-सा ठंडा होना उसे फ्रांस की हवा घोषित कर देने के लिए पर्याप्त होता था। तो कूबा में वे फ्रांस की हवा में साँस लिया करते थे। ओल्ड सोल्जर्स होम, जो अपंग फौजियों के लिए लड़ाई के तुरन्त बाद खोला गया था ट्राम के टर्मिनल से पाँच मिनट दूर था। यह ईसाई संन्यासियों का एक पुराना विहार था, विशाल, जटिल शैली में निर्मित और बहुत से विभागों में फैला हुआ, मोटी-मोटी सफेद रंग की दीवारें, छत वाले आर्केड और बड़े-बड़े चापित छतों वाले हॉल जिनमें डायनिंग हॉल और बाकी सेवाओं की व्यवस्था की गई थी। लांड्री, जिसकी मुख्याधिकारी मदाम मार्लो यानी पियर् की माँ थीं, इन्हीं में से एक हॉल में थीं। वहीं, पहले-पहल ये बच्चे उनसे मिले थे। गर्म इस्तिरियों और गीले कपड़ों और उनके दो कर्मचारी, एक फ्रांसीसी और एक अरब के बीच। वे दोनों को एक-एक ब्रेड का स्लाइस और चॉकलेट और फिर, अपनी सुन्दर, सुडौल तरुण बाँहों की आस्तीनें चढ़ाती हुईं : "इसे चार बजे खाने के लिए अपनी जेबों में डाल लो और जाओ बाग में खेलो, मुझे काम है।"

---

अ. क्या यही नाम है?

ब. आग।

पहले तो वे बच्चे उन आर्केडों में, चौक में घूमते, बहुत बार रखने की आफत के मारे, क्योंकि चॉकलेट हाथ में पिघल जाती थी, वह ब्रेड और चॉकलेट भी खा लेते। वे वृद्ध और अपंग फौजियों से मिलते, किसी का हाथ टूटा हुआ, किसी का पैर, कोई साइकिल के पहिए लगी कुर्सी में बैठा होता। वहाँ कोई विकृत मुँह वाला या अन्धा नहीं होता था, सिर्फ लँगड़े, लूले, साफ-सुथरे कपड़े पहने, कभी-कभी मेडल लटकाए, कमीज या कोट की बाँह या पैंट का पाँयचा तरतीब से अदृश्य ठूँठ पर मोड़ कर ऊपर सेफ्टी पिन लगी हुई, और यह अरुचिकर नहीं लगता था, वे इतने सारे थे। पहले दिन के आश्चर्य के बाद बच्चे उन्हें उसी प्रकार देखते जैसे और नई खोजी हुई चीज़ों को और उन्हें अपने संसार में समाविष्ट कर लेते। मदाम मार्लो ने उन्हें बताया था कि इन लोगों का हाथ या पैर लड़ाई में कट गया था, और लड़ाई वस्तुत: उनकी दुनिया का एक हिस्सा बन गई थी, वे हमेशा इसी के बारे में सुनते रहते थे, वह उनके मस्तिष्क में इस तरह समा गई थी कि उन्हें यह समझने में लेशमात्र भी परेशानी नहीं हुई कि उसमें हाथ कट सकता है या पैर टूट सकता है, और उसे जीवन का ही वह काल कह दिया जाता है जिसमें लोग अपने हाथ, पैरों से वंचित हो गए थे। यही कारण था कि वह अपंगों की दुनिया उन बच्चों को उदास नहीं करती थी। यह सच है कि वहाँ कुछ लोग बिलकुल बोलते नहीं थे। निराश रहते थे लेकिन ज़्यादातर हँसमुख, नौजवान थे जो अपनी स्थिति के बारे में मज़ाक़ तक करते थे। "मेरी एक ही टाँग है," एक सुनहरे बाल, चमकता, चौकोर चेहरा, मज़बूत, तन्दरुस्त बदन वाला, जिसे प्राय: वे लॉन्ड्री में घूमते देखा करते थे, कहा करता था, "लेकिन मैं तुम्हारे पीछे एक ज़ोर की लात जमा सकता हूँ," वह बच्चों से कहता। और फिर वह अपना सीधा हाथ, उसमें पकड़ी छड़ी पर टेक कर बायाँ कॉरिडोर की मुँडेर पर रखकर सीधा खड़ा होता और फिर अपनी अकेली टाँग को ज़ोर से उनकी तरफ घुमाता। बच्चे उसके साथ हँसते और फिर वहाँ से खूब तेज़ भाग जाते। और उन्हें यह बिलकुल सामान्य लगता कि वहाँ सिर्फ वे हैं जो भाग सकते हैं या अपने दोनों हाथ इस्तेमाल कर सकते हैं। सिर्फ एक बार जाक, जिसके पैर में फुटबॉल खेलते-खेलते मोच आ गई थी और वह कुछ दिनों लँगड़ा कर चलता रहा था, को ऐसा लगा था कि ये गुरुवार वाले लँगड़े लोग ज़िन्दगी भर भाग कर ट्राम नहीं पकड़ पाएँगे, बॉल को किक नहीं मार पाएँगे जैसे कि उस समय वह नहीं कर पा रहा था। अचानक उसके मस्तिष्क में मानव

यांत्रिकी की चमत्कारी प्रकृति और कभी खुद अपने अपंग हो जाने का बेबुनियाद डर आया। फिर वह उसे भूल गया।

वे* डाइनिंग हॉलों के बाहर घूमते, जिनके शटर आधे बन्द रहा करते थे। अन्दर बड़ी-बड़ी टेबिलें, ऊपर जस्ते की चादर लगी हुई मद्धिम रोशनी में धुँधली चमक रही होती थीं, फिर वे निकलते किचिन की तरफ जहाँ बड़े-बड़े कनस्तर, पतीले और कड़ाहियों रखी होती थीं, जिनमें से खुरचे हुए मीट की खुशबू बाहर आती रहती थी। आखिरी हिस्से में उन्हें बैडरूम दिखाई देते थे, अन्दर दो या तीन बिस्तर जिन पर सलेटी कम्बल ढके होते थे और चीड़ की अलमारियाँ थीं। उसके बाद बाहर के एक जीने से बगीचे में उतर जाते थे।

सोल्जर्स होम के चारों तरफ एक बड़ा-सा पार्क था जो करीब-करीब उपेक्षित पड़ा रहता था। वहाँ के कुछ रहनेवालों ने गुलाब की बेलों और बिल्डिंग के चारों तरफ लगी फूलों की क्यारियों को सँभालने की ज़िम्मेदारी अपने ऊपर ले ली थी और एक छोटे से किचिन गार्डन की भी जिसके चारों तरफ लम्बे-लम्बे बाँसों की हैज बना दी गई थी। लेकिन इन्हें छोड़कर वह पार्क जो कभी एक उत्कृष्ट कोटि का पार्क था, जंगल बन गया था। बड़े-बड़े यूक्लिप्टस, रॉयल पाम, कोकोनट पाम, रबर के पेड़[अ] जिनके खूब चौड़े-चौड़े तने थे और नीची डालियाँ, जिनमें से आगे फैल कर जड़ें निकल आई थीं, के बेतरतीब बढ़ने से वहाँ की हरियाली एक जटिल जंगल में बदल गई थी जहाँ छाया थी, छिपने की बहुत-सी जगह थी, बड़े फैले हुए साइप्रस के पेड़, फलों से भरे सन्तरे के पेड़, असाधारण रूप से लम्बे गुलाबी और सफेद लारेल के झुरमुटों से वहाँ के रास्ते बिलकुल ढक गए थे जिनकी मिट्टी उनके पत्थरों को खा गई थी। सिरिंगा की सुहावनी महक वाले गुच्छे, चम्पा, क्लीमातिस, कृष्णकमल, हनसिकल के झुरमुट जो खुद तेज़ी से बढ़ते घने क्लॉवर, ऑक्सालिस और जंगली घास से आक्रान्त थे, उनके किनारों को थोड़ा-थोड़ा करके कुतरे जा रहे थे। इस सुरभित जंगल में घूमना, ज़मीन पर पेट के बल लेट कर धीरे-धीरे सरकना, घास में मुँह घुसा कर पड़े रहना, किसी रास्ते को छुरी से काट-काट कर अन्दर जाना और फिर खूब कीचड़ में लिथड़ कर, मुँह पूरा भीगा हुआ बाहर आना, वह एक मदहोश आनन्द था।

---

* बच्चे।

अ. और बड़े पेड़।

लेकिन खतरनाक ज़हर तैयार करना भी दोपहर का काफी समय ले लेता था। एक पुरानी पत्थर की बेंच के नीचे, जो एक दीवार के सहारे पड़ी हुई थी, बच्चों ने एस्पिरिन ट्यूब, दवाइयों की खाली बोतलें, पुरानी दवात, टूटे हुए डोंगे, खिरे हुए कपों का एक सम्मिश्रण इकट्ठा कर रखा था जो उनकी लेबोरेटरी बनाता था। वहीं, पार्क के सबसे घने हिस्से में घुसकर सबसे छिप कर वे अपने रहस्यमय पोशन तैयार करते थे। उनका बेस कनेर का पौधा हुआ करता था सिर्फ इसलिए कि उन्होंने सबको यह कहते सुना था कि उसकी छाँह प्राणघातक होती है और कि अगर कोई इसके नीचे जाकर सोने की नाअक्ली करेगा तो फिर वह उठकर कभी नहीं आएगा। तो वे कनेर के पत्ते और मौसम के फूल मिला कर एक हानिकारक (अस्वस्थ) लेप तैयार करने के लिए, दो पत्थरों के बीच रखकर पीस लेते थे जिसको देखने मात्र से भयंकर मृत्यु हो सकती थी। यह लेप हवा में खुला छोड़ दिया जाता था जहाँ इसका रंग तुरन्त खतरनाक बहुरंगों में बदल जाता था। इस बीच उनमें से एक बच्चा एक बोतल लेकर पानी लेने चला जाता था। अब साइप्रस के कोन पीसने की बारी आती थी। बच्चों को इसके अपकारी प्रभाव पर पूरा विश्वास इस अविश्वसनीय कारण से था कि यह हमेशा शवभूमि में लगाया जाता था। लेकिन उसके फल पेड़ में से लिये जाते थे, न कि ज़मीन से उठा कर जहाँ सूख कर सख्त होने से वे खेदजनक रूप से स्वस्थ दिखने लगते थे।[अ] उसके बाद ये दोनों पेस्ट एक पुराने प्याले में मिलाए जाते थे, पानी मिला कर इन्हें कुछ पतला किया जाता था और फिर एक गन्दे रूमाल में से छाना जाता था। बच्चे फिर इस तैयार किए हुए, घबड़ा देने लायक हरे रंग के द्रव को अत्यन्त सावधानी से, जितनी किसी तेज़ ज़हर के लिए आवश्यक होती है, बरतते थे। वे बहुत ध्यान से उस द्रव को एस्पिरिन ट्यूब या औषधि की शीशियों में भर देते जिन्हें बिना हाथ से छुए सील कर देते थे। जो बच जाता था, उसे वे जो भी फल और मिलता उसके साथ पीस कर और तरह-तरह के बहुत से तेज़ ज़हर तैयार कर लेते, फिर उन पर नम्बर लिखते और अगले हफ्ते तक के लिए पत्थर की बेंच के नीचे रख देते, ताकि किण्वन से वे और भी पूरी तरह प्राणनाशक हो जाएँ। जब यह कुटिल कार्यवाही सम्पन्न हो जाती, जे और पी. अपार प्रसन्नता से अपने उस घातक शीशियों के संग्रह को निहारते और पत्थर पर पड़े हरे निशान से उठती तेज़, कड़वी खुशबू को बहुत खुश होकर सूँघते। ये ज़हर किसी

अ. दोबारा क्रम में लिखना।

व्यक्ति विशेष के लिए तैयार नहीं किए गए थे। जब वे रसायनज्ञ हिसाब लगाते कि वे कितने लोगों को मार सकते थे तो कभी-कभी अपनी आशा में यहाँ तक अनुमान लगा लेते कि उनका उत्पादन पूरे शहर को जन-शून्य करने के लिए पर्याप्त था। फिर भी उनके मस्तिष्क में यह विचार कभी नहीं आया कि उनकी यह जादुई औषधि क्लास के किसी लड़के या प्राध्यापक, जिससे उन्हें चिढ़ हो, को खत्म करने के लिए काम में लाई जा सकती है। लेकिन वास्तविकता यह थी कि ऐसा कोई था ही नहीं जिससे उन्हें इतनी अरुचि हो और जिससे बड़े होने पर उन्हें और उस समाज को बहुत परेशानी हुई हो, जिसमें उन्हें जीना था।

लेकिन सबसे बढ़िया दिन थे तेज़ हवाओं वाले। बिल्डिंग का एक हिस्सा जिसके सामने पार्क था वहाँ खत्म होता था जहाँ पहले कभी एक टेरेस थी जिसकी टूटी हुई रेलिंग नीचे घास में लाल टाइलों की सीढ़ी के सामने पड़ी थी। टेरेस में से जो तीन तरफ से खुली थी सामने पार्क और उसके आगे एक घाटी दिखाई देती थी जो कूबा पहाड़ी को साहेल के एक ऊँचे पठार से अलग करती थी। टेरेस कुछ इस तरह बनी हुई थी कि जब पूर्वीय हवाएँ उड़तीं, अल्जियर्स में हमेशा बहुत तेज़ी से, तो सीधी उसमें से होकर आगे निकलती थीं, उन दिनों बच्चे सबसे पास वाले पाम के पेड़ों के पास भागते जहाँ पाम की लम्बी-लम्बी सूखी डालियाँ हमेशा आसपास पड़ी होती थीं। वे काँटे हटाने के लिए उनके किनारे रगड़ते ताकि उन्हें दोनों हाथों से पकड़ा जा सके। फिर डालियों को अपने पीछे घसीटते हुए वे टेरेस की तरफ भागते थे। हवा खूब तेज़ चलती रहती थी यूक्लिप्टस के बीच सूँ-सूँ करती हुई ऊँची-ऊँची टहनियों को ज़ोर-ज़ोर से हिलाते हुए, पाम के पेड़ों को छितरा देते हुए, रबड़ के पेड़ की बड़ी-बड़ी चमकदार पत्तियों को कागज़ मुचड़ने जैसी आवाज़ के साथ हिलाते हुए। बच्चों को भाग कर टेरेस पर जाकर, पाम की डालियाँ हाथ में उठा कर हवा की तरफ पीठ करना होता था। बच्चे उन सूखी, खरखराती डालियों को दोनों हाथों से सीधा ऊपर उठाते, अपने बदन की ओट देते हुए एकदम उलटे घूम जाते। पाम एकदम उनके बदन से चिपक जाता, और उनकी मिट्टी और स्ट्रॉ की खुशबू मिली हुई हवा उनकी साँस में आती। खेल होता था, पाम को हाथ में ऊँचे से ऊँचा पकड़कर हवा के सामने चलना। जीत उसकी मानी जाती थी जो सबसे पहले टेरेस के कोने पर पहुँच जाता था, पाम को हवा के ज़ोर से बिना हाथ से गिरने दिए, फिर वहाँ पाम को हाथ में सीधा पकड़कर, एक पैर आगे करके उस पर

बदन का पूरा भार डाल कर हवा के ज़ोर के बावजूद जितनी ज़्यादा देर हो सकता सीधा खड़ा रहता। वहाँ पार्क में सीधे खड़े हुए, पेड़ों से हिलते मैदान में, एक किनारे से दूसरे तक तेज़ उड़ते बादलों से भरे आसमान के नीचे, जाक देश के दूरतम कोने से आई हवा अपने ऊपर से नीचे परिसंचालित होती महसूस कर रहा था, उसे नई शक्ति और उल्लास से इतना भरते हुए कि वह वहाँ खड़ा-खड़ा लगातार रोता रहता जब तक कि उसके हाथ और कन्धे थक न जाते और वह पाम की डाली हाथ से छोड़ न देता जिसे आँधी तुरन्त अपने साथ उड़ा ले जाती उसकी सिसकियों समेत। उस रात थके हुए अपने बिस्तर में चुपचाप पड़े, उस निस्तब्ध कमरे में, जहाँ उसकी माँ सो रही थीं वह हवाओं का आक्रन्दन और कोलाहल लगातार सुनता रहा जिसे वह जीवन भर चाहता रहेगा।

गुरुवार[अ] वह दिन भी होता था जब जाक और पियर् म्यूनिसिपल लाइब्रेरी जाते थे। जाक हमेशा से, जो भी किताब उसके हाथ पड़ती उसे भूखे की तरह पढ़ डालता और उसी चाव से जिससे वह जीता, खेलता या सपने देखा करता था। पढ़ने के ज़रिये उसके लिए उस निष्पाप दुनिया में पलायन करना सम्भव हो जाता था जहाँ धन और निर्धनता दोनों समान रूप से हृदयहारी होते थे क्योंकि दोनों ही सर्वथा अवास्तविक थे। ल'इन्त्रेपिद उन सचित्र कहानियों के, सजिल्द वे मोटे-मोटे ग्रंथ थे जो वह और उसके मित्र आपस में तब तक एक-दूसरे को देते रहते थे जब तक कि उनकी जिल्द घिसकर खुरदुरी न हो जाती और पृष्ठों के किनारे न फटने लग जाते, जिन्होंने सबसे पहले उसे कामदी और बहादुरी की उस दुनिया में पहुँचाया था जहाँ उसकी दो मूल लालसाओं, आनन्द और बहादुरी, की पूर्ति होती थी। बहादुरी और रोब-दाब का शौक दोनों लड़कों में, उनके पढ़े हुए मारधाड़ वाले जासूसी उपन्यासों की उस अविश्वसनीय रूप से बड़ी संख्या और उस सुगमता को देखते हुए, जिससे वे पारदैयों के पात्रों को अपने दैनिक जीवन में जोड़ लेते थे, निस्सन्देह बहुत गहरा था। मिशैल ज़वाको वास्तव में उनका प्रिय लेखक था, और रनेसाँस खासतौर से इटली का, अपने खंजर, ज़हर समेत, रोमन या फ्लोरेंसनुमा महलों और राजाओं या पोप जैसी धूम-धाम, तड़क-भड़क का वातावरण इन दो अभिजात तंत्रियों का प्रिय राज्य, जिन्हें कई बार उस पीले और धूल भरे रास्ते में जहाँ पियर् रहता था एक-दूसरे को अपने [ ][1] से

अ. उन्हें उनके वातावरण से अलग करना।

1. एक अस्पष्ट शब्द।

चमकाए हुए, लम्बे रूलर निकालते हुए, द्वन्द्व युद्ध के लिए ललकारते देखा जा सकता था, जहाँ बाद में कचरों के डिब्बों के बीच वे आतुरता से लड़ते थे और उस समय के निशान उनकी उँगलियों में बहुत सालों तक रहे।[अ] उस समय मुश्किल से ही उन्हें कोई और किताबें मिल सकती थीं, क्योंकि उस मोहल्ले में बहुत कम लोगों को पढ़ने का शौक था। अपने आप वे सिर्फ वही सस्ती लोकप्रिय किताबें खरीद सकते थे जो किताबों के विक्रेताओं के पास बहुत दिनों तक यों ही पड़ी रहती थीं।

लेकिन, लगभग उसी समय जब उन्होंने लीसे में प्रवेश लिया उस इलाके में एक म्यूनिसिपल पुस्तकालय शुरू हुआ, जहाँ जाक रहता था वहाँ और थोड़ा ऊपर चढ़ कर उस जगह के बीच, जहाँ से वह इलाका शुरू हो जाता था, जहाँ ज़्यादा सम्पन्न पढ़े-लिखे बड़े लोग अपने सुन्दर बँगलों में रहते थे, जिनके चारों तरफ छोटे-छोटे बगीचे थे, जिनमें लगे खुशबूदार पेड़, रंगबिरंगे फूल अल्जियर्स की गर्म, आर्द्र आबोहवा में खूब फलते-फूलते। ये बँगले एक धार्मिक रेजिडेंशियल स्कूल, सॉऐत ओदील जो सिर्फ लड़कियों को प्रवेश देता था, के परिसर के चारों तरफ बने हुए थे। इस परिवेश में, जो उनके इतने निकट और उनके अपने से इतना दूर था, जाक और पियर् को अपने गहनतम भावों का अनुभव हुआ (जिनके बारे में बात करने का समय अभी नहीं आया जिन्हें बाद में बताया जाएगा, आदि)। इन दो दुनियाओं की सरहद (एक मिट्टी से भरी और पेड़ रहित, जहाँ का सारा स्थान वहाँ रहनेवालों और उन पत्थरों को समर्पित होता है जो उन्हें आश्रय देते हैं, दूसरा जहाँ फूल और पेड़ जीवन का सच्चा आनन्द मुहैया कराते थे) उस कुछ चौड़े से रास्ते से भली प्रकार अंकित होती थी जिसके दोनों तरफ के फुटपाथों पर पास-पास चिनार के पेड़ों की घनी पंक्तियाँ लगी हुई थीं। इस सरहद की एक तरफ वे सुन्दर बँगले थे और दूसरी तरफ कम लागत की इमारतें। पब्लिक लाइब्रेरी इस सरहद पर थी।

यह लाइब्रेरी गुरुवार को मिलाकर सप्ताह में तीन बार शाम को काम के बाद खुलती थी, और गुरुवार को पूरी सुबह। एक युवा अध्यापिका, देखने में काफी अनाकर्षक जिसने स्वेच्छा से कुछ घंटे इस लाइब्रेरी को दे रखे थे, सागौन की एक बड़ी-सी टेबिल के पीछे किताबें इशू करने के लिए बैठी रहती थी। यह कमरा चौकोर था, और दीवारों के ऊपर तक बुक केस बने

अ. वास्तव में उनकी लड़ाई इस पर होती थी कि कौन दो आख्लैयों या पास-पुआ होगा। कोई भी आरामी, आतो या अगर आवश्यकता पड़े तो पोख्ता बनना नहीं चाहता था।

हुए थे जिनमें काली जिल्द चढ़ी किताबें भरी हुई थीं। वहाँ कुछ कुर्सियों समेत एक छोटी-सी टेबिल भी पड़ी थी, उनके लिए जिन्हें जल्दी में कोई शब्दकोश देखना हो क्योंकि यह सिर्फ एक लेंडिंग लाइब्रेरी थी, और एक अल्फाबेटिकल कार्ड कैटेलॉग जो जाक या पियर् कभी नहीं देखते थे, क्योंकि उनका तरीका था शेल्व्स के सहारे-सहारे चलकर पुस्तक के शीर्षक या कभी-कभी लेखक का नाम पढ़कर पुस्तक चुन लेना और फिर उसका नम्बर नोट करके उस नीली स्लिप में भर देना जो पुस्तक लेने के लिए भरकर देनी पड़ती थी। वहाँ से पुस्तक लेने के लिए सिर्फ अपने किराए की रसीद दिखानी पड़ती थी और मामूली फीस देनी होती थी। उसके बाद एक फोल्डिंग कार्ड मिलता था और ली हुई पुस्तकों के नम्बर उसमें और एक रजिस्टर में जो अध्यापिका के पास रहता था नोट किए जाते थे।

उस लाइब्रेरी की अधिकतर पुस्तकें उपन्यास थीं, लेकिन उनमें से बहुत से पन्द्रह वर्ष से कम आयु वालों के लिए वर्जित थे और अलग रख दिए गए थे। उन दोनों बच्चों का पूरी तरह इच्छा से किताबें छाँटने का ढंग कोई खास चयन नहीं कर पाता था लेकिन सांस्कृतिक मामलों में संयोग बुरा तरीका नहीं होता और वहाँ से ले-लेकर अन्धाधुन्ध किताबें पढ़ने में उन दोनों किताबी कीड़ों ने अच्छी से अच्छी और बुरी से बुरी सब किताबें एक साथ चट कर डालीं—बिना कभी इस बात की परवाह किए कि कुछ उनके पल्ले भी पड़ रहा है या नहीं, और वास्तव में वे बिलकुल कुछ भी याद नहीं रख पाए सिवाय एक अत्यन्त शक्तिशाली और अद्भुत भाव बोध के, जिसने उनके अन्दर इतने सप्ताह, माह, और वर्षों के दौरान, वास्तविकता से परे, अविस्मरणीय यादों और प्रतिबिम्बों के एक समूचे संसार को जन्म दिया और समृद्ध किया जिसमें वे दोनों पूरे वक्त रहते थे, और उन उत्साहपूर्ण बालकों के लिए जो अपने सपने भी उतनी ही गम्भीरता से जीते थे जितना कि जीवन, वह कम वास्तविक नहीं था।[अ ब]

दरअसल, इन किताबों की अन्तर्वस्तु उनके लिए कोई खास मायने नहीं रखती थी। जो बात महत्त्वपूर्ण थी, वह थी लाइब्रेरी में अन्दर आने पर उनके भाव, जहाँ उन्हें किताबों से चिनी दीवारें नहीं दिखती थीं बल्कि बढ़ते क्षितिज और विस्तार दिखते थे, जो लाइब्रेरी में कदम रखते ही उन्हें मुहल्ले के घिचपिच जीवन से दूर ले जाते थे। उसके बाद आती थी वह घड़ी जब,

अ. कीय्ये शब्दकोश के पृष्ठ और प्लेटों की खुशबू।
ब. मैदम जैल, जैक लंडन, ठीक है?

वे दोनों दो-दो किताबें लिये, जिनकी उन्हें इजाज़त थी, कोहनी से अपनी बगल में दबाए, बाहर आते, जहाँ अब अँधेरा हो चुका था। अपने पैरों के नीचे ऊँचे चिनार के पेड़ों के फलों को कुचलते हुए, मन में इन किताबों से मिलनेवाले आनन्द का मजा लेते हुए। पिछले हफ्ते पढ़ी हुई किताबों से उनकी तुलना करते हुए जब वे मुख्य सड़क पर आ जाते तो सड़क की बत्ती की धुँधली रोशनी में पहला जायका लेने के लिए उन किताबों को थोड़ा-सा खोलते, उलटते-पलटते, बीच-बीच में पढ़ते और जैसे ही कोई ऐसा वाक्य आँखों के सामने पड़ता (जैसे : 'यह असाधारण रूप से बलवान् था') वे आनन्द से पागल होकर उन्हें पढ़ने के लिए बेताब हो जाते। फिर तेज़ी से अपने-अपने घर की तरफ भागते और खाने की टेबिल पर किरासिन लैम्प के नीचे पूरी किताब जल्दी से पढ़ डालने के लिए जम कर बैठ जाते। उनकी जिल्द जो छूने में भी खुरदरी थी, से उठती गोंद की तेज़ खुशबू उनकी नाक में आती रहती थी।

किताब के छपने के ढंग से पाठक को उससे मिलनेवाले आनन्द की पूर्व सूचना मिल जाती थी। पी. और जा. को मोटे अक्षर और चौड़ी मार्जिन वाली किताबें, जो ज़्यादा प्रबुद्धतम लेखकों और पाठकों को पसन्द आती थीं, अच्छी नहीं लगती थीं, बल्कि महीन अक्षरों में इस छोर से उस छोर तक, पास-पास छपे शब्द और वाक्यों से खचाखच भरे हुए पृष्ठ देहात में दिए जानेवाली खाने से भरी प्लेटों की तरह जिनसे आप देर तक छक कर खाते रहते हैं फिर भी वे कभी खाली नहीं होतीं, और सिर्फ वे ही कुछ बेहद बड़ी भूखों को मिटा सकती हैं। उन्हें गूढ़ता से कोई मतलब नहीं था; वे कुछ भी नहीं जानते थे, और सब कुछ जानना चाहते थे। इससे कोई फरक नहीं पड़ता था कि किताब बेकार लिखी गई है या अनाड़ीपन से छपी है, बशर्ते वह पढ़ी जा सकती और खूब धूम-धड़ाके से भरी होती; वे किताबें और सिर्फ वे ही उनके सपनों में जान डालती थीं और उन पर वे खूब गहरी नींद में सो सकते थे।

इसके अतिरिक्त, हर किताब की अपनी एक अलग तरह की महक होती थी, शुद्ध, परिष्कृत लेकिन इतनी विशिष्ट कि वह आँख बन्द करके उस समय फास्केल द्वारा प्रकाशित किए जाते समकालीन साहित्य की नेल्सन सिरीज पहचान सकता था। और वह प्रत्येक खुशबू जाक के पढ़ना शुरू करने से पहले ही उसे पूरी [की गई] उम्मीदों से भरी उस दूसरी दुनिया में ले जाती थी जो उस कमरे को, जिसमें बैठकर वह पढ़ रहा था, उसकी

आँखों से ओझल करना शुरू कर देती, फिर पूरे मुहल्ले को और वहाँ के शोरगुल को, शहर को, समूचे संसार ही को, जो उसके द्वारा किसी भूखे की तरह तीव्र भावुकता से पढ़ना आरम्भ करते ही अदृश्य हो जाता था और वह बालक एक ऐसे पूर्ण हर्षातिरेक में लीन हो जाता जिसमें से बार-बार दी हुई आवाज़ भी उसे बाहर नहीं ला सकती थी[अ], "जाक, तीसरी बार, टेबिल लगाओ।" अन्ततोगत्वा वह टेबिल लगाता, आँखें एकदम शून्य, बेरंग, भावहीन, घूरती हुई जैसे कि वह पढ़ाई के नशे में हो, और वह वापस अपनी किताब के पास लौट आता जैसे कभी छोड़ी ही न हो। "जाक, खाना खाओ," आखिर वह खाना खाता जो भारी होता था, लेकिन उसे जो पुस्तक में होता था उससे कम वास्तविक और कम ठोस लगा करता था। वह टेबिल साफ करता और फिर से अपनी किताब उठा कर बैठ जाता। कभी-कभी उसकी माँ हमेशा की तरह अपनी जगह में जाकर बैठ जाने से पहले उसके पास आतीं। "लाइब्रेरी से लाया है," वे इस शब्द का उच्चारण गलत करती थीं जो उन्होंने अपने बेटे के मुँह से कई बार सुना था लेकिन जो उनके लिए कोई मतलब नहीं रखता था, लेकिन वे किताबों की जिल्द पहचानती थीं।[ब] "हाँ," जाक बिना सिर उठाए जवाब दे देता। कैथरीन कारमॅरी उसके कन्धे पर ज़रा-सा झुकतीं, रोशनी में खुले उन दो आयतों को देखतीं, उन पर तरतीब से जमी पंक्तियों, उनकी खुशबू सूँघतीं और कभी-कभी धुलाई से फूली, झुर्रियाँ पड़ी उँगली सफे पर फेरतीं जैसे किताब क्या वस्तु होती है समझने की कोशिश कर रही हों, उन रहस्यमय चिह्नों के अधिक निकट आने की कोशिश कर रही हों जो उनके लिए अबोध्य थे लेकिन जिनमें उनका बेटा इतनी बार और इतने-इतने घंटों के लिए, उनसे अपरिचित एक ऐसी दुनिया खोज लेता था जहाँ से लौट कर वह उनकी तरफ ऐसे देखता था जैसे उन्हें जानता ही न हो। वह ग्रंथिल हाथ बालक का माथा प्यार से सहलाता जो बिना किसी प्रतिक्रिया के चुप बैठा रहता, वे एक लम्बी आह भरतीं और उससे दूर अपनी जगह में जाकर बैठ जातीं। "जाक, जाओ, सो जाओ," नानी अपना आदेश दोहरातीं, "कल तुम्हें देर हो जाएगी।" जाक उठता, किताब बगल में दबाए-दबाए अगले दिन के लिए अपना बस्ता जमाता और फिर एक मद्यासक्त की तरह जाकर गहरी नींद में सो जाता, किताब अपने तकिए के नीचे रखने के बाद।

---

अ. और विकसित करना।

ब. उनके लिए (अंकल अर्नेस्ट) चीड़ की लकड़ी की एक छोटी-सी टेबिल बनवा दी गई थी।

इस तरह, बरसों जाक का जीवन दो भागों में असमता से बँटा रहा, जिन्हें वह कभी आपस में जोड़ नहीं पाया। बारह घंटे ढोल पर बजते प्रहार के साथ बच्चों और शिक्षकों के सान्निध्य में, पढ़ाई और खेल में। दैनिक जीवन के दो या तीन घंटे घर में, आस-पड़ोस में, माँ के पास, जिनके पास वास्तव में वह कभी नहीं होता था सिवाय गरीबों की नींद के। हालाँकि उसके जीवन की शुरुआत इसी इलाके से हुई थी, वहीं बीता था, उसका वर्तमान जीवन और उससे भी ज़्यादा उसका भविष्य लीसे में था। तो एक तरह से वह माहौल उसके लिए अन्ततः रात, नींद और सपनों से जुड़ गया था। और फिर, क्या वास्तव में वह था भी, और क्या वह वही वीरान नहीं था जो उस दिन वह उस बच्चे के लिए बन गया था जब वह बेहोश हो गया था? सीमेंट पर गिरकर...लीसे में, वैसे भी वह किसी से अपनी माँ और परिवार के बारे में बात नहीं कर सकता था। अपने घर में किसी से वह लीसे के बारे में बात नहीं कर सकता था। न कोई दोस्त, न कोई अध्यापक, उन इतने वर्षों के दौरान, उसको बेकेलौरिया मिलने से पहले कभी उसके घर आए। और जहाँ तक उसकी माँ और नानी का सवाल है, वे जुलाई के शुरू में साल में एक बार लीसे आती थीं, पुरस्कार वितरण के लिए। उस दिन, वाकई वे सजे-धजे अभिभावकों और छात्रों की भीड़ के साथ उस बड़े से गेट में से अन्दर आती थीं। नानी अपनी वह काली ड्रेस और स्कार्फ पहना करती थीं जो वे बड़े मौकों के लिए अलग रखती थीं, कैथरीन कारमॅरी एक ब्राउन नैट और मोम के काले अंगूरों से सजा हैट और गर्मियों की ब्राउन ड्रेस पहनती थीं और वही हील्स वाली सैंडिलें जिनकी एक जोड़ी उनके पास थी। जाक एक आधी बाँहों की लेस के कॉलर वाली सफेद शर्ट और पैंट, जो लम्बाई में पहले छोटी फिर लम्बी हो गई थी, लेकिन हमेशा एक दिन पहले शाम को उसकी माँ द्वारा ध्यान से प्रेस की हुई, और दो औरतों के बीच खुद चलते हुए दोपहर के एक बजे वह उन्हें लाल ट्राम के स्टॉप तक लेकर जाता था और उन्हें पीछे एक अच्छी बेंच पर बिठा कर खुद आगे जाकर खड़ा हो जाता था, बीच के शीशे में से अपनी माँ की तरफ देखते हुए जो कभी-कभी उसकी तरफ मुस्करा देती थीं, और जो पूरे रास्ते अपना हैट ठीक लगा है कि नहीं या स्टॉकिंग्स ऊपर तक खिंचे हुए हैं या नहीं या एक पतली-सी चेन में पहनें एक सोने का लॉकेट जिस पर वर्जिन बनी हुई थी, ठीक लटक रहो है या नहीं, चैक करती रहती थीं। प्लास द्यू गुवैर्नमों में शुरू होता था रोज़ का बाब-आलून रास्ते को पैदल पार करना, जो वह

सिर्फ साल में एक बार इन दोनों महिलाओं के साथ करता था। जाक को अपनी माँ में से (लॉम्पेरो) लोशन की खुशबू आई जो उन्होंने इस मौके पर खूब खुलकर इस्तेमाल किया था। नानी एकदम सीधी और गर्व में फूली हुई चल रही थीं, अपनी बेटी को अपने पैरों के बारे में शिकायत करने पर डाँटती हुई (इसी से तुम्हें अकल आएगी तुम्हारी उम्र पर पैर से छोटे जूते पहनने की), जबकि जाक उन्हें वे दुकानें और दुकानदार दिखाने की कोशिश करता रहा जो उसके जीवन में अब महत्त्वपूर्ण हो गए थे। लीसे में बड़ा गेट खुला हुआ था, सीढ़ियों में ऊपर से नीचे तक गमले सजे हुए थे जिस पर पहले आए छात्र और उनके अभिभावकों ने ऊपर जाना शुरू कर दिया था, उनमें समय से बहुत पहले पहुँचा हुआ कारमॅरी परिवार उन सभी गरीब लोगों की तरह जिसके सामाजिक दायित्व और आनन्द के अवसर बहुत कम होते हैं और वे उन पर भी समय से न पहुँच पाने के डर से हमेशा अभिभूत रहते हैं।[अ] फिर वे बड़ी क्लास के छात्रों के कोर्टयार्ड में पहुँचे, जहाँ एक नृत्य और संगीत प्रस्तुत करनेवाली फर्म से किराए पर ली हुई कुर्सियाँ पंक्तियों में लगी हुई थीं। पीछे की तरफ आखिर में, बड़ी घड़ी के नीचे कोर्टयार्ड की पूरी चौड़ाई में एक प्लेटफार्म बना हुआ था जिस पर कुर्सियाँ, आरामकुर्सियाँ लगाई हुई थीं, और बहुत से हरे पौधों के गमले। धीरे-धीरे वह चौक हल्के रंग के कपड़े पहने लोगों से भर गया, जिसमें से अधिकतर महिलाएँ थीं। पहले आनेवालों ने धूप से बचकर पेड़ के नीचे वाले स्थान ले लिये। बाकी लोग बढ़िया स्ट्रॉ और लाल ऊन से बने अरबी पंखों से अपनी हवा करने लगे। दर्शकों के ऊपर फैला नीला आसमान बर्फ की तरह जम गया और गर्मी में तप कर और सख्त होता गया।

दो बजे, ऊपर की गैलरी में बैठे एक अदृश्य मिलिट्री आर्केस्ट्रा ने 'मार्सेय्यिआज़' बजाना शुरू किया। दर्शक उठकर एकदम सीधे खड़े हो गए और अध्यापकगण विषयों के हिसाब से अलग-अलग रंग के लम्बे-लम्बे गाउन और चौकोर टोपियाँ पहने हुए हेड मास्टर और विशिष्ट अतिथि (सामान्यत: उपनिवेशीय प्रशासन का कोई उच्च अधिकारी), जो उस दिन के लिए विशेष रूप से आमंत्रित किया गया था, के पीछे-पीछे अन्दर आए। एक और सैनिक धुन की संगत में अध्यापकों, आदि ने अपना-अपना स्थान

---

अ. और वे जिन्हें किस्मत पैदा ही कम सम्पन्न करती है, अन्दर ही अन्दर यह सोचे बिना नहीं रह पाते कि वे इसके ज़िम्मेदार हैं, और फिर वे छोटी-छोटी बातों से वह सार्वजनिक सदोषता को और बढ़ाना नहीं चाहते।

ग्रहण किया और ठीक उसके बाद विशिष्ट अतिथि ने मंच पर आकर फ्रांस पर सामान्य और शिक्षा पर विशेष रूप से अपने विचार प्रकट किए। कैथरीन कारमॅरी उसे चुपचाप सुनती रही, चेहरे पर अधीरता या ऊब के एक भी चिह्न के बिना। नानी ने सुना लेकिन बिना कुछ समझे। "वे अच्छा बोलते हैं," उन्होंने अपनी पुत्री से कहा, जिसने विश्वासपूर्वक अपनी सहमति व्यक्त की। इससे प्रोत्साहित होकर उन्होंने अपनी बाईं ओर बैठे व्यक्ति की तरफ मुस्कराते हुए सिर हिलाकर अभी-अभी व्यक्त किए हुए अपने मत को फिर पुष्ट किया। पहले साल जाक ने देखा कि सिर्फ उसकी नानी ने पुरानी इस्पानी औरतों के ऊपर वाली काली चादर ओढ़ रखी थी और इससे उसे बहुत झेंप आने लगी। वास्तव में इस मिथ्या लज्जा की अनुभूति ने उसे कभी नहीं छोड़ा, वह यह सोच कर कि इस बारे में कुछ नहीं कर सकता, चुप होकर बैठ गया चूँकि उसने जब डरते हुए नानी से हैट का ज़िक्र किया तो उन्होंने जवाब दिया कि उनके पास बरबाद करने के लिए पैसे नहीं हैं और फिर ओढ़नी से उनके कानों को पर्याप्त गर्माहट मिल जाती है। लेकिन जब पुरस्कार वितरण के दौरान उसकी नानी ने अपने आसपास बैठे लोगों से बातचीत करनी शुरू की, वह शर्म से लाल हो गया। विशिष्ट अतिथि के बाद सबसे छोटा अध्यापक, सामान्यतया उसी वर्ष फ्रांस से आया हुआ, जिसकी परम्परागत औपचारिक भाषण देने की ज़िम्मेदारी होती थी, बोलने के लिए उठा। यह भाषण आधे से एक घंटे तक लम्बा था, और वह युवा शास्त्रज्ञ अपना वक्तव्य सांकृतिक सन्दर्भों और मानववादी सूक्ष्मताओं से भरना कभी नहीं भूलता था जिससे उसकी बात अल्जीरियाई श्रोताओं के लिए सम्पूर्णत: अबोध्य हो जाती थी। गर्मी की इनायत से लोगों का ध्यान उचट जाता और हाथ के पंखे अधिक तेज़ी से चलने लगते। नानी तक अपनी अरुचि जाहिर करने के लिए इधर-उधर देखने लगतीं। सिर्फ कैथरीन कारमॅरी ध्यान से, बिना आँख झपकाए उस ज्ञान और बुद्धि की बारिश को जो उस पर लगातार गिर* रही थी स्वीकार किए जा रही थी। जहाँ तक जाक का सवाल है, वह मन ही मन घुट रहा था। वह पियर् और अपने बाकी मित्रों को ढूँढ़ने के लिए इधर-उधर देखने लगा फिर उसने उन्हें सावधानी से इशारा किया और उनके साथ मुँह बना-बनाकर एक लम्बी वार्ता शुरू की। अन्त में, गड़गड़ाती तालियों ने अपना भाषण खत्म करने के लिए वक्ता को धन्यवाद दिया और पुरस्कारों का आख्यापन आरम्भ हुआ। पहले बड़ी

* उस पर से फिसल रही थी।

क्लासें ली जातीं और शुरू के वर्षों में दोनों महिलाएं पूरी दोपहर जाक की क्लास की बारी आने का इन्तज़ार करती रहतीं। सिर्फ श्रेष्ठता के पुरस्कारों का अदृश्य संगीत से स्वागत किया जाता था। पुरस्कार विजेता, जो छोटे होते जा रहे थे, अपने स्थान से उठते, किनारे-किनारे चल कर मंच के पास तक पहुँचते, ऊपर चढ़ते, विशिष्ट अतिथि के साथ हाथ मिलाते, उसके द्वारा कुछ आलंकारिक शब्दों की फुहार के बाद, फिर प्रधानाध्यापक से, जो प्रत्येक को पुस्तकों का एक बँधा हुआ बंडल दे रहे थे (जो उन्हें एक चपरासी पकड़ा रहा था, जो पुरस्कार विजेता के आगे-आगे चल कर उस स्थान पर जहाँ किताबों से लदी पहिए वाली टेबिलें रखी थीं, आकर खड़ा हो जाता था)। फिर तालियों और संगीत के मध्य पुरस्कृत लड़का किताबों को बगल में दबाए खिलता हुआ, इधर-उधर देख कर अपने आँसू पोंछते अभिभावकों को खोजता हुआ, नीचे उतर आता था। आसमान समुद्र के ऊपर कहीं कोई अदृश्य दरार पड़ जाने के कारण अपनी कुछ ऊष्मा खोकर नीला हो जाता। एक के बाद एक विजेता ऊपर जाते और लौटते, संगीत की धुन एक के बाद एक लगातार बजती हुई, धीरे-धीरे कोर्टयार्ड खाली होने लगता, आसमान अब कुछ हरा-सा हो जाता, और तब बारी आती जाक के क्लास की। जैसे ही उसकी क्लास घोषित होती! वह अपनी सब बेवकूफ हरकतें बन्द करके गम्भीर हो जाता। अपना नाम सुनते ही वह उठता, उसका सिर उत्तेजना से घूमता हुआ। अपने पीछे उसे माँ की, जो घोषणा नहीं सुन पाई थीं, हल्की-सी आवाज़ आती : "उसने कारमॅरी कहा था?" "हाँ," नानी जवाब देतीं भावविह्वलता से लाल पड़ी हुई। वह पक्का रास्ता, जिसे वह पार करता, मंच, विशिष्ट अतिथि का कोट, घड़ी की चेन समेत, प्रधानाचार्य की हितैषी मुस्कराहट, कभी-कभी मंच पर उपस्थित भीड़ में से उसके किसी अध्यापक की स्नेहशील दृष्टि, फिर बजते संगीत के साथ-साथ वह दोनों महिलाओं के पास लौटता जो पहले से ही बीच के गलियारे में निकलकर खड़ी हो जातीं, उसकी माँ उसकी तरफ भौचक्के से आनन्द से देखती हुईं जिन्हें वह अपने पुरस्कारों का ढेर सँभालने के लिए पकड़ा देता और नानी आँखों से आसपास वालों को उसके पुरस्कार देखने के लिए बुलाती हुईं। यह सब उस कभी खत्म न होती दिखनेवाली दोपहर के बाद बहुत तीव्रता से हो जाता, और जाक को शीघ्रता से घर पहुँचकर उन किताबों को देखने की जल्दी रहती जो उसे मिली थीं।[अ]

---

अ. ले थ्रावाइय्येर् द ला मैर्।

वे ज़्यादातर पियर् और उसकी माँ[ब] के साथ वापस आते थे, नानी किताबों की दोनों ढेरियों की ऊँचाई की चुपचाप तुलना करते हुए। घर पहुँचकर जाक किताबें ले लेता और अपनी नानी के कहने से उनके वे पृष्ठ खोल देता जिस पर उसका नाम लिखा हुआ था, ताकि वे उन्हें अपने रिश्तेदारों और पास-पड़ोसियों को दिखा सकें। फिर वह पुरस्कार में मिले अपने बहुमूल्य खजाने की सूची तैयार करता। और वह उसे खत्म भी न कर पाता कि उसे अपनी माँ कपड़े बदलकर, स्लीपर पहने, ब्लाउज़ के बटन लगाती हुई खिड़की की तरफ कुर्सी खींचती हुई दिखतीं। वे उसकी तरफ मुस्करातीं : "तूने बहुत मेहनत से पढ़ाई की," उससे कहतीं, उसकी तरफ सिर हिलाकर देखते हुए। वह भी उनकी तरफ देखता, इन्तज़ार करता रहता, पता नहीं क्यों, और वे नीचे रास्ते में देखने लग जातीं अपनी पूर्वपरिचित भंगिमा में, लीसे से बहुत दूर जिसे अब वे एक साल तक दोबारा नहीं देखेंगी, जबकि कमरे में अँधेरा भरता जाता और रास्ते* में पहली बत्ती जल जाती, जहाँ चलनेवालों के चेहरे अब दिख नहीं रहे थे।

जब उसकी माँ उस लीसे से, जिसे उन्होंने मुश्किल से ही देखा था, दूर चली गई थीं, जाक अपने आपको अचानक अपने परिवार और उस माहौल में हमेशा के लिए वापस लौटा महसूस कर रहा था।

छुट्टियाँ, कम-से-कम प्रारम्भिक वर्षों में, जाक को अपने परिवार में वापस ले आती थीं। उसके घर में कभी कोई छुट्टी का दिन नहीं होता था। आदमी लोग पूरे साल हर रोज़ काम करते थे। सिर्फ काम पर हुई कोई दुर्घटना ही उन्हें कुछ मोहलत दे सकती थी, जब वे किसी ऐसे फर्म में लगे हों जहाँ इस तरह की घटनाओं के लिए उनका बीमा करवाया हुआ हो और उनकी छुट्टियाँ हस्पताल में या डॉक्टर के पास चक्कर लगाने में खत्म हो जाती थीं। जैसे कि एक बार जब अंकल अर्नेस्ट बहुत थक गए तो उन्होंने छुरी से अपनी हथेली पर से मांस की एक मोटी परत तराश कर, जैसे वे कहा करते थे, अपना बीमा खुद करा लिया। और जहाँ तक औरतों और कैथरीन कारमॅरी का सवाल था, वे बिना रुके लगातार काम किया करती थीं क्योंकि सीधी-सी बात थी, उनके छुट्टी लेने का मतलब होता था सारे घर के लिए

---

ब. उन्होंने लीसे या उसकी दैनिक दिनचर्या के बारे में कभी कुछ नहीं देखा था। उन्होंने सिर्फ अभिभावकों के लिए प्रस्तुत किया हुआ एक प्रोग्राम देखा था। जो लीसे नहीं था, वह...

* फुटपाथ पर।

अपर्याप्त खाना। नौकरी न होने की स्थिति, जिसका कोई बीमा नहीं होता था, उनके लिए सबसे ज़्यादा भयंकर विपदा होती थी। इससे यह अन्दाज़ लगता था कि ये श्रमिक लोग पियर् और जाक दोनों के घरों में, जो अपने दैनिक जीवन में अत्यन्त सहनशील थे, श्रम सम्बन्धी मुद्दों पर बारी-बारी से क्यों पहले इतालवी, इस्पानी, फिर यहूदियों और फिर पूरी दुनिया पर ही उनकी जीविका चुरा लेने का आरोप लगाते थे—वह रुख जो उन मनीषियों को परेशान करता है जो मज़दूर वर्ग के लिए तरह-तरह के सिद्धान्त निर्धारित करते हैं, लेकिन जो नितान्त मानवीय और क्षमायोग्य है। ये अनपेक्षित राष्ट्रवादी पृथ्वी का प्रभुत्व या धन और आराम की विशेष सुविधा प्राप्त करने के लिए अन्य राष्ट्रीयताओं से मोर्चा नहीं ले रहे थे बल्कि सिर्फ नौकरी करने के विशेषाधिकार के लिए। इस इलाके में काम एक गुण नहीं बल्कि एक आवश्यकता थी जो ज़िन्दा रहने के लिए मृत्यु की तरफ ढकेलती रहती थी।

जो भी हो, और अल्जीरियाई गर्मियाँ चाहे कितनी भी कष्टप्रद हों, जबकि ज़रूरत से ज़्यादा भरे हुए जहाज़ अफसरों और सम्पन्न लोगों को श्रान्तिमुक्त होने के लिए स्वस्थ 'फ्रांसीसी हवा' में ले जाते थे और जो वहाँ से लौटते थे वे अपने साथ उन तरोताजा हरे मैदानों का अद्‍भुत विवरण अपने साथ लेकर आते थे जहाँ मध्य-अगस्त तक भी आराम से पानी बह रहा था, वहाँ उस गरीब मोहल्ले के जीवन में कोई परिवर्तन नहीं होता था, और शहर केन्द्रीय इलाकों की तरह खाली हो जाने से कहीं दूर, उसके विपरीत भारी संख्या में बच्चों के बाहर आ जाने के कारण[अ] वहाँ की आबादी बहुत बढ़ जाती थी।

घिसी हुई सैंडिलों, सस्ती जीन्स, और गोल गले की तंग टी-शर्ट पहनकर उन सूखी गलियों में घूमते पियर् और जाक के लिए सबसे पहले, छुट्टियों का मतलब होता था गर्मियों का मौसम। अप्रैल या मई में आखिरी बारिश हो जाती थी। हफ्तों, महीनों, और तेज़, और गर्म होता हुआ सूरज दीवारों को सेंक दिया करता था और प्लास्टर, पत्थर, टाइलों की उसके ताप से पिसकर बनी मिट्टी हवा के झोंकों के साथ यत्र-तत्र उड़कर रास्तों पर, दुकानों की खिड़कियों पर और पेड़ों के पत्तों पर जम जाती थी। जुलाई में समूचा क्षेत्र एक प्रकार की भूरी और पीली[ब] भूलभुलैया बन जाता था, दिन में बिलकुल निर्जन, सभी घरों के शटर्स ध्यान से पूरे बन्द, जिन पर भीषण सूर्य का पूरा

अ. बाद में खिलौने, मेला, लाभकारी उपहार।
ब. जंगली।

अधिकार रहता था। कुत्ते-बिल्लियों को दरवाज़े की देहरी पर ही गिरा देते हुए, ज़िन्दा लोगों को उसकी पहुँच से बाहर रहने के लिए दीवारों से चिपक जाने को मजबूर करते हुए। अगस्त में सूरज गर्मी से सलेटी हुए भारी, आर्द्र आसमान की मोटी तह के पीछे छिप जाता था, वहाँ से एक छिटकी हुई सफेद-सी, आँखों को थकानेवाली रोशनी डालते हुए जो रास्तों में से रंगों के आखिरी निशान को भी मिटा देती थी। पीपाहारों की दुकान में हथौड़ों की आवाज़ शिथिल पड़ जाती थी और मिस्त्री लोग अपने पसीने से तर सिर और बदन को पम्प[अ] के नीचे ठंडे पानी की धार में भिगोने के लिए बीच-बीच में रुक जाते थे। अपार्टमेंटों में पानी और वाइन की बोतलें गीले कपड़े में लपेट दी जाती थीं। जाक की नानी नंगे पैर एक सादा शर्ट पहने, अपना स्ट्रॉ का पंखा यंत्रवत् चलाती हुई अँधेरे कमरों में आती-जाती सुबह का काम करती रहती थीं, जाक को दोपहर में सोने के लिए भेजतीं, और फिर शाम का काम करने के लिए शाम की ठंडक का इन्तज़ार करतीं। इस तरह भारी, तपते हुए और नम आसमान के नीचे गर्मी और उससे ग्रस्त हफ्तों रेंगते रहते जब तक जाड़ों की ठंडक और उसके पानी* की स्मृति तक लुप्त न हो जाती जैसे कि पृथ्वी पर न कभी हवा चली हो, न बर्फ या हल्का पानी गिरा हो, और सृष्टि से आज सितम्बर के इस दिन तक कभी कुछ हुआ ही न हो सिवाय तपते कॉरिडोर और सुरंगों वाले इस विशाल शुष्क अयस्क के यहाँ प्लान, पथराई आँखों वाले, पसीने और मिट्टी से ढके हुए आदमी धीरे-धीरे चल-फिर रहे हों। और फिर, अचानक आसमान सिकुड़ने लगता और दबाव के ज़ोर से बीच में से फट पड़ता। सितम्बर की तेज़ और मूसलाधार पहली बारिश से सारा शहर पानी से भर जाता। वहाँ की सड़कें, बलूत के पत्ते, ऊँचे बिजली के तार, ट्राम की पटरी सब चमकने लगते। दूर के मैदानों से उड़ती हुई गीली मिट्टी की खुशबू पहाड़ों के ऊपर से आकर गर्मी के कैदियों को खुलेपन और मुक्ति का सन्देश देती। बच्चे कपड़े उतार कर बाहर गलियों में भाग आते, लगातार पड़ती बारिश में इधर-उधर भागते हुए झागों से भरे तेज़ बहते पानी में छप-छप करते हुए, एक-दूसरे के कन्धे पकड़कर घेरा बनाते हुए, उनके चेहरे हँसी और आनन्द से भरे हुए चीखते-चिल्लाते। सब मिलकर बहती धार के बीच में उलटे चलने लगते, उस गन्दे पानी में शराब से भी ज़्यादा नशे वाले झाग भरते हुए।

अ. समुद्र तटों पर जाना। और गर्मियों के और मनोरंजन।
* बारिशों।

हाँ, गर्मी भयंकर हुआ करती थी, बहुत बार सारी दुनिया को पागल कर देती हुई, लोग हर दिन के साथ और ज़्यादा चिड़चिड़े और शक्तिहीन महसूस करते हुए, चिल्ला-चिल्लाकर बोलते, एक-दूसरे का अपमान करते या हाथापाई पर उतर आते, और उस दुखी और तनावपूर्ण माहौल में बदमिज़ाजी गर्मी की ही तरह तब तक इकट्ठी होती रहती जब तक कि वह जहाँ-तहाँ के झगड़ों में न फट पड़ती—उस दिन की तरह जब लीयों मार्ग पर, जो करीब-करीब अरब इलाके माराबू के बॉर्डर पर है और जो पहाड़ों में तराश कर बनाई हुई लाल मिट्टी की कब्रगाह के बराबर-बराबर जाता है, जाक ने सिर मुड़े, नीले कपड़े पहने एक अरब को मिट्टी से भरी नाई की दुकान से बाहर आते देखा। वह अजीब ढंग से बालक के सामने फुटपाथ पर एक दो कदम चला, बदन आगे को झुकाए हुए और सिर पीछे गिरा हुआ, जितना सम्भव था उससे कहीं ज़्यादा और वास्तव में वह असम्भवता फिर सामने आ गई। उसकी दाढ़ी बनाते-बनाते पागलपन के अचानक पड़े दौरे में नाई ने अपने सामने खुली गर्दन एक लम्बे छुरे से एक ही वार में काट दी थी और दाढ़ी बनवानेवाले को कुछ पता भी नहीं चला सिवाय उस खून के जिससे उसे अपना गला घुटता हुआ लग रहा था और वह बाहर उस बतख की तरह भागा जिसकी गर्दन ठीक से न कटी हो, जबकि वह नाई तुरन्त औरों द्वारा काबू में ले लिये जाने पर बुरी तरह चिल्ला रहा था जैसे गर्मी खुद उन कभी खत्म न होनेवाले दिनों में।

फिर आसमान के झरनों से गिरता पानी पेड़ों, छतों, दीवारों और रास्तों पर चढ़ी गर्मियों की मिट्टी की परत को ज़ोर-ज़ोर से बहा कर ले जाता था। वह गँदला पानी गटरों में ऊपर तक भर जाता, नालों में गड़गड़ाता हुआ आगे बहता, कई बार उसके कारण सीवर लाइनें फट जातीं और सड़कों पर बाढ़ आ जाती, चलती कारों और ट्रामों के आगे दो बड़ी-बड़ी पीले रंग की पंखड़ियाँ बन जाती। समुद्र खुद भी किनारों पर और गोदियों पर गँदला हो जाता। उसके बाद पहली धूप के साथ ही छतों, घरों, रास्तों और पूरे शहर के ऊपर से उड़-उड़कर भाप ऊपर जाने लगती। गर्मी चाहे फिर से हो जाती लेकिन अब तक उसका प्रभुत्व खत्म हो जाता था, आसमान पहले से ज़्यादा खुल जाता था, साँस लेना आसान हो जाता और धूप की मोटाई के पीछे हवा की थरथराहट में, पानी के आश्वासन में शरद के आगमन और स्कूल का नया सत्र शुरू होने का सन्देश मिलता।[अ] "गर्मियाँ बहुत लम्बी होती हैं,"

अ. लीसे में सब्सक्रिप्शन कार्ड—हर महीने नवीकरण—जवाब में 'सब्सक्राइबर' कहने का आनन्द और अभिमानपूर्ण वेरीफिकेशन।

नानी बोलीं, जो शरद की बारिश का स्वागत उसी राहत भरी साँस से किया करती थीं जिससे जाक के जाने का जिसके उन तपते दिनों में शटर डले बन्द कमरों में ऊब के मारे धम्म-धम्म करके लगातार चलते रहने की आवाज़ उनका गुस्सा और बढ़ा देती थी।

लेकिन वे यह नहीं समझ पाती थीं कि साल का कुछ भाग कुछ न करने के लिए क्यों विशेष रूप से अलग रखा जाता है। "मुझे देखो, मुझे तो कभी कोई छुट्टियाँ नहीं मिलीं," वे कहा करती थीं। और वह सच था, न वे कभी स्कूल गई थीं, न उन्हें कभी खाली समय मिला था, उन्होंने बचपन से और लगातार काम किया था। वे यह मान ज़रूर गई थीं कि उनका नाती, भविष्य के किसी बड़े लाभ के लिए कुछ साल पैसे कमा कर घर न लाए। लेकिन उसी दिन से वे इन तीन महीनों की क्षति के बारे में लगातार सोचती रही थीं, और जब जाक चौथे साल में पहुँचा तो उन्होंने फैसला किया कि अब वह छुट्टियों में काम करने लायक हो गया था। "इन गर्मियों में तू काम करेगा", उन्होंने स्कूल खत्म होने पर उससे कहा, "और कुछ पैसे कमा कर घर लाएगा। तू ऐसे यहाँ नहीं रह सकता बिना कुछ किए।"[अ] असल में जाक सोच रहा था कि उसके पास तो बहुत काम था—स्वीमिंग, कूबा आना-जाना, खेल-कूद, बैलकूर् के रास्तों में मटरगश्ती, चित्रकथाएँ पढ़ना, लोकप्रिय उपन्यास पढ़ना, वैरमो जंत्री, और सॉएत-एतिअन हथियार निर्माता के अनन्त कैटेलॉग।[ब] घर के काम और नानी के अलग से दिए हुए कामों को छोड़कर। लेकिन उनकी आँखों में यह सब करना, बिलकुल कुछ न करने के बराबर था क्योंकि इन सब चीज़ों से न तो वह घर में कुछ कमा कर लाता, न काम करता, जैसे स्कूल के दिनों में स्कूल में करता था, और इस तरह की खाली हालत उनके लिए नरक की आग के बराबर थी। सबसे सीधा तरीका था उसके लिए कोई काम ढूँढ़ देना।

वास्तव में यह इतना सरल नहीं था। निस्सन्देह समाचार-पत्रों में जूनियर क्लर्क या असिस्टेंट आदि के लिए विज्ञापन थे। और मदाम वैरतो, जिनकी नाई की दुकान के पास डेयरी की दुकान में से घी, मक्खन की खुशबू (उन नाकों और स्वाद के लिए अजीब, जिन्हें तेल की आदत हो) आती रहती थी, वे विज्ञापन नानी को पढ़कर भी सुना देती थीं। लेकिन नौकरी देनेवाले कम-से-कम पन्द्रह साल की उम्र माँगते थे, और जाक की उम्र के बारे में

---

अ. माँ का हस्तक्षेप—वह थक जाएगा।

ब. उसकी पढ़ाई पहले? उच्चवर्ग की कॉलोनियों।

जो अपने तेरह साल के लिए भी छोटा लगता था, बोलने के लिए बहुत हिम्मत की ज़रूरत थी। फिर वे उसको रखना चाहते थे जो उनके साथ हमेशा काम करता रहे। शुरू-शुरू में जिनके पास नानी (उसी तरह तैयार होकर जैसे कि बड़े उत्सव के लिए, काली ओढ़नी समेत) उसे लेकर गईं, उन्हें या तो वह बहुत छोटा लगा या, केवल दो महीने के लिए काम देने से उन्होंने साफ इनकार कर दिया। "तुझे सिर्फ यह कहना पड़ेगा कि तू वहाँ काम करता रहेगा," नानी ने उससे कहा। "लेकिन वह तो सच नहीं है।" "उससे कोई फर्क नहीं पड़ता। वे तेरा विश्वास कर लेंगे।" जाक का मतलब यह नहीं था, और वास्तव में उसे इस बात की चिन्ता भी नहीं थी कि कोई उसकी बात पर विश्वास करेगा या नहीं। उसे डर था कि इस तरह का झूठ उसके गले में से निकल नहीं पाएगा। यह सच था कि उसने घर में कई बार झूठ बोला था, सजा से बचने के लिए, दो फ्रैंक का सिक्का बचाने के लिए और सबसे कहीं ज़्यादा गप्प ठोंकने के लिए, शेखी बघारने के लिए। लेकिन अगर घर में झूठ बोलना वह अनिंद्य मानता था तो बाहर वालों से झूठ बोलना एक बहुत बड़ा पाप। मोटे तौर पर वह समझता था कि जिनके साथ हम रहते हैं उनसे खास चीज़ों के बारे में झूठ नहीं बोलते नहीं तो हम न तो उनके साथ रह सकते हैं, न उन्हें प्यार कर सकते हैं। और उसे काम पर रखनेवाले उसके बारे में वही जान पाएँगे जो वह उन्हें बताएगा, और वे उसे जान नहीं पाएँगे, उसका कहा झूठ उनके लिए अन्तिम सच हो जाएगा। "चलो," नानी ने अपनी ओढ़नी में गाँठ बाँधते हुए उससे कहा, जब एक दिन मदाम वैरतो ने उन्हें बताया कि आधा के इलाके में एक बड़े हार्डवेयर स्टोर में एक जूनियर फाइलिंग क्लर्क की ज़रूरत है। वह हार्डवेयर स्टोर शहर के अन्दर बीच में जाते हुए एक ढलान पर था; बीच जुलाई की धूप में वह तपा रहता था और पेशाब और वहाँ से उठती डामर की बदबू तेज़ हो जाती थी। वहाँ ज़मीन की सतह पर एक सँकरी लेकिन अन्दर काफी गहरी एक दुकान थी, लम्बाई में एक काउंटर, जिस पर चिटकनियों और लोहे की और चीज़ों के नमूने रखे हुए थे, से दो भागों में बाँटी हुई थी, और दीवारों में रहस्यमय लेबल लगी बहुत सी दराजें थीं। अन्दर घुसते ही दाहिने हाथ पर बने काउंटर पर रॉड आयरन का कैशियर की खिड़की वाला एक जँगला बना हुआ था। उसके पीछे बैठी सपनों में खोई सी एक नाज़ुक लड़की ने नानी को ऊपर दफ्तर में जाने के लिए कहा। स्टोर के एकदम पीछे की तरफ बना हुआ लकड़ी का जीना वास्तव में बड़े से दफ्तर में ले

जाता था जहाँ बीच में रखी एक बड़ी सी टेबिल के चारों तरफ पाँच या छह कर्मचारी मर्द, औरत दोनों बैठे थे। एक तरफ एक दरवाज़ा मैनेजर के दफ्तर में खुलता था।

मैनेजर अपने तपते दफ्तर में कॉलर ढीला किए[अ] पूरी बाँहों की शर्ट पहने बैठा था। उसके पीछे एक छोटी-सी खिड़की एक चौक में खुलती थी जहाँ धूप नहीं पहुँची थी हालाँकि दोपहर के दो बज चुके थे। वह नाटे कद का मोटा आदमी था और अपने अँगूठों को अपनी आसमानी रंग की गेलिस में फँसा कर बात किया करता था, और उसकी साँस हमेशा चढ़ी रहती थी। वह मुँह ठीक से दिख नहीं रहा था जिसमें से नानी को बैठने के लिए कहने की आवाज़ आई थी। जाक को हर तरफ से वहाँ लोहे की खुशबू आ रही थी। दुकान के मालिक की अचलता जाक को उसके शक की अभिव्यक्ति लगी। उस ताकतवर मज़बूत आदमी से झूठ बोलने के खयाल से जाक के पैर काँपने लगे। जहाँ तक नानी का सवाल था उन्हें किसी प्रकार का कम्पन नहीं हो रहा था। जाक पन्द्रह साल का होनेवाला था, उसे कोई भी नौकरी ढूँढ़ कर अविलम्ब काम शुरू करना था। मैनेजर के अनुसार वह पन्द्रह साल का लगता तो नहीं था लेकिन अगर वह समझदार था तो...और बाई-द-वे क्या उसके पास पढ़ाई का सर्टिफिकेट था? नहीं, उसे स्कॉलरशिप मिलती थी। कौन-सी स्कॉलरशिप? लीसे के लिए। इसका मतलब वह लीसे में पढ़ रहा था? कौन-सी क्लास में? तीसरी। और उसने क्या लीसे छोड़ दिया था? दुकान का मालिक और स्थिर हो गया, उसकी शक्ल अब अच्छी तरह दिख रही थी और उसकी गोल, सफेद आँखें नानी से बच्चे पर जा रही थीं। इस निगाह के नीचे जाक काँपने लगा। "हाँ," नानी ने जवाब दिया, "हम लोग बहुत गरीब हैं।" दुकान का मालिक अप्रत्यक्ष रूप से भारमुक्त हुआ-सा जान पड़ा। "दुख की बात है," वह बोला "क्योंकि बच्चा इतना होनहार था, लेकिन बिजनैस में भी अच्छी पोजीशन मिल सकती है।" अच्छी पोजीशन वास्तव में काफी साधारण ढंग से शुरू हुई। जाक को हर रोज़ दुकान में आठ घंटे काम करने के 150 फ्रैंक प्रति माह मिलेंगे। वह अगले दिन से काम शुरू कर सकता था। "देखा तूने," नानी ने कहा, "उसने हमारी बात पर विश्वास कर लिया।" "लेकिन जब मैं छोड़ूँगा तब उससे क्या कहूँगा?" "वो तू मेरे ऊपर छोड़।" "ठीक है," बालक ने हार कर जवाब दिया। वह सिरों के ऊपर गर्मियों के दिनों का आसमान देखने लगा, वहाँ से आती लोहे

अ. कॉलर का बटन अलग हो जानेवाला कॉलर।

की खुशबू के बारे में, लोगों से भरी दुकान के बारे में सोचने लगा, और कि कल उसे सुबह जल्दी उठना पड़ेगा, और यह कि उसकी छुट्टियाँ शुरू होने से पहले ही खत्म हो गई थीं।

दो साल तक जाक ने गर्मियों में काम किया। पहले हार्डवेयर स्टोर में, फिर एक जहाज़ों के दलाल के साथ। हर बार वह 15 सितम्बर का इन्तज़ार जब उसे नौकरी छोड़ने का नोटिस देना पड़ता था, डर के साथ करने लगा।[1]

वे वास्तव में खत्म हो गई थीं हालाँकि गर्मी वही थी जो पहले ताप और ऊब से भरी हुई। लेकिन उसमें से वह खो गया था जो उसे गरिमामय बनाता था, उसका आसमान, खुला फैला हुआ स्थान, उसका कोलाहल। जाक अब अपने दिन अपने मोहल्ले की दुखभरी गरीबी में नहीं निकालता था, बल्कि शहर के केन्द्रीय भाग में जहाँ गरीबों की कच्ची दीवारों की जगह धनाढ्यों की सीमेंट ने ले ली थी, मकानों पर ज़्यादा विशिष्ट और ज़्यादा खेदजनक सलेटी रंग चढ़ाते हुए। आठ बजे जब जाक लोहे की खुशबू भरी दुकान में पहुँचता था उसके अन्दर की एक प्रकाश की किरण बुझ जाती थी, आसमान खो जाता था। वह कैशियर का अभिवादन करता हुआ सीधा ऊपर कम रोशनी वाले बड़े दफ्तर में चला जाता था। बीच में पड़ी टेबिल पर उसके लिए कोई स्थान नहीं था। वृद्ध लेखपाल जिसकी मूँछें, हाथ की बनी सिगरेटों से जिन्हें वह सारे वक्त चबाता रहता था पीली पड़ गई थीं, उपलेखपाल, लगभग तीस साल का आधा गंजा, बैल के जैसे मुँह और बदन वाला आदमी, दो जूनियर क्लर्क जिनमें से एक पतला, भूरे बालों वाला, गठीला, सुन्दर तराशी हुई सी प्रोफाइल वाला आदमी जो हमेशा गीली, पीठ पर चिपकी शर्ट में अपने चारों तरफ एक समुद्री गन्ध फैलाता आता था, क्योंकि वह पूरे दिन बहीखातों में मगज मारने के लिए दुकान में घुसने से पहले पूरे एक घंटे तैर लेता था, और दूसरा, स्थूल और हँसमुख, जो अपने हँसोड़पन को कभी काबू में नहीं रख पाता था, और अन्त में, मदाम रासलाँ, मैनेजर की सेक्रेटरी, कुछ-कुछ घोड़े जैसी लेकिन अपनी सूती या बरसाती कपड़े की वेशभूषा में, जो ज़्यादातर गुलाबी होती थी, देखने में काफी सुहावनी, पर जो दुनिया को हमेशा एक कड़ी दृष्टि से देखती थी, अपने-अपने रजिस्टर, बही, टाइपराइटर, इत्यादि से टेबिल भरे रहते थे। इसलिए जाक, जिसके लिए मैनेजर के कमरे के दरवाज़े के दाहिनी तरफ

1. पूरा परिच्छेद लेखक के द्वारा गोल घेरे से अंकित किया हुआ।

एक कुर्सी लगा दी गई थी, वहाँ बैठकर वह काम मिलने का इन्तज़ार किया करता था, जिसमें ज़्यादातर बिल या बिजनैस की चिट्ठियाँ अलग-अलग करके खिड़की के पास बने खानों में डालना होता था जो उसे शुरू-शुरू में अच्छा लगता था, वह शौक से बार-बार दराजें खोलता, उनमें से आती खुशबू सूँघता, कागज़ और गोंद की खुशबू जो शुरू के दिनों में उसे इतनी अच्छी लगती थी वही बाद में ऊब की गन्ध बन गई, या फिर उसे किसी बड़े बिल के जोड़ को फिर से चैक करने के लिए बुलाया जाता था जिसे वह कुर्सी पर बैठकर अपने घुटनों पर रखकर दिया करता था, या फिर उपलेखपाल उसे कुछ संख्याओं का 'मिलान' करने के लिए बुला लेता था जिन्हें वह धीमी निर्जीव आवाज़ में बोलता जाता था ताकि और लोग डिस्टर्ब न हों, और वह हमेशा खड़े-खड़े ध्यान से सुन कर टिक करता रहता था। उस खिड़की में से नीचे का रास्ता और सामने की बिल्डिंग तो दिखती थी, लेकिन आसमान कभी नहीं। कभी-कभी, लेकिन बहुत कम उसे छोटा-मोटा बाहर का काम करने भेज दिया जाता था, जैसे पास की दुकान से स्टेशनरी लाना या कोई अर्जेंट मनीऑर्डर भेजना। केन्द्रीय पोस्ट ऑफिस वहाँ से दो सौ मीटर दूर चौड़ी सड़क पर था जो गोदी से पहाड़ की चोटियों तक जाती थी और जिसके किनारे-किनारे शहर बसा हुआ था। इस रास्ते में जाकर जाक को फिर से खुली जगह और रोशनी देखने को मिलती थी। खुद पोस्ट ऑफिस में, जो एक विशाल गोलाकार भवन में था, तीन बड़े-बड़े दरवाज़ों में से खूब रोशनी आती थी और उसके ऊपर बड़े से गुम्बद में से भी बारीक किरणों में स्रवित होती रहती थी।[अ] लेकिन दुर्भाग्यवश जाक को पोस्ट करने के लिए चिट्ठियाँ दिन के आखिर में दफ्तर से घर जाते-जाते दी जाती थीं और उस समय उसके लिए यह एक आफत बन जाती थी, क्योंकि दिन छिपने को होता था और उसे भागना पड़ता था, फिर पोस्ट ऑफिस में बहुत भीड़ होती थी और उसे लाइन में देर तक खड़ा रहना पड़ता था जिससे उसके लिए ऑफिस का काम और लम्बा हो जाता था। यथार्थत: जाक के लिए गर्मियों की लम्बी छुट्टियाँ बिना किसी उद्दीपन के अँधेरे में बैठकर बेकार के काम करने में खत्म हो जाती थीं। "तुम बिना कुछ किए नहीं रह सकते," उसकी नानी कहती थीं। लेकिन खास तौर से उस दफ्तर में जाक को लगता था कि वह कुछ नहीं कर रहा है। उसे काम करने से इनकार नहीं था, हालाँकि उसके लिए समुद्र और कूबा के खेलों की जगह कोई और

अ. डाक परिचालन, इत्यादि।

चीज़ नहीं ले सकती थी। लेकिन उसके लिए असली काम होता था, जैसा कि पीपा बनाने के कारखाने में किया जाता था, उदाहरण के लिए, कोई लम्बा शारीरिक परिश्रम, या हाथों द्वारा की गई कारीगरी का काम जिससे आपकी मेहनत का परिणाम सामने तो दिखे : एक अच्छा, सुडौल, बिना दरार का बना हुआ बैरल जिसे मज़दूर देख सकें।

लेकिन यह दफ्तर का काम न कहीं से शुरू होता था, न कहीं ले जाता था। बिक्री और खरीद, सब कुछ इन दो अतिसाधारण, निकृष्ट क्रियाओं के चारों तरफ घूमता था। यद्यपि जाक अब तक गरीबी में जिया था, हीनता का मतलब वह इस दफ्तर में आकर समझा और खोए हुए प्रकाश के लिए बहुत रोया। उसकी इस दमघुटाऊ संवेदना के लिए उसके सहकर्मचारी ज़िम्मेदार नहीं थे। उनका व्यवहार उसके प्रति अच्छा था, वे कभी उससे रूखा नहीं बोलते थे, रौब नहीं झाड़ते थे, और इतनी सख्त होने के बावजूद मदाम रासलाँ तक कभी-कभी उसकी तरफ मुस्करा देती थीं। वे लोग आपस में बहुत कम बातचीत करते थे, उनकी हँसमुख हार्दिकता और अल्जीरिया निवासियों के विशेष रूखेपन के सम्मिश्रण के कारण। जब मैनेजर आता था, उन लोगों के आने के कोई पन्द्रह मिनट बाद, या जब वह कुछ कहने या कोई इनवॉयस चैक करने अपने दफ्तर से बाहर आता था (ज़्यादा ज़रूरी चीज़ों के लिए तो वह वृद्ध लेखपाल या अपने दफ्तर से जुड़े कर्मचारी को अपने कमरे में अन्दर बुला लिया करता था), इन लोगों का वास्तविक चरित्र सामने आता था जैसे कि ये आदमी और वह एक औरत सिवाय सत्ता के साथ अपने सम्बन्धों के, अपने असली रूप को दर्शाने में असमर्थ हों, वृद्ध लेखपाल अशिष्ट और मनमौजी, मदाम रासलाँ अपने गहरे सपनों में खोई हुईं, और उपलेखपाल, उनके विपरीत, बहुत ज़्यादा जीहज़ूरिया। लेकिन बाकी समय वे अपने-अपने खोलों में घुसे रहते, और जाक अपनी कुर्सी पर बैठा उस आदेश का इन्तज़ार करता रहता जिसके कारण उसे कुछ अनर्थक दौड़-भाग करनी पड़ जाती जिसे उसकी नानी काम करना कहती थीं।[अ]

वह जब यह और ज़्यादा बर्दाश्त नहीं कर पाता, जब वह अक्षरश: अपनी कुर्सी में बैठा उबल रहा होता, वह नीचे, स्टोर के पीछे जाकर टर्किश टायलेट की बहुत कम उजाले और पेशाब की तेज़ खमीरी दुर्गन्ध आती सीमेंट की दीवारों के बीच छिप जाता था। उस अँधेरी जगह में जाकर वह

अ. बाशो के बाद की गर्मियों की पढ़ाई—चकराया हुआ सिर।

आँखें बन्द करता और उस बदबू में साँस लेता हुआ सपने देखने लगता। उसके खून और अस्तित्व में कुछ अस्पष्ट, दुर्जय, अजीब-सा उभर रहा था। कई बार वह अपनी कल्पना में मदाम रासलाँ की वे टाँगें देखता, जो उसे उस दिन अचानक उनके स्कर्ट के नीचे दिख गई थीं, खुली हुई और अन्दर झीनी लेस में से उनकी जाँघें, जब उनकी कुछ पिन ज़मीन पर गिर जाने पर उन्हें समेटते-समेटते अकस्मात उसने अपना सिर ऊपर किया था। तब तक उसने कभी नहीं देखा था कि औरतें स्कर्ट के नीचे क्या पहनती हैं, और इस आकस्मिक अनावरण से उसका मुँह सूख गया था और बुरी तरह काँपने लगा था। उसके सामने वह रहस्य खुल रहा था जो अपने बेहिसाब अनुभवों के बावजूद वह कभी निःशेष नहीं कर पाया।

दिन में दो बार, दोपहर को बारह बजे और छह बजे जाक तेज़ी से बाहर निकलता और ढलान वाली गली में भाग कर, छकाछक भरी उस ट्राम में अन्दर कूद पड़ता, हर उतरनेवाली पटरी पर लोगों को लिए, जो श्रमिकों को वापस उनके घर ले जा रही थी। उस गर्मी में एक-दूसरे से सटे हुए वे बिलकुल चुप खड़े थे, बड़े और बच्चे दोनों ही, घर जाने के लिए उतावले जो उनका इन्तज़ार कर रहा था, पसीने से सराबोर, उत्साहहीन काम, बेहद कष्ट में रोज़ दूर से आना, जाना और घर पहुँचते ही सो जाने में बँटे हुए अपने जीवन को चुपचाप, सन्तोष से स्वीकार करते हुए। कुछ शामों को उन्हें देख कर जाक के हृदय में बहुत पीड़ा होती थी। तब तक उसने गरीबी के सिर्फ सम्पन्नता और आनन्द देखे थे। लेकिन अब गर्मी, ऊब और थकान ने उसे उसके अभिशाप से अवगत कराया, उस व्यर्थ के काम का कि रोना आ जाए, जिसकी अन्तहीन ऊब दोनों काम एक साथ कर रही थी दिनों को बेहद लम्बा करना और जीवन को छोटा करना।

जहाज़ों के दलाल के यहाँ गर्मियाँ ज़्यादा रुचिकर रहीं, क्योंकि ऑफिस से फ्रों-द-मैर् सड़क सामने दिखती थी, और खास तौर से इसलिए क्योंकि उसका कुछ काम गोदी पर होता था। जाक को वास्तव में उन अलग-अलग राष्ट्रीयता के जहाज़ों पर जाना पड़ता था जो अल्जियर्स में रुकते थे और जिनका प्रतिनिधित्व वह दलाल, लाल-लाल गाल, घुँघराले बालों वाला खूबसूरत वृद्ध पुरुष सरकार के अलग-अलग विभागों के दफ्तरों में करता था। जाक जहाज़ के कागज़ों को दफ्तर में लाता था, जहाँ उनका अनुवाद किया जाता था और एक सप्ताह बाद खुद उसे सप्लाई की सूचियों और लदाई के बिलों के अनुवाद की ज़िम्मेदारी सौंप दी जाती थी जब वे

अंग्रेजी में होते थे और कस्टम अधिकारी या बड़ी इम्पोर्ट कम्पनियों के नाम जो माल की डिलीवरी लेती थीं, होते थे। इसलिए जाक को रोज़ वे कागज़ लाने के लिए आगा कमर्शियल पोर्ट जाना पड़ता था। गर्मी के मारे पोर्ट की तरफ जानेवाले रास्ते बिलकुल निर्जन रहते थे। उनके बराबर में बने भारी कास्ट आयरन के रैम्प इतने जलते हुए होते थे कि उन पर हाथ रखना असम्भव होता था। धूप के कारण वे विशाल पोतघाट बिलकुल सूने रहते थे, सिवाय तभी किनारे लगे जहाज़ों के एक तरफ काम करते गोदी मजदूरों के जो पिंडलियों तक पाँयचे मोड़ी नीली पतलूनों में धूप में काले पड़े नंगे बदन, सिर पर एक बोरी डाले जो उनके कन्धों पर नीचे कमर तक फैली रहती थी, सीमेंट, कोयले या किसी पैने औजारों की बोरियाँ जहाज़ पर चढ़ाते रहते, डैक से घाट की तरफ ढलान लिये हुए गेंगवे के ऊपर लगातार आते-जाते हुए या जहाज़ के हॉल्ड के खुले दरवाज़े में से हॉल्ड और घाट के बीच में लगी एक बीम को पार करते हुए जल्दी-जल्दी चल कर सीधे अन्दर चले जाते। धूप में तपते घाटों में जहाँ डामर पिघल रहा होता था और बाकी सारी चीज़ें उसकी गर्मी में सिंक रही होती थीं, उठती धूप और मिट्टी के अलावा प्रत्येक जहाज़ की एक अपनी अलग खुशबू होती थी जिसे जाक पहचानता था। नार्वे वाले जहाज़ों में से लकड़ी की गन्ध आती थी, डाकार या ब्राजील के जहाज़ कॉफी और मसालों की खुशबू से भरे होते थे, जर्मनी के जहाज़ों में तेल की खुशबू होती थी और इंग्लैंड के जहाज़ों में लोहे की। जाक गेंगबोर्ड पर चढ़कर ऊपर जाता, किसी नाविक को दलाल का पहचान-पत्र दिखाता जो उसे समझ नहीं पाता था। फिर उसे वहाँ के पतले-पतले गलियारों में होकर, जहाँ की छाया भी गर्म थी किसी अधिकारी या खुद कप्तान की केबिन तक ले जाया जाता था।[अ] रास्ते में वह उन सँकरे, लगभग खाली केबिनों को ललचाई आँखों से देखता जाता था जिनमें पुरुषों की ज़रूरत का सामान होता था और उसे वे अच्छे से अच्छे वैभवशाली भवनों से ज़्यादा प्रिय लगने लगी थीं। वे उससे बड़े प्यार से मिलते थे क्योंकि वह खुद उनकी तरफ मुस्करा कर देखता था, और उसे उनके वे मर्दाने कठोर चेहरे अच्छे लगते थे जो उस तरह के अकेले जीवन में, जो वे जीते थे उन सबके हो जाते थे, और वह उनके प्रति अपनी अभिरुचि छिपाता नहीं था। कभी-कभी उनमें से कोई थोड़ी-बहुत फ्रांसीसी बोलता और उससे कुछ प्रश्न पूछने लगता। फिर प्रसन्नचित्त वह जलते घाट

अ. गोदी श्रमिका का एक्सीडेंट? डायरी देखना।

और तपते रैम्पों पर वापस आ जाता और ऑफिस में काम करता। सिर्फ उस गर्मी में ये सब करने के लिए आने-जाने में वह बहुत थक जाता था, वह खूब गहरी नींद सोता और सितम्बर का महीना आते-आते वह बहुत पतला और बेचैन हो जाता।

वह दिन के बारह घंटे लीसे में गुज़रनेवाले दिनों का इन्तज़ार बहुत उत्सुकता से करने लगता, साथ-साथ दफ्तर में अपनी नौकरी छोड़ने की खबर देने की हुज्जत से परेशान भी। सबसे ज़्यादा कठिनाई उसे हार्डवेयर स्टोर में हुई थी। वह बड़े शौक से यह चाहता था कि उसे दफ्तर न जाना पड़े और उसकी नानी उसकी जगह वहाँ जाकर जो कुछ कहना हो कह दे। लेकिन नानी कुछ कहने-सुनने की ज़रूरत ही नहीं समझती थीं। उनके खयाल में तनख्वाह लेकर बिना कुछ बताए घर बैठ जाना काफी था। इससे जाक को गुस्सा आने लगा, उसे नानी का वहाँ जाकर मालिक के आगबबूला होने का सामना करना ठीक लगता था, वह एक तरह से उचित भी था, क्योंकि उस मुश्किल परिस्थिति को पैदा करने और उसके कारण फिर झूठ बोलने की आवश्यकता की ज़िम्मेदार वे थीं, लेकिन अपने आपको कुछ न कर सक पाने की हालत में पाकर बहुत सोच कर उसने यह युक्तिसंगत दलील सामने रखी : "लेकिन मालिक किसी को यहाँ भेज सकते हैं।" "यह बात तो है," नानी ने जवाब दिया, "तो फिर तू कह दे कि तू अब अपने अंकल के साथ काम करेगा।" जाक कोसता हुआ वहाँ से जा ही रहा था जब उसकी नानी ने कहा, "सबसे पहले अपनी तनख्वाह ले लेना, फिर बात करना।" शाम हुई और मालिक प्रत्येक कर्मचारी को अपने दफ्तर में बुला कर तनख्वाह देने लगा। "लो बच्चे," उसने जाक को उसका लिफाफा पकड़ाते हुए कहा। जाक हिचकिचाते हुए अपना एक हाथ आगे बढ़ा चुका था जब मुस्कराते हुए उन्होंने कहा, "तुम काम अच्छा कर रहे हो मैं खुश हूँ, घर जाकर बता देना।" जाक ने यह कहना शुरू कर दिया था कि वह अब नहीं आएगा। मालिक किंकर्तव्यविमूढ़, उनका हाथ अभी तक उसकी तरफ बढ़ा हुआ, बोले, "क्यों?" अब झूठ बोलने की ज़रूरत थी और वह उसके मुँह से नहीं निकल रहा था। जाक बेहद दुखी चुपचाप खड़ा रहा। उसके मालिक समझ गए। "तुम लीसे वापस जा रहे हो?" "जी," जाक बोला, और इतने डर और दुख के बीच अचानक मिली राहत से उसकी आँखों में आँसू भर आए। गुस्से में बौखलाया हुआ मालिक एकदम उठकर खड़ा हो गया, "और तुम्हें यह मालूम था जब तुम यहाँ आए थे। और तुम्हारी नानी को

भी मालूम था।" जाक ने सिर हिलाकर हामी भरी। उनकी आवाज़ अब पूरे कमरे में गूँज रही थी, उन लोगों ने बेईमानी की थी, और उसके मालिक को, बेईमानी से चिढ़ थी। क्या वह जानता था कि उन्हें उसे पैसे न देने का पूरा हक था, तब वह ठीक रहता, नहीं तुम्हें पैसे नहीं मिलेंगे, तुम्हारी नानी को यहाँ आने दो, उसे देख लेंगे हम, अगर तुम एक बार यह कह ही देते, तो रख तो मैं फिर भी लेता, लेकिन यह झूठ, आह! "यह अब लीसे नहीं जा सकता, हम लोग बहुत गरीब हैं," और वे खड़े हो गए। "इसी वजह से तो," घबड़ाया हुआ जाक अचानक बोल पड़ा। "क्या किसलिए?" "क्योंकि हम लोग गरीब हैं," फिर वह चुप हो गया, उसके मालिक भी चुप हो गए, फिर थोड़ी देर उसकी तरफ देख कर धीरे-धीरे कहने लगे : "... कि तुमने यह किया, वह कहानी गढ़ के सुनाई?" जाक दाँत भींचे हुए अपने पैरों की तरफ देखता रहा। वह सन्नाटा खत्म ही नहीं हो रहा था। फिर मालिक ने वह लिफाफा टेबिल से उठाया और उसकी तरफ बड़ा दिया : "ये अपने पैसे उठाओ, और यहाँ से बाहर निकल जाओ," उन्होंने कर्कशता से कहा। "नहीं," जाक बोला। मालिक ने वह लिफाफा उठा कर उसकी जेब में डाल दिया : "बाहर निकल जाओ।" वह रास्ते में रोता हुआ भागने लगा, अपने दोनों हाथों से कोट का कॉलर कस कर पकड़े हुए ताकि वे उस पैसे से छू जाएँ जो उसकी जेब को जला रहे थे।

छुट्टियाँ न लेने का अधिकार प्राप्त करने के लिए झूठ बोलना, गर्मियों का आसमान और समुद्र जिसे वह इतना चाहता था, से दूर हट कर काम करना, और फिर लीसे में वापस अपना काम शुरू करने के लिए फिर झूठ बोलने को बाध्य होने के अन्याय से उसका हृदय मसोस गया। क्योंकि इसका सबसे बड़ा दुर्भाग्य वे झूठ नहीं थे जिन्हें बोलने में वह असमर्थ रहा था, चूँकि मनोरंजन के लिए वह आराम से हमेशा झूठ बोल सकता था लेकिन वह आवश्यकता के लिए यह नहीं कर पाता था, इसका दुर्भाग्य था उसका वह सुख जिससे वह वंचित रहा, उस समय का आराम और प्रकाश जो उससे छीन लिये गए थे, और उसके लिए वह साल अब हर रोज़ सुबह जल्दी उठने का क्रम और हड़बड़ी से भरे दिनों के अलावा और कुछ नहीं रह गया था। उसे वह खोना पड़ा था, जो उसकी गरीबी की ज़िन्दगी में राजसी था, वह प्रचुरता जिसका स्थान और कोई चीज़ नहीं ले सकती और जिसका आनन्द उसने दिल भर के और लोभीपन से उठाया था, ज़रा से पैसे कमाने के लिए, जो उस अमानत का एक हजारवाँ भाग भी खरीदने के लिए पर्याप्त नहीं थे।

और फिर भी वह यह समझता था कि उसके लिए वैसा करना आवश्यक था, और विद्रोह के साथ-साथ उसके अन्दर कोई चीज़ उसकी नौकरी करने पर नाज कर रही थी। क्योंकि उसे झूठ की वेदना पर कुर्बान की हुई गर्मियों का एक अकेला पारितोषिक उस दिन मिल गया था जब पहली तनख्वाह मिलने के दिन खाने के कमरे में आते हुए जहाँ उसकी नानी आलू छील कर एक तसले में फेंकती जा रही थीं, अंकल अर्नेट बैठकर ब्रिलौं को अपने दोनों पैरों के बीच दबाए उसकी टिक निकाल रहे थे, और उसकी माँ जो तब ही लौटी थीं, साइड बोर्ड में से एक गन्दे कपड़ों की पोटली निकाल रही थीं जो उन्हें धोने के लिए दी गई थी। जाक ने आगे बढ़कर एक सौ फ्रैंक का नोट और कुछ सिक्के जो पूरे रास्ते उसने हाथ में कस कर पकड़े हुए थे, चुपचाप टेबिल पर रख दिए थे। बिना कुछ कहे उसकी नानी ने एक बीस फ्रैंक का सिक्का उसे दे दिया था और बाकी सब समेट लिया था। फिर एक हाथ से, उनका ध्यान आकर्षित करने के लिए, उन्होंने एक हाथ से कैथरीन कारमॅरी को थपकाया और वे पैसे उसे दिखाए : "यह तुम्हारा बेटा लाया है।" "हाँ," उसने कहा और उसकी उदास आँखों ने अपने बच्चे को एक क्षण के लिए प्यार से चूमा। अंकल ने लिली को पकड़े-पकड़े, जिसने समझा कि उसकी मुसीबत खत्म हो गई, सिर हिलाया। "शाबाश, शाबाश," उन्होंने कहा, "तू तो बड़ा हो गया।"

हाँ, वह अब बड़ा हो गया था, उसने अपने ऋण का थोड़ा-सा हिस्सा चुका दिया था, और इस घर की गरीबी को ज़रा भी कम कर पाने के अहसास से वह उस तरह के अहंकारी गर्व से भर गया था जो आदमियों में तब आ जाता है जब वे अपने आपको बिलकुल स्वतंत्र और किसी के भी पराधीन नहीं महसूस करने लग जाते हैं। और वास्तव में इस बार स्कूल खुलने पर जब वह स्कूल के चौक में पहुँचा तो वह, घबड़ाया हुआ, नए वातावरण से दिल कच्चा हुआ अपने स्टड शूज़ में डगमगा कर चलता हुआ वह बालक नहीं था जो एक दिन चार साल पहले सुबह-सुबह बैलकूर् से निकला था, और अब वह निगाह भी, जो वह अपने दोस्तों पर डाल रहा था, अपना भोलापन खो चुकी थी। और भी बहुत-सी चीज़ों ने उसे अब उस बालक से अलग करना शुरू कर दिया था, जो वह था। और अगर एक दिन उसने जिसने अब तक अपनी नानी से चुपचाप मार खाई थी, जैसे कि वह बालक होने की वास्तविकता का एक भाग हो, अचानक गुस्से में पागल होकर उनके हाथ से हंटर छीन लिया था और अपने उग्र आवेश में मज़बूती

से उस सफेद सिर पर आघात करने के लिए बढ़ा था जिसकी चमकती हुई निर्दयी आँखें उसे आपे से बाहर कर रही थीं कि उसकी नानी उसे समझ गई थीं और पीछे हट कर अपने आपको एक कमरे में बन्द कर लिया था, निश्चित रूप से अप्राकृतिक बच्चे बड़े करने के अपने दुर्भाग्य पर खूब रोते हुए लेकिन परिस्थिति को अच्छी तरह समझ लेते हुए कि अब वे जाक को कभी नहीं मारेंगी और वास्तव में उसके बाद उन्होंने उस पर कभी हाथ नहीं उठाया, वह इसलिए कि वास्तव में इस दुबले-पतले, गठीले, छोटे-छोटे बाल कटे, आँखों में से आग बरसाते इस किशोर के अन्दर अब बालक मर चुका था, और जिसने घर में तनख्वाह लाने के लिए पूरी गर्मियों काम किया था, तो ताज़ा-ताज़ा लीसे की टीम का सर्वश्रेष्ठ गोलकीपर घोषित किया गया था और जिसने तीन दिन पहले पहली बार हिचकिचाते हुए किसी लड़की के अधरों का आस्वादन किया था।

## 2

# अपने आपसे छिपा हुआ

हाँ, यही बात थी, इस बालक की यही ज़िन्दगी थी, उस इलाके के गरीब द्वीप पर ज़िन्दगी यही थी, एक अज्ञानी और अक्षम परिवार में, नितान्त आवश्यकता से जुड़े हुए, जीवन के लिए एक लोलुप भूख लिये, उसका नया उबलता खून, एक व्यग्र और उत्कट बुद्धि, साथ में आनन्द का उन्माद, जिस पर एक अज्ञात संसार द्वारा बीच-बीच में अचानक किए प्रहार उस समय उसे हताश कर देते, लेकिन शीघ्र पुनरुज्जीवित, इस संसार को समझने, जानने और आत्मसात करने की कोशिश करते हुए क्योंकि वास्तव में वह उस पर टूट कर पड़ा था, न कि छिप कर कहीं से घुसने के, हृदय में सद्भाव लिये, न कि किसी तरह की कोई नीचता, और बिना कभी एक शान्त निश्चिन्तता और विश्वास के। हाँ, क्योंकि उसने उसे विश्वास दिलाया था कि वह जो भी करना चाहेगा उसे सफलता मिलेगी, और उसके लिए इस दुनिया में, सिर्फ इस दुनिया में, कुछ भी कभी भी असम्भव न होगा, अपने लिए, कहीं भी एक स्थान ढूँढ़ने के लिए तैयारी करता हुआ (अपने नग्न बचपन से पहले ही काफी तैयार होकर) क्योंकि वह कोई स्थान नहीं चाह रहा था, परन्तु सिर्फ आनन्द, स्वतंत्र इच्छाएँ, शक्ति, और वह सब जो जीवन में अच्छा होता है, रहस्यमय होता है, जो न खरीदा जा सकता है और न कभी खरीदा जा सकेगा। गरीबी के दम पर ही अपने आपको एक दिन इस काबिल बनाने के लिए तैयार करता हुआ कि बिना कभी माँगे और बिना कभी उस पर आश्रित हुए पैसा स्वीकार कर सके, जैसा वह इस समय है, रह सके। वह जाक, चालीस साल की उम्र में, इतनी चीज़ों का मालिक और फिर भी इतना निश्चित कि वह छोटे से भी छोटा आदमी था और अपनी माँ के सामने तो वैसे भी कुछ भी नहीं। हाँ, इसी तरह जिया

था वह समुद्र तट पर खेल-खेलकर हवा में, गलियों में, गर्मियों के बोझ के नीचे, बहुत छोटे जाड़ों की भारी बारिशों में, बिना पिता के, बिना उसे कोई विरासत मिले, लेकिन एक साल के लिए एक पिता पाकर ठीक जब उसे ज़रूरत थी, और आसपास की चीज़ों और लोगों से [ ][1] के बारे में सीखते हुए, उस ज्ञान से जो उसमें अपने आप आया, उसका निर्माण करते हुए, जो आचरण से मिलता-जुलता था (उस समय की उसकी परिस्थितियों के लिए पर्याप्त, बाद में दुनिया के कैंसर का सामना करने के लिए अपर्याप्त) और अपने आप अपनी परम्परा बनाते हुए।

लेकिन क्या वहाँ सिर्फ वही था, वे भंगिमाएँ, वे खेल, वह दुस्साहस, वह उमंग, परिवार, किरासिन का लैम्प, अँधेरा जीना, हवा में उड़ते पाम के वृक्ष, समुद्र में जन्म और नामकरण, और अन्त में वे निराशा भरी कठिन गर्मियाँ? यह सब वहाँ था। हाँ, परिस्थितियाँ ही ऐसी थीं, लेकिन वहाँ उसका वह आच्छन्न भाग भी था, वह जो इस पूरे समय उसके अन्दर यंत्रवत् आन्दोलित रहा है, धरती के नीचे के उस अथाह जल की तरह जिसके पास चट्टानी भूलभुलैया के नीचे कभी सूरज की रोशनी नहीं पहुँची लेकिन फिर भी वह हल्का-सा प्रकाश परिवर्तित करता है पता नहीं कहीं से पाकर सम्भवत: पृथ्वी के प्रदीप्त केन्द्र से उन पत्थर की कोशिकाओं द्वारा गुफाओं की काली हवा में होकर जहाँ लसलसे और (दबाए हुए) पौधों को जीने के लिए पर्याप्त खाना मिल जाता है जहाँ किसी तरह का भी जीवन असम्भव लगता है, और यह उसके अन्दर का यंत्रवत् आन्दोलन जो कभी नहीं रुका, जो वह इस समय भी महसूस कर रहा था, उसके अन्दर एक दबी हुई आग की तरह, पाँस की आग जो ऊपर से बुझी हुई लगती है लेकिन अन्दर जलती रहती है, पाँस की बाहर की दरारों को पौधों के ऊबड़-खाबड़ भँवर में घुमाती हुई ताकि ऊपर की राख उसी तरफ घूमे जिस तरफ कि पाँस की आग और ये अदृश्य लहरें उसके अन्दर एक के बाद एक हर दिन, अत्यन्त उग्र, और भीषण इच्छाएँ पैदा करती रहतीं, उसी तरह जैसे उसकी सबसे दूर हो जाने की दुख भरी इच्छा। उसके उपयोगी नॉस्टेल्जिया, अचानक महसूस हुई सत्य और संयम की आवश्यकता, उसकी शून्य हो जाने की अभिलाषा भी, ही इतने वर्षों से चलता हुआ यह आच्छन्न आन्दोलन उसके चारों तरफ फैले हुए इस विशाल देश से मेल खाता था, जिसका प्रभाव उसने बचपन से सामने विस्तृत समुद्र, उसके पीछे ऊँचे-ऊँचे पहाड़ों की अनन्त शृंखला,

1. एक अस्पष्ट शब्द।

पठार और मरुभूमि जो शहर का भीतरी हिस्सा कहलाता है, और दोनों के बीच का हमेशा मौजूद डर जिसका ज़िक्र कोई नहीं करता था क्योंकि वह इतना स्वाभाविक हो गया था, लेकिन जाक को इसका अहसास बरमैंड्री में हो गया था जब उस छोटी-सी मेहराबदार छतों, और सफेदी की हुई दीवारों वाले फार्म हाउस में सोने से पहले उसकी आंटी एक-एक कमरे में जाकर देखती थीं कि वे बड़ी-बड़ी चिटकनियाँ ठीक से बन्द हैं या नहीं, लकड़ी के मोटे-मोटे दरवाज़े ठीक से बन्द हैं या नहीं। यह वही देश था जिसमें वह समझता था उसे इस तरह फेंक दिया गया था जैसे वह इसका पहला निवासी या पहला विजेता हो, वह उस जगह में गिरता हुआ जहाँ अभी तक बल के ज़ोर पर जीवन चलता था और निर्दयता से सजा देकर न्याय किया जाता था, जो रिवाज रोक नहीं पाए थे, उसके चारों तरफ ये लोग आकर्षक फिर भी विक्षोभोत्पादक, निकट और दूर, जिनके साथ पूरा दिन निकालना पड़ता था, और कभी-कभी दोस्ती हो जाती थी या भाईचारा, और शाम आते ही वे अपने बन्द घरों में घुस जाते थे जहाँ आप कभी नहीं जा सकते थे, अपनी औरतों के साथ मोर्चाबन्द, जिन्हें आप कभी देख नहीं सकते थे, या अगर कभी रास्ते में दिख भी जातीं तो पहचान नहीं सकते थे कि वे कौन हैं, उनके मुँह पर पड़े आधे बुरके के कारण, सफेद कपड़े के ऊपर उनकी सुन्दर, कोमल संवेदनात्मक आँखें, और वे इतने सारे थे उन इलाकों में जहाँ वे रहा करते थे, इतने सारे कि, यद्यपि दब्बू और दम निकले, उनका एक अदृश्य खतरा हमेशा बना रहता था, जिसे रास्ते में कभी भी किसी अरब और फ्रांसीसी के बीच झगड़ा होने पर हवा में महसूस किया जा सकता था जो दो फ्रांसीसियों या दो अरबों में भी हो सकता था, लेकिन वे एक ही तरह कभी नहीं देखे जाते थे, और वहाँ रहनेवाले अरब अपने हल्के नीले रंग के लबादे या रद्दी ज़ेलाबे ओढ़े धीरे-धीरे लगातार चारों तरफ आने शुरू हो जाते, जब तक कि वह आपस में मज़बूती से एक हुई भीड़, मात्र अपनी सामूहिक मौजूदगी से, बिना हिंसा के, झगड़े से आकर्षित होकर देखने को आए उन किंचित फ्रांसीसियों को वहाँ से निकाल नहीं देती, और वह अकेला फ्रांसीसी जो लड़ रहा होता, पीछे हटते समय अचानक अपने को दोनों का सामना करते पाता, प्रतिद्वन्द्वी और एक गम्भीर अभेद्य चेहरों का विशाल समूह जो उसमें जो भी थोड़ी-बहुत हिम्मत होती वह खत्म करने के लिए काफी होता, अगर वह इस देश में पल कर बड़ा नहीं हुआ होता और इसलिए यह जानता कि वहाँ सिर्फ हिम्मत से जिया जा सकता था, तो वह

उस भयावह भीड़ का सामना करता चाहे वह किसी तरह की कोई धमकी नहीं दे रही होती थी सिवाय वहाँ अपनी मौजूदगी और गतिविधि के जो वह रोक नहीं सकती थी, और अधिकतर ये लोग ही होते थे जो गुस्से के उबाल में झगड़ते अरब को पकड़कर पुलिस के आने से पहले वहाँ से भगा देते थे, जो बहुत शीघ्रता से सूचित की जाती थी और शीघ्रता से पहुँच जाती थी और बिना किसी बहस के दोनों लड़नेवालों को पकड़कर गाड़ी में डाल देती थी, रास्ते में उनकी जम कर मरम्मत करते हुए जो पुलिस स्टेशन जाते समय जाक को अपनी खिड़की से दिखता था। "बेचारे," उसकी माँ कहतीं, उन दोनों को कस कर पकड़े, कन्धों पर मार खाते आदमियों को देखकर और उनके वहाँ से गुज़रने के बाद वह रास्ता उस बालक के मन में हिंसा, भय और दहशत से जुड जाता और एक अज्ञात डर से उसका मुँह सूख जाता। वह रात उसके अन्दर हाँ वे उलझी हुई छिपी हुई जड़ें जो उसे इस अतिसुन्दर और भयावह देश से जोड़ती थीं, उतना ही जितना उसके तपते गर्म दिनों से, जितना उसके हृदयविदारक, शीघ्रगामी शाम के झुटपुटों से, और वह एक दूसरे जीवन की तरह होता था, सम्भवत: पहले जीवन के दैनिक आभासों के नीचे, ज़्यादा वास्तविक, और जिसका इतिहास कुछ अस्पष्ट इच्छाओं और प्रबल अवर्णनीय संवेदनाओं की कड़ी के ज़रिये बताया जा सकता है, स्कूलों की खुशबू, उस इलाके के अस्तबलों की खुशबू, उसकी माँ के हाथों में से कपड़े धोने के साबुन की, ऊँची, बड़ी कॉलोनियों के चम्पा और हनीसकलों की, शब्दकोशों और जो किताबें वह भूखों की तरह पढ़ता था, उनके पृष्ठों की खुशबू, और उसके घर के या हार्डवेयर स्टोर के बाथरूम की तीखी तेजाबी खुशबू, या उन बड़े-बड़े ठंडे क्लासरूमों की खुशबू जहाँ वह कई बार स्कूल शुरू होने से पहले या बाद में अकेला जाया करता था, उसके आत्मीय सहपाठियों की सहृदयता, गर्म ऊन और विष्ठा की गन्ध जो हमेशा दीदियेर् के साथ चलती थी, या उस यू द कॉलोन की महक जो उस लम्बे मारकानी पर उसकी माँ इतनी उदारता से छिड़कती थी कि अपनी बेंच पर बैठे जाक का मन अपने दोस्त के और पास जाने का करता रहता था, उस लिपस्टिक की खुशबू जो पियर् ने अपनी एक आंटी के पास से चुराई थी और जिसे उन सबने एक साथ मिलकर बहुत विचलित और व्याकुल होकर सूँघा था, उन कुत्तों की तरह जो उस घर में घुस जाते हैं जहाँ उनसे पहले कोई कामोत्तेजित कुतिया गई हो, उस बर्गमोत की मधुर गन्ध लिये शृंगार की क्रीम की स्टिक को अपनी कल्पना में औरत मानकर, जो उनके

शोरगुल, मिट्टी, धूल, पसीने की दुनिया में वह शिष्ट, परिष्कृत[अ] नाजुक और अकथनीय रूप से विमोहक संसार का उद्घाटन कर रही थी जिससे लिपस्टिक को लेकर उन सबके मिलकर कहे हुए ढेरों भ्रष्ट, अश्लील शब्द भी उन्हें बचा नहीं पाए थे, और उसका बचपन के बहुत कोमल दिनों से ही शरीर के प्रति रुझान, उसके सौन्दर्य के प्रति रुझान जो उसे समुद्र तट पर आनन्द में भर कर हँसा देता था, बदन की गरमाई जो उसे हमेशा आकर्षित करती थी, बिना किसी खास मकसद के, जानवरों की तरह, उन्हें अपने वश में करने के खयाल से नहीं, जो उसे करना नहीं आता था, लेकिन सिर्फ उनके तेज़ में प्रवेश करने के लिए, और पूरे विश्वास और स्वच्छन्दता से अपना कन्धा साथी के कन्धे के सहारे लगा लेने के लिए, और उस समय लगभग होश गँवा देते हुए जब ट्राम की भीड़ में चढ़ते-उतरते किसी स्त्री का हाथ क्षण भर के लिए उस पर ठहर जाता। चाह, हाँ, और जीने की चाह, अपने आपको उस गर्माई में समा देने की चाह जो यह धरती उसे दे सकती थी, बिना समझे यह वह था जो वह अपनी माँ से चाहता था, जो उसे नहीं मिला, या शायद वह लेने की हिम्मत नहीं कर सका, लेकिन वह उसे उस कुत्ते, ब्रिलौं से मिलता था जब वह धूप में उसके पास फैल कर लेट जाता था, और वह उसके फर की तेज़ खुशबू सूँघ सकता था, या उन बहुत तेज़ या बहुत कामुक खुशबुओं में जहाँ जीवन की भयंकर ऊष्मा किसी भी तरह सुरक्षित रखी गई थी उसके लिए जो उसके बिना रह नहीं सकता था।

उसके अन्दर छिपे इस अन्धकार में से वह भूखी उत्कंठा पैदा हुई, जीने की वह तीव्राभिलाषा जो हमेशा उसका अभिन्न अंग रही थी और अभी तक अक्षत थी, इस अचानक महसूस किए डर को और ज़्यादा कड़वा करते हुए—उसके पुनरान्वेषित परिवार और अपनी बचपन की स्मृतियों के बीच—कि उसका यौवनकाल निकला जा रहा है उस औरत की तरह जिसे उसने प्यार किया था, हाँ, उसने उसे बहुत प्रेम से प्यार किया था, अपने पूरे हृदय से और शरीर से भी, हाँ, उसकी चाह भी उतनी ही गहरी थी, और आनन्दातिरेक के क्षण में जब वह एक ज़ोर की मूक चीख के साथ उससे अलग हुआ था, इस दुनिया के साथ वह एक संवेगशील सामंजस्य अनुभव कर रहा था, और उसने उसे उसके सौन्दर्य के कारण प्यार किया था, और जीने के प्रति उस पुरजोर और हताश उन्माद के लिए जो उसमें था और जिसने उससे इनकार करवाया, यह इनकार करवाया कि समय गुजर सकता

---

अ. सूची जोड़नी।

है, जबकि वह जानती थी कि वह उस समय भी गुजर रहा था, यह न चाहते हुए कि वे, उसके बारे में एक दिन यह कहें कि वह अभी जवान थी, बल्कि उसके विपरीत यह कि वह जवान रहे, हमेशा, उस दिन फफक-फफक कर रो पड़ने के जब हँसते हुए उसने उससे यह कहा था कि जवानी बीत रही है और दिन पुराने हुए जा रहे हैं : "नहीं, नहीं, सिसकते हुए वह कह रही थी, मुझे प्यार से इतना प्यार है," और प्रज्ञावान और इतनी तरह से उत्कृष्ट जो वह थी, सम्भवत: इसीलिए कि वह वास्तव में प्रज्ञावान उत्कृष्ट उसने दुनिया जैसी थी, उसे अस्वीकार कर दिया। जैसा उन दिनों उसके बाहर से लौटने पर उस देश से, जहाँ वह पैदा हुई थी, होता था उन अन्त्येष्टि संस्कारों के समय वहाँ जाने पर, जब उसकी आंटियों के बारे में हमेशा उससे यह कहा जाता था : "बस अब तुम उनसे आखिरी बार मिल रही हो," और वह वास्तव में उनके चेहरे, उनके बदन, उनकी वह जीर्ण अवस्था देखती तो वहाँ से चिल्लाते हुए लौटती थी, या फिर वे घर में सगे-सम्बन्धियों का खाना, जब टेबिल पर वह किसी परदादी-सड़दादी का कशीदा किया हुआ टेबिल कवर बिछा होता, जो बहुत पहले मर चुकी होतीं और जिनके बारे में किसी को कुछ याद न होता, सिवाय उसके जो अपनी उस परदादी के युवा दिनों के बारे में सोचने लगती, उन आनन्द के क्षणों के बारे में जो उन्होंने पाया होगा, जीवन के प्रति उनकी चाह जो शायद उसकी ही जितनी तीव्र हो, उसी की तरह अपने यौवनकाल में वह भी अद्‌भुत रूप से सुन्दर होंगी और खाने की टेबिल पर बैठा प्रत्येक व्यक्ति इसी तरह, उनके रूप की तारीफ करता होगा, टेबिल के चारों तरफ दीवार पर बहुत सुन्दर युवा स्त्रियों के पोर्ट्रेट लटके होते, ये वही थीं जो उसके रूप को इतना सराह रही थीं, अब सब इतनी जर्जर, क्षीण। उस समय खून में जैसे आग लगी हुई वह वहाँ से भाग जाना चाहती, उस जगह, जहाँ कोई बूढ़ा न होता हो, मरता न हो, या जहाँ सुन्दरता अनश्वर होती हो, जहाँ जीवन बन्धनरहित और संवेगपूर्ण हो, और ऐसा देश उसे कहीं मिलता न था, वह लौटकर उसकी बाँहों में बहुत रोती थी और वह उसे बेतहाशा प्यार करता था।

और वह भी, शायद उससे कहीं ज़्यादा, चूँकि वह एक बिना पुरखों और बिना स्मृति वाले देश में जन्मा था, जहाँ उनका समुच्छेदन, जो उससे पहले हुए थे और भी पूरा होता था और जहाँ बुढ़ापे को अवसाद से कोई आश्वासन नहीं मिलता था जैसे कि सभ्य देशों [ ][1] में होता है, और वह,

1. एक अस्पष्ट शब्द।

जिसका तलवार के एक चमकते फलक की तरह एक ही प्रहार में हमेशा के लिए नष्ट हो जाना भवितव्य था, और जिसके जीवन के प्रति अभिश्रित खालिस आवेश को पूर्ण मृत्यु का सामना करना था, वह आज महसूस कर रहा था कि जीवन, यौवन, लोग सब उससे छूटते जा रहे हैं, उन्हें किसी भी तरह रोक पाने में असमर्थ, उसने अपने आपको उस अस्पष्ट आशा के सुपुर्द कर दिया कि वह आच्छन्न शक्ति जो इतने सालों से उसे जीवन के दैनंदिन क्रम से ऊपर उठाए रही, असीमित रूप से पालती-पोसती रही, कठिन से कठिन परिस्थिति में उसका साथ देती रही, उसी अन्तहीन उदारता से, जिससे वह उसे जीने के लिए कारण देती रही, अब बिना विद्रोह के बूढ़े होकर मर जाने के लिए भी देगी।

# परिशिष्ट

[कुछ अतिरिक्त पृष्ठ और दो पत्र]

## पृष्ठ-I

4) जहाज़ पर। बालक के साथ दोपहर में आराम + 1914 का युद्ध।

*

5) घर में माँ के साथ—आक्रमण।

*

6) मंडोवी जान—दोपहर में आराम—उपनिवेशन।

*

7) माँ के साथ। बाकी बचपन—वह बचपन फिर से पा लेता है किन्तु पिता नहीं। उसे पता लगता है कि वह पहला आदमी है। मदाम लेका।

*

"अपनी पूरी शक्ति से उसे हृदय से लगा लेने, दो-तीन बार प्यार करने के बाद उन्होंने उसे चले जाने के लिए छोड़ दिया, फिर कुछ देर उसकी तरफ देखती रहीं और दोबारा पकड़कर फिर एक बार प्यार किया जैसे कि सब देखने, जाँचने के बाद उन्होंने यह पाया हो कि उनके वात्सल्य (अभी-अभी उसे दिए हुए) में एक प्यार की कमी रह गई थी और[1]... और फिर यकायक मुँह घुमाकर वे उसकी तरफ ऐसे देखने लगीं जैसे वे उसके या किसी भी और चीज़ के बारे में कुछ न सोच रही हों, बल्कि वे उसकी तरफ कभी-कभी इतने विचित्र भाव से देखने लगीं जैसे कि वह अवांछनीय हो और उनके उस शून्य, बन्द सीमित संसार में जिसमें वे विचरती थीं, दखल दे रहा हो।"

---

1. वाक्य यहाँ टूट जाता है।

## पृष्ठ-II

एक अधिवासी ने 1869 में एक वकील को लिखा :

"ताकि अल्जीरिया अपने डॉक्टर के इलाज़ का मुकाबला कर सके उसके शरीर के अन्दर हृदय का मज़बूत होना बहुत ज़रूरी है।

*

खाई या परकोटों (चारों कोनों में ऊँची मीनारों सहित) से सुरक्षित गाँव।

*

1831 में भेजे 600 अधिवासियों में से 150 की तम्बुओं में मृत्यु। फलत: अल्जीरिया में बड़ी संख्या में अनाथाश्रम।

*

बुफारिक में वे कन्धों पर बन्दूक और जेब में कुनैन रखकर हल जोतते हैं। "वह बुफारिक लगता है।" 1839 में 19 प्रतिशत की मृत्यु। कॉफी हाउसों में कुनैन पेय पदार्थों की तरह बिकती है।

*

ब्यूजो, तुलों के मेयर से बीस, हिम्मत वाली कुँवारी लड़कियाँ ढूँढ़ने के लिए कहकर उनसे तुलों में अपने अधिवासी फौजियों की शादी कर देता है। ये "डंके की चोट पर हुई शादियाँ होती हैं लेकिन आपस में आमना-सामना होने पर लेन-देन अच्छी तरह किया जाता है। यहाँ से जन्म होता है 'फूका' प्रथा का।

*

शुरू-शुरू में सामुदायिक काम। ये कहलाते हैं सामूहिक मिलिटरी फार्म।

*

'क्षेत्रीय' उपनिवेशन। ग्रास के 66 कृषि परिवारों द्वारा शेरागा का बसाया जाना।

*

अल्जीरिया की ज़्यादातर नगरपालिकाओं के पास अभिलेखागारों का ना होना।

*

माहॅन के लोगों का बच्चों और बक्सों सहित छोटे-छोटे दलों में आना।

उनकी दी हुई ज़बान लिखित प्रतिज्ञापत्रों के बराबर। किसी इस्पानी को कभी काम नहीं देना चाहिए। उन लोगों ने अल्जीरिया समुद्र तटों से खूब पैसा बनाया था।

बिरमान्द्रइस और बर्नार्दा का घर।

मितिजा के प्रथम अधिवासी (डॉ. तोनॅक) की कहानी।

तुलना द बोन्दीकोर्न की अल्जीरिया उपनिवेशन, पृ. 21 से।

पिरैत का इतिहास, वही, पृ. 50 और 51।

# पृष्ठ-III

10 — साँए-बीय्यु[1]

*

14 — मलाँ

20 — बचपन के खेल

30 — अल्जियर्स/पिता और उसकी मृत्यु. (+ आक्रमण)

42 — परिवार

69 — श्री जरमाँ और स्कूल

91 — मंडोवी—उस पर विदेशी अधिकार और पिता।

*

1. दी हुई संख्याएँ पांडुलिपि के पृष्ठ संख्या के अनुरूप है।

## II

101 — हाई स्कूल

140 — अपने आपसे अनभिज्ञ

145 — किशोर बालक[1]

---

1. पांडुलिपि पृ. 144 पर समाप्त हो जाती है।

# पृष्ठ-IV

औरों के लिए नाटक खेलते रहने का विषय भी आवश्यक है। जो हमें गहरे से गहरे दुख से बचा लेता है, वह होता है एकदम अकेले होने और अलग छोड़ दिए जाने का अहसास लेकिन इतना भी नहीं कि मुसीबत में कोई हमारी तरफ देखे भी नहीं। मतलब यह कि कभी-कभी हमारी खुशी के क्षण वे होते हैं जब औरों की बेसुधी का विश्वास हमें खूब फुलाकर एक अन्तहीन अवसाद में पहुँचा देता है। इसी अर्थ में कई बार खुशी अपने दुख में खुद अपने प्रति सहानुभूति होती है।

गरीबों में विशेष रूप से उल्लेखनीय—भगवान ने निराशा के साथ-साथ चुपचाप सह लेने की क्षमता भी बनाई है, उसी प्रकार जैसे रोग के साथ उपचार।[अ]

*

जब मैं छोटा था लोगों से जितना वे दे सकते थे उससे ज़्यादा की अपेक्षा किया करता था : चिरस्थायी मित्रता, अनन्त आत्मीयता।

अब मैंने उनकी सामर्थ्य से कम माँगना सीख लिया है : सीधा, सन्तुलित साथ, और उनकी भावनाएँ, दोस्ती, कृपा, सद्‌भाव को फिर से मैं भगवान का चमत्कार, जो वे वास्तव में होते हैं, समझने लगा हूँ—यह पूरी तरह भगवान की दया से ही सम्भव हुआ है।

मेरी वितों : जहाज़

---

अ. नानी की मृत्यु।

## पृष्ठ-V

वह खुद अपने जीवन का राजा था, अद्‌भुत गुणों, अन्तर्बल, हर्ष और उल्लास का ताज़ पहने और इन्हीं की प्रेरणा से वह उससे माफी माँगने आ रहा था, जिसने सदा से समय और जीवन की दासता की, जो कुछ भी नहीं जानती थी, जिसने कभी कुछ चाहा नहीं, कभी कुछ चाहने की हिम्मत ही नहीं की लेकिन जिसने उस एक सच को हमेशा अक्षुण्ण रखा जो उसने खो दिया था और जो अकेला जीवन जीते रहने की सार्थकता को सिद्ध करने के लिए पर्याप्त था।

प्रत्येक बृहस्पतिवार कूबा में
मनोविनोद, खेल-कूद
मामा
बाशो[1]
बीमारी

ओ माँ, मेरी प्यारी-सी माँ, मेरे युग से कहीं ज़्यादा बड़ी, उस इतिहास से कहीं ज़्यादा बड़ी जिसने उसे अपने अधीन किया, उस सबसे कहीं ज़्यादा सच जो मैंने जीवन में कभी भी चाहा, ओ माँ, अपने इस पुत्र को तेरे सत्य के अँधेरे से बचके भाग जाने के लिए क्षमा कर दे।

तानाशाह नानी, लेकिन जो खाना हमेशा खड़े होकर खिलाती थीं।

पुत्र जो हर जगह अपनी माँ के आदर-सत्कार के लिए लड़ता है मामा पर हाथ उठा लेता है।

---

1. 'बेकेलोरिया' फ्रांस में स्कूल लीविंग सर्टिफिकेट। —अनु.

# पहला आदमी

[कुछ नोट और रूपरेखाएँ]

"नहीं कुछ समान उस जीवन के, हो जो दृढ़ अनभिज्ञ, निरभिमान..."

(क्लोदेल, ल' ऐशोंज)

या फिर

आतंकवाद पर बातचीत

निष्पक्ष दृष्टि से वह विश्वसनीय है (ज़िम्मेदार)

क्रिया विशेषण बदल नहीं तो मैं तुझे मारूँगा

क्या?

पश्चिम की वे चीज़ें मत अपना जो जानवरपना दिखाती हैं। आगे से निष्पक्ष दृष्टि से मत कहना नहीं तो मैं मारूँगा।

क्यों?

तेरी माँ क्या अल्जियर्स-औरान ट्रेन (ट्राम) के सामने लेट गई थी?

मैं समझा नहीं।

ट्रेन उलट गई थी, चार बच्चों की मृत्यु हो गई। तेरी माँ जगह से नहीं हिली। अगर फिर भी निष्पक्ष दृष्टि से ज़िम्मेदार* है, इसका मतलब तू बन्धकों को गोली मार देने के पक्ष में है।

उसे मालूम नहीं था।

इतना भी नहीं। दोबारा कभी मत कहना निष्पक्ष दृष्टि से। ये मान निर्दोष लोग होते हैं, नहीं तो मैं तुझे अभी मार डालूँगा।

देख रहा है न मैं यह कह सकता हूँ।

हाँ, जानता हूँ।

---

* विश्वसनीय।

*

जौं[अ] पहला आदमी है।

या फिर पियर् से शुरू करूँ, और उसे एक अतीत, देश, परिवार, नीति (?) दूँ—पियर्—दीदियेर्?

*

किशोरों का समुद्र-तट पर प्रेम—और समुद्र पर का उतरना—और नारों से जगमगाती रातें।

*

साँए एतिअन में अरबी से मिलना। और इन दो निर्वासितों के साथ फ्रांस में भाईबन्दी।

*

लामबन्दी। जब मेरे पिता को देश-रक्षा के लिए बुलाया गया उन्होंने फ्रांस देखा तक नहीं था। वे वहाँ गए और मारे गए।

(मेरे जैसे साधारण परिवार की फ्रांस को यह कितनी बड़ी भेंट है।)

---

अ. तुलना कॉलोनाइज़ेशन का इतिहास।

*

सार्दंक के साथ आखिरी बातचीत ज. के. आतंकवाद के खिलाफ हो चुकने के बाद। लेकिन चूँकि अनाथाश्रम के नियम अलंघ्य होते हैं वह सा. को अपने कमरे में बुला लेता है। माँ के घर। उनकी बातचीत माँ के सामने होती है। आखिर में, जौं ने अपनी माँ की तरफ संकेत करते हुए कहा, "उधर देख।" सार्दंक उठा, हाथ दिल पर रखे हुए अरब तरीके से झुककर प्रणाम करने के लिए माँ की तरफ बढ़ा। हालाँकि जौं ने उसे ऐसे झुकते हुए पहले कभी नहीं देखा था क्योंकि वह इतना फ्रांसीकृत हो चुका था। "ये मेरी माँ के समान हैं," उसने कहा। "मेरी माँ मर चुकी हैं, मैं इन्हें उसी तरह प्यार और सम्मान देता हूँ जैसे मरी माँ हों।"

(वह किसी के हमले के कारण गिरी हुई थीं। उनकी तबीयत ठीक नहीं है।)

*

या फिर :

हाँ, मुझे तुमसे नफरत है। मैं दुनिया में सताए हुए लोगों को सम्मान योग्य समझता हूँ, न कि शक्तिशालियों को। और ठीक यहाँ से शुरू होता है अपमान का भाव। इतिहास में जब सिर्फ एक बार कोई सताया हुआ व्यक्ति यह जान जाता है...तब...

मैं चलता हूँ, सार्दंक ने कहा।

रुक जा, वे तुझे पकड़ लेंगे।

अच्छा होगा। मैं उनसे नफरत कर सकता हूँ, और नफरत में मैं उनमें मिल जाऊँगा। तू, मेरा भाई है और हम एक-दूसरे से अलग हो रहे हैं।

...

रात को जौं बालकनी में है...दूर से दो गोलियाँ चलने की और फिर भागने की आवाज़ आती है...

क्या हुआ? माँ ने कहा।

कुछ नहीं।

आह! मैं तेरे बारे में सोचकर डर रही थी।

वह उस पर लुढ़कता हुआ गिर पड़ता है...

फिर देशद्रोहियों को आश्रय देने के अपराध में गिरफ्तार कर लिया जाता है।

उन्होंने भट्टी में सेंकने के लिए भेजा  गड्ढे में पड़े दो फ्रेंक
नानी माँ, उनका रोब उनका दम
उसने पैसे चुरा लिये।

*

अल्जीरिया निवासियों में आत्मसम्मान की भावना।

*

न्याय और नीति समझने का मतलब है किसी भाव की उसके परिणामों को ध्यान में रखते हुए अच्छे या बुरे होने की पहचान। जौं भोग-विलास में लग सकता है—लेकिन उसका सारा समय अगर ऐयाशी ले ले तो...

*

"मैं बहुत जी चुका हूँ, काम कर चुका हूँ, महसूस कर चुका हूँ, अब यह बताने के लिए कि यह गलत है, यह ठीक है। बहुत जी चुका हूँ मैं उस रूप के अनुसार जो औरों ने मुझे दिया। अब मैं स्वायत्तता का निर्णय ले रहा हूँ, परस्पर निर्भरता में स्वतंत्रता चाहता हूँ।"

*

क्या पियर् कलाकार बनेगा?

*

जौं के पिता, एक छकड़ेवाले?

*

मेरी की बीमारी के बाद पियर् एक क्लेमॉन्सक* जैसे भावावेग (मैं कुछ नहीं चाहता...) में फूट पड़ता है, तब जौं (या ग्रोंनियर) उस शक्तिपात के प्रति संवेदना दिखाते हैं।

*

माँ और विश्व (हवाई-जहाज़, दूर-दूर के देश साथ मिलाके) का परस्पर विपर्यय दिखाना।

*

पियर् एक वकील है। ईवतों[1] का वकील।

---

* कामू के उपन्यास 'पतन' का नायक—अनु.

1. वह सैन्यवादी कम्युनिस्ट लीडर जिसने फैक्टरी में विस्फोटक पदार्थ रखे थे, और जिसे अल्जीरियन युद्ध के दौरान फाँसी दी गई। —सम्पा.

*

“हम जितने शक्तिशाली, गर्व भरे, और हिम्मती हैं...अगर सिर्फ हमारा एक धर्म होता, एक भगवान होता तो कोई हमारा कुछ नहीं बिगाड़ सकता था। लेकिन हमारे पास कुछ नहीं था, सब कुछ सीखने की ज़रूरत थी, और सिर्फ प्रतिष्ठा के लिए जीने की अपनी अलग खामियाँ होती हैं...”

*

साथ के साथ यह एक युग के अन्त का इतिहास भी होना चाहिए—बीच-बीच में गुज़रे प्रदीप्त वर्षों के लिए खेद लिए हुए...

*

फिलीप कुलॉम्बैल और तिपाज़ा में बड़ा सा फार्म। जौं के साथ मित्रता। उड़ते हुए हवाई जहाज़ में ठीक फार्म के ऊपर उसकी मृत्यु। छड़ी पास में रखी हुई, चेहरा उपकरण चौखट में लग कर बुरी तरह कुचला हुआ, जिसमें से एक तरफ खून और काँच के टुकड़ों से भरा मांस का गूदा धीरे-धीरे बह रहा था।

*

शीर्षक : यायावर। उनके किसी नई जगह में आने, सोने, खाने की व्यवस्था करने के साथ शुरू करके अल्जिरियाई भूमि से निष्क्रमण के साथ खत्म करना।

*

दो उत्कर्ष : निर्धन स्त्री और अबोध दुनिया (बुद्धि और सुख)।

*

सारी दुनिया पियर् को चाहती है। जौं की सफलता और घमंड उसके प्रति वैर पैदा करता है।

*

अत्याचार का दृश्य : चार अरब कासूर के पार फेंक दिए गए।

*

उसकी माँ क्रीस्त 'है'।

*

औरों से जौं के बारे में बात करवाना। उनके परस्पर विरोधी विवरण के मार्फत उसे सामने रखना, उसका परिचय देना।

सुसंस्कृत, शिष्ट, खेलकूद में शौक रखनेवाला, लम्पट, एकान्तवासी, सबसे बढ़िया दोस्त, ईर्ष्यालु, पूरी तरह विश्वसनीय, वगैरह, वगैरह।

"उसे सबसे नफरत है," शायद ही कोई स्वभाव से इतना उदार हो, "रूखा और उदासीन," "स्नेहशील और जोश से भरा हुआ," सब उसे अत्यन्त स्फूर्तिवान् मानते हैं सिवाय स्वयं उसके, हमेशा बिस्तर में पड़ा रहता है।

इस तरह उसके व्यक्तित्व को 'विकसित' करना।

जब वह बोलता है : "मैं अपने भोलेपन में विश्वास करने लगा। मैं ज़ार था। मैं सब वस्तुओं को, व्यक्तियों को अपने अधिकार (आदि) में मान कर उन पर शासन करने लगा। फिर मुझे पता लगा कि मेरे हृदय में औरों को वास्तविक रूप से चाहने के काबिल क्षमता ही नहीं है, मुझे लगा मैं आत्मनिन्दा में मर जाऊँगा। फिर मैंने अनुभव किया कि कोई भी किसी को सच्चे दिल से नहीं चाहता और मुझे अपना बाकी जैसा ही होना स्वीकार कर लेना चाहिए।

"फिर मैंने तय किया कि नहीं और यह कि पर्याप्त रूप से उदार हृदय न होने और निराशा में आराम से बैठ जाने का उत्तरदायी मैं खुद हूँ। मैं अपने आपको सुधारने के अवसर की प्रतीक्षा करने लगा।

"दूसरे शब्दों में मैं उस समय का इन्तज़ार करने लगा जब मैं ज़ार होऊँगा और उस स्थिति में आनन्द महसूस नहीं करूँगा।"

*

या फिर :

कोई भी सत्य के साथ नहीं जी सकता—"जानते हुए"—जो ऐसा करता है वह अपने को औरों से अलग कर लेता है, वह फिर किसी भी तरह उनके भ्रम की साझेदारी नहीं कर सकता। वह गैर हो जाता है—जो कि मैं हूँ।

*

मैक्सिम रस्ताई : 1848 के अधिवासियों का कष्ट, विपत्ति। मंडोवी—मंडोवी का इतिहास बीच में जोड़ना?

जैसे 1) मंडोवी में समाधि वापस आना और [ ][1]

1ए) मंडोवी सन् 1848 में → 1913

---

1. एक अस्पष्ट शब्द।

*

उनका इस्पानी विगत संयम और विषयासक्ति
शक्ति और शून्य

*

जौं : "कोई कल्पना नहीं कर सकता उस कष्ट की जो मैंने सहा है... वे लोग जिन्होंने बड़े-बड़े काम किए हैं सम्मानित किए जाते हैं। लेकिन उन्हें और भी ज़्यादा सम्मान मिलना चाहिए जो, वे जो भी हैं होने के बावजूद, अपने आपको बड़े से बड़ा जुर्म करने से रोकने में सफल होते हैं। हाँ—मुझे सम्मानित करो।"

*

पैराट्रूप लेफ्टिनेंट के साथ बातचीत :

—तू बहुत बढ़-चढ़के बात कर रहा है। हम वहीं पास खड़े होकर देखेंगे कैसे वहाँ भी ये ज़बान इसी तरह चलती है बकर-बकर। चलो।

—ठीक है, लेकिन पहले मैं तुम्हें ये बता दूँ क्योंकि शायद अब तक किसी आदमी से तुम्हारा पाला नहीं पड़ा। ध्यान से सुनो। वहाँ पास में, जैसा कि तुम कह रहे हो, जो भी होगा, उसके ज़िम्मेदार मेरी निगाह में तुम होगे। अगर मैं न भाग पाया तो कोई बड़ी बात नहीं। जिस भी दिन मौका मिला मैं सबके सामने तुम्हारे मुँह पर थूकूँगा। लेकिन, अगर मैं निकलकर भाग सका चाहे एक साल में, चाहे बीस में, मैं खुद तुम्हें मार डालूँगा, तुम्हें चुन के।

—एहतियाती से ले चलो इसे, लेफ्टिनेंट बोला, तेज़ आदमी है।[अ]

---

अ. (वह बिना शस्त्रों के उससे फिर मिलता है [ललकारता है] द्वन्द्व युद्ध)।

*

जौं का मित्र अपनी जान ले लेता है "ताकि यूरोप सम्भव हो सके।" यूरोप 'बनाने' के लिए एक स्वैच्छिक कुर्बानी की ज़रूरत पड़ी।

*

जौं चार औरतों को एक साथ लेता है और इस तरह एक खाली जीवन जी रहा है।

*

सी.एस. : जब आत्मा बहुत कष्ट झेलती है, उसे कष्ट की चाह होने लगती है जो...

*

तुलना, कोम्बा* आन्दोलन का इतिहास।

*

वह बेचारी हस्पताल में मर रही थी जब उसके पड़ोसी का रेडियो चिल्ला-चिल्ला कर बेकार की बातें बक रहा था।

—दिल की बीमारी। समय उधार माँग कर जीना। "अगर मैं आत्महत्या कर लूँ तो कम-से-कम वह तो मेरी अपनी इच्छा होगी।"

---

* कोम्बा (Combat) उस समाचार-पत्र का नाम है जिसे लड़ाई के दिनों में कामू ने सम्पादित किया था।

*

"सिर्फ एक तुमको मालूम होगा कि मैंने आत्महत्या की है। तुम मेरे उसूल जानते हो। मैं खुदकुशी से नफरत करता रहा हूँ। उस परेशानी के कारण जो 'दूसरों को' इसकी वजह से होती है। अगर खुदकुशी करनी ही है तो छिपा कर करनी चाहिए। दया करके। तुमसे यह सब क्यों कह रहा हूँ मैं? क्योंकि तुम्हें दुख से लगाव है। यह मेरी प्यार भरी भेंट है तुम्हें। सद्‌भावनाओं सहित!"

*

जौं : हिलोरें भरता, पुनर्जात जीवन, अनुभव और लोगों की विविधता, नवीकरण और [प्रणोदन] की क्षमता (लोप*)

*

अन्त। वह प्यार से न जाने क्या कहते हुए अपने गाँठभरे हाथ उसकी तरफ धीरे-धीरे बढ़ाती है और प्यार से उसका मस्तक चूम लेती है। "तू सबसे बड़ा है, सबसे ऊँचा है।" उसकी उन काली आँखों (बूढ़ी-सी, जीर्ण गोलाकार भौंहों के नीचे) में इतना प्यार और प्रशंसा भी कि उसके अन्दर से कोई—वह जो जानता था—विद्रोह में चिल्लाया...क्षण भर बाद उसने उसे अपने हाथों में भर लिया। चूँकि वह, जो ज़्यादा स्पष्ट देख सकती थी, उसे प्यार करती थी, वह उसे स्वीकार करने के लिए प्रतिबद्ध था, और उस प्यार को पहचानने के लिए उसका अपने प्रति किंचित् प्यार महसूस करना आवश्यक था...

---

* लोप द वेगा कारपियो, इस्पानी लेखक (1562-1635) —अनु.

*

एक मुज़िल्[*] विषय : आधुनिक दुनिया में आत्मा की मुक्ति के लिए खोज—द : द पज़ेज़्ड में [मिलना] और बिछुड़ना।

*

अत्याचार। पारस्परिक निर्भरता से जल्लाद। मैं कभी किसी के ज़्यादा निकट न हो पाया—इस समय हम पास-पास हैं।

*

क्रिश्चियन स्थिति : विशुद्ध संवेदना।

*

पुस्तक अधूरी रहनी चाहिए। जैसे : "और उस जहाज़ पर जो उसे फ्रांस वापस ला रहा था..."

*

ईर्ष्यालु, वह ऊपर से दिखाता है जैसे ईर्ष्यालु नहीं है और सहनशीलता का नाटक करता है। फिर उसमें ईर्ष्या नहीं रहती।

---

* रॉबर्त फॉन मुज़िल, आस्ट्रियाई लेखक (1880-1942) —अनु.

*

चालीस साल की उम्र में वह महसूस करता है कि उसे उसकी ज़रूरत है जो उसे उसकी गलतियाँ बता सके या तारीफ कर सके : एक पिता की। अधिकार, न कि हुकूमत।

*

फलाँ ने एक आतंकवादी को गोली चलाते देखा...अँधेरे रास्ते में वह किसी के उसके पीछे भागने की आवाज़ सुनता है, चुप खड़ा रहता है, फिर अचानक पीछे घूमता है, जिससे पीछे वाले का सन्तुलन बिगड़ जाता है और वह गिर पड़ता है, रिवाल्वर हाथ से छूट जाता है। उस रिवाल्वर को वह उठा लेता है, सामने खड़े आतंकवादी पर साधता है, फिर सोचता है कि वह उसे पकड़वा नहीं सकता, उसे एक-दूसरे निर्जन रास्ते में ले जाता है, अपने आगे-आगे भगाता है, फिर गोली मार देता है।

*

कैम्प में युवा अभिनेत्री : घास का तृण, काँच मल, कचरे में नई घास की पहली पत्ती और यह गहरे सुख का अहसास। आर्त और आनन्दित। बाद में वह जौं से प्रेम करने लगती है—क्योंकि वह 'निष्कलंक' है। मैं? लेकिन मैं [इस योग्य नहीं] कि तू मुझसे प्रेम करे। निश्चित रूप से। वे जो प्रेम की भावना [उत्तेजित करते हैं], चाहे वह असफल ही रहे, सच्चे राजा और दुनिया के औचित्य निर्धारक होते हैं।

*

28 नवम्बर, 1885 : लुसियाँ सी. का उलैद-फाईए में जन्म : बापतिस्त सी. (43 वर्ष) और मेरी कारमॅरी (33 वर्ष) का पुत्र। सन् 1909 (13 नवम्बर) में कुमारी कैथरीन संतॅस (जन्म 5 नवम्बर, 1882) के साथ विवाह। 11 अक्टूबर 1914 को साएँ-ब्रीय्यु में निधन।

*

45 साल की उम्र में तारीखें ध्यान से देखने पर पाता है कि उसके बड़े भाई का जन्म शादी के दो महीने बाद ही हो गया था? लेकिन वह मामा जिन्होंने उसे विवाहोत्सव का विवरण दिया था एक लम्बे सुन्दर, सुडौल गाउन का ज़िक्र कर रहे थे...

*

दूसरे पुत्र का जन्म, नए घर में जहाँ फर्नीचर एक तरफ चिन दिया गया था, एक डॉक्टर करवाता है।

*

वह 14 जुलाई को बच्चे को साथ लेकर जिसका पूरा बदन बड़े-बड़े मच्छरों के काटने से सूज गया था, चली जाती है। अगस्त में लामबन्दी। पति सीधा अल्जियर्स (अपनी यूनिट में) चला जाता है। एक बार, देर रात किसी

तरह छूटकर अपने दोनों बच्चों को छाती से लगाने आता है। फिर वे उससे उसकी मृत्यु की ख़बर तक, दुबारा कभी नहीं मिलते।

*

एक बहिष्कृत अधिवासी अंगूर की बेलों को नष्ट करके उनमें खारा पानी छोड़ देता है... "अगर वह सब जो हमने यहाँ किया एक अपराध था, तो उसे जड़ से मिटा देना चाहिए..."

*

माँ (एन. के बारे में) : वह दिन जब तुझे 'मान्यता' मिली—"जब उन्होंने तुझे बोनस दिया।"

*

क्रिक्लिन्स्की और वैरागी प्रेम।

*

उसे आश्चर्य होता है कि मारसेल को जो उसकी सबसे नई प्रेमिका है अपने देश के दुर्भाग्य पर कोई दुख नहीं हो रहा। 'आ' वह कहती है। वह दरवाज़ा खोलती है : उसका 9 साल का बच्चा—जिसका जन्म फोरसेप्स की मदद से हुआ था—लकवा मारा हुआ, बोलने में असमर्थ चेहरे का बायाँ भाग दाहिने से कुछ 'ऊँचा', जिसे खिलाना, पिलाना, नहलाना पड़ता है। वह दरवाज़ा बन्द कर देता है।

*

उसे मालूम है कि उसे कैंसर है लेकिन वह कहता नहीं कि वह यह जानता है। और लोग समझते हैं कि वे उसे बहकावे में रख रहे हैं।

*

पहला भाग : अल्जियर्स, मंडोवी। वहाँ वह एक अरब से मिलता है जो उसे उसके पिता के बारे में बताता है। अरब मजदूरों के साथ उसके सम्बन्ध।

*

जे. दुआए : ल'एकल्यूज़।

*

लड़ाई में बेराल की मृत्यु।

*

एफ. का वाई. के साथ उसके ताल्लुक मालूम होने पर आँसुओं से रोना, चिल्लाना : "मैं भी तो सुन्दर हूँ।" फिर वाई. का चिल्लाना : "आह, कोई हटाकर तो देखे मुझे यहाँ से।"

*

बाद में, इस घटना के काफी बाद, एफ. और एम. का आपस में मिलना।

*

क्राईस्त अल्जीरिया नहीं दफनाया गया।

*

उसके पहले पत्र का उसे मिलना और अपना नाम उसके हाथों से लिखा हुआ देखने पर उसकी भावनाएँ।

*

आदर्श रूप से, अगर पुस्तक माँ के लिए लिखी जाती, शुरू से आखिर तक और अन्त में यह बताया जाता कि वह पढ़ना नहीं जानती—एकदम ठीक रहता।[अ]

*

और जो वह दुनिया में सबसे ज़्यादा चाहता था वह था कि उसकी माँ वह सब पढ़ सके, उसका जीवन, उसका स्वरूप, वह असम्भव था। उसका प्यार, उसका एकमात्र प्यार हमेशा मूक रहेगा।

---

अ. रेखांकित।

*

इस निर्धन परिवार को निर्धनों की नियति—बिना कोई नाम-निशान छोड़े इतिहास से लुप्त हो जाने—से बचाना। बेज़बान लोग।

वे हमेशा मुझसे बड़े थे और हैं।

*

जन्म की रात से शुरू करना। अध्याय-1, फिर अध्याय-2 : 35 साल बाद, सॉँए-ब्रीय्यु में एक आदमी ट्रेन से उतरता हुआ।

*

ग्रोनियर् जिन्हें मैं पिता समान मानता हूँ वहाँ पैदा हुए थे जहाँ मेरे पिता ने प्राण त्यागे और जहाँ उनकी अन्त्येष्टि हुई।

*

पियर् और मेरी। वह शुरू में उसे नहीं ले पाता : इसीलिए वह उससे प्यार करने लगता है। दूसरी तरफ, जे. और जॅसिका, अविलम्ब आनन्द। इसीलिए उसे उसके प्रति वास्तविक प्यार महसूस करने में समय लग गया—उसके शरीर ने उसे ढाँप रखा था।

*

ऊँचे पठारों में शवयान (फिगारी)

*

जर्मन ऑफिसर और बच्चे का किस्सा : उसके लिए कोई भी मूल्य मरने के लायक नहीं।

*

किय्ये शब्दकोश के पृष्ठ : उनकी बू, चित्त।

*

पीपे बनानेवाले कारखाने की बू : टीन की कतरन की बू, लकड़ी के बुरादे से [ ][1]।

*

जौं, उसकी चिरस्थायी अतृप्यता।

*

वह किशोरावस्था में घर छोड़ देता है—अकेले सोने के लिए।

1. एक अस्पष्ट शब्द।

*

इटली में धर्म का अन्वेषण : कला के माध्यम से।

*

अध्याय-1 अन्त : इस दौरान यूरोप अपनी तोपें तैयार कर रहा था। छह महीने बाद वे चल पड़ीं। माँ अल्जियर्स आती है एक हाथ में चार साल का बच्चा, और गोद में सीबूज़ मच्छरों के काटने से बुरी तरह सूजा हुआ दूसरा बच्चा पकड़े। वे अपनी नानी के घर आते हैं, गरीब बस्ती में तीन कमरे। "माँ हमें अपने घर में जगह देने के लिए आभार।" माँ सीधी तन कर खड़ी हुई, उसकी तरफ आँखें गड़ा कर देखती हुई, "काम ढूँढ़ना पड़ेगा बेटी तुम्हें।"

*

माँ : एक अज्ञानी मिशकिन की तरह। वह क्राइस्ट के बारे में सिवाय सलीब के और कुछ नहीं जानती। तथापि कौन है उसके ज़्यादा निकट?

*

एक सुबह, शहर से बाहर एक होटल में एम. का इन्तज़ार। खुशी का वह अहसास जो वह सिर्फ उसमें महसूस कर पाता था जो अल्पस्थायी था, अवैध—जो अवैध होने के नाते यह गारंटी देता था कि वह खुशी दीर्घ—स्थायी नहीं हो सकती—उसे अधिकांश समय सक्रान्त किए रहता था सिवाय उन कतिपय क्षणों के, जैसे इस समय, जब वह सुबह-सुबह के कोमल प्रकाश में, अभी ओस में चमकते डालिया के फूलों में अपने शुद्ध रूप में प्रकट हो रहा हो...

*

×× का किस्सा।

वह आती है, ज़बर्दस्ती अपने आपको थोपती है "मैं स्वतंत्र हूँ," इत्यादि दिखाती है कितनी स्वच्छन्द है। फिर कपड़े उतार कर बिस्तर में घुस जाती है सब कुछ खुद ही करती है...आखिर में एक घटिया [ ][1]। दुर्भाग्य।

वह अपने पति को छोड़ देती है—निराशा, वगैरह। उसका पति, उस आदमी को लिखता है : "तुम ज़िम्मेदार हो। अब उससे मिलते रहो नहीं तो वह अपनी जान ले लेगी।" यथार्थ में निश्चित असफलता : पूर्ण स्वतंत्रता के वश में होकर वह असम्भव ढूँढ़ती है और फिर अपनी जान ले लेती है। पति आता है। "तुम जानते हो मैं क्यों आया हूँ?"

—हाँ।

—ठीक है, तो पसन्द तुम्हारी है, चाहे तुम मुझे मार दो या मैं तुम्हें।

—नहीं। कायदे से पसन्द का बोझ तुम्हें ढोना चाहिए।

—मार दो मुझे।

वास्तव में वह दुखद परिस्थिति जिसमें कष्ट उठानेवाले का कोई दोष नहीं होता। लेकिन (निस्सन्देह) कुछ और के लिए वह उत्तरदायी थी पर उसने सजा नहीं भुगती। मूर्खता।

*

×× उसके स्वभाव में विनाश और मृत्यु के प्रति रुझान है। वह परमात्मा को [समर्पित] है।

1. एक अस्पष्ट शब्द।

*

एक प्रकृतिवादी : आहार, वायु इत्यादि के प्रति निरन्तर संशय की स्थिति।

*

अधिकृत जर्मनी में

गुड इवनिंग हैर ऑफिसर।

गुड इवनिंग ज. ने दरवाज़ा बन्द करते हुए जवाब दिया। उसकी आवाज़ की टोन पर उसे बड़ा आश्चर्य हुआ। उसने अन्दाज़ लगाया कि बहुत से विजेता तब उस टोन में बात करते हैं जब उन्हें अपनी जीत और अधिकार हासिल करने पर शर्म आ रही होती है।

*

ज. होना नहीं चाहता। जो वह करता है, अपना नाम गँवाता है, वगैरह।

*

पात्र : निकोल लदमिराल।

*

पिता का "अफ्रीकी विषाद"।

*

अन्त। अपने बेटे को साँए-ब्रीय्यु ले जाता है। शहर के बीच में चौक में दोनों एक-दूसरे के सामने खड़े हैं। तुम कैसे गुजारा कर रहे हो? बेटा पूछता है। क्या? हाँ, तुम कौन हो, आदि। (खुश) वह उसके चारों तरफ मृत्यु की छाया उतरते देखता है।

*

हम इस देश के, इस शहर के उस समय के स्त्री-पुरुष एक-दूसरे को गले मिले, दूर हट गए, फिर पास आ गए, और आखिर में अलग हो गए। लेकिन उस पूरे दौरान लगातार हम एक-दूसरे को जीने में मदद करते रहे, उस असामान्य सहभागिता के साथ जो उन लोगों में अपने आप आ जाती है जिन्होंने संघर्ष और कष्ट साथ-साथ सहा हो। आह! यह होता है प्यार—सबके लिए प्यार।

*

पूरी उम्र रेस्तराँ में कम सीझा हुआ गोशत ऑर्डर करने के बाद अब चालीसवें साल में वह देखता है कि वास्तव में उसे साधारण पका गोशत पसन्द था, और कम सीझा हुआ तो बिलकुल नहीं।

*

रूप और कला की चिन्ता से मुक्ति पाना। बिना किसी माध्यम के सीधे सम्पर्क यानी शुद्धता की स्थिति पर पुनः अधिकार करना। यहाँ कला को भुला देने से तात्पर्य है खुद को भुला देना। स्वयं भाव का परित्याग, धर्मपरायणता के द्वारा नहीं। उसके विपरीत दुर्भाग्य को स्वीकार करना। जो अपने आपको

बेहतर बनाना चाहता है अपने आत्मभाव को मानता है। सिर्फ वह जो, जो भी घटे उसे उसके समस्त परिणामों सहित स्वीकार करता है, अपने अहं को, अपने मैं को त्याग सकता है। उसे तब सीधे सम्पर्क में माना जा सकेगा।

इस दूसरी श्रेणी की शुद्धता से यूनानियों की महानता या महान रूसियों पर पुन: अधिकार। डरो मत। कोई डर नहीं है...लेकिन कौन मेरी मदद करेगा!

*

उस दोपहर, ग्रास से कान जाते हुए अविश्वसनीय हर्षोन्माद के एक क्षण में, इतने वर्षों से चल रहे प्रेम सम्बन्ध के बाद, अचानक वह महसूस करता है कि अन्ततोगत्वा वह जॅसिका से प्रेम करता है, और कि उसके सामने बाकी सारी दुनिया एक परछाईं दिखती है।

*

मैं उस कुछ में भी नहीं था जो मैंने कहा था या लिखा था। वह मैं नहीं था जिसने शादी की, मैं नहीं जो पिता था, जो...वगैरह...

*

अपविद्ध बालकों को अल्जीरिया में बसने के लिए भेजने से सम्बन्धित बहुत से अनुसन्धान लेख। हाँ। हम सब जो यहाँ हैं।

*

सुबह की ट्राली, बैलकूर् से गवर्नमेंट चौक तक। सामने चालक अपने लीवरों के साथ।

*

मैं एक बहुत खराब आदमी की कहानी सुनाने जा रहा हूँ।

कहानी जो मैं कहने जा रहा हूँ...

*

माँ और इतिहास : जब उन्हें स्पूतनिक के बारे में बताया गया : "ओह, मुझे कभी अच्छा नहीं लगेगा वहाँ इतने ऊपर!"

*

पीछे जाते अध्याय। बन्धक कबाइली गाँव। बधिया बनाया सैनिक—जाँच, गिरफ्तारी वगैरह, क्रमशः उपनिवेश बस्ती में पहली गोली चलने तक। लेकिन वहाँ क्यों रुकूँ? केन ने आबेल की जान ली थी। तकनीकी परेशानी : एक अध्याय या गमक में?

*

रॅस्ताई : एक बड़ी-बड़ी, घनी मूँछों वाला उपनिवेशी, धूसर साइडबर्न।

उसके पिता : फोबूर्ग-साएँ-देनिस के एक कारपेंटर और माँ बढ़िया कपड़े धोनेवाली धोबन।

वैसे तो वहाँ बसाए सभी लोग पेरिस निवासी थे (जिनमें से बहुतेरे अड़तालीसी)। पेरिस में बहुत ज़्यादा बेरोज़गार। संविधान सभा ने एक 'कॉलोनी' भेजने के मत में वोट डाले :

प्रत्येक उपनिवेशी के लिए :

एक मकान

2 से 10 हैक्टर

बीज, कल्वर, इत्यादि

खाने-पीने का राशन

कोई रेल व्यवस्था नहीं (ट्रेन सिर्फ लीयो तक जाती थी)। वहाँ से वातानुकूल जहाज़ों द्वारा खींची हुई माल ढोनेवाली नौकाओं में। मारसेईय्यज़* विदाई गान, पादरी का अशीर्वाद, मंडोवी ले जाने के लिए झंडा।

*

छह नौकाएँ, प्रत्येक 100 × 150 मीटर। उनमें चटाइयों पर एक के ऊपर एक बुरी तरह भरे हुए। औरतें कपड़े बदलने के लिए बारी-बारी से एक-दूसरे के लिए चादर पकड़कर परदा कर देती थीं।

करीब-करीब एक महीने का सफर।

*

मारसेई में बड़े लाज़ारैत** में (1500 लोग एक साथ) एक सप्ताह के लिए। उसके बाद सब एक पुरानी पैडलबोट 'लेब्राडोर' पर चढ़ा दिए गए। मिस्ट्रल के सहारे प्रस्थान। पाँच दिन और पाँच रात—सब बीमार।

बोन—पूरा जनसमुदाय गोदी पर इन उपनिवेशियों के स्वागत के लिए। हॉल्ड में चिना हुआ सामान और उसका गायब हो जाना।

बोन से मंडोवी तक (फौज़ की गाड़ियों में, आदमी लोग पैदल ताकि औरतों और बच्चों को जगह मिल सके) कोई सड़क नहीं। अन्दाज़े से दलदली रास्ते या झाड़ियों में भौंकते हुए कबाईल कुत्तों के साथ चलते अरब लोगों की द्वेषपूर्ण निगाहों के नीचे—12.8.48[1]। वहाँ मंडोवी नहीं थी, कुछ फौजी तम्बू।

* फ्रांस का राष्ट्रीय गान। —अनु.

** संक्रामक रोग पीड़ितों को रखने का स्थान। —अनु.

1. लेखक द्वारा तारीख के चारों तरफ घेरा खींचा हुआ।

रात को औरतें रोती थीं, तम्बुओं के ऊपर अल्जीरियाई बारिश के आठ दिन, वादियों में पानी ऊपर से बहने लगा। बच्चे तम्बुओं में ही गन्दा करने लगे। कारपेंटरों ने फर्नीचर की सुरक्षा के लिए उन पर हल्का खोल चढ़ा दिया। नरकुलों को बीच में से फाड़कर सीबूज़ नदी के किनारे इस तरह से लगा दिया गया कि बच्चे अन्दर से बाहर को नदी में पेशाब कर सकें।

चार महीने तम्बुओं में फिर लकड़ी के टेम्परेरी बैरक; प्रत्येक डबल बैरक में छह परिवार।

सन् '49 की बसन्त : समय से पहले गर्मी। बैरकों में वे भुन रहे थे। मलेरिया, फिर कॉलरा। प्रत्येक दिन 8 से 10 मृत्यु। कारपेंटर की लड़की आगस्तीन मरती है फिर उसकी पत्नी। उसका साला भी। (उन्हें वहीं दफना दिया जाता है टफ* की परतों में)।

डॉक्टरों का नुस्खा : खून गर्म रखने के लिए नाचते रहो।

वे एक सारंगी बजानेवाले की धुन पर दो अन्त्येष्टियों के बीच पूरी रात नाचते रहे।

दान की हुई ज़मीन पर अधिकार 1851 से पहले नहीं मिला। पिता चल बसे। रोज़ीन और यूजेन अकेली रह गईं।

सीबूज़ की किसी उपनदी तक जाकर कपड़े धोने के लिए उन्हें अब एक फौजी कपड़े धोने के लिए फौजी एस्कोर्ट की ज़रूरत पड़ने लगी।

परकोटे की दीवार + चारों तरफ की खाई फौज ने बनवाई। केबिन और बगीचे उन्होंने अपने हाथों से बनाए।

पाँच या छह बबर शेर गाँव के आसपास दहाड़ते हैं (न्यूमिदियाई शेर काले अयाल वाले) सियार, गीदड़, जंगली सूअर, लकड़बग्घे, बाघ।

गाँवों पर हमले। पशुओं की चोरी। बोन और मंडोवी के बीच एक वैगन उलट जाती है। एक गर्भवती औरत को छोड़कर यात्री मदद के लिए और लोगों को बुलाने जाते हैं। लौटने पर उसका पेट चीरा हुआ और दोनों छातियाँ कटी मिलती हैं।

पहला गिरजा : चार मिट्टी की दीवारें, कुर्सियाँ नहीं, कुछ बेंचें।

पहला स्कूल : कुछ बल्लियों और पेड़ की डालियों से खड़ी की हुई एक झोंपड़ी। तीन सिस्टर।

ज़मीन : दूर-दूर बिखरे खेत, कन्धों पर बन्दूक रखकर जुताई। रात को गाँव में लौट जाना।

---

* ज्वालामुखी पत्थर। —अनु.

वहाँ से गुज़रते 3000 फ्रांसीसी सैनिकों के एक दस्ते ने रात को गाँव पर छापा मारा।

जून '51 : विद्रोह। चोगे पहने सैकड़ों घुड़सवार गाँव को घेर लेते हैं। नीची चहारदीवारी पर स्टोव पाइप तोपों की तरह लगाते हैं।

*

वास्तव में पेरिस निवासी खेतों पर हैं; बहुतों ने सिर पर ऊँचा रेशमी हैट लगा रखा है और उनकी पत्नियों ने रेशमी गाउन पहने हुए हैं।

*

सिगरेट पीने की मनाही। सिर्फ ढकी हुई पाइप पीने की इजाज़त (आग के डर से।)

*

सन् '54 में पक्के घर बनाए गए।

*

कांस्टेनटिन विभाग में दो-तिहाई उपनिवेशी फावड़ा या हल को हाथ तक लगाए बिना मर गए।

पुराने उपनिवेशियों का कब्रिस्तान, अपरिमेय उपेक्षा[1]।

---

1. 'अपरिमेय उपेक्षा' के चारों तरफ़ लेखक द्वारा खींचा हुआ घेरा।

*

माँ। सच यह है कि मेरे पूरे प्यार के बावजूद मैं बिना कभी कुछ बोले, बिना आगे के लिए कुछ सोचे उस अन्धे सन्तोष के स्तर पर जी नहीं पाया था। मैं उसके जैसा अज्ञान भरा जीवन नहीं जी सकता था। और मैंने दुनिया घूमी थी कुछ बनाया था, रचा था, लोगों को चाहा था, छोड़ा था। मेरा जीवन तरह-तरह के अनुभवों से छलक रहा था लेकिन किसी चीज़ ने मेरा दिल इस तरह नहीं भरा था जैसे...

*

उसे मालूम था वह फिर कहीं चला जाएगा, फिर गलती करेगा, जो कुछ वह जानता है उसे भूल जाएगा। लेकिन वास्तव में जो वह अच्छी तरह जानता था वह था कि उसके जीवन का सत्य वहीं था, उस कमरे में...निस्सन्देह वह उस सत्य से दूर भागेगा। अपने सत्य के साथ कौन जी सकता है? पर यह जान लेना पर्याप्त है कि वह वहाँ है, यह पर्याप्त है कि अन्त में उसे पहचान लो और यह कि मृत्यु के सामने आत्मा में वह एक रहस्यमय और मौन [उन्माद] पोषण करता है।

*

माँ का ईसाई धर्म उनके जीवन के अन्त में। बेचारी, गरीबी, दुखी, अज्ञ [ ][1] उन्हें स्पूतनीक दिखाना? सलीब रक्षा करे उनकी!

---

1. एक अस्पष्ट शब्द।

*

सन् '72 में जब पैतृक मूल तय हो गया, वह था :

— कम्यून*

—'71 का अरब विद्रोह (मितिजा में जो पहला मरा वह एक शिक्षक था)।

अल्सास निवासी विद्रोहियों की ज़मीन पर क़ब्ज़ा लेते हैं।

*

युग का माप

*

माँ की अज्ञानता विश्व इतिहास के समस्त [ ][1] की संगति में।

बीर हकीम : "वह दूर है 'या' वह देखो, वहाँ।"

उनका धर्म दृष्टिमूलक है। जो उनके सामने आ चुका है वह वे जानती हैं बिना समझने की क्षमता के। ईशु ने दुख सहा, वे मर गए वगैरह।

*

महिला योद्धा।

* 1871 की पेरिस स्थित स्वायत्त शासनवादी सरकार। —अनु.

1. एक अस्पष्ट शब्द

*

सत्य ढूँढ़ने के लिए अपना [ ][1] लिखो।

*

## पहला भाग
# यायावर

1) रास्ते में जन्म। छह महीने बाद युद्ध[अ]। बच्चा। अल्जियर्स, पिता जोआव* यूनिफार्म में स्ट्रॉ हैट पहने।
2) चालीस साल बाद। पुत्र पिता के सामने साँए-ब्रीय्यु कब्रिस्तान में। वह अल्जीरिया लौट आता है।
3) 'घटनाओं' के लिए अल्वीरिया पहुँचना। शोध।
मंडोवी जाना। वह बचपन ढूँढ़ लेता है पर पिता नहीं।
उसे मालूम होता है कि वह पहला आदमी है।[ब]

## दूसरा भाग
# पहला आदमी

किशोरावस्था : मुक्का
खेलकूद और नीतिशास्त्र
आदमी : (राजनीतिक गतिविधि (अल्जीरिया में), रेजिस्टेन्स)

---

1. एक अस्पष्ट शब्द।
अ. मंडोवी में, सन् '48।
* फ्रांस की पैदल सेना का सिपाही। —अनु.
ब. उपनिवेशी माहॅन से 1850 में, अलसास से 72-73-14।

## तीसरा भाग

# माँ

प्रेम सम्बन्ध

आधिपत्य : पुराना साथ का खिलाड़ी, पुराना मित्र, पियर्, पुराने मास्टर सा'ब और उसकी दोनों मुठभेड़ों का वृत्तान्त।

माँ[1]

आखिरी भाग में जाक माँ को अरब समस्या, क्रेओल सभ्यता, पश्चिम की नियति के बारे में बताता है। "हाँ" वह कहती है "हाँ"। फिर पूरा स्वीकारात्मक बयान और अन्त।

*

इस आदमी के बारे में एक रहस्य था और एक रहस्य जो वह बता देना चाहता था।

लेकिन अन्ततः सिर्फ एक गरीबी का रहस्य था जो बेनाम और बेअतीत लोगों को जन्म देती है।

*

यौवन समुद्र तटों पर। बाद में चीख-चिल्लाहट, धूप, जी-तोड़ मेहनत, मरी हुई या तीव्र इच्छा से भरे दिन। रात का समुद्र पर छा जाना। आसमान में ऊँचे एक अबाबील का चिल्लाना। और उसके दिल का दर्द और वेदना में जकड़ जाना।

1. यह पूरा परिच्छेद लेखक द्वारा बॉक्स में।

*

अन्ततोगत्वा वह एम्पेदोक्लीस को अपना मॉडल चुन लेता है। [ ][1] दार्शनिक जो अकेला रहता है।

*

मैं यहाँ उस एक जोड़ी की कहानी लिखना चाहता हूँ जो एक ही खून और बाकी हर तरह की असमानता से जुड़े थे। स्त्री धरती पर सब श्रेष्ठतम के अनुरूप; और पुरुष, चुपचाप जघन्य। पुरुष अद्यतन काल की हर बेवकूफी में अटका हुआ; स्त्री उसी इतिहास को ऐसे पार करती हुई जैसे वह हर काल का हो। स्त्री अधिकांश समय मौन और मुश्किल से दो-चार शब्दों में अपनी बात कह देती हुई; पुरुष लगातार बोलता हुआ और हज़ारों शब्दों में भी वह कहने में असमर्थ जो स्त्री अपने सिर्फ एक मौन से कह सकती थी...माँ और पुत्र।

*

कोई भी शैली चुनने की स्वतंत्रता।

*

जाक, जो तब तक अपने आपको सब पीड़ितों के साथ एक मानता था अब पाता है कि वह पीड़कों के साथ भी है। उसकी मनोव्यथा। परिभाषा।

---

1. एक अस्पष्ट शब्द।

*

अपने जीवन का स्वयं प्रेक्षक बनकर जीना चाहिए था। उसमें वह स्वप्न जोड़ देने के लिए जो उसे पूरा कर देता। लेकिन हम जीते हैं और दूसरे हमारे जीवन का सपना देखते हैं।

*

वह उसे* देख रहा था। सब कुछ रुक गया था, सिर्फ समय चल रहा बहुत तेज़ी से झटके ले लेकर। जैसे सिनेमा देखते-देखते कभी होता है। किसी खराबी से अचानक चित्र गायब हो जाते हैं। और हॉल के काले अँधेरे में हमें मशीन के चलने की आवाज़ आती रहती है...सामने परदा खाली।

*

अरब लोगों द्वारा बेची हुई चमेली की मालाएँ। पीले और सफेद [ ][1] खुशबू वाले फूलों की मालाएँ। मालाएँ बहुत जल्द मुरझा जाती हैं [ ][2] फूल पीले पड़ जाते हैं [ ][3] उस गरीब कमरे में खुशबू देर तक ठहरी रहती है।

*

पेरिस में मई का महीना जब हवा में सब तरफ शाहबलूत के पेड़ों की सफेद-सफेद शिम्बियाँ उड़ती दिखती हैं।

---

* स्त्री को—अनु.

1. एक अस्पष्ट शब्द।

2. एक अस्पष्ट शब्द।

3. एक अस्पष्ट शब्द।

*

उसने अपनी माँ को, और बच्चे को, उस सबको जो खुद उसने नहीं चुना था, प्यार किया था। और अन्त में उसने जिसने हर चीज़ को चुनौती दी थी, हर बात पर सन्देह किया था, सिर्फ उससे प्यार किया था जो अपरिहार्य था। वे लोग जो नियति ने उस पर थोपे, दुनिया जैसी उसे दिखी, वह सब जिससे वह अपनी ज़िन्दगी में बच नहीं सका, बीमारी, अन्तरात्मा की आवाज़, प्रसिद्धि या गरीबी यानी उसकी अपनी किस्मत। बाकी, वह सब जो उसे आवश्यकतानुसार चुनना पड़ा था उससे उसने अपने पर ज़ोर देकर प्यार किया था, जो कि एक ही बात नहीं है। निस्सन्देह उसे उत्कृष्टता, उन्माद, यहाँ तक कि कभी-कभी बहुत संवेदनशील क्षणों का अनुभव हुआ था। लेकिन हर क्षण ने उसे और क्षणों की तरफ और हर व्यक्ति ने उसे और व्यक्तियों की तरफ आगे बढ़ा दिया, और उसने उस किसी या कोई चीज़ से प्यार नहीं किया जो उसने चुनी थी सिवाय उसके जो उस पर धीरे-धीरे परिस्थितियों द्वारा लदती चली गईं, और जो उतनी ही इच्छा से जितनी आकस्मिक संयोग से आखिर में अपने आप उसके लिए ज़रूरत बन गई : जॅसिका। वास्तविक प्रेम न तो पसन्द होता है, न स्वतंत्रता। दिल, खास तौर से, स्वतंत्र नहीं होता। वह अपरिहार्य होता है और अपरिहार्य की स्वीकृति। उसने वास्तव में अनन्यता से सिवाय अपरिहार्य के और किसी से प्यार नहीं किया था। अब प्यार करने के लिए उसके पास सिवाय उसकी अपनी मृत्यु के और कुछ नहीं बचा था।

*

[अ]कल छह सौ हज़ार पीले आदमी, और करोड़ों काले, गहरी भूरी चमड़ी वाले लोग यूरोप के किनारों पर उतरेंगे...और उसे अच्छी तरह [बदल देंगे]। फिर वह सब जो उसे, और उन लोगों को जिनका जैसा वह था, सिखाया गया था और वह सब भी जो उसने सीखा था, उस दिन उसकी जाति के लोग, वे सब मान्यताएँ जो जीवन को महत्ता देती थीं, निरर्थकता के कारण खत्म हो जाएँगी। तब काम का क्या रह जाएगा?...उसकी माँ का मौन। वह उसके सामने हाथ जोड़ कर लेट गया।

---

अ. यह दोपहर को सोने के समय उसे सपना आता है।

*

एम. उन्नीसवें साल में। वह तब तीस का था। वे एक-दूसरे को नहीं जानते थे। उसने अनुभव किया कि समय को पीछे नहीं ले जाया जा सकता, और उन्हें जिन्हें हम चाहते हैं, विगत में जाने से रोका नहीं जा सकता, और हम जो भी पसन्द से लेते हैं उस पर हमारा अपना कोई अधिकार नहीं होता। क्योंकि जन्म होते ही रोने के साथ-साथ अपनी पसन्द चुनने की क्रिया शुरू हो जाती है और हमारा सबका जन्म सबसे अलग होता है सिवाय माँ के। जो हमारे लिए ज़रूरी होता है सिर्फ वह हमारा होता है। इसलिए उस पर लौटना (पिछली टिप्पणी देखो) और उसकी अधीनता स्वीकार करना आवश्यक है। फिर भी कितना नॉस्टेल्जिया और कितना खेद!

त्याग करना चाहिए। नहीं दोषपूर्ण से प्यार करना सीखना चाहिए।

*

समाप्त करने के लिए वह माँ से क्षमा माँगता है—क्यों तू तो हमेशा बहुत समझदार बेटा रहा है—लेकिन यह उन बाकी चीज़ों के लिए जो वे नहीं जान सकतीं, न ही कल्पना कर सकती हैं [ ][1] कि सिर्फ एक वे ही माफ कर सकती हैं (?)

*

चूँकि मैंने क्रम उलटा कर दिया है जॅसिका को युवा दिखाने से पहले बूढ़ी दिखाना।

---

1. एक अस्पष्ट शब्द।

*

वह एम. से शादी करता है क्योंकि उसे कभी किसी पुरुष ने हाथ नहीं लगाया और वह इस बात पर मुग्ध है। संक्षिप्त में, वह उससे शादी इस बात की खुद में कमी के कारण करता है। बाद में वह उन औरतों को प्यार करना सीख जाएगा जो इस्तेमाल की जा चुकी हैं—यानी—जीवन की भयानक ज़रूरत से प्यार करना।

*

एक अध्याय '14 की लड़ाई पर। हमारे समय का इनक्यूबेटर। माँ की दृष्टि से? जिन्होंने न कभी फ्रांस देखा, न यूरोप, न दुनिया। जो यह समझती हैं कि बम अपने आप फट जाते हैं, वगैरह।

*

प्रत्यावर्ती अध्याय माँ के दृष्टिकोण को स्वर देंगे। उन्हीं तथ्यों पर टिप्पणी लेकिन उनकी 400 शब्दों की शब्दावली में।

*

संक्षिप्त में, मैं उनकी बात करने जा रहा हूँ जिनसे मैं प्यार करता हूँ। और सिर्फ उनके बारे में। अगाध आनन्द।

*

[अ]सार्दॅक :

1) तू इस तरह शादी क्यों कर रहा है सार्दॅक?
— क्या मैं फ्रांसीसी तरीके से शादी करूँ?
— चाहे फ्रांसीसी, चाहे कोई और! तू वह परम्परा क्यों अपना रहा है जो तेरी अपनी निगाह में क्रूर और मूर्खतापूर्ण[ब] है?
— क्योंकि मेरे देश के लोग इस परम्परा को मानते हैं, वे कोई दूसरा ढंग नहीं जानते। यहाँ रुक जाना, इस परम्परा से अलग हो जाना, उनसे अलग हो जाना होगा। इसलिए कल मैं उस कमरे में जाऊँगा, और एक अनजान लड़की को निर्वस्त्र करूँगा, और बन्दूकों की आवाज़ के साथ उससे बलात्कार करूँगा।
— ठीक है। तब तक, चलो तैरने चलें।

2) तो फिर?
— वे कह रहे हैं कि इस समय फासिस्ट विरोधी मोर्चा मज़बूत करना ज़रूरी है, कि फ्रांस और रूस को आत्मरक्षा के लिए मिल जाना चाहिए।
— क्या वे अपने-अपने देश में न्याय कायम करने के साथ-साथ आत्मरक्षा नहीं कर सकतीं?
— कहते हैं वह सब बाद में, उसके लिए इन्तज़ार करना पड़ेगा।
— न्याय को यहाँ और नहीं टाल सकते, तुम यह अच्छी तरह जानते हो।
— वे कहते हैं कि अगर तुम जल्दी करोगे तो वस्तुगत रूप में फासिस्टवाद का समर्थन कर रहे होंगे।
— और इसीलिए तुम्हारे पुराने साथियों के लिए जेल उचित स्थान है।
— वे कहते हैं कि यह दुख की बात है, लेकिन और कुछ नहीं हो सकता।
— वे कहते हैं, वे कहते हैं, और तुम, तुम कुछ नहीं कहते?
— मैं कुछ नहीं कहता।

वह उसे देखता रहा। गर्मी बढ़ रही थी।

---

अ. ये सब एक (खयाली) शैली में, प्रगीतात्मक, न कि सूक्ष्मतया वास्तविक।

ब. फ्रांसीसी सही है। लेकिन उनका सही होना हमारे लिए अत्याचारपूर्ण है। इसलिए मैंने अरब मूर्खता चुनी। पीड़ितों की मूर्खता।

— तो तुम मेरे साथ गद्दारी कर रहे हो? उसने यह नहीं कहा था : "तुम हमारे साथ गद्दारी कर रहे हो" और वह ठीक कह रहा था क्योंकि गद्दारी का सम्बन्ध इनसान से होता है, एक अकेले व्यक्ति से, वगैरह...

— नहीं। मैं आज पार्टी छोड़ रहा हूँ...

3) तुम्हें 1936 की याद है?

— मैं कम्युनिस्टों के लिए आतंकवादी नहीं हूँ, बल्कि फ्रांसीसियों के लिए हूँ।

— मैं फ्रांसीसी हूँ। और वह भी।

— जानता हूँ। मुझे दुख है।

— तो फिर तुम मेरे साथ गद्दारी कर रहे हो?

सादॅक की आँखों में आग चमक रही थी।

*

अगर अन्ततः मैं तैथिक क्रम से लिखूँ तो मदाम जाक या डॉक्टर मंडोवी के शुरू-शुरू के अधिवासियों के वंशज निकलेंगे।

अब हमें आत्मदया में नहीं पड़ना चाहिए, डॉक्टर ने कहा, यहाँ सिर्फ अपने प्रथम पूर्वजों की कल्पना करो..., वगैरह।

*

4) जाक के पिता की मार्न में मृत्यु। उस अविज्ञात जीवन का अब क्या बचा है? कुछ नहीं, एक अस्पृश्य याद—जंगल की आग में जली हुई तितली के पंख की नामालूम-सी राख।

*

दो अल्जीरियाई राष्ट्रीयवाद। अल्जीरिया 39 और 54 (विद्रोह) के बीच।

*

अल्जीरियाई, पहले आदमी की अन्तर्भावना में फ्रांसीसी मूल्यों का स्थान। इन दो पीढ़ियों का इतिहास अद्यतन त्रासदी को भली प्रकार समझा देता है।

*

मिलियाना में हॉलीडे कैम्प, और सुबह-शाम बैरकों के बिगुल।

*

प्रेम सम्बन्ध : वह चाहता था कि वे सब भूतकाल और आदमी से अछूती हों। और सिर्फ एक वह जो उसे मिली और जो सचमुच अछूती थी उसने उसके साथ जीवन जीने की शपथ तो ले ली लेकिन खुद वफादार न रह सका। वह चाहता था कि औरतें वह रहें जो वह खुद नहीं था। और जो वह था उसने उसे उन्हीं औरतों के पास वापस भेज दिया जो उसकी जैसी थीं और जिन्हें उसने उग्र आवेश और तैश के उफान में लिया।

*

किशोरावस्था। उसमें जीने की उमंग और उसकी जीवन के प्रति आस्था। लेकिन उसके थूक में खून आने लगा। तो उसके लिए अब जीवन होगा हस्पताल, मृत्यु, अकेलापन, यह निरर्थकता। यहाँ से शुरू हुआ परिक्षेपण। और उसके अन्दर गहराई में : नहीं, नहीं, ज़िन्दगी कुछ और चीज़ है।

*

कान से ग्रास जाते हुए रास्ते में अन्तःप्रेरणा...

और वह समझ गया कि चाहे उसे उसी सूखेपन में लौट जाना पड़े जिसमें वह हमेशा से जीया, वह अपना जीवन, अपना अन्तःकरण अपने जीवन की समस्त कृतज्ञता, जिसने उसे एक बार, शायद एक बार, सिर्फ एक बार सामर्थ्य दी, समर्पित कर देगा, स्वीकार करने में...

*

आखिरी भाग इस दृश्य से शुरू करना...

वह अन्धा गधा जो सालों से चुपचाप, रहँट के चारों तरफ सब कुछ सहता हुआ चक्कर लगाता रहता है, मार, प्रकृति की क्रूरता, धूप, मक्खियाँ, सब सहता हुआ और इस दिखने में निस्सार, नीरस, दर्द भरे, धीरे-धीरे एक घेरे में चक्कर लगाने से, पानी उछल-उछल कर बहता रहता है लगातार...

*

1905। एल.सी.[1] की मोरक्को की लड़ाई। लेकिन यूरोप के दूसरे छोर पर कलियाइयेव।

*

एल.सी. का जीवन। सर्वथा अनैच्छिक, सिवाय जीते रहने, डटे रहने के संकल्प के। अनाथाश्रम। कृषि कर्मचारी अपनी पत्नी से विवाह करने को

---

1. सम्भवतया लुसियाँ कामू, उसके पिता।

मजबूर। उसका जीवन, जो उसके बावजूद यों विकसित होता है—और फिर वह लड़ाई में मारा जाता है।

*

वह ग्रोनियर से जाकर मिलता है : "मेरे जैसे आदमियों को, मैं मान चुका हूँ, आज्ञा पालन करना चाहिए। धर्म, प्रेम आदि में सख्त नियम-निष्ठता आदि की ज़रूरत होती है : मेरे लिए असम्भव। इसलिए मैंने अपने आपको आपके अधीन करने का निर्णय लिया है" उसके बाद जो होता है (समाचार)।

*

अन्ततोगत्वा वह नहीं जानता उसके पिता कौन हैं। लेकिन वह खुद कौन है वह? दूसरा भाग।

*

मूक फिल्म, नानी को उपआख्या पढ़कर सुनाना।

*

नहीं मैं एक अच्छा बेटा नहीं हूँ : एक अच्छा बेटा टिक के रहता है। मैं सारी दुनिया में घूमा हूँ, मैंने उसके प्रति बहुत गलतियाँ की हैं, छोटी-छोटी चीज़ें, नाम, सैकड़ों औरतें।

—लेकिन तुम सिर्फ एक उससे प्यार करते हो?

—आह! मैंने सिर्फ एक उससे प्यार किया है?

*

जब अपने पिता की कब्र के पास उसे समय उखड़ता-सा प्रतीत हुआ—समय का वह नया क्रम जो किताब में है।

*

वह एक असंयमी आदमी है : औरतें, वगैरह।
तो उसके अन्दर (अति) को सजा मिल जाती है। बाद में वह जानता है।

*

अफ्रीका में भय की सिहरन जब रात तेज़ी से उतरती है समुद्र पर, ऊँचे पठारों पर या ऊबड़-खाबड़ पहाड़ों पर। वह परमात्मा का डर होता है, अनन्तता का डर होता है। वही जो डेलफी में, जहाँ दोनों वक्त मिले यही प्रभाव पैदा होता है, मन्दिरों में देव उतार देता है। लेकिन अफ्रीका की मिट्टी पर मन्दिर ध्वस्त कर दिए गए हैं, और आत्मा पर एक भारी बोझ बच गया है। कैसे मर रहे हैं वे! चुपचाप, सबसे दूर।

*

जो उन्हें पसन्द नहीं था वह था उसके अन्दर का अल्जिरी।

*

उसका पैसे खर्च करने का ढंग। किसी हद तक गरीबी के कारण (वह अपने लिए कभी कुछ नहीं खरीदता था), और दूसरी तरफ अकड़ में : वह कभी भाव नहीं करता था।

*

समाप्त करने के लिए माँ के नाम स्वीकारोक्ति।

"तुम मुझे नहीं समझतीं। लेकिन सिर्फ एक तुम मुझे माफ कर सकती हो। बड़ी संख्या में लोग यह करने के लिए आगे आते हैं। बहुत से कई तरीकों से चिल्ला कर यह कहते हैं कि मैं दोषी हूँ, और मैं दोषी नहीं होता जबकि वे कहते हैं कि मैं हूँ। दूसरों को मुझसे यह कहने का हक है, और मैं जानता हूँ कि वे सही हैं और मुझे उनसे माफी माँगनी चाहिए। लेकिन हम क्षमा उनसे माँगते हैं जो, हमें जानते हैं, क्षमा कर सकते हैं। सिर्फ क्षमा भर कर देना, यह नहीं पूछना कि तुम क्षमा पाने योग्य हो या नहीं, या कि रुको। [लेकिन] उनसे सिर्फ बात करना, उन्हें सब कुछ बताना और उनकी क्षमा स्वीकार कर लेना। वे पुरुष और महिलाएँ जिनसे मैं याचना कर सकता हूँ, मैं जानता हूँ, उनके दिल के किसी भाग में, उनकी समस्त सद्भावनाओं के बावजूद, वे न माफ कर सकते हैं, न माफ करना जानते हैं। सिर्फ एक इनसान मुझे माफ कर सकता था लेकिन मैं उसके प्रति कभी दोषी नहीं था, और उसको मैंने अपना पूरा हृदय भेंट कर दिया था, फिर भी मैं कभी-कभी उसके पास जा सकता था, बहुत बार चुपचाप मैंने ऐसा किया भी, लेकिन वह गुजर चुका है और मैं अकेला रह गया हूँ। सिर्फ एक तुम यह कर सकती हो, लेकिन तुम मुझे समझती नहीं और मुझे पढ़ नहीं पातीं। फिर भी मैं तुमसे कह रहा हूँ, तुम्हें लिख रहा हूँ, तुम्हें, सिर्फ एक तुम्हें, और जब यह खत्म हो जाएगा, मैं बिना और स्पष्टीकरण दिए तुमसे क्षमा माँगूँगा और तुम मेरी तरफ मुस्कराओगी..."

*

जाक अपने गुप्त सम्पादकीय कार्यालय से भागते समय एक बार एक पीछा करनेवाले को मार देता है (उसने मुँह बिगाड़ रखा था, लड़खड़ा कर चल रहा था और आगे को गठरी-सा हो रहा था। जाक तेज़ गुस्से से भर गया : उसने उसके [गले] के नीचे एक बार फिर ज़ोर से मुक्का मारा, और गर्दन के तले में एकदम एक बड़ा-सा छेद खुल गया; फिर गुस्से और जुगुप्सा से पागल होकर उसने एक और वार किया [ ][1] ठीक आँखों पर बिना यह देखे कि वह कहाँ मार रहा है...) ...फिर वह बन्दा के यहाँ चला जाता है।

*

बरबर किसान, गरीब और अनसमझ। अधिवासी। सिपाही। गोरा बिना ज़मीन के। (उसे वे सब लोग अच्छे लगते हैं लेकिन वे नोकदार पीले जूते, गले में रूमाल बाँधे अधकचरे लोग नहीं, जिन्होंने पश्चिम से सिर्फ उसकी सबसे रद्‌दी चीज़ें अपनाईं)।

*

अन्त।

ज़मीन वापस करो, ज़मीन जो किसी की नहीं होती। ज़मीन वापस करो जो न बेची जा सकती है, न खरीदी जा सकती है (हाँ और क्राइस्ट अल्जीरिया कभी नहीं पहुँचे, क्योंकि वहाँ संन्यासी तक ज़मीन-जायदाद रखते हैं, लैंड ग्रांट्स स्वीकार करते हैं)।

और वह ज़ोर से चिल्लाया, पहले माँ की तरफ, फिर औरों की तरफ देखते हुए :

"ज़मीन वापस करो। सारी ज़मीन गरीबों को दे दो, उनको जिनके पास कुछ नहीं है और जो इतने गरीब हैं कि उन्होंने कभी कुछ लेने या आत्मसात करने की भी इच्छा नहीं की, देश के उन लोगों को जो उसी की तरह हैं,

1. चार अस्पष्ट शब्द।

ज़्यादातर अरब और कुछ फ्रांसीसी अभागे लोगों का एक भीषण जनसमूह, और जो यहाँ अपनी दृढ़ता और सहनशक्ति के बल पर जीते हैं, जीवित रहते हैं, सिर्फ एक उस सम्मान के साथ जो दुनिया में सबसे ज़्यादा मूल्यवान होता है, वह गरीबों का, उन्हें ज़मीन ऐसे दो जैसे कोई वह चीज़ जो पवित्र होती है उन्हीं हाथों में देता है जो पवित्र होते हैं, और तब मैं एक बार फिर गरीब होकर, और पृथ्वी के अद्यतम कोने में हमेशा के लिए निर्वासित, मैं मुस्कराऊँगा और खुश होकर मरूँगा, इस सन्तोष के साथ कि अन्ततः वे सब जिन्हें मैं इतना पूज्य मानता हूँ और वह स्त्री जिसे मैं गहनतम श्रद्धा से पूजता हूँ धूप में चमकती उस धरती में जिस पर मैं जन्मा था और जिसे मैं इतना प्यार करता हूँ एक हो गए हैं।

(तब फिर वह महान अनामिकता खूब फल-फूल जाएगी और मुझे भी अपने में समेट लेगी—मैं वापस इस भूमि पर लौट आऊँगा)।

*

विद्रोह! तुलना दोमाँ इन अल्जीरिया, पृष्ठ-48, सरवियर्।

एफ.एल.एन.* में राजनीतिक युवा कमिसार जिन्होंने अपना छद्म नाम 'टारजन' रखा।

हाँ मैं कमांड करता हूँ, मैं मारता हूँ, मैं धूप और पानी में पहाड़ों में रहता हूँ। तुम्हारा प्रस्ताव क्या इससे बेहतर है : बेतुन में मज़दूरी।

सादॅक की माँ, देखो, पृ. 115।

*

मुकाबिला...दुनिया के प्राचीनतम इतिहास में हम पहले आदमी हैं—ह्रासोन्मुख आदमी नहीं जैसा कि [ ][1] समाचार-पत्र में वे चिल्ला-चिल्लाकर कहते हैं लेकिन वे जो एक भिन्न और अनिश्चित उदय से जुड़े हैं।

---

* अल्जीरिया की मुख्य क्रान्तिकारी पार्टी। —अनु.

1. एक अस्पष्ट शब्द।

*

बच्चे बिना भगवान या पिता के, जो मास्टर उन्होंने हमें दिए उनसे हम डर गए। हम बिना वैधता के जीए—घमंड।

*

जिसे वे नई पीढ़ियों का सन्देहवाद कहते हैं—एक झूठ।

वह ईमानदार आदमी जो झूठ बोलनेवाले का विश्वास नहीं करता कब से सन्देहवादी कहलाने लगा?

*

लेखक के काम की उच्चता है उसके अत्याचार का विरोध करने में, इसलिए एकान्त स्वीकार करने में।

*

जिसने मुझे प्रतिकूल भाग्य झेलने की शक्ति दी वही सम्भवतया अति अनुकूल भाग्य स्वीकार करने में भी मेरी सहायता करेगा—और जिससे मुझे यह सहारा मिला वह था एक महान आदर्श, वह अति महान आदर्श जो मैं कला का समझता हूँ।

यह नहीं कि मेरे लिए यह सर्वोपरि है, लेकिन इसलिए कि यह व्यक्ति से अलग नहीं होता।

*

[पुराकाल] के लिए अपवाद।

*

लेखक दासावस्था में से शुरू हुए।

उन्होंने अपनी स्वतंत्रता जीती—निर्विवाद [ ][1]

*

के.एच. : जो भी बढ़ा-चढ़ाकर कहा जाता है महत्त्वहीन होता है। लेकिन श्री के.एच. किसी अत्युक्ति से पहले ही महत्त्वहीन थे। वे दोनों होना चाहते थे।

1. चार अस्पष्ट शब्द।

# दो पत्र

19 नवम्बर, 1957

प्रिय श्रीमान् जरमाँ,

अपने चारों तरफ आजकल मची इस खलबली के कुछ कम हो जाने की प्रतीक्षा करने के बाद आपको आज मैं अपने सच्चे हृदय से यह पत्र लिख रहा हूँ। मुझे अभी हाल में एक बहुत बड़ा सम्मान दिया गया है जो न मैंने कभी चाहा था, न प्राप्त करने की कोशिश की थी। लेकिन जब मुझे यह खबर दी गई माँ के बाद पहला ध्यान मुझे आपका आया। आपके बिना, आपके उस प्यार भरे सहारे के बिना जो आपने उस छोटे से गरीब बच्चे को, जो उस समय मैं था, दिया, बिना आपकी शिक्षा और आदर्श के, यह कुछ भी सम्भव नहीं था। मैं इस सम्मान को कोई बहुत बड़ी बात नहीं मानता। लेकिन कम-से-कम इससे मुझे आपको यह बताने का कि आप मेरे लिए कितने महत्त्वपूर्ण थे और आज भी हैं, मौका मिला है, और यह विश्वास दिलाने का कि आपकी कोशिशें, आपकी मेहनत, और वह उदार हृदय जो आपने उसमें लगाया आज भी आपके उन छोटे-छोटे स्कूल के बच्चों में से इस एक के मन में अभी तक ज़िन्दा है, जो इस लम्बे अन्तराल के बावजूद हमेशा अपने आपको आपका कृतज्ञ छात्र मानता रहा है। मैं अपनी समस्त आत्मीयता से आपसे गले मिलता हूँ।

**—अल्बैर कामू**

अल्जियर्स
30 अप्रैल, 1959

मेरे प्यारे बच्चे,

तुम्हारे अपने हाथ से पता लिखी हुई किताब कामू जो उसके लेखक श्री जे.क्लो. ब्रिसवील ने मेरे नाम उत्कीर्ण करने की कृपा की है, मुझे मिल गई है।

मैं नहीं जानता कि मैं कैसे वह खुशी व्यक्त करूँ जो तुमने अपने अनुग्रहपूर्ण कार्य से मुझे दी है या कैसे तुम्हें उसके लिए धन्यवाद दूँ। अगर सम्भव होता तो मैं, उस बड़े से लड़के को जो तुम अब हो गए हो, लेकिन जो मेरे लिए हमेशा वही 'मेरा छोटा सा कामू' रहेगा, देर तक अपने हृदय से लगाए रखता। शुरू के कुछ पृष्ठों को छोड़कर अभी मैंने यह पुस्तक पढ़ी नहीं है। कामू कौन है? मेरा खयाल है कि वे जो तुम्हारे व्यक्तित्व को बाँधने की कोशिश करते हैं, पूरी तरह सफल नहीं होते। तुम्हारे अन्दर हमेशा से अपने आपको, अपनी संवेदनाओं को प्रकट करने के प्रति एक तरह की अन्तबौद्धिक चुप्पी रही है। और चूँकि तुम आदत से स्पष्ट और सरल हो, उसमें तुम्हें कोई दिक्कत नहीं आती। और अच्छा रहता है। मुझे इस सबका आभास क्लास में हो गया था। वह शिक्षक जो आत्मा से अपना काम करता है, वह कोई मौका हाथ से जाने नहीं देता, जिसमें वह अपने विद्यार्थियों, अपने बच्चों के बारे में कुछ थोड़ा भी जान सकता है, और ये मौके लगातार आते रहते हैं। जवाब, भंगिमा, दृष्टिकोण ये सब भरी-पूरी तरह बृहत रूप से उद्घाटक होते हैं। तो मैं समझता हूँ कि मैं उस प्रतिभाशाली लड़के को, जो

तुम थे, अच्छी तरह जानता हूँ, और बहुत बार बच्चा अपने अन्दर उस आदमी का बीज लिये होता है जो वह भविष्य में बनता है। स्कूल में होने का आनन्द तुम्हारी रग-रग में से फूटता था। आशावादिता तुम्हारे चेहरे पर चमकती रहती थी। और तुम्हें देखने के बाद तुम्हारे परिवार की वास्तविक स्थिति मुझसे छिपी नहीं थी। उसकी एक झलक मुझे तब मिली थी जब तुम्हारी माँ स्कॉलरशिप के उम्मीदवारों की लिस्ट में तुम्हारे नाम के बारे में मुझसे मिलने आई थीं। खैर, यह उस समय की बात है जब तुम मुझसे दूर जानेवाले थे। लेकिन तब तक तुम मुझे उसी हालात में दिखते थे जिसमें तुम्हारे क्लास के और साथी। तुम्हें जिसकी भी ज़रूरत हुई वह हमेशा मिलता रहा। अपने भाई की तरह तुम हमेशा अच्छे कपड़े पहने होते थे। मैं नहीं समझता मैं तुम्हारी माँ को इससे बड़ा और कोई सम्मान दे सकता हूँ।

अगर हम श्री व्रिसवील की किताब पर वापस लौटें, इसमें चित्र बहुलता से दिए गए हैं। इसमें बेचारे तुम्हारे पापा, जिन्हें मैंने हमेशा 'अपना साथी' माना, की तसवीर देखकर मन भर आता है। श्री ब्रिसवील ने मेरे शब्द उद्धृत किए हैं जिनके लिए मैं उन्हें धन्यवाद दूँगा।

मैंने तुम पर या तुम्हारे बारे में लिखी हुई किताबों की हमेशा बढ़ती हुई लिस्ट देखी है। और मेरे लिए यह कहना एक बहुत बड़े सन्तोष की बात है कि इतनी प्रसिद्धि (वास्तविक रूप से) ने तुम्हारा सिर नहीं घुमा दिया। तुम अभी तक वही काम् हो : शाबाश।

मैंने वे अनेक उलटफेर जो तुमने उस नाटक : ले पोज़ेडे का रूपान्तर, और मंचन भी करने में किए हैं बहुत दिलचस्पी से देखे हैं। उसके लिए तुम्हारी भव्य सफलता की कामना न करने के लिए मैं तुम्हें बहुत ज़्यादा चाहता हूँ : तुम उसके अधिकारी हो। मालरो भी तुम्हें एक थियेटर उपलब्ध कराना चाहता है। मैं जानता हूँ कि तुम्हें यह कितना पसन्द है। लेकिन... क्या तुम ये इतनी विविध गतिविधियाँ अच्छी तरह सँभाल पाओगे? मुझे डर है कि कहीं तुम अपनी शक्तियों का आवश्यकता से अधिक उपयोग करके उन्हें क्षीण न कर डालो। अपने इस पुराने मित्र को यह कहने का अधिकार दो कि तुम्हारी एक सुभग, सुन्दर पत्नी है, दो बच्चे हैं और उन्हें भी अपना पति और पापा चाहिए। इस विषय पर मैं तुमसे वही कहूँगा जो हमसे एकोल नॉर्मल* में हमारे डायरेक्टर जब-तब कहा करते थे। उनका बर्ताव हमसे इतना सख्त था कि हम न यह देख पाए, न महसूस कर पाए

* फ्रांस में शिक्षकों कि विशेष ट्रेनिंग के लिए सबसे ऊँचा संस्थान। —अनु.

कि वे वास्तव में हमें कितना प्यार करते थे। "प्रकृति एक महाकाय बही रखती है जिसमें वह आपकी की हुई ज़्यादतियाँ सूक्ष्मता से भरती रहती है।" मैं स्वीकार करता हूँ कि इस बुद्धिमान सलाह ने मुझे न जाने कितनी बार उन मौकों पर रोका है जिन पर मैं इसे भूलनेवाला था। यह बताने के बाद, मैं चाहूँगा कि तुम प्रकृति के उस बड़े खाते में अपने नाम वाला पृष्ठ खाली रखने की कोशिश करो।

आन्द्रे मुझे ध्यान दिला रहा है कि हाल ही में हमने तुम्हें ले पोज़ेडे से सम्बन्धित टीवी के एक साहित्यिक प्रोग्राम में बोलते देखा था। तुम्हें प्रश्नों के उत्तर देते हुए सुन कर मन भर आया था। और, मैं अपने आपको वह शरारती टिप्पणी करने से रोक नहीं पाया कि आखिरकार तुम्हें अच्छी तरह मालूम था कि मैं तुम्हें देख और सुन रहा होऊँगा। इससे अल्जियर्स में तुम्हारी कमी किसी हद तक पूरी हो जाती है। अब काफी अर्से से तुम्हें देखा नहीं है...

खत्म करने से पहले मैं तुम्हें यह बताना चाहता हूँ कि एक धर्मनिरपेक्ष शिक्षक होने के नाते हमारे स्कूल को लक्ष्य बनाकर भयभीत करनेवाली जो योजनाएँ बनाई गई हैं मैं उनसे कितना परेशान हूँ। मैं समझता हूँ कि मैंने अपने पूरे शिक्षक कैरियर में उसे जो एक बच्चे में परम पावन होता है समुचित आदर दिया है : अपना सत्य स्वयं ढूँढ़ने का अधिकार। मैं तुम सबको प्यार करता था और मैं तुम्हें अपने विचार बताने की भरसक कोशिश किया करता था ताकि वे तुम्हारे नादान मस्तिष्क को राह दिखा सकें। परमात्मा के प्रश्न पर (चूँकि यह पाठ्यक्रम में था), मैं हमेशा यही कहा करता था कि कुछ उसमें विश्वास करते हैं, कुछ नहीं। और अपने अधिकारों की यथेष्टता में प्रत्येक वही करता था जो उसे पसन्द था। इसी तरह, धर्म के विषय पर, मैंने अपने आपको उन्हें वे सब धर्म बताने तक सीमित रखा जो होते हैं और जिन्हें जो चाहता है अपनी इच्छा के अनुरूप अपना लेता है। पूरा सच बताने के लिए मैंने यह भी कहा था कि कुछ ऐसे भी लोग होते हैं जो कोई भी धर्म नहीं मानते। मैं अच्छी तरह जानता हूँ कि यह उन लोगों को पसन्द नहीं आता जो शिक्षकों को अपना सहधर्मचारी बनाना चाहते हैं खास तौर से कैथलिक धर्म माननेवाले। अल्जियर्स के एकोल नॉर्मल में (जो गेलौं पार्क में स्थित था), मेरे पिता और उनके सहपाठियों को प्रत्येक रविवार को प्रार्थना और धर्म समारोह के लिए गिरजा जाना अनिवार्य होता था। एक दिन इस ज्यादती से तंग आकर उन्होंने उस 'पवित्र' रोटी के टुकड़े को प्रार्थना पुस्तिका में

रखकर बन्द कर दिया! स्कूल के निदेशक को सूचित किया गया और उन्होंने बिना किसी हिचक के मेरे पिता को स्कूल से निकाल दिया। यह तो है उनका रवैया जो 'स्वतंत्र स्कूल' (स्वतंत्र...उनकी तरह सोचने के लिए) के हिमायती हैं। वर्तमान चेम्बर ऑफ डिप्यूटी के सदस्यों को देखते हुए मुझे डर है कि यह खेदजनक कोशिश सफल न हो जाए। ल कैनार् औंशेने* ने खबर दी है कि एक विभाग में कोई सौ स्टेट स्कूलों** में सामने दीवार पर सलीब लटका कर क्लासें ली जाती हैं। मैं इसे बच्चों की अन्तरात्मा पर एक जघन्य अतिक्रमण समझता हूँ। कुछ समय बाद यह न जाने क्या बन जाए? यह चिन्ता मुझे बहुत दुखी करती रहती है।

मेरे प्यारे बच्चे, मैं अपने चौथे पृष्ठ के अन्त में पहुँच गया हूँ : यह तुम्हारे समय का नाज़ायज़ फायदा उठाना है, मैं तुमसे प्रार्थना करता हूँ कि इसके लिए मुझे माफ कर दो। यहाँ सब ठीक है। क्रिस्तियाँ, मेरा दामाद कल अपनी नौकरी का 27वाँ माह शुरू करेगा!

तुम्हें यह मालूम होना चाहिए कि मैं चाहे पत्र न भी लिखूँ तब भी मैं तुम सबके बारे में सोचता रहता हूँ।

मदाम जरमों और मैं तुम चारों को हृदय से गले लगाते हैं। प्यार सहित तुम्हारा,

**—जरमों लुई**

मुझे वह दिन याद है जब तुम अपने सह कम्यूनिकैंट्स*** साथ हमारी क्लास में आए थे। तुम जो सूट पहने हुए थे और जो समारोह मना रहे थे उसे लेकर गर्व से फूले हुए थे। सच मानो मैं तुम्हें खुश देख कर बहुत खुश था यह सोच कर कि यदि तुम कम्यूनियन मनाने के लिए तैयार हो गए हो तो वह इसलिए कि तुम चाहते हो? तो...

---

* फ्रांस का व्यंग्य साप्ताहिक। —अनु.

** यानी धर्मनिरपेक्ष। —अनु.

*** होली कम्यूनियन में सम्मिलित होनेवाले। —अनु.